KB068251

조정주 대본집

ARE YOU HUMAN?

조정주 대본집

너도 인간이니? 1

대국민 인간 사칭 프로젝트

일러두기

- 이 책은 조정주 작가의 대본 집필 형식을 최대한 살려 편집했습니다.
- 대사는 어감을 살리는 데 비중을 두어, 한글 맞춤법 규정과 맞지 않는 부분이라도 유지하였습니다.
- 대사의 강약과 호흡을 표현하기 위한 의도로 대사 및 지문의 줄 바꾸기를 유지하였습니다.
- 대사 중간에 말이 끊기는 것을 표현하기 위해 마침표를 생략한 부분이 있습니다.
- 대사 중간의 말줄임표는 대사 사이 호흡의 길이를 표현하기 위한 것으로, 온점 세 개로 표시되어 있습니다
- 이 책에는 무삭제 대본을 담았습니다. 따라서 방송되지 않은 부분이 포함되어 있거나 방송과 다를 수 있습니다.

로봇의 또 다른 엄마,
작가로부터.

남신3를 세상에 내어놓은 조정주 작가입니다.

우선 감사하다는 말씀부터 드립니다. 제가 쓴 모자란 대본이 훌륭한 배우들과 스텝들을 거쳐 마침내 여러분들까지 만나게 됐습니다. 드라마는 결국 시청자들을 만나 완성되는 것이고, 이 대본집을 집어 드신 분들은 그 시청자들 중에서도 '너도 인간이니?'를 무척 사랑해주신 분들일 것입니다. 그 사랑에 다시 한 번 고개 숙여 감사드립니다.

이 드라마를 처음 기획한 건 2008년. 벌써 십여 년의 세월이 흘렀습니다. 모성 때문에 만들어진 로봇, 언제 멈출지 모르는 시한부 로봇, 인간의 자리를 대신하는 로봇을 만든 이유는 딱 하나였습니다. '로봇'에게 감정이입할 수 있는 드라마를 만들고 싶다. 로봇을 구경만 하는 게 아니라 로봇 때문에 웃고, 울고, 가슴이 먹먹해지는 드라마를 만들자. 한창 방송 중에 이 글을 쓰고 있는 저는 그 목표가 이뤄졌는지 잘 모르겠습니다. 다만 사전제작으로 이미 다 만들어진 방송을 보며 잘못 쓴 부분들을 곱씹고 곱씹을 뿐입니다. 인간보다 더 인간다운 로봇에 골몰하느라 정작 인간 캐릭터들을 놓친 부분이 많았습니다. 더욱 참신한 전개와 에피소드를 끝까지 고민했어야 했습니다. 시간을 핑계로 타협한 부분들은 내내 저를 놓지 않고 괴롭힐 것입니다.

그럼에도, 감히 고백하자면, 쓰는 내내 '남신3'라는 캐릭터에 많은 위로를 받았습니다. 심장 따위 없는 로봇이, 엄마를 위하고, 소봉을 아끼고, 영훈을 따르고, 인간 남신과 부딪히며 스스로를 완성해나가는 모습에 가슴이 벅찼습니다. 또 "너도 인간이니?"라는 시건방진 질문에 진지하고 아름답게 답해주신 여러분과 함께여서 행복했습니다. 얕은 고민으로 쓴 이야기를 깊은 시선으로 바라봐주셔서 더없이 감사했습니다. 그 보답으로, 우는 사람을 지나치지 않고 안아줄 수 있는 마음으로 살도록 노력하겠습니다. '인간다움'은 무엇인지 작품을 통해 계속 질문하겠습니다. 부디 여러분의 마음에도 '남신3'라는 로봇과 그가 흘린 눈물 한 방울이, 오래토록, 맺혀 있기를 바랍니다. 그것이 작가인 제가 이 드라마에 바라는 유일하고도 온전한 마지막입니다.

끝으로, 마지막 회 대본에 적은 문구를 빌어 이 드라마에 참여해주신 많은 분들께 새삼 감사의 마음을 전합니다.

가짜 중의 가짜 같은 이야기를 진짜보다 더 진짜처럼 만들어주신 '너도 인간이니?'의 인간들.

몸과 마음과 감성과 에너지를 다해 이 드라마의 아름다운 얼굴들이 되어주신 모든 배우님들.

재난모드가 발동할 법한 혹독한 현장에서 아름다운 장면들을 길어 올려주신 모든 스텝님들.

보이지 않는 곳에서, 애정을 다해, 이 작품이 제작되도록 갖은 고생을 다해준 유상원 본부장과 장신애 팀장 이하 제작사분들.

모두에게, 마음 깊이, 감사드립니다.

마지막으로, '너도 인간이니?'를 같이 낳고, 이 아이의 성장을 울고 웃으며 끝까지 함께 견뎌주고 있는, 차영훈 감독님. 감사하다는 말로도 부족합니다.

참으로, 고생 많으셨습니다!

作家 조 정 주

용어 정리

S	Scene. 장면이라는 의미로, 동일 시간 동일 장소에서 이뤄지는 행동, 대사가 하나의 씬으로 구성된다.
E	Effect. 효과음. 주로 화면 밖에서의 소리를 장면에 넣을 때 사용한다.
F	Filter. 전화 수화기를 통해서 들려오는 소리.
OL	Overlap. 오버랩. 현재 화면이 흐릿하게 사라지면서 다음 화면이 서서히 등장해 겹치게 하는 기법. 소리나 장면이 맞물린다.
인서트	INSERT. 화면 삽입. 무언가에 집중시키거나, 자세히 설명하기 위한 장면을 삽입하는 것으로, 특정 부분을 확대하는 클로즈업을 통해 이뤄지는 경우가 많다.
플래시백	Flash Back. 과거에 나왔던 씬을 불러오는 것. 주로 회상하는 장면이나 인과를 설명하기 위해 넣는다.
플래시컷	Flash Cut. 화면과 화면 사이에 인서트로 삽입한 빠르게 움직이는 화면. 화면의 속도를 증대시키거나 시각적인 충격 효과를 창출하기 위해 사용된다.
프레임인	Frame In. 피사체가 카메라 화각 안으로 들어오는 것.
프레임아웃	Frame Out. 피사체가 카메라 화각 바깥으로 벗어나는 것.
페이드아웃	Fade Out. 화면이 서서히 어두워지는 기법.
페이드인	Fade In. 어두웠던 화면이 서서히 밝아지는 기법.
몽타주	각기 다른 시간과 장소의 컷들을 이어붙인 장면.
CUT BACK	각기 다른 화면을 번갈아 대조시키는 기법으로, 주로 같은 시각 두 장소에서 일어나는 사건이나, 각기 다른 시점을 설명하기 위해 사용한다.
DIS	디졸브. 하나의 화면이 다음 화면과 겹치면서 장면이 전환되는 것을 말한다.

차례

작가의 말 5

용어 정리 8

PLAY 1
제 1 회 | 제 2 회 11

PLAY 2
제 3 회 | 제 4 회 59

PLAY 3
제 5 회 | 제 6 회 109

PLAY 4
제 7 회 | 제 8 회 159

PLAY 5
제 9 회 | 제 10 회 213

PLAY 6
제 11 회 | 제 12 회 263

PLAY 7
제 13 회 | 제 14 회 313

PLAY 8
제 15 회 | 제 16 회 361

PLAY 9
제 17 회 | 제 18 회 407

PLAY 1

제 1 회

제 2 회

S#1. HR인공지능연구소 / LAB실 (낮)

인간 뇌 모형도, 각종 로봇 설계도, 연구 메모 등 어지러운 실내.
그 가운데 인공지능 로봇을 제작하는 섬세한 과정 진행된다.
다리, 몸통, 팔, 목, 얼굴까지 갖춰지는 인공뼈대와 모터와 센서들.
3D 프린터처럼 인공피부가 덧입혀지면서 인간 형체에 가까워지고.
마지막으로 얼굴 부분만 비어 있는 로봇 바디.
마스크처럼 생긴 얼굴 피부를 들고 있는 오로라(30대, 女),
화장기 없는 수수한 차림새.
얼굴 부분에 조심스레 마스크 붙이면 나머지 피부와 자연스레 접합된다.
비로소 완성된 인체. 7세 남아의 모습 인공지능 로봇, 남신1(7세, 男).

오로라 (심호흡하고) 자, 시작해보자.

목 뒤쪽 동력원에 전원이 들어오는 순간, 꿈뻑! 눈 뜨는 남신1!
경이로운 그 순간, 홀린 듯 남신1을 바라보는 오로라.

남신1 (정면 향해) 안녕하세요. 인공지능 로봇 남신 ONE입니다.

화면을 정면으로 응시한 채 눈을 깜빡하는 남신1에서 암전.
암전 화면 위로 흐르는 자막.

S#2. 암전 화면 위 자막

〈"인간은 제작 가능해졌다." by 프리드리히 키틀러〉
그 위로 들려오는 박수 소리.

S#3. 대규모 강연장 (낮)

화면 밝아지면 TED 같은 분위기의 강연장. 자막 〈일 년 전〉
프로젝터에 '한국이 낳은, 인공지능계의 아인슈타인!
전(前) 스탠포드인공지능연구소(SAIL) 로라 오 박사'
관객석에서 쏟아지는 박수 받는 오로라. 당당하고 자신감 넘치는 모습.

오로라 역시 박수는 받을수록 좋네요. 꼭 아이돌이 된 기분인데요?
관 객 (웃는)

프로젝터 화면에 대사와 함께 뜨는 세 단계의 로봇 형태.
혼다 시리즈 / 모니터에 남신(7세, 男)의 얼굴 띄운 텔레프레전스*
로봇 / 완벽한 휴머노이드처럼 보이는 남신의 전신 차례대로 뜬다.

오로라 (혼다 뜨고) 현재 최고 사양은 이 아이지만 전 성에 차지 않아요.
머지않아 (텔레프레전스 로봇 뜨고) 멀리 있는 누군가를 바로
내 옆에 소환해주거나, (남신의 전신 뜨고) 인간으로 착각할 만큼
앙큼한 로봇들이 등장할 겁니다.
남신(E) 아냐!

---

* 텔레프레전스 로봇(telepresence robot): 멀리 떨어져 있는 사람을 눈앞에 있는 것처럼 느끼도록 가상현실을 구현해주는 서비스형 로봇.

오로라 소리 난 객석 뒤편 보면 관객들의 시선도 따라간다.
휴머노이드와 똑같이 생긴 남신 서 있다. 그것도 화면과 똑같은 자세로.
깜짝 놀란 객석, 화면과 번갈아보면서 로봇, 로봇, 웅성거리기 시작한다.

남 신 (억울한 듯) 나 아니야! 로봇 아니라 사람이야!
오로라 (꾹 참고) 그래, 너 사람 맞구요. 여러분, 일곱 살 난 제 아들이에요.
차라리 말 잘 듣는 로봇이었으면 싶은.
(하고) 엄마가 조용히 있으랬지?
남 신 난 말 안 듣는 사!람! (강조하는) 이잖아. 계속해. (얄밉게 웃고 앉는)
객 석 (다들 웃는)
오로라 (내 저걸! 하고) 이제 질문 한번 받아볼까요?

S#4. 대규모 강연장 앞 (낮)

두세 대의 차 급히 와서 선다.
일사불란하게 하차한 경호원 서너 명, 서둘러 내려온다.

S#5. 대규모 강연장 안 (낮)

막바지로 향하는 오로라의 강연. 질문하는 객석.

관객1 말씀하신 로봇들이 언제쯤 만들어질까요?
오로라 언젠가는 꼭이요. 제가 못 만들면 제 아들 세대가, 안 되면 또
그 후대가 만들어주겠죠. 혼자 꾸는 꿈은 재미없잖아요. ^^
남 신 (존경하는 눈빛으로 보는)
관객1 (의구심) 인간과 구별되지 않는 로봇이 진짜 가능할까요?
오로라 세 박자가 맞아떨어져야죠. 일단 기술은 별문제가 안 됩니다.
자고 일어날 때마다 비약적으로 발전하니까요. 두 번째로 돈.

로봇을 만드는 데 당연히 어마어마한 돈이 필요하겠죠. 마지막은 뭘까요? (하고) 여러분과 똑같이 생긴 로봇을 꼭 만들고 싶다는, 독기에 가까운 제 열정이겠죠. (아들 보고) 너!

남 신 (깜짝 놀라는)

오로라 또 이래봐. 똑같이 생긴 로봇 만들어서 걔만 예뻐할 테니까.

남 신 괜찮아. 나도 아빠가 더 좋으니까.

기막혀서 웃어버리는 오로라, 헤- 하고 웃는 남신.

S#6. 대규모 강연장 앞 (낮)

돌아가는 관객들에게 허리 굽혀 인사하는 오로라.
옆에 서서 같이 인사하는 남신을 귀엽게 보고 가는 관객들.

남 신 (엄마 안색 살피며) 내가 아빠 더 좋아한대서 삐졌어?

오로라 전혀. 그 아빠는 너보다 날 훨씬 좋아하거든.

남 신 누가 그래? 엄마가 아빠 맘속에 들어가봤어?

오로라 궁금하면 직접 물어보든가. (손목시계 보며) 아빠 금방 오실 거야. 얼른 공항 가서 비행기 타고 집에 가자.

남 신 내가 아빠한테 전화해서 물어볼 거야!

오로라의 휴대폰 뺏어 고집스럽게 단축키 누르는 남신.
그런 아들을 보고 피식 웃는 오로라.
두 사람의 뒤쪽에서 들리는 휴대폰 벨소리.

오로라, 남신 (서로 보고) 아빠 벨소리다!

밝은 표정으로 뒤를 돌아본 오로라와 남신, 놀란다.
서종길(30대, 男), 들고 있던 전화 끊고 뒤편의 경호원들에게 눈짓한다.

본능적으로 남신을 안는 오로라에게 달려들어 둘을 떼어내려는 경호원들.

남 신 (놀라서) 엄마!

오로라 (꽉 안으며) 신아! (경호원들에게) 당신들 왜 이래?! 이거 놔!!

경호원들 (무자비하게 떼어내는)

남 신 (기를 쓰는) …아저씨, 놔요… 나 우리 엄마랑 있을 거예요….

오로라 (절박한) 신아! 엄마 꼭 붙들어! 절대 떨어지지 마!

남신을 겨우 오로라로부터 떼어낸 경호원들, 서둘러 데리고 간다.
나머지 경호원들은 오로라를 붙들고 있다.

오로라 (몸부림치며) 이거 놔! 놓으라구! 신아! 신아!

엄마! 엄마! 애타게 부르는 남신을 경호원들이 억지로 차에 태운다.
서둘러 출발하는 차 뒷유리를 팡팡 치며 울부짖는 신이.
점점 멀어지는 아들을 속절없이 보기만 하는 오로라.

종 길 놀라게 해드려 죄송합니다.

오로라 (종길 노려보며 경호원들을 뿌리치는)

종 길 신이, 회장님께서 부르셨습니다.

오로라 (기막힌) 그분이 왜요? 며느리 손자로 절대 인정 못 하신대서,
한국 땅 떠나 조용히 사는 우리한테 갑자기 왜요?
적선하듯 베푸는 관심 필요 없으니까 내 아들 데려와요.
우리 신이, 당장 내 앞에 데려와요!

종 길 (안 된다는) 죄송합니다.

오로라 (감정 삼키고) 잠깐 강의하러 들어온 거예요.
애 아빠 만나서 가면 다신 안 돌아올 테니까– (하다가 번뜩)
그거 애 아빠 전화기죠? 그걸 왜 그쪽이 갖고 있죠?

종 길 (서류 꺼내 보여주는)

오로라 …뭐예요…이게…

종 길　정우 사망 확인서입니다. 어제 새벽에 발인까지 마쳤습니다.

오로라　(어이없는) 발인? …그…그 사람이 죽었다는 거예요?

종 길　(못 박듯) …자살했습니다.

오로라　(충격!!) …그 사람이 왜 자살을…아버지께 며칠 다녀온다던
사람이 도대체 왜… (하다가 문득) 우리 신이…
(하다가 의도 알고) 신아! 안 돼, 신아! (달려가려는)

종길이 눈짓하면 양쪽에서 오로라를 붙드는 경호원들
이거 놓으라며 버둥거리는 오로라를 사정없이 바닥에 내쳐버린다!
바닥에 쓰러진 오로라, 굴하지 않고 종길 노려본다.

종 길　당신 손주는 당신이 맡으시겠답니다.
계좌 확인해보시면 큰 위로 되실 겁니다. 다 잊고 돌아가시죠.

깍듯하게 인사하고 가는 종길을 끝까지 노려보는 오로라, 눈물 고이는.

S#6-1. 추모공원 / 안치실 (밤)

환하게 웃는 정우의 사진 놓여 있는 안치함.
바닥에 널브러져 앉아 그 사진을 올려다보는 오로라.
초췌하고 처연한 얼굴에 온통 눈물로 얼룩진.
주머니에서 어린 남신 사진 꺼내서 본 오로라,
말없이 정우 사진 앞에 남신의 사진을 보여준다.

오로라　…가면서 우리 신이 많이 보고 싶었지? …당신 혼자라서 외롭겠다…
…우리 신이도 당신처럼 외로워하고 있을 텐데…

정우의 안치함을 그리운 듯 쓰다듬던 오로라의 손길, 우뚝 멈춘다.

오로라 (결연한) 걱정 마. 내가 꼭 데리고 올게.

결심한 듯 일어나서 안치함 사이를 빠져나오는 오로라.
뚜벅, 뚜벅, 단호한 걸음걸이로 걸어 나오는 독기 어린 오로라의 모습.

S#7. 고급주택가 / 다른 날 (낮)

고급빌라와 고급저택이 즐비한 동네.
한눈에도 비싸 보이는 새 외제차 과시하듯 지나간다.
운전자는 앞 씬과는 사뭇 다른 화려한 차림의 오로라.

S#8. 건호의 저택 앞 (낮)

저택 앞에 다다른 오로라, 대문 맞은편으로 차를 후진시킨다.
차를 주차하나 싶은데, 갑자기 엑셀 밟아 앞으로 돌진하는 오로라!
대문과 쾅! 부딪힌다! 충격이 오로라에게도 고스란히 전해지고.
흔들림 없는 표정의 오로라, 또 후진해서 무서운 속도로 다시 쾅!
운전대에 얼굴을 세게 부딪치는 오로라.
눈 옆에서 피가 흐른다. 아무 상관없다.
죽자고 또 후진시키는 오로라, 다시 한 번 돌진!
오로라의 독기 어린 표정!

S#9. 건호의 저택 / 마당 (낮)

드넓은 마당, 잘 가꿔진 정원에 쾅! 울려 퍼지는 소리.
쾅! 소리와 함께 기어이 대문의 틈이 벌어진다.
그 소리에 놀라서 뛰쳐나오는 경호원들과 걸어 나오는 종길.

잠시 후, 또 쾅! 급기야 대문을 팡! 뚫고 통과하는 차.
돌진하는 차에 놀라 몸을 날려 피하는 경호원들.
정원 한구석에 처박고서야 멈추는 오로라의 차.
먼지에 연기까지 피어오르지만 대체로 멀쩡한 차.
운전대에 고개 처박고 있는 오로라를 보는 종길.
오로라, 고개 들면 생채기에 피에 만신창이가 된 옷차림.
개의치 않고 차에서 내린 오로라, 눈가에 흐르는 피를 슥- 닦는다.
보조석에서 여행용 보스턴백 꺼내더니 거침없이 종길에게 내팽개친다.
종길의 머리께에서 팔랑팔랑 날려 흩어지는 만 원권 지폐들.

오로라 그 대단하다는 돈, 겨우 차 한 대 사니까 이거 남네요.
돈 또 주면 더 비싼 차 살 거예요. (망가진 대문 보며) 용도는, 알죠?
종 길 의외네요. 정우 잃은 슬픔에 몸도 못 가눌 줄 알았는데.
오로라 감정에 빠져서 아들까지 잃을 순 없죠. 신이랑 같이 가서 그 사람
죽음 맘껏 슬퍼할 거예요. (큰 소리로) 신아, 엄마 왔어! 나와!
경호원들 (오로라 붙들려고 하면)
종 길 (고개 젓는다)
오로라 (여기저기 찾아다니며) 신아! 엄마 너 데리러 왔어! 이 집에 있는 거
아무것도 챙기지 말고 그냥 나와! 얼른 집에 가자!
남신(E) 엄마.

오로라, 돌아보면 문가에 서 있는 차분한 얼굴의 신이.

오로라 (달려가서) 신아! 괜찮아? (얼굴 만져보며) 어디 아픈 덴 없어?
엄마 얼마나 걱정했는데. 많이 보고 싶었어.
남 신 (엄마의 손을 천천히 떼어내버리는)
오로라 (놀라서) 신아…
남 신 나 엄마랑 안 가. 이 집이 훨씬 좋아. 여기서 할아버지랑 살 거야.
오로라 (충격) 그게 무슨 말이야? 너 왜 그런 말을 해? (하다가) 누가 너한테
뭐라고 했니? (종길 보며) 협박 같은 거 했어?

남 신 그런 거 아냐.

오로라 그럼 왜? (손잡고 끄는) 엄마랑 가자, 얼른.

남 신 (손 홱 빼며) 아빠처럼 죽기 싫어!

오로라 (천천히 돌아보고) 뭐?

남 신 아빠, 엄마 땜에 죽었어!

오로라 (충격) …누가…누가 그래? 누가 너한테 그런…

남 신 말 안 해줘도 다 알아. 아빠, 엄마 때문에 많이 힘들어했어.

오로라 (무너지는) …신아…

남 신 나 엄마랑 안 가니까 다신 오지 마! 오면 나도 죽어버릴 거야!
(홱 돌아서는)

오로라 (잡으려는) 신아! 신아!

종길의 눈짓에 오로라 붙드는 경호원들. 신아! 신아! 끌려 나가는 오로라.
뒤돌아보지 않는 무표정한 신이, 뚜벅뚜벅 걸어 안으로 들어간다.

S#10. 건호의 저택 / 2층 (낮)

계단 올라온 신이, 창문가에 와서 발길을 멈추고 본다.
말없이 창밖을 보며 서 있는 무표정한 남건호(50대, 男).

남 신 약속대로 했어요. 우리 엄마한테 아무 짓도 안 할 거죠?

건 호 (시선 고정한 채) 그래.

건호의 차가운 시선 끝. 대문 앞, 경호원들에게 끌려 나가는 오로라.
경호원들 뒤에 감독하듯 서 있는 종길.

S#11. 건호의 저택 앞 (낮)

경호원들에게 내팽개쳐진 오로라. 멍하니 열린 대문 안 보는.

남신(E) 아빠, 엄마 땜에 죽었어! 나 엄마랑 안 가니까 다신 오지 마!
오면 나도 죽어버릴 거야!

눈물이 주룩 흐르는 오로라, 그래도 눈물 쓱 닦고 일어난다.
비장한 얼굴로 들어가려는 오로라의 앞을 막아서는 종길.

오로라 (독기) 내 아들은 내가 데려가. 비켜. (가려는데)

종 길 신이까지 잘못됩니다!

오로라 (멈추고 믿기지 않는 듯) …뭐?

종 길 (몰아치는) 회장님 뜻대로 안 되는 게 있습니까?
정우도 그분께 맞서다가 그렇게 된 거예요.
곁에 두는 거보다 살아 있는 게 중요하잖아요.
당신 욕심 때문에 신이까지 잘못되면 감당할 수 있습니까?!!

종길을 보던 눈빛 두려움으로 바뀌며 덜덜 떨기 시작하는 오로라.
경호원들과 함께 안으로 들어가 버린 종길. 끼익! 닫히는 대문.
닫힌 문 앞에서 털썩 주저앉는 오로라. 그 위로 비행기 날아가는 소리(E)

S#12. 비행기 안 / 다른 날 (밤)

어둠 속. 잠든 승객들 확인하던 승무원, 뭔가를 발견하고 다가온다.

승무원 라이트 켜드릴까요, 손님?

대답 없는 손님. 라이트를 켜주는 승무원.

불 켜지면 넋 나간 채 신이의 사진을 뚫어져라 보고 있는 오로라.
승무원도 의식하지 못하고 사진을 아들처럼 소중하게 꼭 껴안는다.
사연이 있지 싶어 라이트 꺼주고 가는 승무원.
어둠 속에서 흘러나오는 오로라의 낮은 흐느낌. 암전.

S#13. HR인공지능연구소 / LAB실 (낮)

PLAY1 1씬의 연장. 화면 밝아지면 책상 위에 놓인 앞 씬의 남신 사진.
목 뒤쪽 동력원에 전원이 들어오는 순간, 꿈뻑! 눈 뜨는 남신1!
경이로운 그 순간, 홀린 듯 남신1을 바라보는 오로라.

남신1 (정면 향해) 안녕하세요. 인공지능 로봇 남신 ONE입니다.
오로라 (시선을 떼지 못하는)
남신1 (오로라 보고 해맑게) 엄마.
오로라 (눈물 꾹 참고) … 엄마라고… 한 번 더 불러줄래?
남신1 엄마.
오로라 …신아… 보고 싶었어… 아주 많이…

오로라, 급기야 또르르 흐르는 눈물방울.

남신1 원칙 하나. 울면 안아준다.

오로라를 안아주는 남신1. 그런 남신1을 안고 눈물 흘리는 오로라.

S#14. 몽타주 : 오로라와 남신1의 생활

인적 없는 유적지 (낮~석양 무렵)
낮. 주위 둘러보며 뒤뚱뒤뚱 위태롭게 걸어가는 남신1,

허물어진 건물의 높은 계단 앞에 선다.
올라가려는 남신1의 다리, 반복적으로 계단에 부딪힌다.

잠시 후. 석양 무렵. 신아! 신아! 다급하게 둘러보며 남신1을 찾는 오로라.

오로라 (달려오며) 신아!

계단 앞에 넘어져 있는 남신1을 서둘러 일으키는 오로라.
작동이 멈춰버린 남신1의 얼굴에 묻은 흙 털어주고 번쩍 들고 가는 오로라.

HR인공지능연구소 / LAB실 (밤)
그 자세 그대로인 남신1의 동력원 갈아 끼워주는 오로라.
배터리 잔량 100%. 번쩍 눈 뜨고 제 팔다리 움직여보는 남신1.
그런 남신1이 귀여워서 머리를 쓰다듬어주는 오로라.

HR인공지능연구소 / 오로라의 방 (밤)
침대에 누운 오로라, 땀범벅에 열에 들떠 한눈에도 아파 보인다.
콜록 콜록 기침하는 오로라를 가만히 보던 남신1, 밖으로 나간다.
잠시 후. 지쳐서 눈감은 오로라의 손에 뭔가를 조심히 쥐어주는 남신1.
힘겹게 눈 뜬 오로라, 제 손을 펼쳐보면 남신1의 동력원이다.

오로라 (웃음기) 엄마도 충전하라구?

진지하게 끄덕이는 남신1이 귀여워서 가만히 안아주는 오로라.
엄마 품속에서 가만히 있는 남신1. 창밖으로 들려오는 빗소리.

S#15. 건호의 저택 / 남신의 방 (밤)

번개와 천둥소리 들이치는 방. 지나치게 넓고 어두운 실내.

한구석에 귀를 막고 덜덜 떨며 앉아 있는 8세의 남신.

남 신 …엄마…무서워…엄마…

문고리 덜컹거리는 소리에 이어 들려오는 메이드의 목소리.

메이드(E) 신이 도련님, 괜찮으세요? 제가 들어갈까요?
남 신 들어오지 마! 아무도 오지 마!

눈물 흘리며 덜덜 떠는 남신의 안쓰러운 모습.

S#16. 몽타주 : 어린 남신에서 청소년 남신으로! (낮)

승마장. 시무룩한 얼굴로 걸어가는 남신.
승마복에 승마 모자 쓰고 말을 데리고 가는 교관과 함께 이동 중.
발걸음을 멈추고 어딘가를 보는 어린 남신.
말에 올라탄 제 또래의 소년, 무서워서 울면 함께 다독여주는 아빠와 엄마.
그 모습을 하염없이 부럽게 보는 남신.
겨우 용기를 내서 말을 모는 어린 소년. 천천히 따라가주는 엄마와 아빠.
가족들 사라지면 어느새 마장 한쪽에 앉아 있는 청소년 남신.
텅 빈 마장 보면서 삐딱한 표정에 세상과 단절된 듯 이어폰 낀.

학교 앞. 고급 세단에서 내린 청소년 남신. 차 가고 나면
학교로 들어가지 않고 다른 방향으로 걸어가는 청소년 남신.

건물 옥상 위. 걸터앉아 음악 듣는 청소년 남신.

S#17. HR인공지능연구소 / LAB실 / 다른 날 (밤~새벽)

놀이터, 학교 앞, 건물 옥상 등 외부에서 찍은 앞 씬의 사진 이미지들,
순서대로 띄워진다. 그 이미지들을 가슴 아프게 매만지는 오로라.
하염없이 시간이 흐르고 어느덧 창밖이 밝아온다.
문이 벌컥 열리고 나타난 남신1, 제 설계도를 들고 서 있다.

남신1 엄마, 제가 똑같이 그렸어요. 잘했죠?

힘없이 웃어준 오로라, 남신1의 손에 들린 설계도 보고 눈이 번뜩한다.

S#18. 설계도 몽타주

남신1의 설계도, 키도 커지고, 팔다리도 길어지고, 골격도 굵어진다.
더욱 강력한 인공뼈대, 인공관절, 모터, 센서들로 업그레이드된다.
머릿속 인공지능 스페이스도 넓어지고, 더욱 정교해진다.
설계도, 어느새 청소년의 골격이 된 남신2(15세, 男)로.

S#19. 몽타주 : 오로라와 남신2의 생활

HR인공지능연구소 / LAB실 (낮)
눈 감은 채 서 있는 남신2. 한쪽 팔에 로보 워치를 채워주는 오로라의 손.
로보 워치 전원 ON 되면 꿈뻑, 눈을 뜨는 남신2!

남신2 인공지능 로봇 남신 TWO입니다. (오로라 보며) 어?
엄마! 왜 이렇게 키가 작아졌어요?

오로라 (웃음기 머금고) 내가 작아진 게 아니고 니가 큰 거야, 신아.

남신2 (자기 몸 여기 저기 살펴보는) 팔다리 길어지고 손발도 커졌어요.

오로라 그래. 이젠 엄마보다 훨씬 크고 힘도 세.

남신2 (무표정하게 웃는 엄마 보는)

오로라 엄마, 선물 있는데.

인적 없는 유적지 (낮)
PLAY1 14씬에 남신1이 멈췄던 계단 앞에 서 있는 남신2, 오로라를 본다.

오로라 전에 여기서 넘어졌었지? 한 번 올라가봐.

잠시 망설이던 남신2, 조심스레 한 계단을 올라가본다.
약간 기우뚱하지만 넘어지지 않는다.

오로라 더 빨리 올라가볼래?

또 한 계단 올라가는 남신, 한 계단 더, 또 한 계단 더,
점점 속도 높이더니 아예 몇 계단씩 성큼성큼 올라가는 남신2.
그러더니 멈춰서 오로라를 내려다본다.

오로라 (일부러 칭찬해주는) 우리 아들, 진짜 대단하다.

남신2 (한 계단 더 올라가고 허세) 별거 아니에요. 엄마도 올라와요.

오로라 (웃고 같은 계단까지 올라가는) 엄만 힘들어. 벌써 늙었나 봐. (웃는)

남신2 (가만히 오로라를 보는)

오로라 왜? 엄마 진짜 늙었어?

남신2 (고개 젓고) 웃는 건 어떻게 하는 거예요?
저도 웃고 싶어요, 엄마처럼.

오로라 (가만히 보다가) 나도 니가 환하게 웃었으면 좋겠어.
엄마가 꼭 웃게 해줄게, 신아.

S#20. 남신3 몽타주 (낮)

남신2의 무표정한 얼굴에서 남신3의 웃는 얼굴로 변화되는 과정.
얼굴 뼈대에 업그레이드된 인공근육 세밀하게 입혀진다.
인공근육은 얼굴에서 어깨로, 어깨에서 팔과 다리로 덧입혀지고,
점점 단단하고 다부진 골격의 성인 남자로 변화한다.
다시 얼굴로 돌아와 미세한 입가와 눈가의 근육 센서 움직이면,
양쪽 입꼬리 올라가고 눈가가 변하면서 웃는 표정이 된다.
그 위를 조금씩 감싸는, 인간과 구별이 힘들 만큼 정교한 인공피부.
다 감싸면 환하게 웃고 있는 남신3(28세, 男)의 얼굴.

S#21. 숲속 일각 / 다른 날 (낮)

환하게 웃고 있는 남신3, 햇볕이 따스한 숲속에 앉아 있는.
나무, 풀, 꽃, 새 등을 둘러보는 남신3 팔에는 업그레이드된 로보 워치.
옆에 앉아 있는 누군가를 보면 어느새 늙은 오로라다.
웃는 남신3를 보며 눈가에 눈물 맺히는 오로라.
그런 오로라를 보고 웃음 거두는 남신3.

오로라 (눈물 훔치며) …그냥… 누군가 생각나서…
남신3 (안아주며) 울면 안아주는 게 원칙이에요.

엄마를 따스하게 안고 웃어주는, 환한 햇볕 속의 남신3에서. 암전.

S#22. 파파라치 컷 / 몽타주

화면 밝아지면 카메라 셔터 소리와 함께 남신의 파파라치 컷들.
한눈에도 뛰어난 패션 감각. 남다른 비율. 압도적인 아우라.

클럽, 라운지 바, 피트니스 등등에서 각각의 여성 연예인과 어울리는 모습.
파파라치 컷 아래 달리는 조롱조의 댓글들.
'재벌은 요렇게 놀아야지. 땅콩 갖고 놀지 말고'
'보고도 믿기지 않는 조합'
'남신과 여신들의 만남=판타지로맨스' '벌써 갈아탐? 환승 속도 쩔어.'

S#23. 고급 세단 안 (낮)

운행 중인 차. 널찍한 뒷좌석에 여유 있게 드러누워 있는 남신(27세, 男),
가죽시트가 더럽혀지든지 말든지 발 올려 한쪽 다리 꼬고, 이어폰 꽂고.
천천히 차를 주차한 운전기사, 조심스럽게 말을 건넨다.

운전사 도착했습니다, 본부장님.

벌떡 일어난 남신, 차창을 내린다. 창밖을 보고 차갑게 비웃는 남신.
기업 광고판에 흐르는 자율주행차 광고문구.
〈당신의 미래 도시! 자율주행차가 시작합니다! PK 그룹〉

S#24. 승합차 안 (낮)

십여 명의 경호원들, 긴장한 얼굴로 앉아 있다.
가장 끝자리에 앉아 있는 강소봉(28세, 女)과 수정(25세, 女).
가장 연장자인 팀장, 중앙에 서서 지시한다.

팀 장 파파라치들이 날뛰는 건 PK그룹 경호팀의 수치다.
오늘은 반드시 철벽방어한다! 실패하면 몽땅 잘릴 각오해!
다 들 (잔뜩 기합 들어간) 네!
팀 장 (흰 봉투 꺼내 흔들며) 카메라 값이다! 보이는 대로 부수고 던져줘!

흰 봉투 경호원들에게 나눠주면, 옆으로 신속하게 전달되는 흰 봉투.
소봉도 봉투를 받아 절도 있게 주머니에 넣는다.

S#25. 인천공항 앞 (낮)

자율주행차 광고판 아래 서 있던 승합차 문 열리고,
승합차에서 일사분란하게 내린 경호원들, 등 돌리고 두 줄로 선다.
서슬 퍼런 눈빛으로 지나가는 사람들 쏘아보는 소봉.
마찬가지인 경호원들 때문에 괜히 주눅 드는 공항객들.
팀장, 대형 확인하고 심호흡하고 세단 뒷문을 연다.
문이 열리면 나오는 남신, 선글라스 낀.
팀장의 안내에 따라 출입구를 향하는 남신, 소봉의 뒤를 지나친다.
저 멀리 주차된 한 대의 차 포착. 차 뒤에서 팟! 팟! 터지는 카메라 플래시!

소 봉 제가 잡을게요!

맹렬하게 뛰어가는 소봉을 흘깃 보고 공항 안으로 들어가는 남신.

S#26. 인천공항 앞 2 (낮)

소봉이 달려오는 걸 보고 카메라 들고 다급히 차에 타는 조 기자(30대, 女).
서둘러 출발하는 차를 향해 미친 듯 달리는 소봉.
총알처럼 달려온 소봉, 달리는 차의 문고리를 기어이 붙든다.
문을 열려고 애쓰는데 안에서 저항하는 조 기자.
끼익! 끼익! 소리 내며 달려가는 차에 매달린 소봉.
조 기자의 팔을 사정없이 쳐내고 차 안으로 몸을 욱여 넣는다!

S#27. 차 안 (낮)

악바리처럼 밀며 들어오는 소봉. 구석으로 도망가는 조 기자.
그 와중에 차 문이 쾅 닫히고! 그 소리에 놀라 눈이 마주친 두 사람!
잠깐의 정적 후에, 의외의 하이파이브?!

조 기자 (숨 몰아쉬며) 잘했어. 잘했어. 봉투!
소 봉 (서둘러 봉투 꺼내서 지폐 반 꺼내주면서) 딱 반띵이에요.
(하고) 몰카 빨리 빨리.
조 기자 어, 그래. (돈 챙겨 넣고 손목시계 몰카 꺼내 채워주며)
남신 파파라치 사진이 자기 작품인 거 알면 다들 깜놀할 거야.
경호원이 VIP 사진을 찍어서 팔 줄 누가 상상이나 하겠어?
소 봉 (습관처럼 펜던트 매만지며) 몰카는 처음이라. 들키지 말아야 되는데.
조 기자 긴장돼? 자긴 긴장하면 꼭 그거 만지더라. (하고) 설치 끝!
여배우에서 걸그룹으로 갈아탔대. 뉴페이스 찍어오면 두 배 줄게.
소 봉 뉴 페이스 두 배, 약속 지켜요. (내리는)

S#28. VIP 라운지 앞 (낮)

소봉에게 보고받는 팀장.

소 봉 카메라는 부셨습니다. 보상금도 전달했구요.
팀 장 잘했어. 도둑사진이나 찍어 파는 쓰레기들.
소 봉 (태연하게) 재활용도 안 되는 쓰레기 중의 쓰레기죠.
정직하게 먹고 살아야 제대로 된 인간이다! 팀장님께서 늘
강조하시는 삶의 철학, (가슴 두 번 두들기고) 리스펙트!
팀 장 (무안해서) 짜식, 고생 많았다. 자리로 가.
소 봉 네!

절도 있게 인사하고 가장 끝자리로 향하는 소봉,
라운지 앞에 간격을 두고 서 있는 경호원들, 소봉을 볼 때마다 엄지 척!
마지막으로 엄지 척하는 수정 옆에 와서 서는 소봉.
걱정되는 듯 소봉을 보는 수정. 앞을 보라고 턱짓하는 소봉.
수정이 전방주시하면 라운지 안을 슬쩍 살피는 소봉.
등을 보인 채 스마트폰 갖고 노는 남신 보인다.

조 기자(E) 여배우에서 걸그룹으로 갈아탔대. 뉴페이스 찍어오면 두 배 줄게.

소봉, 남신 주위 살펴보는데 상관없는 승객들만 몇 앉아 있다.
낭패다 싶은데 갑자기 등 돌리고 있던 한 여자 슬며시 남신 옆에 앉는다.
주목하는 소봉. 후드 티 살짝 벗는 여자 보고 놀라는 소봉.

수 정 언니, 저 여자 걸크러쉬 멤버 고세희 맞지?
소 봉 (엄한) VIP 사생활은 목숨처럼 지킨다. 짤리기 싫으면 전방주시.

얼른 앞을 보는 수정. 소봉, 차분히 손목시계 몰카를 조정한다.
남신과 고세희의 스킨십 시작된다. 얼굴 만지고, 어깨 감싸고, 키스까지.
주위 살피면서 신중하게 버튼 누르는 소봉.
시계 카메라에 찍히는 남신과 고세희의 스킨십 컷들.
뜻대로 돼서 기분 좋은 소봉, 삐져나오려는 웃음 참느라 애쓴다.

소 봉 (수정에게 엄한 척) 나 잠깐 화장실 좀.

소봉 자리 뜨면서 보면 고세희와 계속 얘기하는 남신.

S#29. 인천공항 / 화장실 앞 (낮)

시계 손가락으로 휘휘 돌리면서 여유롭게 화장실로 들어가려는 소봉.

그때, 갑자기 홱 시계 뺏어가는 손.
소봉, 본능적으로 돌아서 상대편을 치려다 얼음처럼 굳는다.
유들유들 웃으면서 휘휘 시계 돌리는 남신.

남 신　시계 같은 몰카라. 재밌네.
소 봉　(놀라서) 네? (하다가 차분하게) 오해하실까 봐 말씀드립니다.
　　　들고 계시는 그건 아까 그 파파라치한테 뺏은- (하는데)

탁! 바닥에 시계 던져버리는 남신.
공항객들, 술렁이며 주위로 모여들기 시작한다.

남 신　(차가운) 너 뭐야? 너 같은 게 경호원이야?
　　　그동안 나 팔아먹은 거 너지? 인터넷에 도배된 사진 다 니 짓이잖아!
소 봉　진짜 오해십니다. 억울해요, 본부장님.
남 신　억울? 이게 누구 앞에서 겁도 없이. 너 아까 나 찍었잖아.
　　　너 잡겠다고 맘에도 없는 애랑 키스까지 했거든, 내가.
소 봉　(당황) 그, 그런 적 없습니다. 뭔가 찍혔다면 아까 그 파파라치가-

하는데 그 말에 분노한 남신, 소봉을 뒤로 사정없이 밀어버린다.
심하게 휘청대는 소봉을 보고 비명 지르며 휴대폰으로 찍는 사람들.

남 신　내가 우스워? 얻다 오리발이야? 얻다 구라 치냐구!

폭발한 남신, 온 힘을 실어 소봉의 뒤통수를 살벌하게 후려갈긴다!
고개가 홱 돌아간 소봉. 풀썩 바닥에 쓰러진다. 그 모습 카메라 플래시!
촬영하는 사람들 보고 분노하는 남신.

남 신　(으르렁대는) 뭘 찍어? 왜 찍어? 왜, 니들도 나 찍어서 돈 좀
　　　만지게? (선글라스 벗으며) 찍어! 안 찍으면 죽어?!

찰칵! 찰칵! 휴대폰 카메라 찍히는 소리. 동영상을 찍는 사람들도 있다.
그제야 달려온 경호팀, 사람들의 휴대폰 뺏으려는데 만만치 않다.
왜 뺏어? 니들 뭔데? 항의하는 사람들과 물러서지 않는 경호팀의 실랑이.
멍하니 앉아 있던 소봉, 퍼뜩 정신 나서 바닥에 떨어진 시계 챙기려는데,
먼저 집어 올리는 손, 보면 온화한 표정의 영훈(32세, 男)이다.

영 훈 (시계 보며) 이건 나중에 얘기하죠. 본부장님은요?
소 봉 (주위 돌아보는데 안 보이는)
팀 장 (얼른 와서) 비행기 탑승하러 가신 거 같습니다. LA 행 1A입니다.

영훈, 몰카 시계 팀장에게 넘기고 서둘러 달려간다.
몰카 받은 팀장 소봉 노려보면, 고개 푹 숙이는 소봉.

S#30. 비행기 안 (낮)

짐정리 하느라 어수선하고 복잡한 비행기 안.
사람들 피해 요리조리 다급하게 들어오는 영훈. 좌석 확인하며 남신 찾는.
1A 찾았다. 그런데 가서 보면 자리 비어 있다! 뭐지? 난감한 영훈.
그때, 울리는 영훈의 전화벨. 액정 보면 〈001 870 ○○○○○○○〉

영 훈 (의아하지만 받고) 여보세요?
남신(F) (놀리는) 누구게?
영 훈 (한숨 쉬고) 어디십니까, 본부장님?
남신(F) 나? 비행기 안. (약 올리는) 형이랑 같이 있잖아.
영 훈 (감정 억누르고) 말장난 그만하고, 진짜 어디야?
남신(F) 힌트 줄게. 흰 구름이 보여. 아니, 흰 구름만 보여.

S#31. 다른 비행기 안 (낮)

비행기 퍼스트 석. 창밖으로 떠 있는 흰 구름 보면서 통화 중인 남신.

영훈(F) (감 잡은) 너 딴 비행기구나. 다 좋은데 자율주행차 PT는 끝내고 가.

남 신 (장난기) 난 차보다 비행기가 좋아. 멀리 날아갈 수 있잖아.

영훈(F) 도대체 어딜 가는데? 회장님 아시면 어쩌려고- (하는데)

남 신 (말 자르며) SNS 아직 안 떴어? 나 여자 패는 국민 쓰레기로 완전 거듭났는데. 이 상황에서 PT 내가 하면 그룹 주력사업 자율주행차, 똥물에 퐁듀하는 거나 마찬가지야. 회사 위해 내가 딱 사라져준다. 능구렁이 할배랑 독사 같은 서 이사도 딱! 좋아할 거야. 형도 내 그림자놀이 딱 그만둬. 그럼 딱! 안녕.

S#32. 비행기 안 (낮)

뚜뚜뚜- 끊긴 전화 보고 낭패다 싶은 영훈.

S#33. 인천공항 일각 (낮)

팀장과 다른 경호원들에게 둘러싸인 소봉, 고개 푹 숙이고 있다.
들고 있던 시계, 소봉 앞에 던지는 팀장.

팀 장 목숨 걸고 지키랬더니 몰카를 찍어? 너 같이 뻔뻔한 놈 때문에 경호원 전체가 욕먹는다는 생각 안 해봤어? 욕을 먹든 말든 니 주머니만 두둑해지면 된다 이거야?

소 봉 (푹 고개 숙이는)

영훈(E) 그만하시죠.

다 들 (영훈에게 일제히 인사하는)

영 훈　강소봉 씨 사표 수리하세요. 당분간은 경호원 일 못 하게 협회에 공문 보내주시구요.

소 봉　(놀라서) 네?

영 훈　(친절한) 이렇게 안 하면 딴 데 가서도 민폐 끼치실 거 같아서요. 다시 얼굴 마주치는 불쾌한 일, 없었으면 좋겠네요. (팀에게) 가시죠.

영훈과 함께 자리 뜨는 경호팀들. 수정도 어쩔 수 없이 따라가고. 혼자 남은 소봉, 심란한 표정으로 부서진 몰카 내려다보는.

S#34. 인천공항 일각 2 (낮)

무심한 얼굴로 부서진 몰카 툭 조 기자에게 건네는 소봉.

소 봉　자요. 나 짤렸으니까 이건 못 물어내요.

조 기자　(받고) 자기 어떡해? 나 땜에 이렇게 돼서.

소 봉　웬 오바? 싫다는 사람 억지로 시켰어요? 쏠쏠한 알바비에 혹한 건 난데 기자님이 왜 그래?

조 기자　미안해서 그러지.

소 봉　됐어요. 안 되면 부잣집 멍멍이라도 경호하죠, 뭐. 갑니다. (가는)

조 기자　소봉 씨!

괜찮다는 듯 손 휘휘 내저으며 멀어지는 소봉의 뒷모습. 찝찝한 얼굴로 보던 조 기자, 휴대폰 울려서 본다. 소봉에게 들키지 않으려는 듯 등 돌려 은밀하게 받는 조 기자.

조 기자　네, 본부장님. (멀어지는 소봉 보면서) 아뇨, 다행히 전혀 눈치 못 챘어요. 근데 소봉 씨는 왜 때리셨어요? 몰카 찍는 거 다 아셨잖아요. 본부장님이랑 저랑 짠 거잖아요. 소봉 씨한테 말 안 한 것도 미안해 죽겠는데 때리시기까지 하면 어떡해요?

S#35. 다른 비행기 안 (낮)

기내 전화 너머로 들려오는 조 기자의 목소리 듣는 남신.

조 기자(F) 소봉 씨 알면 저 죽어요. 게다가 일자리까지 짤려서- (하는데)

툭 전화 끊어버리는 남신, 금세 장난기 걷히는 얼굴.
몇 자리 뒤. 들고 있던 신문 살짝 내려 남신을 엿보는 최상국(30대, 男)
남신의 시선, 순간 이쪽으로 향하면 자연스레 신문 보는 척.
눈치 못 채고 굳은 얼굴로 다시 창밖의 흰 구름 바라보는 남신.
그런 남신의 뒷모습을 다시 살피는 상국.

S#36. PK그룹 전경 (낮)

박 비서(E) 미행 중입니다.

S#37. PT 장소 (낮)

PT 준비가 한창인 실내. 세련되고 럭셔리한 무대 인테리어 설치 중.
여유롭게 두루두루 살피는 서종길(50대, 男). 보고 중인 박 비서(30대, 男)

박 비서 프라하행 비행기에 본부장이 탑승했답니다. 그 사람도 함께 탔구요.
이중 티켓팅을 알아낸 게 천만다행입니다.

종 길 …거긴 왜 갔지? (하고) 무슨 수를 써서라도 절대 놓치지 말라고 해.

박 비서 네. (무대 보며) 회장님께서 서시던 저 자리에 이제 이사님께서
서실 일만 남았습니다.

종 길 (의미심장하게 웃는)

종길(E) 죽을죄를 졌습니다.

S#38. PK그룹 / 회장실 (낮)

모니터 몇 개에 각기 다른 채널의 뉴스. 남신과 소봉의 동영상.
모자이크 처리한 채 흐르는 자막,
〈재벌 3세 경호원 폭행 갑질 파문 확산〉
럭셔리한 남호연(42세, 女)과 서예나(25세, 女)와 영훈 서 있고.
소파에 앉은 남건호(77세, 男), 사죄하듯 엎드려 있는 종길을 묵묵히 본다.

종 길　PT장 챙기느라 본부장님 출국 사실을 까맣게 몰랐습니다.
호 연　회사 말아먹으려고 작정한 애 아니면 어떻게 저런 짓을 해?
영 훈　일부러 그러신 겁니다. 머리 식히고 곧 돌아오실 거예요.
건 호　일부러 그런 거라 괜찮다?
영 훈　본부장님 몰카를 찍은 문제 있는 직원이었습니다.
건 호　문제 있는 직원은 때려도 된다? 왜? 아예 땅에 묻어버리지.
영 훈　(말 못 하는)
종 길　PT에 대한 중압감 때문이셨을 겁니다. 그 PT가 어떤 PT입니까?
매년 회장님께서 몸소 서오시던, PK그룹의 존재감을 각인시켜온 자리 아닙니까? 본부장님의 부담감을 헤아려드리지 못한 제 불찰입니다. (조아리며) 죽여주십시오, 회장님.
예 나　서 이사님 불찰 맞는데요. 쇼 그만하고 일어나시죠.
(비웃는) 꼭 혼자서 영화 대부 찍으시는 거 같잖아요.
다 들　(웃는)
종 길　(못마땅하게 예나 보다가 겸연쩍게 일어나는)
호 연　약혼자 행선지도 모르는 주제에 참 당당하다, 서 팀장.
예 나　(기 안 죽는) 갔으면 언젠간 오겠죠. 뭐하러 구속해요, 촌스럽게?
내일 PT는 일단 미룰게요. (시계 보고) 한 시간 후에 예정돼 있던 PT 진행보고 회의는 어떡할까요, 회장님?
건 호　내가 들어가지. 다들 나가 봐.

S#39. PK그룹 / 회장실 앞 (낮)

영훈과 호연, 종길과 예나, 한꺼번에 나와 흩어진다.
영훈은 인사하고 먼저 가고, 호연도 총총 제 갈 길 간다.
다른 방향으로 걸어 나오는 종길과 예나.
우뚝 멈춰서면 의아한 얼굴로 역시 멈춰서는 예나.

종 길　　혹시 니 아빠가 나란 건 알고 있냐?
예 나　　아빠는. 그걸 말이라고 해?
종 길　　그걸 아는 애가 뭐? 서 이사님 불찰 맞구요. 쑈는 그만하시죠?
예 나　　오빠 없다고 괜히 쓸데없는 야심 품고 그러지 말라구.
오빠, 아빠 보험이야. 노후를 재벌가 장인으로 살게 해줄
든든한 보험.
종 길　　아니까, 너까지 아빠 의심하고 그러지 마.
니 오빠 집안에 바친 세월, 괜히 허무해져. (가는)
예 나　　(미안한) 좀 심했나? (쫓아가며) 서 이사님, 같이 가시죠.

S#40. 격투기 체육관 앞 (낮)

터덜터덜 걸어온 소봉, 낡고 허름한 체육관 안으로 들어간다.

소봉(E)　　니들 미쳤냐?

S#41. 격투기 체육관 / 사무실 (낮)

깜짝 놀란 얼굴로 박살 난 TV 보는 소봉.
근육질인 로보캅(20대, 男, 가명), 바닥에 흩어진 TV 파편 쓸던 중.
왜소하고 마른 조인태(20대, 男), 펀치 연습 중.

소 봉　TV는 왜 뽀개?! 그나마 쓸 만한 걸 니들이 아작내?

로보캅　누나 눈 없어요? 딱 봐도 펀치 강도가 관장님 클라스구만.

소 봉　관장님?

인 태　맞아요! 관장님이 뉴스에서 누나 맞는 거 보시더니,
겁나 흥분하셔서 (TV에 자국 난 대로 펀치 흉내) 퍽! 퍽!

소 봉　(놀란) 뭔 소리야? 뉴스에 누가 나와?

로보캅　누나요. 모자이크 됐는데도, 한눈에 저게 내 딸이다!
내 딸 조진 저 새낀 누구냐! 살벌한 분위기로 뛰쳐나갔어요.

소 봉　(다급한) 그래서 어디로 갔어?

인 태　당연히 PK그룹이죠.

소 봉　에이, 씨! (달려 나가는)

S#42. PK그룹 / 로비 (낮)

살벌한 분위기의 재식(40대 후반, 男)을 붙들고 있는 경호팀들.
재식의 옆에서 어쩔 줄 몰라 하는 수정.

재 식　이거 안 놔? 사과만 받으면 갈 거야! 힘 쓰기 전에 이거 놔!

경호원1　남신 본부장님 출국하셨습니다. 여기 안 계세요.

재 식　남신인지 여신인진 됐고 개 할아버지 나오라고 해!

수 정　(난처한) 본부장님 할아버님, 여기 회장님이세요.

재 식　회장이 뭐? 나도 관장 아닌 아빠로 왔어!
난 운동하는 내 딸한테 힘자랑하지 말라고 가르쳤는데,
여기 회장님은 손자한테 뭐라고 가르쳤나 듣고 싶어서!
힘 있는 거 막 자랑해라, 없는 것들은 막 대하라고 가르치셨나?
아니면 내 딸 뒤통수는 왜 후려갈겨? 무슨 죄가 있다고 후려갈겨?!

수 정　(붙잡고) 관장님, 자꾸 이러시면 언니한테 더 안 좋아요.

재 식　우리 소봉이, 잠깐 방황은 했어도 얼마나 성실하고 착실한 앤데!
경호원 일도 돈 욕심 하나 없이 사명감으로-(하는데)

소봉(E) 아빠!

다 들 (돌아보는)

소 봉 (재식 붙들고) 일단 가자.

재 식 사과받아야지 가긴 어딜 가?

팀 장 사과는 우리가 받아야지. 안 그래, 강소봉 씨?

소 봉 죄송합니다. (하고 재식에게) 제발! 집에 가서 얘기해. (끌고 가는데)

재 식 (뿌리치고) 왜 피해자가 사과를 합니까? 여긴 법이 그래요?

팀 장 강소봉 씨, 본부장님 몰카 찍다 들켜서 맞은 겁니다.
해고도 당했구요.

재 식 몰카? (소봉에게) 너 그게 정말이야? 정말 니가 몰카를 찍었어?

소 봉 (망했다 싶은)

팀 장 성실하고 착실하고 돈 욕심이 없어요? 자식 참 잘 키우셨네요.

팀장, 인사하고 들어가면 수정과 나머지 팀원들도 따라 들어간다.
말없이 소봉을 노려보는 재식. 난처한 얼굴로 시선을 피하는 소봉.
밖으로 걸어 나가는 재식. 그 뒤를 따라 나가는 소봉.

S#43. PK그룹 앞 (낮)

화를 꾹 참고 걸어 나오는 재식. 조심스럽게 따라 나오는 소봉.
갑자기 홱 돌아선 무서운 얼굴의 재식,
분을 참지 못하고 소봉의 뒤통수 사정없이 후려친다!

소 봉 (아파서) 아악! (놀란 눈빛으로) …아빠…

쳐다보지도 않고 가버리는 재식. 아파서 뒤통수 막 문지르는 소봉.
그때 하필 남신에게 뒤통수 맞는 소봉의 영상이 건너편 전광판에 나온다.
화딱지 난 소봉, 고약한 얼굴로 PK그룹 홱 돌아본다!

소 봉　　에이, 씨!!!

S#44. PK그룹 / 회장실 (낮)

모니터 몇 개에 여전히 나오는 남신과 소봉의 뉴스 영상.
톡톡 책상을 치는 손가락. 골똘히 영상 속의 남신을 보는 건호.

플래시백 : 건호의 저택 / 거실 / 당일 아침 (낮)
출근 차림으로 나오던 건호 우뚝 멈추고 보면,
차가운 눈길로 건호를 보고 있는 남신.

남 신　　기대하세요. 앞으로 재밌는 일이 벌어질 테니까.

씩 웃고 건호를 스쳐 지나가는 남신의 매서운 눈빛.

도로 현재. 톡톡 치던 손가락 멈춘다. 어딘가 멍해진 건호의 시선.

S#45. PK그룹 / 회장실 앞 (낮)

건호를 기다리는 영훈과 호연. 초조한 마음에 시계를 보는 영훈.

호 연　　회의 시간 넘었는데 왜 안 나와? 아빠!

호연, 막 문 열려는 찰나 문이 열리고 나오는 건호.
엄마! 놀란 호연을 쳐다보지도 않고 말없이 복도를 걸어가는 건호.
조용히 뒤를 따르는 영훈. 약속한 듯 건호 보다가 역시 뒤따르는 호연.

S#46. PK그룹 / 복도 (낮)

말없이 걷는 건호의 눈치 보는 호연. 뒤편에서 따라 걷는 영훈.

호 연　　아빠, 화 많이 났어? 내가 있잖아. (팔짱 끼며) 아빠 혼자 두기 싫어서 이혼까지 불사하고 돌아온 막내딸.

건 호　　(멈추고 호연 보며) 정우는?

호 연　　(역시 멈추고 의아한) 정우? 정우 오빠? 갑자기 죽은 오빤 왜 찾아?

건 호　　(팔짱 확 뿌리치고 사납게 노려보며) 죽은 오빠?

호 연　　왜 그래?

영 훈　　(의아하게 건호 보는)

건 호　　내가 없는 자식 셈 친다고 너까지 멀쩡히 살아 있는 오래비를 죽은 사람 취급해?

호 연　　(황당한) … 멀쩡히 살아 있다니… 오빠 죽은 지 이십 년도 더 됐잖아…

건 호　　그 입 못 닥치냐?!

영 훈　　(눈치챈) 회장님 모시고 주차장으로 가 계세요.

그때 컨퍼런스 룸 열리고 나온 종길, 건호 발견하고 인사한다.

영 훈　　(다급하게 호연에게) 이 박사님한테 가야 돼요. 얼른요.

멍한 건호를 서둘러 끌고 나가는 호연. 그 모습을 의아하게 보는 종길. 심호흡하고 차분하게 종길 쪽으로 향하는 영훈.

종 길　　회장님은 어디 가시는 거야?

영 훈　　본부장님 일로 충격이 크신 모양입니다. 쉬고 싶어 하셔서 댁으로 모시려구요. 회의 주재는 서 이사님께 맡기신답니다. 모시고 들어가겠습니다. (인사하고 가는)

종 길　　(의아하게 보는)

S#47. PK그룹 / 주차장 (낮)

주위 살피며 건호를 힘겹게 끌고 오는 영훈과 호연.

건 호　(뿌리치며) …정우야…정우야… (도망가려는)
호 연　(다시 붙들며) 아빠, 제발. 왜 이래.
건 호　…정우 데려와…못 가게 해…
영 훈　회장님!

주위 살피며 버티는 건호를 차에 억지로 태우는 영훈과 호연.
건호 태우고 옆에 앉는 호연. 영훈은 재빨리 운전석으로.
시동 걸리자마자 다급하게 출발하는 차.
그때 밖으로 나온 종길, 떠나는 차 뒤꽁무니 본다.
의심스럽게 보는 종길의 옆에 나타난 박 비서.

박 비서　회장님 배웅은 잘 하셨습니까?
종 길　이미 출발하셨어.
박 비서　체코에서 연락 왔습니다. 막 도착했답니다.
종 길　(골똘히 생각하는)

S#48. 공항 (낮)

여행객 사이 조심스레 따라가는 상국.
시선 끝 보면 캐리어 밀고 가는 남신 보인다.
남신이 멈추고 뒤돌아보면 얼른 몸을 감추는 상국.
눈치채지 못한 남신, 사진을 한 장 꺼내서 들여다본다.
환하게 웃고 있는 젊은 날의 오로라를 매만지는 남신.

S#49. 마켓 전경 (낮)

떠들썩한 페스티벌 느낌의 대규모 지역 마켓.
풍성한 먹거리와 신선한 채소와 색감 좋은 과일들 가득한 시장.
활기차고 시끄러운 상인들, 손님 부르고 흥정하느라 활기찬 분위기.

S#50. 마켓 일각 (낮)

시장 한가운데 서 있는 해맑은 얼굴의 남신3,
지나가는 사람들 신기한 듯 쳐다본다.
좌우에는 남신1과 남신2도 역시 사람들을 신기한 듯 본다.
지나가는 아이가 들고 가는 풍선에 마음 뺏긴 남신1, 따라가려고 한다.
안 된다는 듯 남신1의 손 붙드는 남신3. 우뚝 멈추는 남신1.
섹시한 옷차림의 여자를 시선으로 따라가는 남신2.
손으로 남신2의 고개 슥 돌리는 남신3.

남신3 　니들, 형 놓치면 안 돼.

남신1과 남신2, 무표정하게 고개 끄덕이면 다시 구경 시작하는 남신3.
남신1의 손을 잡고 남신2는 시선으로 관리하면서 여기저기 구경한다.
호객하는 아이스크림 아저씨의 몸짓을 따라하는 남신2를 보고 웃는 남신3.
남신1도 똑같이 따라하면 귀여워서 머리 쓰다듬어준다.
아저씨한테 아이스크림 세 개 달라고 손짓하는 남신3.
만들어지는 아이스크림을 유심히 보는 남신3.
옆에 서 있는 섹시한 여자보조를 뚫어져라 보는 남신2.
하늘에 풍선 한 개가 슥- 날아간다. 남신1, 그 풍선을 따라간다.
잡힐 듯 잡히지 않는 풍선을 계속 따라가는 남신1.
그때, 맞은편에서 빵빵 거리며 달려오는 자동차.
피할 줄도 모르고 가만히 다가오는 자동차를 무표정하게 보는 남신1.

그때, 주위를 둘러보고 남신1의 부재를 알게 된 남신3, 뒤돌아본다.
남신1에게 달려드는 자동차를 본 남신3, 재빨리 달려와 남신1을 감싼다.
남신1을 안은 남신3를 향해 멈추지 않고 달려드는 자동차!
그 모습을 무표정하게 보는 남신2와 경악하는 시장 사람들.
자동차가 남신3를 거의 칠 것 같은 순간, 갑자기 확 사라지는 자동차!
사람들과 시장 풍경도 연달아 확, 확, 사라진다!

S#51. VR룸 (새벽)

온통 백색인 공간에 남신1을 안은 모습 그대로 있는 남신3.
옆에서 보는 남신2. 남신1, 2, 3을 한심하게 보고 있는 오로라.

오로라 니들 지금 뭐하니?
남신3 (일어나서) 시장에 처음 가는 날이잖아요. 시뮬레이션 해봤어요.
오로라 (피식 웃고) 시장 가는 게 그렇게 좋아? 어차피 너만 갈 거잖아.
모르는 사람들 보는 건 처음이니까 들키지 않게 조심해야 돼.
남신3 네, 엄마.

남신1과 남신2 보는 남신3. 각각 전원 꺼지고 눈 감는 남신1과 남신2.

S#52. HR인공지능연구소 / LAB실 (새벽)

어두운 실내. 각각의 거치대에 앉아 있는 남신1과 남신2.
한 번씩 머리 쓰다듬어준 남신3, 밖으로 나간다.

S#53. HR인공지능연구소 / 주방 (새벽)

어두운 주방에 들어온 남신3, 주변이 시야모니터로 보인다.
모니터에 비친 실내등 위의 전원 ON하면 팟! 켜진다.
빌트인된 스피커 보는 남신3. 시야모니터 속 여러 앨범 카테고리.
그중 한 장 선택하면 흘러나오는 음악. 볼륨 장치 적당하게 올리는 남신3.
커피 머신, 토스터기, 시선 줄 때마다 작동하는 전자기기들.
음악 들으면서 한가하게 아침 준비하는 남신3.

S#54. HR인공지능연구소 / 거실 (아침)

외출 차림의 오로라와 남신3, 커피와 토스트 먹는 중.

오로라 오늘따라 빵이 맛있게 구워졌네. 한 쪽 더 구워줄래?
남신3 (냉큼 토스트 그릇 들고 싱크대로) 칼로리 오버.
오로라 야! (하고) 됐다. 커피나 더 마시지, 뭐. (커피 잔 들려는데)
남신3 (와서 커피 잔도 홱 뺏고) 카페인도 오버.
오로라 (황당해서 웃는) 그렇게 빨리 가고 싶어?
너 시장 구경 두 번만 갔다간 엄마 쫄쫄 굶기겠다.

빵빵! 밖에서 들려오는 클랙슨 소리!

남신3 (환하게 웃으며) 데이빗이에요. 얼른 나가세요.
오로라 알았다. 알았어. (남신3 단추 채워주면서)
사람들한테 들키지 않게 조심. 알지?
남신3 또 잔소리. 먼저 나가세요. 정리하고 갈게요.

오로라 웃고 나가면, 그릇 쟁반에 챙겨서 주방으로 가는 남신3.

S#55. HR인공지능연구소 앞 (낮)

오픈카 운전석에 앉은 데이빗(58세, 남) 보조석에 앉은 오로라.
나오다가 그 모습 보고 우뚝 서버리는 남신3.

데이빗 (반갑게) 하이, 마이 썬?
남신3 그렇게 부르지 말아요. 난 데이빗 아들이 아니에요.
데이빗 왜? 니 몸은 거의 다 내가 만들었는데. 넌 (오로라 보면서)
오로라 박사와 내가 함께 낳은 마음의 아이라고 할 수 있지.
남신3 오로라 박사는 데이빗과 아이 만들 생각이 전혀 없어요.
(보조석 문 열고) 엄마, 내려요. 내가 여기 앉을게요.

기막혀서 웃는 데이빗, 오로라도 픽 웃고 남신3 말대로 내린다.
뒷좌석 문 열어주고 오로라가 타면 다시 닫아주고 보조석에 앉는 남신3.

데이빗 야! 너 시장 데려가자고 니 엄마 설득한 것도 나야.
자꾸 이러면 우리만 간다.
남신3 (못 들은 척) 출발!
데이빗 (귀여워서 웃고 시동 거는)

S#56. 데이빗의 차 안 (낮)

데이빗의 오픈카, 시원하게 달린다. 바람을 즐기는 오로라와 데이빗.
호기심에 차서 주위 풍경을 관찰하던 남신3, 빨라지는 속도를 의식한다.

남신3 너무 빨라요. 규정 속도는 지키는 게 원칙이에요.
데이빗 (일부러 더 밟으며) 난 니 아빠가 아니잖아. 신경 꺼, 로봇 아들.
남신3 데이빗!
오로라 (둘의 실랑이가 즐거운)

S#57. 호텔 전경 (낮)

남신(E) (현지어로) 오로라! 못 알아들어? 여기 식으로 로라 오!

S#58. 호텔 룸 (낮)

소파 위에 놓인 오로라 사진. 먹던 음식, 입던 옷, 어질러진 실내.
막 샤워하고 나온 차림으로 호텔 전화기 들고 있는 남신.
현지인 탐정과 신경질적인 태도로 통화 중.

남 신 이 지역은 확실하다면서 왜 아직 못 찾아?
탐정(E) 비슷하게 생긴 동양 여성을 근처에서 봤다는 제보가 있어.
확인하고 갈 테니까 일단 마켓으로 나와. (끊는)
남 신 (끊긴 전화 짜증나서 보는)

S#59. 호텔 앞 (낮)

구석진 곳. 호텔 입구를 지켜보는 상국. 울리는 휴대폰.

상 국 (받고) 숙소 앞입니다. 아직까지 별다른 움직임은 없습니다.

S#60. PK그룹 / 종길의 사무실 (밤)

넓은 방. 한쪽 벽면에 장식된 와인 보관대 눈에 띄는 실내.
통화 중인 박 비서. 와인 보관대 앞에서 와인 고르는 종길.

박 비서 적당한 기회 봐서 다신 못 돌아오게 해요.

상국(F) … 그분이 원하시는 선이… 어느 정도입니까?

박 비서 (종길 보면)

종 길 (와인 골라내서) 오늘은 이게 좋겠군. 핏빛에 가까워.

박 비서 (알아듣고) 여행객 피살이나 사고 위장으로 뒤처리하세요.
깨끗하고 확실하게. (듣고 끊는) 곧 기쁜 소식이 올 겁니다.

종 길 (우아한 척 와인 마시는)

S#61. 호텔 앞 (낮)

입구에서 나온 남신, 선글라스를 낀다. 재빨리 건물 한쪽에 숨는 상국.
어슬렁어슬렁 걸어가는 남신을 간격 두고 따라가는 상국.

S#62. 주차 지역 (낮)

활기차고 북적이는 분위기. 막 주차한 데이빗의 차에서 내리는 남신3.
오로라와 데이빗도 여유롭게 내린다.
지나가는 사람들마다 유심히 보는 남신3.
그런 남신3를 흘깃 보고 제 갈 길 가는 사람들.

오로라 이렇게 많은 사람 처음 보지? 어때?

남신3 아무도 절 신경 안 써요. 내가 사람 같나 봐요.
(파란신호 보며) 얼른 건너요.

횡단보도 막 건너려던 남신3, 빨간색으로 바뀌는 신호등에 멈칫!
남신3, 신호등 쳐다보면 바로 파란색으로 바뀐다.
막 건너온 현지인들, 또 바뀐 신호등을 이상하게 보고.

오로라 뭐야, 너? 신호체계 해킹한 거야? (데이빗에게) 애한테 교통관계망

IP 당신이 알려준 거예요?

데이빗　(괜히 딴소리) 내가? 나보다 몇 백 배는 머리 좋은 애한테 왜?

오로라　데이빗!

데이빗　이러다 시장 닫겠다. 빨리 가자, 신아!

남신3를 데리고 횡단보도 건너가는 데이빗.
못마땅한 표정으로 따라가는 오로라.
셋이 다 건너가서 멀어질 무렵, 파란색 신호 빨간색으로 바뀐다.
아까 남신3처럼 막 건너려던 누군가 멈칫한다. 이번엔 남신이다!
짜증스럽게 선글라스 벗고 주위를 둘러보는 남신.
멀어지는 남신3와 오로라의 뒷모습 흘깃 보지만 신경 쓰지 않는다.
저 뒤편에 숨어 남신 살펴보는 상국.

S#63. 마켓 일각 (낮)

한 중년 상인의 가게. 치즈(햄)마다 중량과 가격 적어놓은 표지들.
데이빗과 오로라와 남신3, 봉지에 치즈 담아 건네는 중년 상인을 본다.
건네받은 데이빗의 손에서 갑자기 봉지를 뺏는 남신3.

남신3　(중량 보며) 200그램이 아닌데? 중량이 부족해요.

상 인　손님, 치즈(햄)만 30년 만진 손입니다. 저울이나 마찬가지죠.
(다른 쪽 손바닥 내밀며) 돈은 이 손으로 만집니다만.

오로라　(돈 주려고 하면)

남신3　안 돼요, 엄마. 정확히 50그램 부족해요.

상 인　(당황한) 니, 니가 어떻게 알아? 니 손이 무슨 저울이라도 돼?

남신3　손님은 속이면 안 되는 게 원칙이에요.

상 인　(황당한) 원칙?

데이빗　누구 말이 맞나 저울에 달아보면 되겠네.

상 인　(꼬리 내리는) 아니에요, 손님. (얼른 더 담으며) 안녕히 가세요.

못마땅한 얼굴로 남신3를 끌고 나오는 오로라.
휘파람 불며 기분 좋게 따라 나오는 데이빗.

오로라 가만 좀 있어. 엄마가 들키지 않게 조심하랬지?
남신3 (고개 숙이는)
데이빗 기죽지 마. 잘했어. 키운 보람 팍팍 느껴지는구만.
오로라 (한숨 쉬고 먼저 가버리는)
데이빗 (남신3에게) 약속대로 시장에 데리고 왔으니까 너도 내 소원 하나 들어줘. 엄마랑 데이트하게 딱 한 시간만 혼자 다녀. 한 시간 후에 차에서 보자. (지폐 쥐어주며) 니 엄마 줄 꽃 한 다발 사오고. (가는)
남신3 (오로라 보는)
데이빗 (오로라에게 가서) 신이는 따로 살 게 있대.
이참에 독립심도 키워줘야지. 우린 우리끼리 다닙시다. (끌고 가는)
오로라 말도 안 돼요. 신아, 이리 와! (끌려가면서) 이거 놔요! 왜 이래요?

데이빗에게 질질 끌려가는 오로라. 남신3에게 눈 찡긋하고 가는 데이빗.
남신3, 제 손에 들린 지폐를 한 번 보고 수많은 사람들을 본다.
호기심에 차서 인파 속으로 들어가는 남신3.

S#64. 마켓 일각 2 (낮)

여기저기 신나게 구경하면서 다니는 남신3.
생선도 들어보고, 옷도 대보고, 호객행위 하는 상인들도 구경하고, 사람들 있는 데마다 다니면서, 사람들 곁에서, 환하게 웃는 남신3.
행사요원1이 행사용 모자 나눠주면 받아서 쓴다.
그런 남신3의 등 뒤편으로 다가오는 냉소적인 표정의 남신.
호객하는 상인들의 손짓을 귀찮다는 듯 뿌리치며 걸어오는.
남신3의 등 뒤에 멈춘 남신, 이어폰을 꺼내 꽂는다.

똑같은 얼굴의 두 존재가 한 공간에 있는 기묘한 순간.
남신을 보지 못한 남신3, 다른 쪽으로 발길을 옮긴다.
남신3가 자리 뜨자마자 저쪽에서 행사요원2가 남신에게 모자 나눠준다.
모자 쓰는 척하면서 슬쩍 뒤를 본 남신, 딴짓하는 상국이 눈에 들어온다.
뒤를 의식하며 걸어가는 남신을 간격 두고 따라가는 상국.

S#65. 광장 (낮)

한창 공연이 진행되는 중인 광장. 빽빽하게 둘러싼 구경꾼들.
태연하게 구경꾼들 쪽으로 다가온 남신, 슬쩍 그 속으로 끼어든다.
뒤쪽 보면 일부러 다가오지 않고 물건 보는 척하는 상국.
다급해진 남신, 사람들 사이사이로 이동한다.
공연을 보려고 풀쩍풀쩍 뛰는 한 꼬마, 손에는 로봇 장난감 들고 있는.
계속 앞으로 가던 남신, 미처 보지 못하고 꼬마와 부딪혀버린다!
아야! 꼬마 넘어지고 로봇 장난감도 사정없이 바닥에 떨어진다.
다리가 덜렁대는 로봇 장난감을 주워 올린 꼬마, 남신을 노려본다.
귀찮아서 그냥 가려는 남신의 옷깃 붙드는 당찬 꼬마.

꼬 마　　고쳐줘! 내 로봇 안 고쳐주면 안 놔줄 거야!
남 신　　형이 좀 바쁘거든.

그냥 가려는데 남신의 옷깃을 붙들고 놓지 않는 꼬마.
남신, 로봇 장난감을 반대편으로 확 던져버리면 깜짝 놀라서 보는 꼬마.

남 신　　(상국 쪽 슬쩍 의식하고) 바쁘다고 했지? 귀찮게 하지 말고 비켜.

삐죽삐죽 울음 터진 꼬마, 울면서 어른들 사이로 로봇 찾으러 간다.
구경꾼들과 함께 박수 치는 남신, 상국 쪽 의식하며 도망칠 궁리하는.

S#66. 광장 주변 (낮)

물건을 고르는 척하는 상국, 구경꾼들 속의 남신을 주시한다.
눈치 전혀 못 챈 듯 즐겁게 공연 보고 있는 남신.

S#67. 광장 2 (낮)

공연은 한층 더 다채로워지고 즐거워하며 박수치는 구경꾼들.
울면서 어른들 다리 사이를 비집고 다니며 로봇을 찾는 꼬마.
갑자기 쪼그리고 앉아 있던 누군가와 부딪쳐 엉덩방아 찧는다.
누군가 싶어 보면 해맑게 웃고 있는 남신3다!
놀란 꼬마, 무서워서 도망가려는데 턱! 하니 꼬마 붙드는 남신3.
남신3, 스윽 다가오면 무서워서 더 크게 울기 시작하면 꼬마.
갑자기 그런 꼬마를 폭 안아주는 남신3.
순간 놀라 말도 못 하는 꼬마의 등을 토닥토닥 해주는 남신3.

꼬 마 (서럽게 울면서) … 내 로봇… 내 로봇 망가뜨렸잖아.
남신3 로봇? 이거?

팔 풀고 꼬마에게 다리 제대로 붙은 로봇 장난감 보여주는 남신3.
로봇 장난감 보고, 남신3 한 번 보고, 고개 갸웃하는 꼬마.
시야모니터 켜고 그 꼬마의 얼굴 인식하는 남신3.
꼬마 엄마의 SNS 가족사진. 로봇 인형이 군데군데 등장하는 꼬마 사진들.
꼬마의 이름, 나이, 혈액형 등도 검색된다.

남신3 로봇을 좋아해줘서 고마워. 또 망가뜨리면 안 돼. ○○○(이름)?
꼬 마 (홀린 듯 남신3 보며 끄덕이다) 근데 내 이름은 어떻게 알았어요?
남신3 (해맑게) 다 아는 방법이 있지. 꽃다발은 어디서 파니, ○○○?

S#68. 광장 주변 (낮)

아예 자리 잡은 상국, 공연 보는 남신을 뚫어져라 본다.
그때, 반대편에서 몸을 일으킨 남신3. 얼굴만 삐죽 보이는.
공연단을 사이에 두고 서로를 알아채지 못하는 남신과 남신3.
남신에게 집중하느라 남신3를 보지 못하는 상국.
공연 피날레다운 화려한 볼거리가 등장하고 사람들의 환호 커진다.
잠시 화려한 볼거리 쪽으로 시선이 돌아가는 상국.
남신3를 볼 뻔하는 순간, 움직이는 구경꾼들에게 슬쩍 가려지는 남신3.
시선을 옮기려는 순간, 구경꾼들 사이에서 쓰윽 나타나는 남신3!
상국, 남신3를 봤다! 공연에 집중한 해맑은 남신3!
놀란 상국, 얼른 남신이 있던 쪽으로 시선 옮긴다.
그 자리에 이미 남신은 없고 다른 구경꾼이 자리 잡고 있다.
뭔가 이상하다 싶어 고개를 갸웃한 상국, 도로 남신3를 본다.
더욱 선명히 보이는 남신3의 얼굴, 남신과 똑같다!
마침 공연이 끝나고 박수쳐주는 남신3와 구경꾼들.
구경꾼들에 섞여 자리를 뜨는 남신3. 사이사이 뒤통수만 보이는.
간격을 두고 남신3를 따라가는 상국.

S#69. 횡단보도 앞 (낮)

여전히 인파에 섞여 남신3를 따라가는 상국.
횡단보도 앞에 멈춘 남신3 돌아보면, 얼른 몸을 감추는 상국.

S#70. 횡단보도 (낮)

신호등 파란색으로 바뀌면 횡단보도 건너기 시작하는 남신3와 구경꾼들.
고개 푹 숙인 채 그들을 따라가는 상국.

남신3와 구경꾼들이 채 도착하기도 전에 갑자기 빨간색으로 바뀐 신호등!
서둘러 출발하는 양 차선의 차들이 울리는 시끄러운 클랙슨 소리.
놀란 구경꾼들과 남신3, 서둘러 건너편으로 넘어가고,
당황한 상국도 가까스로 차를 피하는데, 쌩! 하고 빨라지는 차들.
결국 멈춰선 상국, 중앙선에 갇혀버린다.
화를 주체하지 못하는 상국. 점점 멀어지는 남신3의 뒷모습.

S#71. 마켓 입구 (낮)

긴장한 남신, 누가 또 쫓아올까 봐 주위를 의식하며 걷는다.
시끄럽게 울리는 휴대폰. 깜짝 놀란 남신, 서둘러 받는.

탐정(E) 드디어 잡았어! 일단 주소부터 보냈어. 지금 당장 만나.
남 신 (다급히 걸으며) 미행당하고 있어. 호텔 방에 있는 내 짐 버려주고,
그 주소, 절대 발설하지 마. 한국으로 돌아가서 다시 연락할게.

전화 끊고 서둘러 택시 잡으려는 남신. 지나쳐 가버리는 몇 대의 택시.
초조한 표정으로 계속 택시를 잡는 남신.

S#72. 주차 지역 (낮)

쇼핑한 봉투를 들고 차에 도착한 오로라와 데이빗.
데이빗 봉투를 차 안에 부려 넣으면 시계 보는 오로라.

오로라 신이, 올 때가 됐는데.
데이빗 아직 십 분이나 남았어. 아마 칼같이 도착할걸?
오로라 (걱정스레 도로 쪽 보는)

S#73. 꽃집 (낮)

풍성한 꽃다발을 들고 보는 남신3를 눈여겨보는 미모의 20대 여주인.

여주인 꽃이랑 참 잘 어울리시네요.

남신3 (보는)

여주인 (포장된 장미 한 송이 주며) 이건 잘생긴 손님한테 덤으로 드리는 거예요.

남신3 (손으로 거부하며) 안 돼요!

여주인 (당황) 네? 뭐가요?

남신3 (단호한) 딱 한 다발만 사가야 되거든요.

여주인 (네임카드 들고) … 그럼 이거라도… 여기 전화번호거든요.
(살짝 윙크하며) 전 언제나 여기 있어요.

남신3 (해맑게) 종이는 필요 없어요. (하고) 5분 37초 남았다. (나가는)

여주인 (짜증나서 네임카드 보며) 저 인간, 뭐야?

S#74. 주차 지역 근처 (낮)

해맑은 얼굴로 꽃다발 들고 걸어오는 남신3.
건너편 쪽에서 택시가 끼익! 서는 소리 크게 들린다.
그 소리에 무심히 발길 멈춘 남신3, 어딘가를 보고 얼굴 굳는.
건너편에 서 있는 사람, 남신이다!
막 택시 문을 열려던 남신도 그제야 남신3를 힐끔 본다.
뭐지? 싶다가 믿을 수 없다는 듯 이내 경악하는 남신!
남신 앞의 택시는 서둘러 떠나버리고,
좁은 길을 사이에 둔 채 미동도 없이 서로를 응시하는 남신과 남신3!
온 세상이 멈춘 것 같은 그 순간!
터어엉!!! 거짓말처럼 남신을 밀어버리는 덤프트럭!!!
남신3의 손에서, 툭, 떨어지는 꽃다발.
틱, 틱, 과부하 걸린 남신2처럼 까딱거리는 남신3의 고갯짓에서!!!

PLAY 2

제 3 회
제 4 회

S#1. 주차 지역 근처 (낮)

PLAY1의 74씬의 일부와 변주.
해맑은 얼굴로 꽃다발을 조심스레 들고 걸어오는 남신3.
건너편 쪽에서 택시가 끼익! 서는 소리 크게 들린다.
그 소리에 무심히 발길 멈춘 남신3, 어딘가를 보고 웃음기 거두는.
건너편에 서 있는 사람, 남신이다!

남신3(N) 나와 똑같은 한 인간.

막 택시 문을 열려던 남신도 그제야 남신3를 본다!
뭐지? 싶다가 믿을 수 없다는 듯 이내 경악하는 남신!

남신3(N) 그를 처음 본 건 한 시간 16분 43초 전이다.

남신3의 시야에 뜨는 타이머. 〈01:16:43〉
남은 시간 줄어들면서 PLAY1 64씬까지 빠른 속도로 되감기는 화면.

S#2. 마켓 일각 2 (낮)

화면 멈추면 PLAY1 64씬.
환하게 웃고 있는 남신3의 등 뒤편으로 다가오는 냉소적인 표정의 남신.

호객하는 상인들의 손짓을 귀찮다는 듯 뿌리치며 걸어오는.
남신3의 등 뒤에 멈춘 남신, 이어폰을 꺼내 꽂는다.
남신을 보지 못한 남신3, 다른 쪽으로 발길을 옮긴다.
남신3에게 모자를 건네주는 행사요원1.

행사요원1 (남신을 보면서) 쌍둥인가 봐. 둘 다 잘 생겼네. 누가 형이야?

그 말에 멈칫한 남신3, 무슨 말인가 싶어 뒤를 돌아본다.
남신이 눈에 들어온다! 이어폰 꽂은 채 잠시 주위 둘러보는.
상점 거울에 제 모습 비춰보고 남신을 다시 보는 남신3. 똑같다.
소음과 배경 다 사라지고 오로지 남신만 보이는 남신3의 시야.
열이나 온도를 감지하는 남신의 열화상 카메라 이미지.
화면 아래 'HUMAN(인간)'이라는 결론 표시된다.
남신의 얼굴 검색. PLAY1 22씬의 파파라치 사진들 뜨고.
그 아래 뜨는 정보들. 기업인, 한국 PK그룹 3세, 미래전략 본부장.
마지막으로 이름 보면, '남신'이다!

남신3 남신. (의아한) 나도 남신인데?

남신3, 자석에 이끌리듯 다가가려는 순간, 어딘가로 걸어가는 남신.
멈칫한 남신3 앞을 휙! 지나치는 상국! 목덜미에 보이는 특이한 문신!
상국의 재킷이 나부끼는 사이로 보이는 권총!
권총께를 슥 만진 상국, 아무것도 모르는 남신을 매섭게 쳐다본다.
저쪽 편 행사요원2한테 모자를 받는 남신의 모습.

남신3(N) 생명은 보호하는 게 원칙, (따라가며) 일단 그를 구하기로 한다.

S#3. 광장 주변 (낮)

PLAY1 65씬 중 남신3의 시선. 한창 공연이 진행되는 광장.
구경꾼들 속으로 끼어든 남신을 주시하는 상국.
광장에 도착한 남신3, 멀리서 두 사람을 파악한다.
공연단을 사이에 두고 남신 맞은편 구경꾼들 속으로 파고드는 남신3.

S#4. 광장 2 (낮)

PLAY1 68씬의 남신3의 입장. 남신과 맞은편의 남신3.
둘 다 행사모자 쓴.
공연 피날레다운 화려한 볼거리가 등장하고 사람들의 환호 커진다.
잠시 화려한 볼거리 쪽으로 시선이 돌아가는 상국.
일부러 상국 의식하면서 구경꾼들 사이로 불쑥 나서는 남신3.
그런 남신3를 보고 흠칫 놀라는 상국!
때마침, 구경꾼들 사이에서 몰래 빠져나가는 남신.
상국의 시선 되돌아오지만 이미 비어 있는 남신의 자리.
다시 남신3를 보는 상국, 남신이라고 판단하고 집중한다.
마침 공연이 끝나고 박수쳐주는 남신3와 구경꾼들.
구경꾼들에 섞여 자리를 뜨는 남신3, 흘깃 뒤를 본다.
간격을 두고 남신3를 따라오는 상국 보인다.

S#5. 횡단보도 (낮)

PLAY1 70씬. 남신3의 시선. 구경꾼들과 함께 횡단보도 건너는 남신3.
놓칠까 봐 고개 푹 숙인 채 뒤를 따라오는 상국.
남신3, 슬쩍 신호등 쳐다보면, 파란색에서 빨간색으로 바뀐다.
어느새 중앙선에 갇혀버린 상국, 화를 주체하지 못하는.

다 건너와서 상국을 확인한 남신3, 씩 웃는다.
골목 안에 보이는 꽃집. 그쪽으로 걸어 들어가는 남신3.

S#6. 주차 지역 근처 (낮)

해맑은 얼굴로 꽃다발 들고 걸어오는 남신3.

남신3(N) 얼굴과 이름이 똑같다는 건 무슨 의미지?

건너편 쪽에서 택시가 끼익! 서는 소리 크게 들린다.
그 소리에 무심히 발길 멈춘 남신3, 어딘가를 보고 얼굴 굳는.
건너편에 서 있는 사람, 남신이다!
막 택시 문을 열려던 남신도 그제야 남신3를 힐끔 본다.
뭐지? 싶다가 믿을 수 없다는 듯 이내 경악하는 남신!

남신3(N) 도대체, 넌, 누구야?

좁은 길을 사이에 둔 채 미동도 없이 서로를 응시하는 남신과 남신3!
온 세상이 멈춘 것 같은 그 순간!
터어엉!!! 거짓말처럼 남신을 밀어버리는 덤프트럭!!!
남신3의 손에서, 툭, 떨어지는 꽃다발.

오로라(E) 신아!!!

남신3 뒤를 돌아보면, 절규하며 달려오는 오로라!
남신3의 옆을 스쳐지나가 미친 듯 달려가는 오로라.
그 발에 사정없이 짓밟힌 꽃다발을 내려다보는 남신3,
고개 들면 피범벅이 된 남신을 품고 있는 오로라, 오열한다.

오로라　신아, 눈 떠봐! 신아, 엄마야! 신아!!!

그런 오로라에게 안긴 남신을 보는 남신3.

남신3(N)　이제 알았다. 인간 남신. 그는 엄마의 아들이다.

틱, 틱, 까딱거리기 시작하는 남신3의 고갯짓에서 암전.

S#7. 사고 현장 (낮)

끊임없이 흘러내려와 바닥에 고이는 붉은 핏줄기.
의식 잃은 남신의 얼굴에 제 얼굴을 비비며 울부짖는 오로라.
생채기가 심해 처참한 남신의 얼굴 생김새, 잘 보이지 않는다.
오로라와 남신을 둘러싼 채 수군거리는 현지인들.

오로라　(처절한) …신아… 제발… 신아…

그런 오로라를 내려다보는 참담한 표정의 데이빗과 무표정한 남신3.
주위를 의식하며 남신3를 보호하려는 데이빗.
남신3, 오로라에게 다가가려고 하면 팔을 붙들어 제지하는 데이빗.

남신3　울면 안아주는 게 원칙이에요.
데이빗　지금은 아냐. (조심스레 주위 둘러보며) 들키지 않게 빠져나가야 돼.

사이렌 소리와 함께 도착하는 구조대와 병원차.

데이빗　병원에 먼저 가 있어. 금방 따라갈게.

대답도 못 한 채 울기만 하는 오로라의 어깨를 꼭 한 번 잡아주는 데이빗.

남신3의 손을 붙들고 사람들 사이를 서둘러 빠져나간다.
데이빗에게 끌려 나가면서 뒤돌아보는 남신3.
오로라를 남신에게 떼어놓으려는 구조대원들.
아들을 절대 떼어놓지 않으려는 오로라의 처연한 모습.

S#8. 데이빗의 차 안 (낮)

말없이 운전하는 데이빗과 보조석에 탄 남신3.

남신3　꽃다발을 못 줬어요, 엄마한테.
데이빗　(흘깃 보고) 괜찮아, 마이 썬. 언제라도 다시 주면 되니까.
남신3　…인간 남신을 미행하는 다른 인간을 봤어요. 총이 있었어요.
데이빗　(놀라는) 뭐?

남신3의 시야모니터 켜지고 PLAY2 2씬의 상국 보인다.
목덜미에 보이는 특이한 문신! 재킷 사이로 보이는 총!
그걸 보고 긴장한 데이빗, 액셀을 밟아 속도를 높인다.

S#9. HR인공지능연구소 앞 (낮)

끼익! 데이빗의 차 다급히 와서 멈춘다.
서둘러 내린 데이빗, 차에서 내린 남신3를 급히 현관으로 이끈다.

데이빗　(당부하는) 내가 올 때까지 절대 밖에 나오지 마.
혹시 낯선 사람 나타나면 바로 전화하고.
되도록 빨리 오 박사랑 그 애를 여기로 데려올게.

남신3한테 윙크 한 번 해주고, 서둘러 차에 올라타는 데이빗.

떠나는 데이빗의 차를 끝까지 쳐다보는 남신3.

S#10. 덤프트럭 안 (낮)

봉지에 싼 싸구려 위스키 마시면서 운전 중인 현지 갱,
눈앞이 가물가물한.

플래시백 : PLAY2 6씬의 운전자의 상황.
덤프트럭 운전 중인 현지 갱. 멀리 남신이 보이자 액셀 밟는다.
덜커덩! 쾅! 남신을 지나친 현지 갱.
건너편에 서 있던 남신3가 눈에 들어온다!
경악한 현지 갱, 사이드 미러로 쓰러진 남신 확인한다.
뭐지? 두려워진 나머지 확 액셀 밟는 현지 갱.

도로 현재. 고개를 도리도리 젓고 위스키를 들이붓는 현지 갱.
순간, 저 앞에 나타난 상국을 보고 천천히 트럭을 멈춘 현지 갱.

갱 (창 열고) 이봐, 내가 뭘 봤는지 알아? 그놈이랑 똑같이 생긴 놈이,

하는데, 팅! 앞 유리를 뚫고 들어온 총알, 갱의 머리에 와서 박힌다!

S#11. 폐허 (낮)

상국이 겨누고 있는 권총. 갱의 머리가 운전대에 툭 떨어진다.
차분하게 운전석 차 문 열고 몇 번 더 총질하는 상국.
더는 반응하지 않는 갱의 사체.

S#12. 종길의 차 안 (밤)

뒷좌석에 여유롭게 앉아서 바깥 풍경을 보는 종길.
운전하면서 블루투스로 통화 중인 박 비서.

박 비서　돼어요. 눈에 띄기 전에 바로 귀국하세요. (끊고) 마무리했답니다.
종 길　(대수롭지 않게) 잠깐 세우지.

S#13. 도로 (밤)

멈춘 차에서 내려 종길의 차 문 열어주는 박 비서.
천천히 차에서 내린 종길, 대형 전광판을 올려다본다.
PLAY1 23씬에 나온 PK그룹 자율주행차 기업 광고.

종 길　저 사업이 내 차지가 됐어. 꽤 골치 아픈 종목인데 말이야.
박 비서　얼마나 다행입니까? 본부장이 성공했으면 타격이 상당했을 겁니다.
종 길　(얼굴 어두운)
박 비서　왜 그러십니까, 이사님?
종 길　예나가 걸려. 그 성질에 몇날 며칠 물도 안 삼킬 텐데
그 꼴을 어떻게 볼지.
박 비서　시간이 약이라는데 뭘 걱정이십니까?
이제 늙은이 하나만 처리하면 오랜 꿈을 이루시게 됩니다.
종 길　손자까지 잃은 노인네한테 시간은 약이 아니라 독이야.
알아서 말라죽게 내버려두고 PT 준비나 차질 없이 해.
날 확실히 각인시킬 수 있게.
박 비서　네, 이사님. (문 열어주는)
종 길　(타려다가) 지 팀장 동향도 잘 살펴봐. 신이 찾으러 갔다니까
곧 알게 될 거야. (타는)

종길과 박 비서 차에 오르면 곧 출발하는 종길의 차.
어두운 밤거리. 화려하게 점멸하는 자율주행차 광고에서 암전.

S#14. 렌트카 안 / 며칠 후 (낮)

화면 밝아지면 도로를 달리는 영훈의 렌트카.
보조석에 스피커폰으로 켜놓은 음성 메시지 흘러나온다.

호연(E) 아빠 출근하시겠다고 난리야. 신이 그 자식 좀 끌고 와, 당장!
예나(E) 휴가 내고 신이 오빠 찾으러 갔죠? 어딘지 연락해줘요.
진주(E) 자율주행차 여 팀장이에요. PT를 서종길 이사님이 한다는데-

하는데 끊어버리는 영훈, 피곤한지 마른세수한다.
그때 무성한 숲 사이에 언뜻 비추는 HR인공지능연구소.
지나친 영훈, 차를 멈추고 후진해서 숲길로 접어든다.

S#15. HR인공지능연구소 앞 (낮)

탕탕탕! 거칠게 문을 두들기는 영훈.

영 훈 아무도 안 계세요? (현지어로) 안 계십니까? (대답 없으면)
신아! 나야! 너 여기 있잖아! 엄마 만나러 온 거 다 아니까-(하는데)

하는데 덜컥 열리는 문. 놀란 영훈, 뒤로 물러서면 천천히 열리는 문.
그 안에서 쑥 고개 내민 남신3를 보고 화를 참는 영훈.

영 훈 신이 너, (버럭) 정말 이럴래?
남신3 (갸우뚱하고 나와서 보는)

영 훈　어떻게 알았냐구? 너 묵었던 호텔 통화 기록 다 뒤져서
그 탐정이란 놈한테 들었어. 너 서울 갈 줄 알던데 왜 여기 있어?
회사에 어떤 일이 벌어졌는지 알고나 이래?

남신3　모르죠, 저는. (해맑은) 전 남신은 맞는데 그 남신은 아니에요.

영 훈　(기막힌) 너 진짜 미쳤어? 회장님 너 때문에 치매까지-

남신3　오해하지 마세요. 전 사람이 아니에요.

하는데 퍽! 주먹으로 한 대 쳐버리는 영훈.
남신3는 끄떡없고 영훈의 입에서 비명 소리 흘러나온다.

남신3　난 로봇이라 고통을 몰라요. 미안해요.

영 훈　(주먹 만지면서) … 로봇이라니… 그게 무슨 정신 나간 소리야…

하는데 뒤에서 들려오는 차 소리. 영훈 돌아보면 응급차 들어오는 중.
얼른 뛰어가서 뒷문 열어주는 남신3.
오로라와 함께 스트레처에 의식 없이 누워 있는 남신 내린다!
남신의 스트레처 옆에 서 있는 남신3. 그 모습에 충격받는 영훈!!!
운전석에서 내린 데이빗과 남신 옆의 오로라, 놀라서 보는.

오로라　당신 누구야! 누군데 여기서-

영 훈　(다급한) 신이 어머님이시죠? 저 신이 비서로 일하는 지영훈입니다.
신이 왜 저렇게 된 겁니까? 도대체 무슨 일이 있었길래-

오로라　(경계하는) 여긴 어떻게 알았죠? 무슨 의도로 왔어요?

데이빗　(오로라 어깨 짚는)

오로라　(돌아보는)

데이빗　저 사람, 신이랑 가까운 사이야. 내가 알아.

S#15-1. HR인공지능연구소 / 거실 (낮)

데이빗의 노트북에 띄워진 수많은 남신의 사진들.
사진 속 남신의 옆에 꼭 붙어 있는 영훈의 모습.
남신과 영훈을 유심히 보는 오로라와 남신3.
영훈은 놀라운 듯 남신3만을 보고 있다.

데이빗 신이 사진을 쭉 찍어온 사람이 보내온 거야.
신이 비서지만 유일하게 가까운 사이.
오로라 … 그랬군요. 아깐 잠깐 오해했어요.
영 훈 이해합니다… 신이 좀 볼 수 있을까요?

오로라, 방문을 열어주면 그 안으로 들어가는 영훈. 따라 들어가는 영훈.

S#16. HR인공지능연구소 / 남신3의 방 (낮)

완벽히 병실처럼 꾸며진 방.
착잡한 얼굴로 침대에 누운 남신을 바라보는 영훈.
남신의 팔을 정성스레 닦는 오로라.

영 훈 …신이 상태는…
오로라 다행히 출혈은 잡혔지만 부종은 두고 봐야 돼요.
의식이 언제 돌아올지 몰라요.
영 훈 …사고 낸 덤프트럭 운전자는 찾았습니까?
오로라 찾았는데 이미 죽어 있었어요. 이마에 총을 맞았죠.
영 훈 …사고 운전자가 죽었다는 게 불길해요.
오로라 신이만 내 옆에 있으면 돼요.
치매 걸렸다는 그 노인네 때문에 이십 년을 떨어져 살았어요.
내 눈앞에서 사고까지 당한 우리 신이, 내가 돌볼 거예요.

영 훈 …서 이사가 이 사실을 알면…

오로라 (분노) 누구라구요? 서종길?

영 훈 아시잖아요. 서 이사, 이 상태 알면 신이 호흡기를 떼서라도
회사 삼킬 인간입니다. 신이 자리 뺏고도 남을 거예요.

오로라 (부들부들) …서종길… 그 인간이 내 남편으로도 모자라 내 아들까지…

영 훈 (절실한) …어떻게든 신이가 서 이사를 막아야 되는데…
신이가 있어야 돼요. 신이가 멀쩡히 나타나야 됩니다.

오로라 (누워 있는 남신 보는) …방법이 없잖아요…

영 훈 …밖에 있는 로봇, 정말 신이인 줄 알았어요.

오로라 (그 말에 바깥을 보는)

S#17. HR인공지능연구소 / 거실 (낮)

함께 앉아 있는 남신3와 데이빗.

데이빗 미행했다는 놈, 알아봤는데 흔적이 없어. 너도 찾아낸 거 없지?

남신3 네. 검색 안 돼요.

데이빗 당분간 엄마한테는 비밀로 하자. 지금도 충분히 속 시끄러울 테니까.

남신3 (끄덕이는)

방 안에서 함께 나오는 오로라와 영훈. 일어서는 남신3 앞에 선 오로라.

남신3 (해맑은) 엄마의 인간 아들은 어때요?

오로라 (대답 못 하고 결심한 듯) 신아, 엄마 부탁이 있어.

남신3 (보는)

데이빗 오 박사, 뭔데 그렇게 비장해?

오로라 …한국에 가서 신이 자릴 지켜줘.

데이빗 (벌떡 일어나) 뭐? 한국이라니? 그게 무슨 소리야?

오로라 (말 없는 고개 숙이는)

데이빗 설마 얘더러 당신 진짜 아들 대신 가라는 거야? 오 박사, 미쳤어?

오로라 (고개 떨구며 눈물 어리는)

남신3 (안아주고) 엄마 말대로 할게요. 그러니까 슬퍼하지 마세요.

오로라 (눈물 나는) 고마워. 미안해.

우는 오로라를 더욱 꼭 안아주는 남신3. 못마땅한 듯 나가버리는 데이빗.
남신3를 유심히 보는 영훈. 어깨 너머로 그런 영훈을 보는 남신3. 암전.

S#18. 건호의 저택 앞 / 다른 날 (낮)

화면 밝아지면 끼이익! 열리는 웅장한 대문.
그 안으로 보이는 대저택의 화려한 풍모.
천천히 들어가는 영훈의 차. 운전 중인 영훈과 뒷좌석에 앉은 남신.
아니, 남신3다. 팔목에 보이는 로보 워치.

S#19. 건호의 저택 / 정원 (낮)

정원에 나와서 맞이하는 가족들과 직원들.
뒤편에 서 있는 근엄한 표정의 건호, 그 옆에 심드렁한 표정의 호연.
차 도착하자마자 재빨리 내려 차 문 열어주는 영훈.
해맑은 표정으로 내리는 남신3.
모든 직원들, 허리 잔뜩 굽혀 인사한다.
갑자기 직원들에게 꾸벅 인사하는 남신3.
그 모습을 보던 영훈, 탁! 손가락을 높이 튕긴다.

S#20. VR : 백색 공간

손가락 튕기는 소리와 함께 저택과 가족과 직원들 모두 사라지고
온통 하얀 사각 공간에 서 있는 영훈과 남신3.
남신3를 훈련시키기 위한 VR 상황.

영 훈 　신이는 직원들한테 절대 인사 안 해요.
남신3 　왜요? 한국에서는 어른들한테 공손히 인사해야 돼요.
영 훈 　한국식 갑을관계. 신이는 갑, 직원들은 을이에요.
턱 들고, 시선 내리깔고, 까칠하게. 상황 바꿔볼까요?

S#21. 실수 몽타주 : 남신3의 트레이닝 1

적응을 위한 여러 가지 상황과 인물들 빠른 속도로 바뀐다.
훈련하는 남신3 옆에서 꼼꼼히 지적해주는 영훈.

거실. 소파에 앉아 TV 보는 건호. 옆에 나란히 앉는 남신3.
가차 없이 삑! 소리 들리고,

영 훈 　신이는 회장님을 피해요. 말도 잘 안 섞죠.

복도. 화려한 차림의 호연, 지나가던 남신3 앞길 막는다.

호 연 　(빈정거리는) 뭐 하러 왔어? 돈 떨어졌니?
너 이 집에 붙어 있는 거 우리 아빠 돈 때문이잖아.
남신3 　(비웃음) 돈 때문에 붙어 있는 건 고모잖아.

화난 호연을 지나가려는데 호연의 손을 잡은 희동(7세, 男) 갑자기 등장.
남신3, 저도 모르게 표정 확 바뀌며 해맑게 웃어준다. 삑!

영 훈　　고모님 애한테도 똑같이. 까칠하고 삐딱하게.

\# 회사. 종길과 무리들 인사하면 무시하고 지나치는 남신3. 삑!

영 훈　　서종길 이사는 적이지만 약혼녀 서예나의 아버지예요.
인사 정돈 해야죠.

\# 카페. 화려한 차림의 예나 등장해서 남신3의 앞에 선다.
예나의 입술, 키스하려는 듯 다가온다. 바로 남신3의 입술 앞에서! 삐익!

영 훈　　약혼녀 서예나는 여동생 같은 존재예요. 스킨십 금지예요.

\# 남신의 방. 드레스 룸. 어마어마하게 비싼 옷들과 신발과 패션 소품들.
셔츠를 입으면서 단추를 목까지 채우는 남신3.

영 훈　　단추는 끝까지 안 채워요.

\# 주차장. 예닐곱 대의 비싼 차들, 서 있다.
망설이던 남신3, 아무 차 앞으로 간다. 삑!

영 훈　　신이가 잘 타는 건 ○○○○(차 이름)에요.

S#22. 변신 몽타주 : 남신3의 트레이닝 2

더욱 빠른 속도로 실수만 하던 남신3가 점점 익숙해지는 과정.
그에 따라 헤어, 의류, 스타일도 점점 남신처럼 변해간다.

\# 셔츠 입는 남신3. 단추 한 개 풀렀는데 하나 더 풀어버린다. 딩동!
\# 남신3의 헤어 점점 바뀐다. 염색과 컷이 남신 같은 분위기로.

거실에 건호가 앉아 있으면 짜증나는 얼굴로 피하는 남신3. 딩동!
각종 의류, 신발, 갈아입고 신으면서 남신3의 스타일 찾아가는.
예나가 팔짱 끼면 신경질적으로 떼어내는 남신3. 딩동!
결국 완성된 남신3의 메이크 오버. 어느새 눈빛도 분위기도 남신 같다!
그런 남신3를 놀랍게 보는 오로라와 착잡하게 보는 데이빗.
아주 흡족한 듯 남신3를 보는 영훈

영 훈　정말 신이 같네요. 나까지 속겠어요.

남신과 똑같은 남신3의 모습에서 암전.

S#23. PK병원 전경 (낮)

화면 밝아지면 대학병원 규모의 병원 전경.

S#24. PK병원 / 원장실 (낮)

각종 검사 기록 살펴보고 있는 이 박사(60대, 男).
담담한 얼굴로 소파에 앉은 건호. 그런 건호를 걱정스레 보는 호연.

이 박사　MRI, CT, 뇌파, 혈액 면밀히 다시 검토했는데, 알츠하이머성
치매 초기 맞습니다. 아리셉트, 계속 복용하셔야 돼요.
건 호　먹을 테니까 오늘 PT만 내가 할 수 있게 해줘.
손자 놈이 도망간 마당에 회사를 무주공산 만들 순 없잖나.
호 연　아빠, 미쳤어? 사람들 몽땅 모아놓고 나 치매요 자랑하게?
서 이사 앞에서 죽은 정우 오빠 찾으면 참 볼 만하겠다.
건 호　(버럭) 그 입 못 다무냐?
이 박사　따님 말씀이 맞습니다. 긴장되거나 자극이 심한 상황에서 증상이

훨씬 심해집니다. 오늘 PT는 예정대로 서 이사한테 맡기시는 게…

호 연 서 이사가 PT빨 다 받아먹게 생겼어. 이게 다 신이 그 자식 탓이야!

건 호 (무겁게 한숨 쉬는)

S#25. PT 장소 (낮)

무대 위. 탁! 핀 조명 켜지면 무선이어폰 낀 채 서 있는 종길.
아래쪽에서 종길 리허설 살펴보는 박 비서와 김 상무와 차 부장.
콘솔 앞에서 무대 보는 무인자동차 팀원들과 예나.
팀장 여진주(40대, 女), 고창조(20대 후반, 男), 황지용(20세, 男)

여 팀장 위치는 그 정도가 딱 좋으시구요.
앞부분 멘트 끝내시면 자율주행차가 입장할 겁니다.

차 부장 이사님께서 직접 자율주행차를 타고 등장하시는 게 어떻습니까?

여 팀장 (꾹 참고) 그것보다 저희 플랜이 더 극적인 거 같은데요.

김 상무 이사님께 스포트라이트가 집중돼야 PT에 도움이 되지.

예 나 오늘 주인공이 서 이사님이에요? 자율주행차예요?

종 길 (너그럽게 웃고) 서 팀장 말대로 원래대로 갑시다.

예 나 (달갑지 않게 종길 보는)

여 팀장 알겠습니다. (박 비서에게) 몇 가지 더 조정하시죠. (자리 뜨는)

다 들 (같이 자리 뜨는)

종 길 아빠 어떠냐? 폼 나지 않냐?

예 나 미안. 난 이 자리에서 폼 나는 사람이 오빠였음 했거든.
(하고) 나 지금 오빠한테 가.

종 길 (놀란) 뭐? (긴장한) 신이한테… 연락 왔어?

예 나 겨우겨우 영훈 오빠 출장지 알아냈어.
분명 신이 오빠 설득하러 갔을 거야. 나도 합세해야지.

종 길 (모른 척) 되도록 빨리 데려와. 그래야 아빠도 이런 부담스런 자리
얼른 팽개치지. 필요한 거 있으면 도움 청하고.

예 나　　그럴게. (시계 보고) 짐 도착했겠다. 갈게. (돌아서 가는)
종 길　　(예나의 뒷모습 날카롭게 보는)

S#26. 백화점 전경 (낮)

소봉(E)　　(놀라서) 네?

S#27. 백화점 보안팀 사무실 (낮)

보안팀장 앞에 앉은 단정한 차림의 소봉. 긴장한 채 서 있다.
소봉의 이력서 들여다보고 있는 백화점 직원.

팀 장　　(불쾌한) 못 알아들어요? PK그룹에서 왜 해고당했냐구요?
소 봉　　(난처한)… 그건 제가…

앞에 있는 노트북 모니터 돌려서 보여주는 팀장.
유튜브 동영상. 소봉이 남신한테 맞는 장면. 낭패다 싶은 소봉.

팀 장　　몰카 찍다 맞은 거라면서요? 본인한테 불리한 건 이력서에서
싹 빼셨네. 우리 백화점이 만만합니까?
소 봉　　(비굴한 미소) 오늘부터 일하라고 하셨잖아요.
주 5일이 아니라 주 7일 일할게요. 직원 할인도 안 해주셔도 돼요.
팀 장　　왜요? 또 우리 VVIP들 몰카 찍어 팔게요?
소 봉　　어떻게 하면 믿으실래요? 식품매장 가서 장이라도 사올게요.
두 손 두 발 다 지지게요!
팀 장　　(황당하게 보는)

S#28. 격투기 체육관 (낮)

벽에 붙어 있는 소봉의 선수시절 경기 포스터와 각종 신문기사들.
스파링 중인 인태와 로보캅. 매서운 눈빛으로 심판 보는 재식.
어마어마한 근육의 로보캅, 테이크 다운으로 인태를 쓰러뜨린다.
로보캅에 눌려 괴로운 인태, 계속해서 그라운드 압박당한다.

재 식　몸을 돌려! 재빨리 돌리라구!
소봉(E)　귀를 물어버려! 눈을 찌르든가!

재식 돌아보면 먹다 만 소주병 들고 오징어 다리 씹고 있는 소봉.
여전히 버둥거리고 있는 인태, 표정 변동 없는 로보캅.

소 봉　(자신을 노려보는 재식 보며) 심판 딴 데 보잖아! 확 반칙하라니까?
재 식　(소주병 확 뺏어서 들어가며) 따라 들어와!
소 봉　소주 줘! 내 소주! (들어가는)

S#29. 격투기 체육관 / 사무실 (낮)

소주병째로 벌컥벌컥 들이키는 재식. 괜히 딴 데 보는 소봉.

재 식　오늘 백화점 첫 출근이라며? 이 시간에 왜 기어들어와?
너 또 사고 쳤지? 백화점 화장실 몰카, 그런 거 찍다 걸렸냐?
소 봉　긁지 마. 그노무 몰카 땜에 또 짤렸구, 앞으로도 일 못할 거
같으니까.
재 식　그래서 억울하냐? 경호원이 몰카 찍다 들킨 주제에 억울해?
소 봉　몇 번을 말해? 다신 그딴 짓 안 한다니까?
재 식　성실하게 운동하는 애들한테 반칙이나 하라는 앨 어떻게 믿어?
소 봉　그게 이거랑 뭔 상관인데?

재 식　왜 상관없어? 한 번 쓰레기는 영원한 쓰레기야.
소 봉　(기막힌) 뭐? 쓰레기? (하고) 좋아. 나 아빠가 말려서 참았는데
그 자식 폭행죄로 고소할 거야. 고소해서! 합의금 팍팍 뜯어낼 거야!
재 식　(소봉 뒤통수 확 후려갈기는)
소 봉　(아픈) 아! 또!
재 식　나도 고소해라. 너 같은 딸 키운 죄로 유치장 가게. (확 나가버리는)

속상한 소봉. 소주병 들어보는데 한 방울도 없다.
짜증나서 탁 내려놓는 소봉.

S#30. 편의점 앞 (낮) + 거리 (낮)

소주 한 병 두고 간이테이블에 앉아 통화 중인 소봉.
그때, 광고판에 뜨는 PK그룹 자율주행차 이미지 광고.
〈PK그룹의 미래, ○월 ○일 ○○시 ○○○에서 공개합니다!〉 류의.

소 봉　여기 가도 PK, 저기 가도 PK, 대한민국 진짜 PK공화국이네.
세계를 선도하는 그룹이 쩨쩨하게 내 일자리 못 막아서 안달이냐.
조 기자(F)　… 미안해, 자기.
소 봉　또 왜 그래요? PK 욕하는데 왜 자꾸 기자님이 반성문을 써?
조 기자(F)　자기야, 나 지금 홍대 한복판에서 무릎 꿇었다.
소 봉　(놀라서) 네?

화면 분할되면 분주한 거리 한가운데 무릎 꿇은 조 기자.
사람들, 조 기자를 흘끔거리며 지나간다.

조 기자　나 자기한테 고해성사할게. 그 몰카, 남신 본부장 작품이야.
소 봉　(이해 안 되는) 네? 그게 뭔 얘기예요?
조 기자　본부장이 쓰레기 코스프레 하느라 일부러 몰카 찍게 한 거라구.

난 6, 자긴 4, 그 돈 다 본부장이 쏴줬구.

소 봉　(기막힌) 그럼, 몰카 찍는 거 다 알면서 모른 척 날 팼다 이거예요?

조 기자　그것도 다 쑈야. 나도 얼마나 당황했는데.

소 봉　이 쉐키가 정말! (벌떡 일어나서) 당장 PK에 쳐들어갈라니까 끊어요.

조 기자　(벌떡 일어나서) 자기야, 제발 그러지 마. 남신 아직 안 왔어.

소 봉　조 기자, 당신도 내 인생에서 아웃이야! 끊어!

소봉이 전화 끊으면 울상으로 프레임아웃되는 조 기자.
분이 풀리지 않아 씩씩거리는 소봉, 어딘가로 전화한다.

인태(F)　(걱정스런) 누나, 어디예요? 괜찮아요?

로보캅(F)　(전화기 뺏어) 소맥이나 한 잔 말고 기분 풀죠.

소 봉　소맥 받고 투뿔 한우. 니들 팔 좀 빌리자.

S#31. PT 장소 앞 (낮)

기자들 속속 모여들고 관계자들도 PT 장 안팎을 나다닌다.
수정을 비롯한 경호원들, 적당한 자리에서 주위 살피고.
종길을 비롯한 박 비서, 김 상무, 차 부장 우르르 나와 선다.
고급 세단 와서 멈추면 뒷문을 손수 열어주는 종길.
차에서 내린 건호와 호연.
건호가 손 내밀면 두 손으로 잡으며 인사하는 종길.
플래시 팡팡 터뜨리며 그 모습을 찍는 카메라들.

건 호　우리 그룹에 중요한 자리다. 오늘은 종길이 니가 주인공이야.

종 길　아닙니다. 자율주행차 프로젝트는 본부장님 업적이시죠.
잠깐이나마 그분께 누가 안 되게 최선을 다하겠습니다.

호 연　(언짢은) 그 자리에 서는 거 자체가 누가 되는 거지.

건 호　(제지하는) 어허. 들어가자.

다 들　　(들어가는)

S#32. PT 장소 (낮)

자율주행차 M카 옆에 무인자동차 팀.
여 팀장, 창조, 지용, 노트북과 콘솔 앞에 긴장한 채 앉아 있다.
건호와 호연 가장 좋은 자리에 앉아 있고,
뒤편에 종길의 무리들 앉아 있는 자리 마련돼 있다.
각종 관계자들, 기자들, 뒤편에 몰려서 있다.
시끄럽고 어수선한 실내. 갑자기 불이 다 꺼진다.
어두운 가운데 조금씩 잠잠해지는 실내. 이내 침묵이 흐른다.
턱! 갑자기 환하게 켜진 핀 조명 무대 위를 비춘다.
핀 조명 안에 서 있는 사람, 종길이다! 여유 있으면서도 지적인 모습.

종 길　　(겸손) 자율주행차 프로젝트를 구상하고 실행에 옮기신 분은
남신 본부장님이십니다. 피치 못할 사정으로 그분을 대신해
나왔습니다. PK그룹의 서종길 총괄이사입니다.

허리 굽혀 인사하는 종길에게 박수와 환호성과 플래시 쏟아진다.
그 모습을 흐뭇하게 둘러보는 김 상무, 차 부장, 박 비서.
차분히 보는 건호와 못마땅하게 보는 호연.

종 길　　4차 산업혁명은 상상을 현실로 바꿔주는 마법 같은 변화입니다.
저희 PK그룹은 그 마법을 자율주행차로 시작합니다.
스스로 운전하는 차. 인간을 쉬게 하는 차. M카입니다!

여 팀장, 종길의 말이 떨어지면 창조와 지용에게 신호한다.
노트북으로 자율주행차 운행하는 창조와 지용.
입구에 등장한 M카, 천천히 사람들 사이로 들어온다.

흥미롭게 바라보는 사람들. 건호와 호연도 집중하고.
종길 자랑스럽게 바라보면 중간쯤에서 멈추는 M카.
환호성과 박수와 끊임없이 터지는 플래시.
M카 위를 다채롭게 훑는 화려한 색의 레이저 선들.
M카의 운전석 문이 천천히 열리면 높아지는 환호성.
텅 빈 운전석을 보는 사람들, 신기하고 놀라워하는 반응.

종 길 보시다시피 운전석엔 사람이 없습니다. 뒷좌석에도 아무도-

하는데 그때 갑자기 열리는 뒷좌석 차 문.
차 안에서 쑥 나와 바닥을 디디는 럭셔리한 구두!
당황한 종길과 종길의 무리. 건호와 호연도 놀라고.
이목이 집중되는 가운데 구두, 섹시한 슈트로 감싼 하반신과 상반신,
마지막으로 얼굴까지 천천히 올라가는 시선!
도도한 시선과 삐딱한 표정, 완벽하게 차려입은 남신.
팔목에 보이는 로보 워치! 실은 남신3다!
남신3의 시야. 건호, 호연, 종길의 무리들, 마지막으로 보이는 종길.
뚜벅뚜벅 무대로 걷기 시작하는 남신3. 핀 조명, 남신3를 따라간다.
종길의 정면으로 점점 다가오는 남신3.
그런 남신3를 믿을 수 없다는 듯 보는 종길.

플래시백 : PLAY1 60씬

박 비서 여행객 피살이나 사고 위장으로 뒤처리하세요. 깨끗하고 확실하게.

플래시백 : PLAY2 12씬

박 비서 마무리했답니다.

도로 현재. 망자의 귀환. 경악한 종길, 저도 모르게 멈칫 멈칫 물러난다.
그런 종길을 보는 종길의 무리들, 낭패다 싶은 표정.
어느새 건호와 호연의 테이블 옆에 서 있는 영훈, 허리 굽혀 인사한다.

호 연　…너… (남신3 보며) …니들… 미쳤니?
영 훈　(웃음) 죄송합니다. 신이가 극적으로 등장하고 싶어 해서요. (앉는)
건 호　(슬며시 미소 짓는)

어느새 종길을 마주보고 선 남신3. 표정 관리하기 힘든 종길.

남신3　(관객들 듣게) 이사님, 그동안 고생 많으셨습니다.
나머지 PT는 내려가셔서 편안히 즐겨주시죠.
여러분, 저를 대신해주신 서종길 이사님께 큰 박수 부탁드립니다.

박수 소리. 남신3 잠깐 노려본 종길, 억지 미소 지으며 아래로 내려간다.
참담해하는 김 상무, 차 부장, 박 비서 옆에 굳은 얼굴로 앉는 종길.
무대 한가운데 선 남신3, 여유롭게 관객들을 둘러본다.
침묵이 흐르는 가운데 영훈 보는 남신3. 고개 살짝 끄덕여주는 영훈.

남신3　늦지 않게 온 보람이 있네요. 나머지 PT는 저와 함께하시죠.
PK그룹 미래전략실 본부장 남신입니다.
다 들　(가장 크게 환호와 박수 쏟아지는)

S#33. PT 장소 앞 (낮)

황당한 듯 팔짱 끼고 보고 있는 경호원들. 눈치 보는 수정.
인태와 로보캅과 소봉, 나란히 포스터 뒷장에 쓴 1인 시위 팻말 들고 있다.
〈농뒤 남신! 힘없는 직원을 농락하고 튄 PK그룹 남신 본부장을 찾습니다!〉
〈본부장님 덕분에 업계에서 퇴출당했습니다.
먹고살 길 막막하게 해주셔서 감사합니다.〉
〈나는 사기꾼이 아니다! 인격살인 중지하고 본부장은 각성하라!〉

인 태　누나, 언제까지 팔 빌려드려야 돼요?

소 봉　벌써 아프냐, 쪼인트?
인 태　쪼인트 아니고 조인태라구요, 누나.
로보캅　(팔 부들부들 떨면서) 나약한 새끼. 난 끄떡없어. 로보캅이니까.
경호원1　강소봉, 뻔뻔해도 정도가 있다. 그만하고 가라.
수 정　언니, 그만해. 이러다 본부장님 나오시면 큰일 나.
소 봉　(놀란) 뭐? 개남신이 지금 저 안에 있단 말야?
경호원2　(수정에게) 너 미쳤어? 얘한테 말하지 말라니까!
소 봉　(반사적으로) 쪼인트, 로보캅! 뒷일을 부탁한다!

들고 있던 종이로 경호원1, 2, 얼굴 덮고 쏜살같이 뛰어가는 소봉.
당황한 경호원1, 2, 소봉 붙드는데 엉겁결에 방어해주는 인태와 로보캅.
야! 따라가! 빨리 잡아! 인태와 로보캅에게 제압당하는 경호원1, 2.
입구로 서둘러 뛰어 들어가는 소봉! 그런 소봉 보며 한숨 쉬는 수정.

S#34. PT 장소 (낮)

PT를 성공적으로 진행 중인 남신3. 다들 호감 어린 눈빛으로 보는 중.

남신3　자율주행차는 분노도, 피로도, 충동도, 느끼지 않죠.
난폭운전, 졸음운전, 음주운전은 절대 하지 않습니다.
차 안에서 여러분은 영화를 보시거나 쇼핑을 하시거나
모 드라마에서 나왔듯 달콤한 스킨십을 나누셔도 좋겠죠.
단, 창은 꼭 매너모드로 전환해주시구요.
다 들　(웃는)
종 길　자율주행차에 사고가 날 땐 어떻게 될까요?
남신3　(예상치 못한) 사고요?
영 훈　(당황해서 종길 보는)
호 연　(뒤돌아) 우리한테 불리한데 그 얘긴 왜 꺼내요?
종 길　(여유) 기자들이 질문하기 전에 먼저 입장을 보여주는 게 낫습니다.

건 호　(날카롭게 보는)

종 길　(아예 일어나서) 좁은 길을 자율주행차가 달립니다.
맞은편에서 두 대의 오토바이가 나타나죠.
한쪽은 헬멧을 썼고, 다른 쪽은 헬멧을 안 썼습니다.
부딪힐 수밖에 없는 상황이라면, 누구와 충돌해야 할까요?

남신3　(잠깐 말 못 하는)

김 상무　헬멧 쓴 사람을 쳐야죠. 덜 다칠 테니까.

기 자　헬멧 쓴 사람은 법을 지킨 건데 왜 법을 지킨 사람이 다칩니까?
차라리 헬멧 안 쓴 사람이 다쳐야죠.

종 길　(압박) 본부장님, 우리 M카는 어떤 결정을 해야 합니까?

남신3　어렵네요. 이럴 땐 확 가위바위보로 정할까요?

다 들　(농담인 줄 알고 웃는)

종 길　(날카롭게 남신3 보는)

남신3　질문을 좀 바꿔보죠. 헬멧을 쓴 사람이 100세 노인이고
안 쓴 사람이 10대 청소년이라면 어쩌시겠습니까?
헬멧 쓴 100세 노인을 살리고 10대 청소년을 죽여야 하나요?

다 들　(대답 못 하는)

남신3　누구를 살리고 죽일 것인가.
자율주행차의 판단은 결국 인간의 몫입니다.
이제 인간은, 삶과 죽음을 결정하는 신의 자리에 다가섰습니다.
그동안의 신은 인간에게 '운명'과 '우연'만 강요했다면,
PK는 우리 인간의 선택으로 반드시 이익이 되는,
능력 있는 신으로 거듭날 것입니다.
PK가 펼치는 신의 기적! 그 드라마틱한 변화는 바로,
(가리키며) M카부터 시작될 것입니다!

짝, 짝, 짝, 일어나서 박수치는 건호. 다들 일어나 기립박수 친다.
종길과 그 무리도 굳은 얼굴로 일어나 박수 친다.
아낌없는 환호와 박수 쏟아지는 가운데, 끼이익, 열리는 출입문!!!
출입문 활짝 열리면서 환하게 쏟아지는 빛, 그 사이 긴 그림자.

다들 돌아보면 각 잡고 서 있는 소봉!

소 봉　　(포효하는) 개! 남! 시이인!!!

S#35. PT 장소 앞 (낮)

엉켜 있던 경호원들과 인태, 로보캅, 우뚝 멈추고 보는.

S#36. PT 장소 (낮)

씩씩대는 소봉, 남신3에게 뚜벅뚜벅 다가간다.
남신3, 그런 소봉을 보고 고개 갸우뚱한다.
남신3의 시야. 소봉의 이미지 위에 큰 물음표 떠 있다.
웅성거리는 실내. 소봉을 보고 수군거리는 사람들.
종길도 그런 소봉을 관심 있게 본다.

호 연　　쟤, 공항에서 뒤통수 얻어맞은 걔지?
영 훈　　잠깐 다녀오겠습니다. (일어나려고 하면)
건 호　　놔둬. 신이가 처리하게.
영 훈　　(어쩔 수 없이 앉아서 남신3 걱정스레 보는)
소 봉　　일부러 나한테 몰카 찍게 한 거 맞죠?
　　　　알면서도 모른 척 폭력까지 쓰고.
남신3　　내가?
소 봉　　와, 또 모른 척하시네. 끝까지 잡아떼겠다, 이건가?

남신3의 시야, 소봉의 얼굴로 검색 시작한다.

검색결과 : PLAY1 29씬

폭발한 남신, 온 힘을 실어 소봉의 뒤통수를 살벌하게 후려갈기는.

소 봉　나도 잘못한 게 있으니까 억울해도 참았어!
가는 데마다 짤리고 쓰레기 취급 당해도 참았다고!
근데 너, 나 갖고 논 거라며?
내가 니 장난감 로봇이야? 맘대로 조종하고 버리게?
너 내 등 뒤에서 얼마나 비웃었어?
아무것도 모르고 날뛰는 내가 얼마나 우스웠냐구!!

하는데 갑자기 남신처럼 팔을 확 쳐드는 남신3의 매서운 표정.

호 연　어머, 쟤 또!
영 훈　(벌떡 일어나는)
종 길　(비웃는)

남신3의 험악한 표정에 소봉도 반사적으로 눈을 감는데,
허공에 떠 있던 남신3의 팔, 갑자기 소봉을 감싸 안는다!
예상치 못한 전개에 놀란 호연, 건호, 영훈, 종길. 종길의 무리들.

남신3　(해맑게) 울면 안아주는 게 원칙이에요.

그제야 눈 뜬 소봉의 눈꼬리에, 반짝, 빛나는, 눈물 한 방울.
자신을 안고 있는 남신3를 이해할 수 없다는 듯 올려다보는 소봉.
안고 있는 두 사람을 향해 작렬하는 카메라 플래시.
흐트러진 몰골로 들이닥친 경호원1, 2에게 끌려 나가는 멍한 소봉.

S#37. PT 장소 앞 (낮)

멍한 소봉을 부려놓고 들어가 버리는 경호원들.

힘쓰느라 엉망진창인 꼴로 기다리고 있던 인태와 로보캅

인 태 누나, 왜 그렇게 멍해요? 혹시 또 맞았어요?

로보캅 이 자식들이 여자한테 무슨 짓을! (들어가려는데)

소 봉 (로보캅 턱 막고) 니들은 가라. 누나가 이따 전화할게.

인 태 왜요? (1인 시위 문구 가리키며) 저 사람 못 만났어요?

로보캅 만났든 못 만났든 약속한 한우 투뿔은- (하는데)

소 봉 (버럭) 투뿔이고 쓰리뿔이고 가라니까?
누나가 삼겹살 솥뚜껑에 손발 한번 지져줄까?

로보캅한테 가자고 눈짓하는 인태. 소봉 눈치 보며 자리 뜨는 두 남자.
혼자 남은 소봉, 어이가 없다.

소 봉 울면 안아줘? 웬 천사 코스프레? 아아~ 날 이용해서 이미지
세탁까지 하시겠다?

하다가 시선 멈춘 소봉, 얼굴 험악하게 변한다.
잔뜩 기죽은 얼굴로 나타나는 조 기자.
소봉, 기술 들어가면 공중으로 휙 날아 바닥에 텅! 떨어지는 조 기자!
누워서 숨도 못 쉬는 조 기자를 두고 휙 가버리는 소봉.

S#38. PT 장소 / 무대 (낮)

기자들에 둘러싸여 사진 찍히는 남신3. 남신처럼 시크하고 세련되게.
그 옆을 말없이 지켜주는 영훈.

기자1 폭행 피해자와 화해 장면, 훈훈했습니다. 일부러 연출하신 거죠?

영 훈 (남신3 보고) 연출은요. 본부장님께서 그동안 반성 많이 하셨죠.

건호와 호연과 종길, 좀 떨어진 곳에서 남신3 보고 있다.

호 연　(의심스런) 재, 좀 이상해. 누구 안아주고 그런 캐릭터 아니잖아?

종 길　(남신3 유심히 보며) 밖에 나가서 철 들어오신 거겠죠.

건 호　철은 무슨. 사람 쉽게 안 변한다.

기자들과 헤어지고 온 남신3와 영훈. 영훈, 눈짓하면 인사하는 남신3.

건 호　갈 때도 올 때도 제멋대로지. 왜 벌써 나타나?
이 할애비 상 치를 때나 기어 들어오지.

영훈(E)　신이는 회장님을 피해요. 말도 잘 안 섞죠.

남신3　(짜증나는 척 딴 데 보는)

호 연　너 아주 깜짝쇼까지 하더라. 안 어울리게 착한 척은.

영훈(E)　비웃어요.

남신3　(픽 비웃고) 고모도 착한 척하잖아. 할아버지 앞에서만.

호 연　뭐?

종 길　(온화한) 좋은 날, 만나자마자 왜들 이러십니까?
(남신3 손 붙들고 인사) 잘 돌아오셨습니다, 본부장님.

남신3　(눈 깜빡! 윙크하듯)

오로라(E)　거짓말이라는 신호야.

S#39. HR인공지능연구소 / LAB실 / 과거 (밤)

떠나기 전날. 오로라의 손을 잡고 서 있는 남신3.

오로라　손 안의 센서가 맥박, 혈압, 호흡, 표피의 온도와 습도 변화
등을 읽어서 상대방 거짓말을 알아채는 거야.

남신3　거짓말탐지기 기능 추가. (동작과 함께) 윙크하면, 거짓말.

오로라　그래. 얼굴색 하나 안 변하고 거짓말하는 게 인간들이야.

특히 서종길 같은 사람한테 절대 속지 마.

S#40. PT 장소 (낮)

손을 놓고 종길을 빤히 보는 남신3. 당황하는 영훈, 남신3를 본다.

남신3　거짓말. 남신이 안 돌아오길 바랐잖아요.
난 알아요. 거짓말탐지기 있으니까.
영 훈　본부장님!
호 연　(웃긴) 뭐? 거짓말탐지기? 너 참 창의적으로 사람 물먹인다.
건 호　신이 너, 말조심 못 해?
종 길　허허허. 아무래도 제가 본부장님께 뭘 크게 잘못한 모양입니다.
그런 서운한 농담을 다 하시고.
영 훈　농담이 지나치셨습니다, 본부장님. (눈짓하는)
남신3　(눈치채고 가만있는)
건 호　리셉션 준비해야지. 젊은 사람들 일하게 우린 이만 빠지자.
종 길　네, 회장님.
호 연　(전화 받고) 왜? (듣다가) 근데 넌 왜 니 아빠 말고 우리 아빨 찾니?
종 길　(의식하는)
호 연　뭐? 누굴 찾으러 가? 신이?
남신3, 영훈　(호연 보는)

S#41. 인천공항 / VIP라운지 (낮)

통화 중인 예나. 전화기 너머 들리는 신경질적인 호연의 목소리.

호연(F)　(기막힌) 신이 여기 있는데 어디 가서 찾아?

전화 끊고 벌떡 일어나 밖으로 달려 나가는 예나.

S#42. 인천공항 앞 / 택시 승강장 (낮)

서둘러 뛰쳐나온 예나, 택시 승강장에 서 있던 승객과 부딪힌다.
툭, 승객이 들고 있던 지갑, 바닥으로 떨어진다.
건성으로 죄송하다고 말하고 새치기해서 택시에 오르는 예나.
예나가 탄 택시 서둘러 떠나면 떨어진 지갑 줍는 승객.
펼쳐진 지갑 안에 꽂혀 있는 작은 사진 한 장. 어린 남신의 사진이다!
사진을 매만지는 승객, 보면 오로라다!
막 와서 서는 택시에 올라타는 오로라.

S#43. 택시 안 (낮)

뒷좌석에 앉은 오로라, 창밖으로 변한 풍경을 신기한 듯 감상한다.

오로라 서울, 많이 변했네요.
기 사 오랜만에 나오셨나 봐요. 고향인데, 왜 안 오셨어요?

말없이 웃고 휴대폰으로 통화 시도. 상대편이 받았다.

오로라 잘 도착했어요. 신이는요?

S#44. HR인공지능연구소 / 남신3의 방 (밤)

의식 없는 남신의 침대 옆에 앉아 있는 데이빗.

데이빗 (퉁명스레) 그놈 체크하러 갔으면 그거나 신경 써.
낯선 환경에 문제는 없는지 잘 살펴보고.
(툭 끊고 신이 보고 한숨) 너도 낯선 환경일 텐데 미안하다.
얼른 일어나. 니 엄마도, 너도, 그놈도 더 힘들어지기 전에.

물수건으로 얼굴 닦아주는 데이빗. 말없이 누워만 있는 남신.

S#45. PK그룹 / 종길의 사무실 (낮)

화가 난 종길, 사정없이 골프채를 휘두른다.
벽장식 겸 와인 거치대에 놓인 와인 병들이 퍽! 퍽! 깨진다.
종길의 얼굴과 몸은 말할 것도 없고 박 비서에게도 와인이 튀어와 박힌다.
휙- 골프채를 집어던져버린 종길, 박 비서의 배를 발로 확 찬다!
뒤로 넘어간 박 비서를 몇 대 더 차는 종길.
거친 숨을 몰아쉬며 감정 가라앉히는 종길.

종 길 일어나.
박 비서 (얼른 일어나서) 죄송합니다, 이사님.
종 길 (손수건 꺼내 건네주면)
박 비서 (조심스레 받아서 피 닦는)
종 길 (낮게) 니가 오늘 나한테 무슨 짓을 저지른 건지 알아?
박 비서 죽여주십시오.
종 길 어디서부터 어떻게 잘못된 건지 알아봐.
그 자식이 뒤통수를 친 거면 찾아내서 사지를 찢어버려.
박 비서 오랫동안 이사님 일 한 사람입니다. 그럴 리 없습니다.
종 길 그럴 리가 없는데, 덤프트럭에 깔려 죽었단 놈이 두 눈 시퍼렇게
뜨고 살아 돌아와? 그럴 리가 없는데, 살아 돌아와서
사람들 다 보는 앞에서 날 물먹여?
박 비서 죄송합니다. 제가 다시 알아보겠습니다.

(하고) 지난번에 말씀하셨을 때 남신 본부장이 알면 곤란한 게 있다고 하셨는데, 혹시 그걸 알아내서 돌아온 건 아닐까요?

종 길　다행히 신이가 다녔던 동선은 그 일이랑 상관없어.

박 비서　본부장이 알면 안 되는 게 혹시 그 아버지 일입니까?

종 길　(매섭게 쳐다보면)

박 비서　잘못했습니다.

종 길　쓸데없는 호기심 집어치우고 그 자식한테 연락이나 해.

박 비서　네, 이사님 (인사하고 나가는)

박 비서 나가면 책상 위에 놓인 와인병 들어 벌컥벌컥 마시는 종길.
거울 속 피 튀긴 제 얼굴을 보고 씩 웃는 종길.
빼꼼 문 열려서 보면 종길을 보고 있는 박 비서.

박 비서　오늘은 진짜 알 파치노 같으십니다.

종길, 골프채 집으려고 하면 얼른 도망 나가는 박 비서.

S#46. PT 장소 앞 (낮)

고급세단 서 있고 함께 내려오는 건호와 호연. 영훈과 남신3.
운전사가 뒷문 열어주면 먼저 올라타는 호연.
올라타려던 건호, 들고 있던 서류로 남신3의 풀린 셔츠를 툭툭 건드린다.

건 호　(못마땅한) 단정하게 다니라고 해도 영 들어먹질 않으니.
어떻게 달라진 게 하나 없어? (영훈에게) 이런 놈 찾아다니느라 고생 많았다. 리셉션 마무리 제대로 해.

영 훈　네, 회장님.

건호, 차에 올라타면 운전사 문 닫아주고 얼른 운전석으로.

차 출발하면 허리 굽혀 인사하는 영훈. 보고 얼른 따라하는 남신3.

남신3　　(해맑은) 달라진 게 없대요. 나 배운 대로 잘했죠?
영 훈　　(굳은 얼굴로) 따라 들어와요. (들어가는)
남신3　　(고개 갸우뚱하고 따라가는)

S#47. PT 장소 / 대기실 (낮)

먼저 들어온 굳은 얼굴의 영훈, 남신3가 들어오면 문 닫는다.
영훈을 보고 해맑게 웃는 남신

영 훈　　그렇게 웃으면 안 되죠. 강소봉 씨 안아준 거, 거짓말탐지기
　　　　얘기한 것도 위험했어요.
남신3　　울면 안아주는 게,
영 훈　　원칙인 거 알아요. 근데 당신은 여기 왜 왔죠?
남신3　　엄마가 부탁해서.
영 훈　　진짜 신이가 돼달라고 부탁하셨죠. 어떤 원칙보다 엄마가
　　　　중요하다면서요. 엄말 위해서 로봇인 걸 들키면 절대 안 되죠.
　　　　그 사람들 앞에선 특히. 내 말 맞죠?

시선 내린 채 끄덕이는 남신3를 본 영훈,
의자에 털썩 앉아 옆 자리를 툭툭 치면 영훈의 옆자리에 앉는 남신3.

영 훈　　그래도 오늘 잘했어요. 훈련한 대로 해줘서 고마워요. (미소 짓는)
남신3　　웃을 줄 아는 사람이었네요.
영 훈　　(넥타이 느슨히 풀며) 긴장이 좀 풀려서요. 안심도 되고.
　　　　(하고) 지금쯤 오로라 박사님 도착하셨을 거예요.
　　　　환경 적응도 체크하러 오신다고 했으니까.
남신3　　정말요?

영 훈　차 태워줄 테니까 먼저 가서 만나요.
리셉션 마무리는 내가 하고 갈게요. (타이 조이며) 일어나죠.
남신3　(따라 일어나는)

영훈과 남신3, 함께 나가려고 문을 열다가 놀란다!
바로 앞에 서 있는 예나. 믿을 수 없다는 듯 남신3를 보는.

예 나　진짜 오빠네. 우리 오빠. 오빠 또 어디 가? 무조건 같이 가.
남신3　(남신 표정으로)
조 기자(E)　진짜 남신 본부장이야?

S#48. PT 장소 주변 (밤)

흙 묻고 머리 산발된 조 기자, 힘든 표정으로 소봉의 뒤를 따라간다.
뒤를 홱 돌아보는 소봉! 무서워서 몸을 움츠리는 조 기자!
따라오지 말라는 의미로 주먹 한 번 보여주고 가는 소봉.

조 기자　(그래도 따라가며) 자기야, 얘기 좀 해. 딱 한 번만. 응?
소 봉　(멈추고) 기술 더 걸어봐요? 암바? 초크? 뭘 원해?
조 기자　(기겁하는) 아냐, 아냐! 내 기자증으로 리셉션장 들어가서 본부장 만나자구. 만나야 자기 블랙리스트에서 빼달라고 하지.
소 봉　(미운 듯 보는)
조 기자　나 용서해주지 마. 다신 만나주지도 마.
근데 자기가 다시 일하는 걸 봐야 내 속이 편할 거 같아서.
몰카 땜에 받은 돈도 몽땅 줄게. 진짜.
소 봉　(이걸 미워할 수도 없고) 본부장이 기자님까지 쌩까면 어쩔 건데요?
조 기자　(환하게 웃으며) 나만 따라와.

S#49. 리셉션 장소 앞 (밤)

들뜬 분위기의 젊은이들 드나들고 시끄러운 음악소리 흘러나온다.
수정과 경호원들 앞을 프레스카드 목에 건 조 기자 태연하게 들어간다.
짐 들고 뒤따라가는 보조. 선글라스에, 마스크에, 모자 눌러 쓴 소봉이다.

S#50. 리셉션 장소 (밤)

클럽 분위기. 한쪽에는 디제이 부스에는 환호하며 즐기는 20, 30대 남녀들.
다른 편에는 바가 설치돼 있고 각종 주류와 핑거푸드 진열돼 있다.
한가운데 디스플레이된 자율주행차. 그 곁의 레이싱 걸들도 시선을 끈다.
레이싱 걸을 보느라 넋이 나간 창조와 지용의 뒤통수를 갈기는 여 팀장.
자율주행차를 배경으로 사진 찍는 자유로운 젊은이들.
대형 LCD 모니터에 끊임없이 M카에 관한 이미지 흘러간다.
2층 난간에서 서 있는 남신3, 샴페인 한 잔 들고 내려다보는.
예나가 찰싹 달라붙어 서 있고 영훈도 뒤편에 물러서 있다.
남신3의 샴페인 잔을 뺏어 마신 예나, 남신3의 팔짱을 확 낀다.
영훈이 남신3 보고 고개 저으면 자연스레 팔짱 빼는 남신3.

예 나 사람이 너무 한결 같아. 날 너무 아껴준다.
남신3 넌 여동생 같은 존재야.
예 나 걱정 마. 동생 같은 와이프가 될 테니까.
쓸데없는 애들이랑 몰카 그만 찍히고 우리 결혼해.
남신3 (어딘가를 보고) 안 돼. 절대.
예 나 안 돼? 왜 안 돼? (하다가) 또 어떤 기집앨 보는 거야?

남신3의 시선 따라가면 샴페인 병들에 폭죽 꽂아서 노는 20대 여성 무리.
남신3의 시야모니터. 브라질 키스 클럽 폭죽 화재 사건 검색 이미지들.

남신3 폭죽은 안 돼. 위험해. (내려가려는)

예 나 (붙들고) 알았으니까 오빤 여기 있어. 내가 말하고 올게. (내려가는)

S#51. 리셉션 장소 일각 (밤)

지나치게 야하게 차려입은 철없어 보이는 20대 무리. 벌써 거나하게 취한.
샴페인 병들에 꽂힌 폭죽에 불붙이려는 순간, 병들을 확 뺏어버리는 손!
보면 소봉이다! 뒤에 서 있는 조 기자.

소 봉 언니가 몇 년 더 살아봐서 아는데, 니들 이러다 밤에 오줌 싼다.

20대女1 클럽에서 맨날 이러거든? 주름 많은 언니, 꺼져.

샴페인 병들 뺏고 소봉을 툭 치고 가버리는 20대 무리.
그 바람에 소봉의 손에 들려 있던 시위 문구, 땅에 떨어진다.
말린 게 풀려서 내용이 보이는 종이를 주워 올리는 손, 예나다.
그런 예나를 의아하게 보는 소봉과 조 기자.
예나, 종이를 쫙쫙 찢어서 소봉의 발밑에 던져버린다.

소 봉 (기막힌) 왜 이래요? 미쳤어요?

예 나 미친 건 그쪽이죠. 여긴 왜 왔죠? 사기꾼 강소봉 씨.

소 봉 (황당한) 사기꾼이요? 사람 좀 만나려고 왔으니까 비켜요.

예 나 (이럴 줄 알았다. 비웃는) 그 사람이 본부장님이겠죠.

소 봉 도대체 누구세요? 누구신데- (하는데)

예 나 PK그룹 홍보팀장 서예나예요. 남신 본부장 약혼녀구요.

소 봉 아아, 그 돌부처? 남친의 백만 스캔들에도 끄떡없다는?

예 나 뭐? 돌부처? (하고) 절대 오빠 못 만나요. 당장 나가요.

소 봉 그쪽이 뭔데? 약혼녀 주제에. 약혼은 언제 깨질지 모르잖아.

예 나 (울컥) 뭐가 어째? 자작극이네 뭐네 헛소리하러 온 주제에!

소 봉 (억울한) 자작극 맞다구! 날 갖고 놀았다니까?

예 나　　몰카 찍다 잘린 걸 누구한테 뒤집어씌워? 우리가 그렇게 우습니?
소 봉　　뒤집어씌우긴 누가 뒤집어씌워? 당장 확인해보게 본부장 불러!
조 기자　(뒤 보면서) 본부장님!

예나와 소봉 홱 돌아보면 남신3와 영훈이 서 있다.

남신3　　누구시죠?
조 기자　(황당한) 네? 본부장님, 저 조 기잡니다. 아시잖아요.
남신3　　(갸우뚱하는)
소 봉　　이럴 줄 알았어. 내가 뭐랬어요? 기자님도 쌩깔 거랬죠?
예 나　　이럴 줄 알았어. 우리 오빤 모른다잖아. 완전 사기꾼들 아냐?
영 훈　　잠깐만요! 조 기자님이신가요? 저희랑 얘기 좀 나누시죠. (나가는)

영훈을 따라 남신3도 나간다. 조 기자도 소봉에게 눈짓하고 나간다.
예나와 소봉 남으면, 흥! 하고 반대쪽으로 걸어가는 두 여자.

S#52. 카페 (밤)

테이블 위에 놓인 맥주잔과 맥주병. 조 기자, 영훈, 남신3 함께 앉았다.
조 기자에게 맥주를 따라주는 영훈. 한 잔 쭉 들이키는 조 기자.

영 훈　　본부장님 일은 제가 다 아는데, 조 기자님은 처음 뵙네요.
조 기자　(남신3 보면서) 절대 비밀이라고 하셔서. 다신 안 돌아오실 것처럼
　　　　하시더니 어떻게 여기 계시네요.
남신3　　(가만히 보는)
조 기자　아까 저 모른 척하신 건 잘하셨어요.
　　　　저랑 짜고 몰카 흘린 게 알려지면 세상이 얼마나 시끄럽겠습니까?
　　　　근데 소봉 씨가 딱하잖아요. 일종의 희생양이 된 건데 왜 일까지
　　　　못 하게 막습니까?

영 훈　　그건 제가 조치하죠. 한 잔 더 하시죠. (따라주는)

S#53. 리셉션 장소 (밤)

PLAY2 51씬의 20대 무리. 취해서 기어이 샴페인 병 폭죽에 불을 붙인다.
치이이! 타올라오는 불꽃에 환호성 지르는 20대 무리.
미친 것처럼 샴페인 병을 흔들며 춤추는 무리들.
위태롭게 튀는 불꽃들. 합성수지(현수막 또는 광고표지판)에 튀어와 붙는다.
시선이 닿지 않는 부분에 튄 불꽃이 서서히 타오르기 시작한다.

S#54. 리셉션 장소 / 화장실 (밤)

세수를 박박 하는 소봉, 열받아서 거울을 본다.
그때, 화장실로 들어오다 우뚝 멈춘 예나.
턱 꼿꼿이 세우고 들어와 소봉의 옆 세면대에 선다.
휴대폰 놓고 물 틀어서 손을 씻는 예나. 물방울이 소봉 쪽으로 튄다.
어이없는 소봉, 얼굴의 물을 훔쳐 예나 쪽으로 튕긴다.
이게 정말! 서로 확 째려보는 순간, 밖에서 들리는 불길한 목소리.

여자(E)　　불났어! 진짜 불이라구!

이어 시끄럽게 울리기 시작하는 화재경보음!
화장실에 있던 다른 여자들, 비명을 지르기 시작한다!
반사적으로 뛰쳐나가는 예나! 다른 여자들도 소리 지르며 따라 나가고!
긴장한 소봉, 옆에 있던 핸드타월 되는 대로 꺼내 물을 적신다.
그걸 가지고 서둘러 나가는 소봉.

S#55. 리셉션 장소 비상구 (밤)

화재 경보음 이어지며 천정에서 내려오기 시작하는 시뻘건 불기둥.
비상구 표시 등 아래 비상구로 몰린 사람들, 나가려고 아우성이다.
도어록이 달린 두터운 철문이 닫혀서 도무지 열릴 줄 모른다.
뒤편에서 검은 유독가스 올라오면 콜록, 콜록, 기침하는 사람들.
소봉, 휴지를 찢어 나눠주면 그걸로 입을 막는 사람들. 예나한테도 준다.
거침없이 사람들 앞으로 나선 소봉, 문을 발로 사정없이 찬다.
열어! 열라구! 소리치며 필사적으로 발로 차는 소봉.
안 되니까 주먹으로 치는 소봉의 주먹에 맺히는 핏물.

예 나　(붙들며) 그만해요!
소 봉　여긴 안 돼요! 입구 쪽으로 가요!

다들 소봉의 말대로 움직이기 시작한다. 무서워서 덜덜 떨고 있는 예나.

예 나　오빠… 내 휴대폰… 화장실에…
소 봉　(단호하게 손목 잡으며) 거긴 다시 못 가요. (끌고 가는)

S#56. 리셉션 장소 일각 (밤)

불이 무섭게 타오르는 실내. 예나를 붙든 소봉이 불길에 가려진 창을 본다.
예나를 놓은 소봉, 유리창을 주먹으로 깬다. 사람들 다 놀란다.
유리 와장창 깨지자마자 그쪽으로 사람들을 나가게 하는 소봉.
순서대로 나가는 사람들. 마지막으로 남은 예나와 소봉.
예나 먼저 내보낸 뒤 소봉이 나가려는 순간, 우지끈 무너지는 창틀!
반사적으로 뒤로 물러나며 넘어진 소봉! 무너진 창은 아예 막혀버렸다!
피가 흐르는 손에 고통을 느낀 소봉, 기어이 일어나 다른 쪽으로 향한다.

S#57. 카페 (밤)

어느새 다 비어 있는 맥주병과 맥주 잔.
조 기자는 얼큰하게 취했고 영훈은 남신3에게 눈짓한다.

영 훈 조 기자님, 저희는 이만 가볼 데가 있어서… (하는데)
조 기자 가보셔야죠. 전 그럼 두 분만 믿고 소봉 씨한테 큰 소리 팡팡-

하는데 날카로운 소방차 사이렌 소리. 그 소리 들은 남신3, 영훈을 본다.
갑자기 뛰어 들어온 종업원, 놀라서

종업원 앞 건물에 불이 크게 났어! 사람들 뛰쳐나오고 난리도 아냐!

그 말에 벌떡 일어난 남신3, 달려간다. 영훈과 조 기자도 다급히 나간다.

S#58. 리셉션 장소 앞 (밤)

이미 빠져나온 사람들과 구경하는 사람들로 꽉 찬 건물 앞.
달려온 남신3, 검은 연기와 불기둥 본다. 따라온 영훈도 놀란다.
오자마자 여기저기 사진을 찍기 시작하는 조 기자.
앉아서 콜록거리던 예나, 남신3를 보고 달려온다.

예 나 (눈물범벅 된) 오빠! 어디 갔다 와? 나 죽는 줄 알았잖아.
남신3 (미동도 없이 건물만 보는)

영훈의 부축으로 한쪽에 앉는 예나. 남신3의 뒷모습 야속하게 보는데.
갑자기 뚜벅뚜벅 건물 입구로 걸어가는 남신3.
놀란 영훈, 달려가서 남신3 앞을 붙든다.

영 훈　　위험해요. 어디 가는 겁니까?

영훈, 남신3 보는데 어딘가 이상하다. 강인한 분위기에 눈빛 색이 바뀐.
영훈 또 한 번 붙들면 홱 가볍게 뿌리치는 남신3.
바닥에 나가떨어진 영훈을 신경 쓰지 않고 입구로 향하는 남신3.
그런 남신3를 보고 놀라는 사람들. 예나도 놀라서 벌떡 일어난다.
불길을 찍던 조 기자, 들어가는 남신3를 향해 순간적으로 셔터 누른다.
입구에서는 시커먼 유독가스가 끊임없이 뿜어져 나온다.
유독가스 사이로 새빨간 불이 날름거린다.
불길이 삼켜버리듯, 불길 속으로 들어가는, 남신3.
믿을 수 없다는 듯 보던 영훈, 어딘가로 서둘러 전화를 건다.

S#59. 호텔 룸 (밤)

소파에 앉아 있던 오로라, 놀라서 벌떡 일어난다.

오로라　　재난모드예요.
영훈(F)　　재난모드요?
오로라　　순간적으로 아무도 기억 못 해요. 구조에만 에너지를 집중해서
다른 기능은 차단되죠.

S#60. 리셉션 장소 / 비상구 (밤)

눈빛이 달라진 남신3, 주위를 둘러본다.
PLAY2 55씬의 문 앞에서 거의 의식 잃은 몇몇의 사람들 보인다.
철문에 가볍게 한 손을 대면 끼이익 소리를 내며 틈이 벌어지는 문.
힘을 가해서 팍! 밀면 텅! 하고 떨어져나가는 문짝!
열린 문 사이로 빠져나가는 유독가스. 바깥 풍경 보인다.

의식 잃은 사람들을 가볍게 어깨에 메고 문짝 밖으로 옮기는 남신3.

S#61. 리셉션 장소 / 복도 (밤)

복도를 걸으며 주위를 돌아보는 남신3, 유독가스에 아무도 보이지 않는다.
위쪽에 달려 있는 CCTV 보고 멈춘 남신3.
CCTV 보면 시야모니터 켜지고 CCTV 화면이 그대로 띄워진다.
다른 쪽 CCTV에 시선 주면 그 화면도 띄워진다.
화면 분할되면서 실내의 모든 CCTV 화면 보인다.
콜록거리면서 도망 나가는 사람들. 룸에 갇혀 있는 사람들.
그중 입 막고 걸어가는 소봉의 모습 보인다.

S#62. 리셉션 장소 / 룸 앞 (밤)

입 막고 콜록대며 낮은 자세로 걸어가던 소봉,
룸 안에 숨어 있는 PLAY2 51씬의 20대女들 본다. 술 취한 채 겁에 질린.
도와주려고 들어간 소봉. 두 명은 의식 잃었고, 20대女1만 겁에 질려 있다.

소 봉　괜찮니? (옷 붙들고) 언니랑 같이 나가자!
20대女1　(취해서 진상짓) 이거 놔! 이게 얼마짜린지 알아?
소 봉　니가 날 잡아. 같이 나가자.
20대女1　(잔뜩 기침하는) 목말라 죽겠어… 물! 물 좀 줘…
소 봉　(다급하게) 기다려.

S#63. 리셉션 장소 일각 (밤)

낮은 자세로 기어 나온 소봉, 기침하며 바 한쪽에서 물 한 병 챙겨서 간다.

자율주행차 옆을 지나가는데 펑 소리와 함께 한쪽 골조 무너진다.
소봉 쪽으로 우르르 무너져버린 골조. 그 아래 묻혀버린 소봉.
또르르 굴러서 바닥에 떨어진 생수병.
반대쪽에서 오는 남신3, 그 생수병을 주워서 지나간다.
소봉은 보지 못하고 그대로 지나쳐버리는 남신3.
자율주행차 아래쪽에 쓰러져 의식을 잃어버린 소봉…

S#64. 리셉션 장소 / 룸 (밤)

여전히 진상 짓을 하고 있는 20대女1.

20대女1 물 빨리 안 가져와? 가져오라구! (갑자기 우는) 엄마, 무서워…

20대女1을 덮는 긴 그림자. 올려다보면 냉정한 얼굴로 서 있는 남신3.
남신3의 손에 들린 생수병을 뺏어 따서 미친 듯 마시는 20대女1
남신3는 20대女1 옆의 친구들을 구하려고 다가간다.

20대女1 (남신3 붙들며) 나부터 살려줘! 얘넨 다 죽는다구!
남신3 (홱 뿌리치고 노려보는)
20대女1 (겁나서) 왜, 왜 그렇게 봐?
남신3 (킬힐 벗겨서 던져버리는)
20대女1 (무서워서) 왜… 왜 이래… 이거 비싼 거야…
남신3 (매섭게) 발 좀 다쳐도 안 죽어. 니 목숨은 니가 지켜.

의식 잃은 두 여자를 동시에 양쪽 어깨에 메고 나가는 남신3.
일어나서 맨발로 그 뒤를 따라가는 20대女1

S#65. 리셉션 장소 / 비상구 (밤)

여자들을 메고 불길 속을 헤치고 나가는 남신3.
비명 소리를 지르면서도 따라 나가는 20대女1

S#66. 리셉션 장소 앞 (밤)

울면서 입구를 기웃거리는 예나. 그 옆에서 초조하게 걸어 다니는 영훈.
영훈, 안 되겠다 싶어 입구 쪽으로 가려는데,
20대女1 걸어 나와서 털썩 주저앉는다. 남신3, 여자들을 내려놓는다.

예 나 (달려가며) 오빠!

S#67. 리셉션 장소 일각 (밤)

이미 화염에 둘러싸인 실내.
소봉의 옆을 지나다니면서도 발견하지 못하는 구조대.
무너진 골조 아래 까딱거리는 소봉의 발.
골조를 들어보려고 안간힘 쓰는 소봉, 하지만 까딱도 할 수 없다.
그때 꿈처럼 울리는 진동 소리.
소봉의 주머니에서 빠져나온 휴대폰 액정에 떠 있는 〈아빠〉
겨우 눈을 떠 그 단어를 본 소봉, 눈물이 핑 도는데,
그 순간 반대쪽에서 또 무너지려는 골조 보인다.
천천히, 거짓말처럼, 소봉 쪽으로 무너져 오는 골조…

소 봉 …아빠…안녕…

끼이익! 덮쳐오는 공포에 경악하는 소봉.

그때, 어디선가 나타난 남신3, 화염에 불타는 골조를 어깨로 막는다!
순간, 골조에 박혀 있던 철근이 한쪽 어깨를 관통한다.
그런 남신3를 놀라서 보는 소봉.
무표정하게 골조를 한쪽으로 밀어버린 남신3,
소봉의 위를 짓누르는 파편들도 홱 집어던진다.
소봉을 천천히 안아 올린 남신3, 화염 속을 걸어 나간다.
화염이 짙어지자 소봉을 품에 꼭 안는 남신3.
소봉 올려다보면 냉정한 남신3의 얼굴이 바로 앞에 있다.
점점 크게 들려오는 소봉의 심장박동 소리. 쿵. 쿵. 쿵.

소 봉 … 오해하지 마… 그쪽 심장소리야.

남신3 (차갑게) 심장 따위 없어, 난.

그런 남신3를 의아하게 보는 소봉. 여전히 차갑게 보는 남신3.
철근이 관통한 뒤편. 찢어진 인조피부 사이로 드러난
로봇의 인공뼈에서!!!

PLAY 3

제 5 회

제 6 회

S#1. PT 장소 일각 (밤)

PLAY2 63씬의 일부와 변주. 우르르 무너져버린 골조 아래 묻혀버린 소봉.
팔다리 빼보려고 기를 써보지만 끄떡도 하지 않는 구조물들.
털썩, 힘 빼고 늘어진 소봉, 가쁜 숨을 몰아쉰다.

소봉(N) (체념한) 그러면 그렇지. 결국 이렇게 될 걸.

벌겋게 타오르는 불꽃들. 가물가물해지는 소봉의 시야.
그 위로 들려오는 거친 함성소리.

S#2. 이종격투기 경기장 / 1년 전 (낮)

플래카드 〈로드FC 아톰급 타이틀 결정전〉 붙어 있다.
소봉과 상대선수의 포스터 아래 환호하는 관객들.
한창 경기 중인 소봉과 상대선수(20대, 女), 격렬한 분위기.
소봉의 펀치에 속수무책인 상대선수, 결정적 한 방에 기어이 코피 터진다.
피를 본 관객석. 더욱 격해지는 함성 소리.
더욱 바빠지는 소봉의 펀치에 점점 더 코너에 몰리는 상대선수,
심판이 보기 힘든 각도에서 갑자기 박치기를 한다!
퍽! 이마를 가격당한 소봉, 눈앞이 가물가물하다.
한 번 더 박치기하면 뒤로 나가떨어지는 소봉!

재 식　　(심판 보고) 심판 뭐해? 박치기하잖아!

못 들은 척 계속 진행시키는 심판.
그새 코치와 눈빛 교환한 선수, 소봉을 테이크다운 시킨다.
소봉, 자신의 다리를 잡는 상대 선수의 얼굴이 흐릿하게 보인다.

재 식　　재 눈 안 보이잖아! 경기 중지시켜! 당장!

소봉의 다리에 암바를 건 선수. 이 악물고 힘을 가한다.
고통에 비명 지르는 소봉, 벗어나려고 기를 쓴다.
다급한 재식, 링에 매달려서 흰 수건 던지려고 한다.

소 봉　　(기를 쓰고) 던지지 마!

순간, 소봉의 다리를 확! 비틀어버리는 상대선수.
우지끈! 뼈 부러지는 소리에 고통스런 비명 지르는 소봉!
'소봉아!' 재식이 달려오면서 바닥에 풀썩 떨어지는 흰 수건.
경기 중단시킨 심판, 상대 선수의 손을 번쩍 들어준다.
관객의 환호성 속에 고통스러워하는 소봉과 눈물 훔치는 재식.

S#3. 이종격투기 경기장 앞 / 1년 전 (낮)

대기 중인 구급차. 구급대원과 재식, 스트레처로 소봉을 끌고 나온다.
고통에 찌푸려진 소봉의 얼굴. 그런 소봉을 보며 울고 있는 재식.
저 멀리서 살펴보던 심판, 경기장 안으로 들어간다.
그 모습을 보고 벌떡 일어난 소봉, 말릴 새도 없이 스트레처카에서 내린다.
한쪽 다리 질질 끌며 경기장으로 향하는 소봉이 황당한 구급대원.

재 식　　(붙들고) 소봉아! 너 왜 이래?

소 봉　(뿌리치며) 이거 놔! 놓으라고! (다리 질질 끌며 가는)

S#4. 대기실 / 1년 전 (낮)

벌컥 문 열고 들어온 소봉. 막 따라 들어온 재식.
마주 앉은 심판과 상대편 코치, 놀라서 소봉과 재식을 본다.
두 사람 사이 탁자 위에 놓인 둘둘 말린 서류 봉투.
심판이 다급하게 봉투 감추려고 하는데 확 뺏어버리는 소봉.
그 과정에서 바닥에 뿌려지는 수많은 오만 원권들!
얼어붙은 듯 떨어진 지폐들을 보는 소봉과 재식.
분노로 서서히 얼굴이 일그러진 소봉, 심판에게 쇄도한다!
묵직한 펀치 한 방에 뒤로 나가떨어지는 심판.
재식도 코치에게 덤빈다. 한데 엉켜 주먹질하는 재식과 코치.
그 모습 보며 숨 몰아쉬던 소봉, 털썩, 바닥에 쓰러져버린다. 암전.

S#5. 병원 입원실 / 1년 전 (낮)

화면 밝아지면 한쪽 다리 깁스한 채 침대에 앉은 소봉,
들고 있는 스포츠 신문 기사 멍하니 본다.
〈심판 폭행 로드FC 강소봉 선수, 영구 제명 결정〉
물병 들고 들어오다가 놀란 재식, 신문을 확 뺏는다.

재 식　이런 걸 왜 봐? 너 절대 제명 안 돼! 제명 못 해!
소 봉　(멍하니) 협회에서 나만 잘못했다잖아. 심판은 아무 잘못 없다잖아.
재 식　다 한통속이야! 코치고 심판이고 협회장이고, 승부조작 뇌물수수로
　　　감방에 처넣어서 니 앞에 무릎 꿇고 빌게 할 거야!
소 봉　…그만해…
재 식　(주먹 보이며) 아빠 주먹 알지? 법으로 안 되면 이걸로라도–(하는데)

소 봉　(발작하듯 버럭) 제발 그만하라고!

재 식　(놀란) …소봉아…

소 봉　그깟 맨주먹이 뭔데? 지폐 한 장보다 못한 힘으로 뭘 어쩔 건데? (깁스한 제 다리 보며) 으스러진 다리뼈 안 보여? 내 인생 쫑난 거 안 보이냐구? 어차피 링에 다신 못 서! 다 끝장났어!

재 식　(눈물 흘리는)

소봉(N)　강소봉 인생 게임 오버.

S#6. 인천공항 몽타주 (낮)

PLAY1 28씬의 일부.
주위 살피면서 남신과 고세희의 몰카 찍는 소봉.

소봉(N)　어차피 망한 인생, 돈이나 벌지, 뭐.

PLAY1 29씬의 일부.
남신한테 시계 몰카 들킨 소봉.

남 신　그동안 나 팔아먹은 거 너지? 인터넷에 도배된 사진 다 니 짓이잖아!

소 봉　진짜 오해십니다. 억울해요, 본부장님.

소봉(N)　들키면 딱 잡아떼고,

남신, 소봉의 뒤통수를 살벌하게 후려갈긴다!
고개가 홱 돌아간 소봉. 풀썩 바닥에 쓰러진다.

소봉(N)　대충 몸으로 때우면서.

S#7. 리셉션 장소 일각 (밤)

PLAY2 56씬. 유리창을 주먹으로 깨는 소봉.
유리 와장창 깨지자마자 그쪽으로 사람들을 나가게 하는 소봉.

소봉(N) 근데 너 뭐하냐, 강소봉?

S#8. 리셉션 장소 / 룸 앞 (밤)

PLAY2 62씬. 룸 안에 있는 20대女들과 소봉의 대화.

소 봉 괜찮니? (옷 붙들고) 언니랑 같이 나가자!
20대女2 (잔뜩 기침하는) 목말라 죽겠어… 물! 물 좀 줘…
소 봉 (다급하게) 기다려! (나가는)
소봉(N) 지 앞가림도 못 하는 게 남들 일엔 왜 나서?

S#9. 리셉션 장소 일각 (밤)

PLAY2 63씬 + 67씬. 또르르 굴러서 바닥에 떨어진 생수병.
생수병과 좀 떨어진 골조 아래 묻혀버린 소봉.
골조 아래 까딱거리는 소봉의 발.
골조를 들어보려고 안간힘 쓰는 소봉, 하지만 까딱도 할 수 없다.

소봉(N) (비웃는) 꼴좋다. 죽어도 싸.

그때 꿈처럼 울리는 진동 소리.
소봉의 주머니에서 빠져나온 휴대폰 액정에 떠 있는 〈아빠〉
겨우 눈을 떠 그 단어를 본 소봉, 눈물이 핑 도는데,

소봉(N) …근데 나 억울해, …무서워, 아빠…

그 순간 반대쪽에서 또 무너지려는 골조 보인다.
천천히, 거짓말처럼, 소봉 쪽으로 무너져 오는 골조…

소 봉 …아빠… 안녕…

끼이익! 덮쳐오는 공포에 경악하는 소봉.
그때, 화염과 검은 연기 사이로 나타나는 형체! 남신3다!
소봉 앞으로 무너지는 불타는 골조를 어깨로 턱 막는 남신3.
순간, 골조에 박혀 있던 철근이 한쪽 어깨를 관통한다.
그런 남신3를 놀라서 보는 소봉.
무표정하게 골조를 한쪽으로 밀어버린 남신3,
소봉의 위를 짓누르는 파편들도 홱 집어던진다.
소봉을 천천히 안아 올린 남신3, 화염 속을 걸어 나간다.
화염이 짙어지자 소봉을 품에 꽉 안는 남신3.
소봉 올려다보면 냉정한 남신3의 얼굴이 바로 앞에 있다.
점점 크게 들려오는 소봉의 심장박동 소리. 쿵. 쿵. 쿵.

소 봉 … 오해하지 마… 그쪽 심장소리야.
남신3 (차갑게) 심장 따위 없어, 난.

그런 남신3를 의아하게 보는 소봉. 여전히 차갑게 보는 남신3.
남신3의 로보 워치 배터리 충전량 급격히 떨어지며 〈Warning〉
눈꺼풀이 가물가물하면서도 뚜벅뚜벅 밖으로 걸어 나가는 남신3.

S#10. 리셉션 장소 / 비상구 (밤)

검은 연기 피어오르는 문짝 날아간 입구. 아무도 없다.

생채기에 그을음에 진이 다 빠진 소봉을 겨우 안고 나오는 남신3.
나오자마자 털썩 무릎을 꿇은 남신3, 가물가물해지는 눈.
남신3의 동공, 평소대로 돌아온다. 그제야 정신 나는 듯.
남신3의 변화를 본 소봉, 뭔가 이상해서 보는.

소 봉　본부장님, 괜찮아요?
남신3　(처음 본 듯) 여긴 어디죠? (해맑게) 왜 나한테 안겨 있어요?

소봉 안은 채 눈 감고 고개 푹 꺾이는 남신3. 로보 워치 배터리 0.

소 봉　(놀란) 왜 이래요?
남신3　(끄떡 안 하는)
소 봉　(주위에) 여기요! 아무도 없어요?!
행인(E)　여기! 여기 사람 있어요!

외침을 듣고 나타난 조 기자를 비롯한 기자들과 영훈, 남신3를 봤다!

영 훈　(달려오며) 본부장님!

소봉 안은 남신3를 여기저기서 찍는 조 기자를 비롯한 기자들.
가까이 온 영훈의 눈에 들어오는 남신3의 등!
인조피부 사이 드러난 인공뼈.
다급한 영훈, 소봉과 기자들 눈치 보며 제 윗옷 벗어 얼른 등을 덮는다.
도착한 구조대 몇몇 소봉부터 데리고 가고,
나머지 구조대는 들것에 남신3를 눕혀서 이동한다.
기자들 플래시 계속되지만 등은 눈치채지 못 한다.

영 훈　(구급대원들에게 다급하게) 저분은 제 차로 모실 겁니다!
구급대원1　안 됩니다! 통제에 따라주세요!
영 훈　(울리는 전화 받고) 지금 나왔어요. 구급차로 이동하는데 어쩌죠?

S#11. 호텔 앞 (밤)

서둘러 나오면서 통화하는 오로라. 캐주얼한 차림새.

오로라 절대 몸에 손 못 대게 해요! 내가 어떻게든 수를 쓸게요.
(끊고 다급하게 가는)

S#12. 리셉션 장소 앞 (밤)

들것에 실려 나오는 남신3 옆을 따라 나오는 영훈.
남신3를 덮고 있는 윗옷이 움직여 철근 드러나면 얼른 덮어 감춘다.
사이렌 소리와 함께 대기 중인 여러 대의 구급차.
그을린 얼굴과 지저분한 옷의 예나, 들것에 실려 오는 남신3를 봤다.

예 나 오빠! (놀라서) 우리 오빠 왜 이래요? (윗옷 손대며) 어디 다쳤어요?
영 훈 (손 쳐내며 버럭!) 손대지 말아요!
예 나 (놀라서 보는) …지 팀장님…
영 훈 상황이 좀 다급해서. 병원에서 보시죠. (가버리는)

다른 구조대 멍하니 남신3를 보는 예나를 끌고 간다.
구급차에 오르는 예나와 또 다른 구급차에 타 있는 소봉 보이고.
남신3와 영훈이 올라탄 구급차, 사이렌 소리와 함께 다급히 출발한다.

구급대원1(E) 왜 이러세요?

S#13. 119 구급차 안 (밤)

눈 감은 채 스트레처에 누워 있는 남신3. 한쪽 어깨에 철근 꽂힌.

구급대원1의 팔을 붙들고 있는 비장한 표정의 영훈.

구급대원1 (황당한) 맥박 잰다는데 왜 이러시냐구요?
영 훈 다 필요 없으니까 손대지 말아요.

어이없는 구급대원들, 이번엔 서둘러 자동 제세동기 패드 붙이려고 한다.
그 패드를 홱 뺏어서 던져버리는 영훈.

구급대원1 정말 왜 이러세요, 보호자 분? 이거라도 붙여야 상태를 알죠!
영 훈 됐다니까요?! 당신들 이분이 누군지 알아요? 내 말대로 해요!
구급대원2 이 분은 사람 아닙니까? 죽어도 상관없어요?
영 훈 (절박하게 남신3를 감싸며) 죽어도 내 책임이야! 당신들은 상관 마!
구급대원들 (황당한)
구급대원1 어차피 병원 가면 억지 못 부려. (운전대원에게) 더 밟아!
영 훈 (초조하게 운전대원 보는)
운전대원 (사이드 미러로 빠르게 달려오는 사설 구급차 보며)
저거 왜 저래? 미친 거 아냐?

S#14. 도로 (밤)

부웅! 소리 내며 위태롭게 119 구급차를 추월한 사설 구급차,
끼이익!!! 119 구급차 앞을 막아서며 급정지!
끼이익!!! 다급히 정지하려는 119 구급차!

S#15. 119 구급차 안 + 도로 (밤)

갑작스런 정지에 잔뜩 앞으로 몸이 쏠리는 구급대원들!
그 와중에 남신3를 신경 쓰며 균형 잡느라 애쓰는 영훈.

차 완전히 정지하면 황당한 구급대원들, 운전대원을 노려본다!

구급대원1 (버럭) 야, 이 새끼야! 환자 이송 중인 거 몰라?
운전대원 죄송합니다! 차가 갑자기 뛰어드는 바람에– (하는데)

119 구급차 뒷문이 확! 위로 열린다.
다들 놀라서 보면 구급요원 유니폼 입은 오로라다!
무작정 남신3의 스트레처 끌어내리면 재빨리 영훈도 내려서 가세한다.
황당해하던 구급대원, 차에서 내려 영훈 앞을 막아선다.

구급대원2 제정신이야? 이러면 당신 환자 탈취하는 거밖에 안 돼!
영 훈 이후 생기는 모든 일은 보호자인 제가 책임집니다.
(깍듯한 인사) 실례 많았습니다.

그 사이 사설 구급차에 남신3 스트레처 올린 오로라, 서둘러 문 닫는다.
재빨리 운전석에 올라탄 영훈, 사설 구급차를 출발시킨다!
사이렌 소리와 함께 멀어지는 사설 구급차를 황당하게 보는 구급대원들.
빈 스트레처만 덩그러니 남아 있는 도로.

S#16. 사설 구급차 안 (밤)

달리는 구급차 안. 남신3를 덮은 영훈의 윗옷을 들추는 오로라.
철근이 박혀 있는 남신3를 안쓰럽게 본다.
운전 중인 영훈, 룸미러로 오로라와 남신3를 본다.

영 훈 고칠 수 있겠어요?
오로라 일단 시작할게요. 적당한 데 차 세워요.

오로라, 옆쪽 가방 열면 로보 워치, 인조피부, 인공관절 보인다.

수건으로 철근을 붙든 오로라, 눈 하나 깜짝 안 하고 쑥 뽑아낸다.
끊어진 회로, 인공관절 등 구멍 안으로 보이는 남신3의 어깨 내부.

S#17. 도심 번화가 (밤)

사이렌 소리 울리며 도로를 달려가는 사설 구급차.
그 위, 빌딩 대형 전광판에 흘러나오는 남신3의 뉴스.
화재 현장 속으로 뛰어 들어가는 남신3의 뒷모습과 함께,
자막 〈불길 속으로 뛰어든 재벌 3세 영웅〉

S#18. 종길의 차 안 (밤)

뒷좌석에 앉아 있는 종길, 운전 중인 박 비서를 보고 놀란다.

종 길　(놀란) 일부러 불 속에 뛰어들어? 신이가?
박 비서　네. 벌써 뉴스에서도 영웅이네 뭐네 언급되고 있습니다.
사망자가 전혀 없는 것도 다 본부장 덕인 것처럼-
종 길　(기막힌) 영웅은 무슨. 그렇게 이기적이고 차가운 놈이 사람을 다 구하다니. (하고) 예나는 무사한 거 맞지?
박 비서　예, 화재 피해자들 이송된 응급실에 계십니다. 5분 후 도착입니다.
(휴대폰 울리면 보고 난감해하는)
종 길　누구야?
박 비서　체코입니다.
종 길　(언짢은) 일처리 하나 제대로 못한 주제에. 받아봐.

S#19. HR인공지능연구소 앞 (낮)

창문도 다 닫혀 있고 빈 것처럼 보이는 연구소.
숲속에 몸을 감추고 연구소를 살피며 통화 중인 상국.

상 국　덤프트럭에 온몸이 작살났어요. 멀쩡히 서울에 나타났다는 게 말이 됩니까?
박 비서(F)　(차가운) 그걸 왜 나한테 물어? 하고 싶은 얘기가 뭐야?
상 국　경찰서에선 사고 기록이, 병원에선 환자 기록이 사라졌어요. 구급차 기사를 꼬드겨서 환자 이송 경로 파악했습니다.

그때, 연구소 한쪽 창문 살짝 열린다.

상 국　(얼른) 꼬리 밟으면 전화드리죠. (전화 끊는)

열린 창문 틈으로 나부끼기 시작하는 커튼.
상국, 창문 쪽을 보려고 애쓰지만 햇빛이 반사돼 눈이 부시다.
창가에 선 데이빗, 따뜻한 햇살 쬔다.

데이빗　(안쪽 보며) 너도 답답하지? 바람 좀 쐴래?

데이빗 비켜주면 커튼 사이, 언뜻 언뜻 비치는, 누워 있는 남신.

소봉(E)　진짜 딴사람 같았다니까?

S#20. 일반 병원 / 응급실 (밤)

커튼 친 베드에 누워 있는 소봉. 손에 붕대 감고 링거 맞으며 통화 중.

소 봉 나오자마자 여긴 어디죠? 왜 나한테 안겨 있죠? 진짜 이랬어요.
(듣고) 누가 아니래요? 살려줘서 고맙긴 한데 좀 이상하다 이거지.
기자님도 본부장이 나 안고 나오는 거 봤잖아요.

하는데 옆의 커튼 홱 젖혀지고 나온 손, 소봉의 휴대폰을 홱 뺏는다.
황당한 소봉 벌떡 일어나면, 매섭게 소봉을 노려보고 있는 옆 베드의 예나.

소 봉 또 얘네. 내 폰 내놓지?
예 나 (보란 듯 통화 끊고) 살려준 게 포인트지 안긴 게 포인트야?
왜 자꾸 오빠한테 안긴 걸 강조해?
소 봉 (휴대폰 도로 뺏고) 뇌 속에서 안겼다는 부분만 무한반복되는
모양인데, 내 포인트는 그게 아니거든?
예 나 왜? 오빠가 이상했다느니 딴사람 같았다느니 또 헛소리하게?

하는데 예나 침대 쪽 커튼 휙 걷히고 나타난 종길과 박 비서.
예나를 덥석 안고 안도하는 종길. 그런 종길을 보는 소봉.

예 나 …아빠…
종 길 혹시 잘못된 줄 알고 별 끔찍한 생각을 다 했다.
예 나 …걱정시켜서 미안해… (금세 빠져 나와) 혹시 오빠 못 봤어?
많이 다친 거 같았는데 아무리 기다려도 안 와.
종 길 (눈빛 번뜩) 신이가? 우리 딸 걱정했겠구나. (비서에게) 좀 알아보지.
박 비서 (인사하고 가는)
예 나 나도 갈래. 답답해서 못 있겠어.

예나를 조심스럽게 데리고 나가는 종길 보는 소봉.

소 봉 (예나와 종길 보면서) 젠틀하고, 따듯하고, 꼴에 아빠 복은 있네.

하는데 갑자기 소봉의 등짝을 때리는 재식의 두터운 손!

아! 소리 지르고 보면 한심하다는 듯 소봉을 보는 재식.

재 식　꼬라지하고는. 왜? (등 때리며) 죽지 그랬냐? (또) 죽지 그랬어!
소 봉　(맞을 때마다) 아! 아! 왜 때려! 왜?

S#21. 일반 병원 / 응급실 앞 (밤)

종길과 박 비서, 얘기 나누는 예나와 119구급대원1 지켜본다.

예 나　(놀란) 구급차를 막고 데려갔다구요?
구급대원1　저도 이런 일은 처음 당해요. 환자 몸에 손도 못 대게 하지 않나,
병원 코앞에서 환자를 빼가질 않나.
종 길　…어디로 간다는 말은 없었습니까?
구급대원1　보호자가 책임진다고만 했지 그런 말은 없었어요.
다른 환자 때문에 그럼. (인사하고 서둘러 가는)
종 길　차 준비돼 있으니까 예나 넌 먼저 들어가.
예 나　싫어. 오빠한테 무슨 일 생긴 거 같아서 불안하단 말이야.
종 길　(단호한) 아빠한텐 신이보다 니가 먼저야. 가서 아빠 믿고 기다려.

종길 눈짓하면 예나를 데리고 가는 박 비서.
예나와 박 비서 자리 뜨면 서둘러 어딘가로 전화하는 종길.

S#22. 사설 구급차 안 (밤)

멈춰 있는 구급차 안. 긴장해서 주위를 둘러보는 영훈.
휴대폰 울리면 난감하게 보는 영훈. 액정에 〈서종길 이사〉 떠 있다.
머뭇거리다가 전화 받는 영훈. 통화 내용 다 들리도록.

종길(F)　(받자마자) 지금 어디야? 본부장님하고 같이 있나?

남신3 위로 구부린 채 수리 중이던 오로라, 멈추고 긴장해서 본다.

영 훈　(차분하게) 어깨 부상 때문에 치료 중이십니다.
종길(F)　구급대원한테 묘한 얘길 들었어. 환자를 빼돌려서 어디로 간 거야?
영 훈　병원입니다. 수술 마치시면 제가 댁으로 모시고 가겠습니다.
종길(F)　회장님께서 당장 가보신다잖아! 지 팀장이 한 짓 회장님께 보고해도 상관없어? 대체 어느 병원이냐구?!
오로라　(긴장해서 영훈 보는)
영 훈　(할 수 없는) PK입니다. 굳이 오실 필요까지는―

하는데 더 듣지도 않고 툭 끊기는 종길의 전화.

영 훈　서 이사, PK병원으로 갈 겁니다. 먼저 도착해야 돼요.

휴대폰 던지고 다급히 시동 켜고 출발시키는 영훈!
불안한 눈빛으로 남신3를 붙드는 오로라.

S#23. 종길의 차 안 (밤)

뒷좌석에 서둘러 올라타는 종길. 시동 건 채 운전석에 앉은 박 비서.

종 길　(다급한) 분명히 뭔가 있어. 당장 확인해야 돼! 출발해!
박 비서　(서둘러 출발하는)

S#24. 일반 병원 / 주차장 (밤)

미친 속도로 주차장을 빠져나가는 종길의 차.

S#25. 사설 구급차 안 (밤)

달리는 차 안. 초조하게 운전 중인 영훈과 남신3를 붙들고 있는 오로라.

오로라 이러다 늦겠어요!

이를 악문 영훈, 미친 듯 액셀을 밟는다.

S#26. 도로 (밤) 〈삭제씬〉

S#27. 다른 도로 (밤) 〈삭제씬〉

S#28. PK병원 앞 (밤)

끼익 와서 서는 종길의 차.
다급하게 내린 종길과 박 비서, 서둘러 안으로 들어간다.

S#29. PK병원 / 수술실 앞 (밤)

빠르게 걸어 들어오는 종길과 통화하면서 따라오는 박 비서.
발길 멈추는 종길을 따라 멈추는 박 비서.

종길의 시선 따라가면 꺼져 있는 수술 중 표시등.

박 비서　네, 알겠습니다. (전화 끊고) 오늘은 응급 수술이 한 건도 없었답니다.
종 길　(얼굴 일그러지는) 내 이럴 줄 알았어. 지영훈, 나 몰래 무슨 짓을 꾸미고 있는 거야? 회장님께 연락해. 당장!

하는 그 순간, 양쪽으로 스르르 열리는 수술실 문!
열린 문 사이에 서 있는 영훈을 보고 놀라는 종길과 박 비서.

영 훈　오셨습니까? 본부장님 수술 중이십니다.
잠시만 기다려주시면- (하는데)
종 길　(확 밀치고 들어가려는)
영 훈　(막아서며) 뭐하시는 겁니까? 못 들어갑니다!
종 길　지 팀장이 그 안에서 나왔는데 내가 왜 못 들어가?! (들어가려는)
영 훈　(종길 붙들고 으르렁) 남신 본부장님이십니다!! 이렇게 무례해도 됩니까?
종 길　(버럭) 박 비서!!
박 비서　(재빨리 영훈 붙잡는)
영 훈　들어가지 마! 이거 놔! 놓으라구!
종 길　(문 열고 안으로 들어가는)

S#30. PK병원 / 수술실 복도 (밤)

수술실 복도로 들이닥친 종길, 잡히는 대로 수술실 문을 열면 텅 비었다!
닥치는 대로 수술실 문을 열었다 닫는 종길! 다 비었다!
비장한 표정으로 마지막 수술실 여는 종길!
수술실 문이 열리면 시트 덮고 누워 있는 남신3가 보인다!
놀라서 이쪽을 보는 수술복 차림의 차현준(30대, 男)
종길에게 등진 채 남신3를 내려다보고 있는 수술복 차림의 간호사!

S#31. PK병원 / 수술실 (밤)

간호사 앞모습 돌아보면, 마스크 쓴 채 긴장한 오로라다!
오로라 뒤를 의식하는데 불쑥 들어와 거침없이 수술대를 향하는 종길.

현 준　이봐! 당신 미쳤어?

목까지 덮은 남신3의 시트를 확 걷으려고 하는 종길!
종길의 손목을 턱! 잡는 오로라!

오로라　(다급하게) 이러시면 안 됩니다!
종 길　(홱 밀치며) 비켜!

오로라를 귀찮다는 듯 홱 뿌리치는 종길!
오로라 나가떨어지고 드디어 시트를 확 걷는 종길.
하얀 시트 속에서 드러난 남신3. 철근 박혔던 부분에 드레싱 밴드 붙인.
종길, 남신3의 벗은 상반신 살펴보는데 아무 이상 없다.
주위 살펴보면 피 묻은 솜과 수술도구들. 흔들리는 종길의 동공!
그제야 달려 들어온 영훈과 박 비서, 이 광경을 본다!

현 준　수술실이 당신들 놀이터야? 당장 나가!

거칠게 종길을 끌고 나가는 영훈. 그 뒤를 따라 나가는 박 비서.
그제야 천천히 일어난 오로라, 마스크 벗는다.
매서운 눈길로 종길이 나간 수술실 밖을 노려보는 오로라!

S#32. PK병원 / 수술실 앞 (밤)

끌고 나온 종길을 확 놓는 영훈. 종길 옆에 와서 서는 박 비서.

아무렇지 않은 듯 피식 웃는 종길과 노려보는 영훈 사이에 흐르는 긴장감.

종 길 오늘 일은 사과하지. 내가 경솔했어. 하지만 지 팀장 태도에도
문제는 있어. 환자 탈취하듯 병원까지 옮겼다니까
본부장님 신상에 심각한 일이라도 생긴 줄 알았지.

영 훈 그게 수술실까지 들어와 깽판 친 사람이 할 소립니까?

종 길 그러니까 과했다고 인정하잖아.

영 훈 앞으로 본부장님과 제 일에 관심 끄셔야 될 겁니다.
안 그랬다간 오늘 일 고스란히 회장님께 보고할 테니까요.

얼굴 확 일그러져 가버리는 종길. 뒤따라가는 박 비서.
완전히 사라진 거 확인하고 서둘러 수술실로 들어가는 영훈.

S#33. PK병원 / 수술실 (밤)

남신3의 머리를 쓰다듬어주는 오로라를 가만히 관찰하는 현준.
문 열리고 들어온 영훈, 현준의 어깨에 손 얹는다.

영 훈 고생 많았다. 그만 가도 돼.

현 준 이게 다 무슨 일이야? (오로라 보며) 저분은 누구시고
본부장님은 왜 이런 상태로-

영 훈 나중에 설명하자. 나중에. 수술은 니가 한 걸로 처리해주고
퇴원 오더도 되도록 빨리 내려줘.

현 준 (뭐라고 말하려다 체념하고 나가는)

오로라 (여전히 남신3 들여다보며) 이런 일을 겪게 하려던 게 아닌데.
데리고 오지 말걸 그랬나 봐요.

영 훈 재난모든지 뭔지 왜 미리 말 안 한 겁니까?
대놓고 인간 같지 않은 짓을 하면 어쩌라는 거예요?

오로라 여기로 보내면서 재난모드는 분명 삭제했어요.

왜 삭제가 안 됐는지는 연구가 필요해요.
심층 신경망에서 벌어지는 일들은 완전히 파악되지 않으니까.

영 훈　회복실로 옮길게요. 들키지 않게 빠져나가세요.

오로라　(남신3 보며) 잘 부탁해요, 우리 신이.

의료진 출입구로 재빨리 빠져나가는 오로라.
오로라 가고 나면 로보 워치 스위치 켜는 영훈.
로보 워치 충전량 올라가고 그제야 천천히 눈을 뜨는 남신3.

영 훈　긴 하루네요. 무슨 일 있었는지 알아요?

남신3　(해맑게 웃고) 불 난 건 기억해요. 2시간 38분 52초, 메모리 끊긴 사이, 검색. 해시태그 화재, 해시태그 남신.

시야모니터에 뜨는 여러 동영상.
화재 상황과 화재 현장 전후. 남신3의 활약 다룬 뉴스들.

남신3　재난모드. 내가 이랬었군요. 실제로 나도 처음 경험해봐요.

영 훈　(표정이 어두워지는)

남신3　인간 남신과 다른 모습이었죠? 미안해요. 나 때문에 들킬 뻔해서.

영 훈　괜찮아요.

남신3　(보는)

영 훈　사람들을 구한 게 뭐가 미안해요? 있는 기능대로 움직인 거잖아요. 덕분에 신이도 영웅까지 됐으니까 그럴 필요 없어요.

남신3　(농담) 영웅은 난데?

영 훈　(피식 웃고) 내가 알아주면 되죠.

S#34. PK병원 앞 (밤)

정면에 보이는 빌딩 전광판. 앞의 영상들이 흘러나온다.

입구에서 걸어 나오던 종길과 박 비서, 발길을 멈춘다.
남신3가 데리고 나오는 소봉을 유심히 보는 종길.

플래시백 : PLAY3 20씬
약간의 커튼 틈 사이로 통화 중인 소봉을 훔쳐보는 종길.

소봉(E) 진짜 딴사람 같았다니까? 나오자마자 여긴 어디죠? 왜 나한테 안겨 있죠? 진짜 이랬어요.

도로 현재. 이번엔 '영웅'이라는 단어에 눈길이 가는 종길.

플래시백 : PLAY3 18씬
종 길 (기막힌) 영웅은 무슨. 그렇게 이기적이고 차가운 놈이 사람을 다 구하다니.

도로 현재. 화면 속의 남신3가 의심스러운 종길.

종 길 … 저런 짓을 할 놈이 아니야, 절대로…

S#35. 일반 병원 / 2인실 (밤)

〈금식〉 표시가 붙은 베드에 살의를 느끼는 표정으로 앉아 있는 소봉.
건너편 비어 있는 베드에 앉아 맛있게 치킨 뜯는 인태와 로보캅과 재식.
남은 한 조각 집어든 재식, 일부러 소봉의 코앞에 치킨을 들이민다.

재 식 이 집 치킨 더럽게 못한다. (보란 듯 인태한테 건네며) 인태야.
소 봉 (치킨 따라 눈길 따라가는)
인 태 (받아서 보고) 퍽퍽하고 기름져요. (로보캅에게 건네며) 로보캅.
로보캅 (받고) 열 마리도 못 튀겨본 초짜가 확실합니다. (하고) 오, 가슴살!

(가슴 근육 펌핑하며) 가슴 하면 또 나지. (입에 쏙 넣는)

소 봉　(약 오른) 후라이드 양념 두 박스 다 처먹어놓고 이제 와서 뭐?

재 식　니가 애들한테 약속한 한우 투뿔 대신 닭 두 마리 먹인 건데 왜?

소 봉　그걸 왜 죽다 살아나서 금식 중인 딸 앞에서 먹이냐고! 나 진짜 죽을 뻔했다니까? 딸이 죽을 뻔했다는데 아빤 아무 감정도 없어?

재 식　감정? 그게 뭐냐? 니 엄마 죽었을 때 반은 없어진 그거?
너 운동 접고 속 썩일 때 싹 다 없앤 그거?
감정 잡았으면 나 벌써 죽었어. 너 고아 됐다고!

소 봉　내가 운동 접고 싶어 접었어? 반칙당해서 그런 거잖아!

재 식　그런다고 다 너같이 되냐? 너 또 그 본부장 돈이나 뜯어내려고 순진한 애들 끌고 가서 쏘했잖아! 허튼 생각 안 했으면 거기 안 갔고, 거기 안 갔으면 죽을 일 없지!

원망스럽게 재식을 보는 소봉. 눈치 보는 인태와 로보캅.
딩동. 침묵을 깨는 문자 알림음. 문자 확인하는 소봉.

소 봉　나 아빠 보기 싫어서 돈 버는 거야. 이 나라 확 떠서 아빠 딸 그만둘라구. 냄새 빠지면 들어올게. 그때까지 꺼져주셔. (나가는)

재 식　소봉아!

인태, 로보캅　(냄새 빼려고 괜히 허공에 부채질하는)

S#36. 일반 병원 일각 (밤)

조 기자가 내민 카메라 들여다보는 소봉.
PLAY2 58씬의 리셉션 장소로 들어가는 남신3 흐릿하게 찍힌 사진.
눈빛이 붉게 변하고 분위기도 차갑게 바뀐.

소 봉　이게 개남신? 잘못 찍혔나?

조 기자　급하게 찍다 포커스 나갔어. 순식간에 분위기 확 바뀌더니 겁도 없이 불 속으로 뛰어들더라니까?

소 봉 그리고 나와선 지가 한 일도 기억 못 한다?

조 기자 촉이 와. 온몸의 털이 자기 주장 오지게 하는 게 뭔가 있어.

소 봉 기억상실? 조기치매? 도대체 뭘까요, 기자님?

조 기자 궁금해. 궁금해 미치겠어.

종길(E) 저도 궁금합니다.

조 기자와 소봉, 놀라서 돌아보면 깍듯하게 인사하는 종길과 박 비서.

박 비서 PK그룹 서종길 이사십니다. 남신 본부장님 약혼녀의 아버님이시구요.

종 길 제 딸이 이상한 얘기를 해서 실례를 무릅쓰고 찾아왔습니다.
(걱정인 척) 신이 하고 무슨 일이 있었는지 얘기해주실 수 있습니까?

소봉, 조 기자 (긴장해서 서로 보는)

S#37. HR인공지능연구소 앞 (낮)

여전히 멀리서 연구소를 주시하고 있는 상국.
현관문도, 아까 열렸던 남신3의 방 창문도 굳건히 닫혀 있다.
체념한 상국, 돌아가려는데 순간 현관문 열리는 소리.
문 열고 나온 데이빗, 집 뒤편으로 사라진다.
현관 쪽으로 물 흐르듯 움직여가는 상국.

S#38. HR인공지능연구소 / 남신3의 방 (낮)

침대에 평화롭게 누워 있는 남신의 모습.

S#39. HR인공지능연구소 / 거실 (낮)

열린 현관문으로 들어온 상국, 살금살금 주위를 둘러본다.
방문을 발견한 상국, 문고리를 잡고 확 열어젖힌다!

S#40. HR인공지능연구소 / LAB실 (낮)

문을 연 상국, 놀란 얼굴로 방 한가운데를 본다.
상국의 시선 따라가면 OFF 상태로 거치대에 앉아 있는 남신1과 남신2.
자는 것 같은 두 존재가 묘하게 느껴지는 상국, 한 발, 두 발, 다가간다.
손을 뻗어 남신1을 만져보려는 순간, 현관에서 들리는 발걸음 소리!
반사적으로 주위 파악한 상국, 창문 열고 순식간에 빠져나간다!
상국이 나가자마자 후다닥 들어온 데이빗, 열린 창문을 보고 달려간다.
저 멀리 도망가는 상국의 뒷목에 보이는 문신.

플래시백 : PLAY2 8씬

남신3 … 인간 남신을 미행하는 다른 인간을 봤어요.

남신3의 시야모니터 속 상국의 모습. 목덜미에 보이는 특이한 문신!

도로 현재. 상국의 등장이 불길한 데이빗.

데이빗 … 그놈이야…
오로라(E) 그놈이 누구예요?

S#41. 호텔 룸 (밤)

막 샤워를 끝낸 가운 차림으로 통화 중인 오로라.

데이빗(F) 그놈이 누구건 여길 알아냈다는 게 중요해.
조만간 다시 나타날 테고, 당신 아들도 보게 되겠지.
자세한 건 만나서 얘기해.

오로라 (의아한) 만나요?

데이빗(F) 나, 당신 아들 데리고 한국 들어갈 거야.

오로라 (놀라는) 네?

S#42. PK병원 전경 / 며칠 후 (낮)

S#43. PK병원 / 로비 (낮)

수정을 비롯한 경호원들이 통제 중인 실내.
인터뷰를 위해 대기 중인 기자들. 그 속에 조 기자도 끼어 있다.
지나친 메이크업에 화려한 꽃다발 들고 있는 PLAY2의 20대녀들,
호들갑 떨면서 인터뷰 중.

20대女1 그 오빠가 킬힐을 확 던지면서 그랬다니까요?
(흉내 내는) 발 좀 다쳐도 안 죽어. 니 목숨은 니가 지켜.

친구들 (돌고래 소리) 꺄악!

20대女1 진짜 재벌 맞죠? (얼굴 훑으며) 비주얼, (몸매 가리키며) 피지컬,
(손가락 돈 모양) 재력까지 다 갖춘 미친 사기캐!

20대女2 완전 히어로 각이잖아. 아이언맨, 배트맨, 킹스맨!

친구들 (입 모아) 돈이 사람을 만든다!

S#44. PK병원 / VIP실 (낮)

상의 벗은 채 침대 위에 앉아 있는 남신3, 어깨에 드레싱 밴드 보인다.

영훈이 셔츠 건네주면 입으면서 시야모니터 본다.
앞 씬의 20대녀들 인터뷰 재생되는 중.

20대女2 완전 히어로 각이잖아. 아이언맨, 배트맨, 킹스맨!
남신3 (해맑게) 나보고 영웅이래요. 미친 사기캐.

기막혀 웃음도 안 나오는 영훈.
갑자기 들리는 노크 소리에 눈짓하면 얼른 시야모니터 끄는 남신3.
문 열고 들어오는 건호와 종길과 예나.
목례하는 영훈. 고개 들면 영훈의 뺨을 사정없이 갈기는 건호.
반사적으로 일어나려는 남신3. 남신3만 알아채게 고개 젓는 영훈.
종길과 예나, 늘 있었던 일인듯 신경 쓰지 않는다.

건 호 (차분한) 다음부턴 차라리 네 놈이 다쳐. 신이 몸이 먼저고,
신이 일이 우선이란 말 또 잊는 날엔 뺨 정도로 안 넘어간다.
영 훈 예, 회장님.
종 길 기자들 기다립니다. 이만 나가시죠, 본부장님.
영 훈 (예민한) 퇴원하시는데 기자들은 왜 부릅니까?
예 나 오빠 이미지 좋아지면 지 팀장님도 좋잖아요. SNS에 퍼진
본부장님 영웅 이미지 최대한 활용해야죠. 회장님, 가시죠.

건호와 함께 나가는 예나. 종길도 따라 나간다.

남신3 (영훈을 보고) 많이 아프죠?
영 훈 늘 있는 일이니까 신경 쓰지 말아요.
남신3 다음부턴 내가 맞을게요. 난 고통을 모르니까.
영 훈 (헛웃음) 그건 날 도와주는 게 아니에요. 내가 비서지,
신이가 비서는 아니잖아요. 얼른 나와요. (나가는)
남신3 (따라 나가는)

S#45. 승강기 안 (낮)

남신3 좌우에 영훈과 예나, 뒤편에는 건호와 종길이 서 있다.

예 나　(남신3에게) 여유 있고 멋있고 남자답게 행동하세요, 본부장님.
남신3　여유 있고 멋있고 남자답게.

S#46. PK병원 / 로비 (낮)

승강기 멈추고 문이 열리면 멋진 포즈로 서 있는 남신3.
남신3가 걸어 나와 포토라인에 멈추고 영훈, 예나, 건호, 종길도 뒤편에.
우르르 달려든 기자들, 남신3를 향해 카메라 플래시 터뜨린다.
기자들 사이에 섞여서 사진 찍는 조 기자.
"불속에서 두렵지 않으셨습니까?" "영웅으로 불리는 기분이 어떠세요?"
여기저기 이어지는 질문에 여유 있게 웃으며 주위 둘러보던 남신3,
저쪽 뒤편에서 선망의 표정으로 남신3를 바라보는 20대녀들 발견.

남신3　(기자들에게) 잠시만요. (20대녀들 보며) 몸은 다 나았어요?
20대녀들　(오빠가 알아봤다! 소리 지르며 달려와 꽃다발 남신3한테 안기는)
20대女2　오빠, 저희 기억하세요? 오빠 아니면 다 죽을 뻔했잖아요!
20대女1　제 킬힐 던지면서 날린 멘트 한 번만 해주시면 안 돼요?
남신3　(한껏 차갑게) 발 좀 다쳐도 안 죽어. 니 목숨은 니가 지켜.
20대녀들　(돌고래 소리) 꺄악! 섹시해!
20대女2　(손 덥썩 잡고) 오빠, 저랑 사귀실래요? 저 남자 친구 1도 없어요.
남신3(N)　(눈 깜빡! 하고) 거짓말.
20대녀들　꺄악! 오빠, 우리 셀카 찍어요! 셀카!

남신3, 한껏 폼 잡으면 20대녀들과 셀카 찍는다.

소봉(E) 본부장님!

다들 돌아보면 검은 슈트 쫙 빼입고 서 있는 소봉!
남신3 앞으로 뚜벅뚜벅 걸어오는 소봉을 보고 놀라는 수정과 경호원들.
영훈과 예나도 놀라서 보고, 건호와 종길도 소봉을 주목한다.
걸어와서 남신3 앞에 절도 있게 선 소봉, 갑자기 큰절을 한다.
기자들 셔터 소리 바빠진다. 역시 절도 있게 일어나는 소봉.

소 봉 촌스러운 건 아는데 꼭 이렇게 인사드리고 싶었어요.
저랑 아빠 살려주셔서 감사드립니다, 본부장님.
제가 잘못됐으면 아빠도 어찌 되셨을지 모르거든요.
남신3 (말없이 보는)
소 봉 저 본부장님 은혜 꼭 갚고 싶습니다. 가까이에서 모시고 싶어요.
절 경호원으로 받아주세요, 본부장님!
기자들 (사진 찍는)
예 나 (기자들 눈치 보며) 민폐 끼치지 말고 이만 일어나죠?
소 봉 (못 들은 척) 돈도 필요 없습니다! 제발 받아주세요!
남신3 (소봉을 보는)
영 훈 (설득하는) 강소봉 씨, 여기서 이러지 마시고 저랑-(하는데)
조 기자 (말 자르며) 복직시켜준다고 약속하지 않았습니까?
다 들 (조 기자 보는)
조 기자 본부장님 몰카 자작극에 강소봉 씨 이용하셨죠.
그래 놓고 모른 척 해고하셨구요.
건 호 자작극? 이게 무슨 소리야?
영 훈 (난감한)
조 기자 그래서 지난번에 사과한 거 아닙니까? 미안하니까 복직시켜준다고-
영 훈 (다급히) 조 기자님!
기자1 몰카 자작극이라니 무슨 말입니까?
기자2 강소봉 씨가 희생양이라는 겁니까?

"본부장님!" "한 말씀 해주세요!" 기자들의 질문에 난감한 남신3.
당황한 영훈과 예나. 언짢은 표정의 건호. 차분한 종길.

소 봉　지난 일은 상관없어요!

다들 소봉에게 시선 돌리면 갑자기 남신3 앞에 무릎을 꿇는 소봉!

영 훈　(놀란) 강소봉 씨!
소 봉　저분이 시킨 거든 아니든 돈에 혹해서 몰카 찍은 건 저예요.
그런 저를 살려주신 본부장님 앞에 순수한 마음으로 왔습니다.
(결연한) 언제 어디서든 지켜드릴게요.
(손 내밀며) 허락의 의미로 악수 한 번 해주세요!
영 훈　(남신3 보며 고개 젓는)
남신3　(영훈 보고 소봉의 눈빛 보는)
소 봉　(절박한) 제발 저를 받아주십시오, 본부장님!

절실한 표정의 소봉, 눈꼬리에, 살짝, 눈물 어린다.
그 눈물 본 영훈, 순간 남신3를 향해 "본부장님!"을 외치며 손을 뻗는데,
이미 눈물방울 포착한 남신3, 소봉의 손을 홱 잡아당겨 안는다!
기자들 플래시 터지면 감동한 표정으로 안겨 있는 소봉.
남신3를 보면서 체념하듯 고개 젓는 영훈. 소봉을 보며 부르르 떠는 예나.

소 봉　(안긴 채) 받아주셔서 감사합니다. 목숨 걸고 충성할게요!
남신3　(소봉 안은 채 눈 깜빡!)
남신3(N)　거짓말이다, 이 여자.

소봉, 남신3 너머를 향해 씩 웃는다. 미소 지으며 고개 끄덕여주는 종길!

S#47. 일반 병원 일각 / 플래시백 (밤)

PLAY3 36씬 이후의 상황.
마주 앉아 있는 종길과 박 비서의 눈치 보는 조 기자와 소봉.

종 길　… 일부러 몰카를 찍게 했다… 신이한테 비밀이 참 많군요.
딴사람 같다, 눈빛이 이상하다, 걱정되는 구석도 많구요.
딸을 결혼시켜도 괜찮을지…

소 봉　닥치고 시키셔야죠. 재벌 3세잖아요.

종 길　… 신이에 대한 확실한 정보가 필요한데…
혹시 절 도와주실 수 있을까요? 사례는 얼마든지 하겠습니다.

조 기자　(소봉과 눈빛 교환하며) 얼마든지요?

소 봉　(좋은데 웃음 참는)

종 길　네. 조심스러운 일을 맡기는데 원하는 대로 해드려야죠.
단, 보안은 지켜주셔야 됩니다.

소 봉　그야 기본 옵션이죠. 근데 접근은 어떻게 하죠?

종 길　각자 역할을 하면 되겠죠. 강소봉 씨는 기자들 앞에서 경호원 복직을,
조 기자는 몰카 자작극을 언급하세요. 나머진 내가 알아서 하죠.

S#48. PK그룹 전경 (낮)

종길(E)　무조건 들여야 됩니다.

S#49. PK그룹 / 회장실 (낮)

소파에 앉은 건호와 서 있는 종길과 영훈과 예나.

종 길　본부장님의 몰카 자작극에 대한 소문이 더는 커지지 않게

강소봉의 입을 틀어막아야 합니다.

영 훈　그렇다고 해도 개인 경호까지 맡길 사안은 아닙니다.

종 길　공항 폭행으로 실추된 이미지를 겨우 회복했습니다.
여자 경호원한테 몰카 찍게 해놓고 모른 척 폭행까지 한 사실이
알려지면 어떻게 되겠습니까?

영 훈　그깟 소문이 무섭다고 본부장님 사생활을 침범합니까?

종 길　누가 평생고용 보장하래? 본부장님 이미지를 위해 이용하자는 건데
왜 그렇게 예민해? (슬쩍) 혹시 같이 다니면 안 될 이유라도 있나?

건 호　(영훈 보는)

영 훈　(차분한) 위험 부담이 너무 크다는 얘길 드리는 겁니다.

예 나　저도 싫어요. 무조건 싫어요, 할아버지.

건 호　신이 약혼녀가 아닌 홍보팀장의 판단이 듣고 싶구나.
어떤 결정이 신이와 회사에 유리하겠나, 서 팀장.

예 나　(할 말 없는)

S#50. PK그룹 / 회장실 앞 (낮)

남신3와 소봉, 나란히 서 있다. 어색한 분위기를 깨보려는 소봉.

소 봉　여자 눈물에 약하신가 봐요. PT 때도, 아까도, 그래서
안아주신 거죠?

남신3　(똑바로 보면서) 여자 아닌데?

소 봉　네? 저 여자 맞는데요?

남신3　사람이든 짐승이든 울면 다 안아줘.

소 봉　(어이없어 하다가) 사람이든 짐승이든 받아주셔서 감사하네요.

남신3　감사한데 왜 거짓말해?

소 봉　네?

남신3　목숨 걸고 충성한다는 거 거짓말이잖아.

소 봉　거짓말 아니에요! 본부장님께 충성하라고 하신 분 저희 아빠거든요.

아빠 걸고 맹세하는데 저 완전 진심입니다.

남신3　(손잡고 깜빡!)

소 봉　…손은 왜…

남신3　또 거짓말이잖아. (손 탁 놓는)

소 봉　진짜라니까요!

하는데 문 열리고 나오는 예나, 영훈, 종길, 건호.
잔뜩 긴장해서 절도 있게 인사하는 소봉.

종 길　회장님께서 한 달만 일해보라고 하십니다. 언제부터 가능합니까?

소 봉　당장, 당장 가능합니다! 감사합니다, 회장님! 감사합니다, 이사님!

예 나　(속상해서 가버리는)

영 훈　(인사하는 소봉 유심히 보는)

S#51. PK그룹 / 주차장 (낮)

나란히 걸어오는 남신3와 영훈. 뒤처져서 따라오는 소봉.
영훈, 자동차 오토 키 누르면 삐빅 소리와 함께 열리는 차.
소리 난 차로 쪼르르 달려간 소봉, 뒷좌석 문을 연다.
잠깐 멈칫한 남신3, 차에 올라타면 문 닫아주는 소봉.
영훈, 운전석 쪽으로 가려고 하면, 얼른 보조석 문 열어주는 소봉.

소 봉　운전은 제가 하겠습니다. 여기 타시죠.

영 훈　(말없이 올라타는)

S#52. 남신의 차 안 (낮)

긴장해서 운전 중인 소봉. 뒷좌석에 앉아 있는 남신3와 보조석에 영훈.

소봉의 휴대폰 시끄럽게 울린다. 꺼내서 확인하면 〈아빠〉다.
통화 거부하고 운전에 집중하는데 금세 또 울리는 휴대폰.

영 훈　괜찮으니까 받아요.
소 봉　그럼 잠깐만. (이어폰 꽂고 친절하게) 네, 아빠. 말씀하세요.
재식(F)　(버럭) 누가 니 맘대로 퇴원하래? 너 지금 어디야?
소 봉　저 아빠 소원대로 그 일 하게 됐어요. 아빠 말씀대로
최선 다할 테니까 저 없어도 밥 잘 챙겨 드세요.
재식(F)　그 일? 뭔 일? 너 또 무슨 꿍꿍이야? 죽도록 맞아야 정신 차릴래?
소 봉　저도 사랑해요, 아빠. (끊고) 죄송해요. 아빠가 절 많이 걱정하셔서요.

하며 룸미러로 남신3 본 소봉, 남신3, '거짓말'이라고 발음하는 입모양.

소 봉　(버럭) 아니라니까요?
영 훈　(놀라서) 왜 그래요, 강소봉 씨?
소 봉　죄송합니다. (남신3 슬쩍 보며) 별거 아니에요.
영 훈　다 왔네요. 대문 앞에서 일단 멈춰요.
소 봉　네, 팀장님.

소봉, 차를 멈추면 대문이 활짝 열린다.
안에 펼쳐지는 정원과 구조물 보고 입이 쩍 벌어지는 소봉.

S#53. 건호의 저택 / 정원 (낮)

햇살 반짝반짝 비치는 럭셔리한 정원과 호수.
잘 가꿔진 정원수들 사이 천천히 들어가는 남신의 차.

S#54. 건호의 저택 / 별채 앞 (낮)

수영장까지 갖춰진 독립적인 공간. 남신과 영훈의 숙소.
마중 나온 정원사와 메이드들. 정돈된 옷차림에 단정한 몸가짐.
차 도착하고 내리는 소봉과 영훈. 소봉이 문 열어주면 내리는 남신3.
정원사와 메이드들, 허리 굽혀 인사한다. 소봉도 엉겁결에 인사.

메이드1　회장님께서는 안채에 계십니다. (소봉 보며)
개인경호원은 별채에 머물게 하라고 지시하셨구요.
소 봉　(수영장 보고) 수영장? 헐.
영 훈　들어가시죠, 본부장님.

남신3 들어가면 영훈과 소봉도 따라 들어간다.
남신3에게 끝까지 인사하는 직원들.

S#55. 건호의 저택 / 별채 1층 (낮)

2층으로 이루어진 젊은 감각의 인테리어.
현관문 열리고 들어오는 영훈과 남신3와 소봉.

영 훈　(가리키며) 강소봉 씨 방은 저쪽이에요. 2층엔 올라오지 말아요.
본채에도 함부로 드나들지 말고.
소 봉　네. (하고) 먼저 방 좀 볼게요. (인사하고 제 방 쪽으로 가는)
영 훈　(간 거 확인하고) 일이 좀 커졌네요. 강소봉 씨, 24시간 내내
붙어 있을 거니까 더 조심해요. 당분간 무슨 목적인지 지켜보죠.
남신3　(소봉의 방 쪽 보는)

S#56. 건호의 저택 / 소봉의 방 (낮)

막 들어온 소봉, 그제야 긴장 풀린 듯 한숨 휴~ 쉰다.
주위를 둘러보면 웬만한 건 다 갖춰진 실내.
갑자기 울리는 휴대폰에 깜짝 놀란 소봉, 액정 보고 얼른 받는다.

소 봉 깜짝 놀랐잖아요! 아무 때나 전화하지 않기로 해놓고 왜요?
조 기자(F) 자기 괜히 들여보냈나 봐. 꼭 호랑이 굴에 간식 들여보낸 기분이야.
들키면 한입거리도 안 될 텐데 지금이라도 나오면 안 돼?
살아야 돈도 벌고 쓰지. 자기, 당장 나와. 당장.
소 봉 (센 척) 미쳤어요? 어떻게 들어온 건데 벌써 나가요?
호랑이 굴에서 호랑이 물어 갈라니까 딱 기다려요! 끊어요!
조 기자(F) 자기! 진짜 위험하다니까?

하는데 전화 끊어버린 소봉, 불안하게 흔들리는 눈빛.
저도 모르게 펜던트 만지작대더니 결심한 듯 가방 열고 작은 박스 꺼낸다.
박스 안에 들어 있는 초소형 몰카.

S#57. 건호의 저택 / 남신의 방 (낮)

남신의 옷들 걸린 드레스 룸. 각종 선글라스 모아둔 장식장이 눈에 띄는.
시계 장에 거의 채워진 로보 워치. 마지막 로보 워치 넣고 닫는 영훈.
드레스룸 빠져나와 침실로 나온 영훈, 남신3를 보고 우뚝 멈춘다.
한쪽 벽에 진열된 로봇 피규어들 흥미롭게 구경 중인 남신3.

플래시백 : 남신의 방 (낮)
남신3와 똑같은 자세로 피규어들을 보는 남신. 외로워 보이는.

도로 현재. 여전히 남신3의 뒷모습을 보는 영훈.

영 훈　　(혼잣말처럼) …신아…

남신3　　(돌아보는)

영 훈　　(그제야) 순간 신이가 돌아온 줄 알았어요.
피규어 좋아하는 건 신이랑 똑같네요.

남신3　　인간 남신도 로봇을 좋아해요? 깨어나면 나도 좋아할까요?

영 훈　　(말없이 휴대폰 주면서) 신이 휴대폰이에요. 꼭 필요할 때만 써요.

남신3　　(받고 주위 둘러보며) 이 집의 물건들은 IoT로 다 연결돼 있어요.
〈자막_IoT(Internet of Things): 사물인터넷,
우리 주변의 전자제품 등과 같은 물건들이 인터넷에 연결되는 것.〉

남신3, 조명을 쳐다보면 팟! 켜지는 조명.
영훈, 또 그런다는 표정하면 얼른 끄고 시무룩해지는 남신3.

영 훈　　(휴대폰 울리면 받고) 예, 회장님. (듣고) 알겠습니다. (끊고) 회장님 호출이에요. 연습한 대로 신이처럼, 알죠?

남신3　　(순간 남신처럼 표정 바뀌는)

S#58. 건호의 저택 / 별채 1층 (낮)

남신 같은 표정의 남신3와 영훈, 2층에서 내려온다.
현관문 열고 나가면 조용해지는 실내.
끼이익, 가방 든 채 문 열고 나온 소봉, 거실을 살핀다.
현관문 살짝 열고 밖을 내다본 소봉, 조심스레 닫고, 쪼르르 2층으로.

S#59. 건호의 저택 / 남신의 방 (낮)

문 열고 들어온 소봉, 서둘러 몰카 설치할 만한 곳을 찾는다.
드레스 룸에 도착해 비싼 옷들과 장신구를 보고 눈이 휘둥그레진다.

행거에 걸린 옷도 살짝 구경하고, 구두도 들었다 놓고.
그러다 로보 워치에 시선 가는 소봉. 똑같이 생긴 게 신기하다.
여기는 아니다 싶어서 여기 저기 살피며 침실 쪽으로 간 소봉.
진열된 로봇 피규어들에 눈길이 간다.
그중 한 개를 집어든 소봉, 씨익 웃는다.

S#60. 건호의 저택 / 정원 (석양 무렵)

등 돌리고 말없이 지는 노을을 감상하고 있는 건호.
남신3는 삐딱한 얼굴로 삐딱하게 서 있고 영훈은 뒤편에.
갑자기 남신3를 노려보는 건호의 매서운 눈빛.
짜증나는 듯 딴 데로 시선 돌리는 남신3. 긴장하는 영훈.

건 호 　키워준 은혜를 이렇게 갚아? 어떻게 말 한마디 없이 떠나?!
남신3 　(짜증나는 얼굴로 딴 데 보는)
건 호 　(격해진) 내가 너 하는 짓을 두고만 볼 줄 알았냐?
가만히 앉아 당할 줄 알았어?!
남신3 　(당황해서 살짝 물러서는)
영 훈 　(뭔가 이상한) 회장님…

건호, 다짜고짜 남신3의 한쪽 소매를 거칠게 밀어 올린다!
갑작스런 행동에 당황한 영훈, 순간적으로 남신3를 보는데!

건 호 　(팔뚝 보며) 흉터는 어디 있냐? 여기 있던 니 흉터!
남신3 　흉터 없는데. (영훈 보면서) 남신은 흉터 없잖아요.
영 훈 　(당황해서 건호 보는)
건 호 　(확신) 넌 그 애가 아니다! 그 애일 수가 없어!
(멱살 잡으며) 너, 누구야?! 누군데 그 아인 척하는 거냐?!

남신3 영훈 보면 낭패다 싶은 영훈. 순간, 뒤편에서 나타나는 호연.

호 연　　아빠!
건 호　　(멍하니 호연 보는)
호 연　　또 이런다! 오빠한테 있는 흉터를 왜 얘한테 찾아?
　　　　오빤 죽었잖아! 얜 오빠 아들 신이잖아!
건 호　　(남신3 보고) …정우야… 정우야… 이 나쁜 놈… 이 모진 놈…
영 훈　　(그제야 파악하고 얼른 건호 붙드는) 얼른 모시고 들어가죠.
호 연　　(붙들고 들어가며) 정신 차려, 아빠. 일하는 애들한테 들키면
　　　　끝장이야. (남신3에게) 아빠 이렇게 된 거 다 니 탓이야! 알아?
영 훈　　(다급히) 들어가 계세요, 본부장님!

정우를 부르며 영훈과 호연에게 끌려가는 건호를 보는 남신3.

S#61. 건호의 저택 / 남신의 방 (밤)

피규어 안에 몰카 설치 끝낸 소봉, 스마트패드로 모니터 확인 중.
침실을 비추는 모니터 한쪽이 뿌옇다. 젠장! 피규어에서 몰카를 꺼낸 소봉.
입김 불어 티셔츠로 싹싹 닦는다. 뿌연지 확인하고 다시 몰카를 넣는 소봉.
그때 갑자기 띠띠띠! 들려오는 현관 키 소리.
그 소리에 당황한 나머지 피규어를 떨어뜨린 소봉!
탁! 피규어에서 빠지는 팔을 보고 놀라는 소봉!

S#62. 건호의 저택 / 별채 1층 (밤)

현관문 열고 들어온 남신3, 우뚝 멈춘다.
눈치 보듯 주위 둘러본 남신3, 천정 조명을 본다.
팟! 켜지면 해맑게 웃는 남신3, 보다가 자리 뜨면 꺼지는 조명.

이번엔 TV와 다른 조명기기 켜진다. 남신3 지나가면 또 꺼진다.
남신3가 지나가는 대로 켰다 꺼지는 조명과 전자기기들.

S#63. 건호의 저택 / 남신의 방 (밤)

어느새 감쪽같이 장식장에 놓인 피규어.
모니터 확인하면 침실 공간 삐딱하게 비춰지는 화면.
피규어의 각도를 살짝 틀어보면 제대로 침실이 비춰진다.
됐어! 소봉, 얼른 가방 챙기는데 계단 올라오는 발걸음 소리 들린다!
뛰어내리려고 열려 있는 창문 밖 보는데 멀리서 걸어오는 영훈!
낭패다! 재빨리 방 안을 스캔하는 소봉.

S#64. 건호의 저택 / 별채 2층 (밤)

막 2층에 올라온 남신3. 차례차례 켜지는 조명들.
남신3가 앞을 지나가자 한쪽 구석에 있던 로봇청소기 윙- 켜진다.
청소기를 보고 멈추는 남신3.
윙윙~ 소리 내며 남신3의 발아래로 오는 로봇청소기.

남신3 (해맑게 웃고) 안녕, 친구.

S#65. 건호의 저택 / 남신의 방 (밤)

어둠 속. 책상 밑에 잔뜩 웅크리고 숨은 소봉.
발소리 점점 다가와 문 앞에서 우뚝 멈춘다.
긴장감에 저도 모르게 꿀꺽 침을 삼키는 소봉.
끼익, 돌아가는 문손잡이와 함께 문 사이로 들어오는 한 줄기 빛!

죽었구나 싶은 소봉, 공포의 눈빛으로 열린 문틈을 보는데…
윙윙 소리와 함께 미끄러져 들어오는 로봇청소기!
문 앞에 선 채 로봇청소기 보고 있는 남신3.
책상 밑에 있는 소봉에게는 남신3가 보이지 않는다.
소봉의 앞에 와서 선 청소기, 윙윙거리며 소봉의 발가락을 탁! 친다.
아! 아프다는 소리도 못하는 소봉, 입 막고 비킨다.
왼쪽으로 비키면 왼쪽으로 오른쪽으로 비키면 오른쪽으로,
소봉이 이동하는 족족 앞을 막는 사나운 청소기!
약 오른 소봉, 가방으로 청소기를 확 내려치려는 순간,
남신3, 조명 본다! 팟! 켜지는 눈부신 조명에 눈을 감았다 뜨는 소봉!
다른 조명들도 팟! 팟! 팟! 켜지더니 좌르르! 커튼까지 저절로 열린다!
어리둥절해진 소봉. 근데 그게 끝이 아니다!
컴퓨터도 켜지고, 스피커도 켜지고, 공기청정기도 켜진다!
조명들이 꺼졌다 켜졌다, 커튼이 닫혔다 열렸다,
스피커 볼륨이 커졌다 작아졌다, 상상할 수 없는 광경에 혼이 나간 소봉.
남신3의 손짓에 스르르 밖으로 미끄러져 나가는 청소기.

S#66. 건호의 저택 / 별채 2층 (밤)

함께 나오는 남신3와 로봇청소기. 남신3가 멈추면 로봇청소기도 멈춘다.

남신3 (환하게 웃고) 잘 놀았어, 친구? 방 안 친구들도 다 잘 되지?
로봇청소기 (대답처럼 불빛 반짝이는)
남신3 넌 어때? 인간들이 좋아?
로봇청소기 (불빛 멈추는)
남신3 (웃고) 미안해. 어려운 걸 물어봐서.
로봇청소기 (남신3의 발밑을 원으로 도는)
남신3 (해맑게 웃는) 나도 니가 좋아.

로봇청소기 멈춰서 불빛 반짝이면 애완견처럼 쓰다듬어주는 남신3.

S#67. 건호의 저택 / 별채 앞 (밤)

털썩, 잔디에 떨어져 구르는 소봉.

소 봉 (올려다보며) 이 집 뭐야? 유령의 집이야?

하고 방 쪽으로 돌아가는데 한쪽에 서서 통화 중인 영훈 보인다.
얼른 몸을 감추고 듣는 소봉.

영 훈 (놀란) 내일이요? (듣다가) 알겠습니다. 11시쯤에 PK병원에서 뵙죠. 딴 걱정 마시고 신이 만날 일만 신경 쓰세요. (하고 돌아서면)
소 봉 (후다닥 사라지는)
영 훈 (눈치 못 채고) 신이가 빨리 회복돼야 할 텐데요.
오로라(F) 곧 일어날 거예요. 내가 어떻게든 그렇게 만들 거니까.

S#68. 건호의 저택 / 소봉의 방 (밤)

열린 창문으로 들어온 소봉, 얼른 품에서 스마트패드 꺼낸다.
탁자 위 거치대에 놓으면 그 안에 비치는 남신3의 침실.

소 봉 휴우, 겨우 다 됐네. 뭐든지 걸리기만 해, 개남신. (씩 웃는)

스마트패드 속. 침대에 누워 휴대폰 들여다보고 있는 남신3에서 암전.

S#69. 건호의 저택 / 정원 / 다음날 (아침)

서서히 어둠이 걷히고 밝아오는 하늘.

S#70. 건호의 저택 / 소봉의 방 (아침)

어두운 방 안. 스마트패드 보던 자세 그대로 옆으로 누워 잠든 소봉.
갑자기 울리는 문자 알림음. 손으로 더듬어 휴대폰 보면 〈아빠〉다.
"너 지금 어디야? 빨리 안 기어들어와?"
벌떡 일어나 주위 둘러본 소봉,
스마트패드 속 남신3를 보고나서 상황 파악.

소 봉　설마 밤을 꼴딱 샌 거야? 뭘 저렇게 봐? (짓궂은) 혹시 야동?

하더니 도로 누워 잠드는 소봉. 꼼짝도 않는 스마트패드 속의 남신3으로.

S#71. 건호의 저택 / 남신의 방 (아침)

남신3가 보고 있는 휴대폰 속의 사진. 어린 남신과 젊은 오로라.
수영복 입은 오로라와 물속에서 환하게 웃는 물안경 낀 어린 남신.
남신3, 오로라의 얼굴 확대해서 본다. 행복해 보이는 젊은 엄마.

S#72. 건호의 저택 / 별채 주방 (낮)

씻고 옷 갈아입은 소봉, 주방에 들어오다 멈칫한다.
외출할 차림으로 샐러드, 빵, 커피로 간단하게 식사 중인 영훈.
살짝 목례하고 눈치 보며 냉장고에서 물 꺼내서 가려는 소봉.

영 훈　(포크 내려놓고) 이 집엔 왜 들어왔죠?

소 봉　(멈추고 보는)

영 훈　고맙다고 경호원까지 자처한 건 좀 지나쳐 보여서요.

소 봉　(영훈의 앞자리에 털썩 앉아) 맛있어 보이는데 왜 남겨요?
(빵 뜯어 먹고) 와, 이런 빵은 어디서 팔지? 호텔 베이커리?

영 훈　대답을 피하면 의심받아요.

소 봉　벌써 의심 중이면서. (하고) 돈 필요 없다는 거 거짓말이었어요.
경호원 봉급 생각보다 박한데 여긴 최고 수준이니까.
그래도 고마운 마음은 진짜니까 목숨 걸고 본부장님 모실게요.
기본급에 수당까지 알뜰하게 챙겨주세요.

영 훈　(기막힌) 생각보다 더 뻔뻔한 캐릭터네요.

소 봉　(웃고) 휴일인데 어디 가시나 봐요. 저도 준비할까요?

영 훈　제 개인 스케줄입니다. 본부장님은 휴식 중이시니까
방해 안 하시는 게- (하는데)

소 봉　휴식 끝나셨나 본데요.

영훈 보면 서 있는 남신3. 얼른 일어나 인사하는 영훈.
소봉도 인사하고 물병 가지고 간다. 방문 닫고 들어간 걸 확인한 영훈.

영 훈　잠깐 나갔다 올게요. 별채엔 아무도 안 올 테니까 강소봉 씨만
조심하면 돼요. 혹시 모르니까 잘 지켜봐요. (가려는데)

남신3　(해맑게) 엄마 만나러 가요?

영 훈　(멈칫해서) 회사 일이에요. 엄마는 곧 만나게 해줄 테니까 올라가요.

시무룩하게 보다가 올라가는 남신3. 서둘러 나가는 영훈.

S#73. 건호의 저택 / 소봉의 방 (낮)

스마트패드 속 방으로 들어오는 남신3, 따라 들어오는 무선청소기.

멍하니 보면서 딴생각 중인 소봉.

플래시백 : PLAY3 67씬

영 훈　11시쯤에 PK병원에서 뵙죠.
딴 걱정 마시고 신이 만날 일만 신경 쓰세요.

도로 현재. 뭔가 이상하다 싶은 소봉. 어딘가로 전화하는.

S#74. 호텔 피트니스클럽 (낮)

땀범벅인 종길, 러닝머신 위에 멈춰 서서 통화 중.
박 비서 수건 건네주면 닦으며 듣는 종길.

소봉(F)　이상해요. 본부장을 만나러 온 사람 같은데, 지 팀장 혼자 나갔어요.
종 길　(의아한) 만나는 사람이 누군지 모릅니까?
소봉(F)　네. 딴 걱정 마시고 신이 만날 일만 신경 쓰세요, 이랬어요.
종 길　(번뜩해서) 무리한 부탁인데, 한번 따라가 봐줄 수 있습니까?

S#75. 건호의 저택 / 별채 주차장 (낮)

남신의 고급 외제차 주차된 공간.
뛰어나온 소봉, 서둘러 주위를 둘러보면 나란히 걸린 차키 보인다.
아무거나 골라서 누르는 소봉, 삐빅! 소리 나는 차에 다급히 올라탄다.

S#76. 건호의 저택 / 별채 2층 (낮)

소봉이 운전 중인 차, 다급히 빠져나간다.

그 모습을 내려다보는 남신3, 고개 갸우뚱하는.

S#77. 인천공항 계류장 (낮)

대기 중인 사설 구급차. 각종 의료장비 달린 스트레처 끌고 오는 데이빗.
스트레처 위. 시트로 얼굴까지 덮은 남신이 누워 있다.
사설 구급차에서 내린 운전자(40대, 男), 뒷문 열어준다.
운전자, 얼굴에 덮인 시트 이상하게 본다.

데이빗 보기 흉하죠? 제 아들놈인데 얼굴이 많이 망가져서…
운전자 (무안한) 흉하긴요. 제가 도와드릴게요.
데이빗 아닙니다. 운전이나 신경 써주세요.
이놈이 어릴 때부터 차 타는 걸 힘들어했거든요.
운전자 걱정 마세요. 천천히 부드럽게 가겠습니다. (운전석으로 가는)
데이빗 (스트레처 혼자 올리는)

S#78. PK병원 앞 (낮)

주차한 차에서 내린 소봉, 서둘러 병원 앞으로 걸어간다.
병원 앞에서 잠시 주위를 둘러보는 소봉을 스치고 들어가는 오로라!

S#79. PK병원 / 현준의 진료실 (낮)

현준과 마주 앉은 영훈. 심각한 분위기.

현 준 다짜고짜 VIP실은 왜 비우라고 한 거야? 도대체 뭐하는 사람이야?
영 훈 (말 못 하는)

현 준　　조민재라는 사람이 도대체 누구냐구?

영 훈　　… 남신 본부장이야.

현 준　　뭐? 남신이 왜 조민재야? 남신은 멀쩡히 퇴원했잖아. (하고)
설마 너, 나한테 지금 환자 신분 위조하라는 거야?

영 훈　　(암묵적 동의)

현 준　　(기막힌) 미친놈. 나 의사야. 아무리 니가 목숨처럼 모시는
사람이래도 그렇겐 못 해.

영 훈　　눈 감고 귀 닫고 내 말대로 해줘. 필요한 검사 끝내고 퇴원하면
왕진도 좀 부탁하자.

현 준　　분명히 말하는데 못 해! 안 해! 너 저번 그 일이랑 관련 있지?
수술한 척 차트 써달라고 할 때부터 알아봤어.
같이 왔던 그 여자 때문이야? 도대체 누구야, 그 여자?

문 열리는 소리에 돌아보는 현준과 영훈. 거기에 서 있는 오로라!

오로라　　나 신이 엄마예요. 저번에 본 신이도 오늘 볼 신이도 다 내 아들이죠.

영 훈　　(놀라는) 여긴 어떻게… 신이한테 안 가셨어요?

오로라　　혼자 설득하기 힘들 거 같아서 왔는데, 내 생각이 맞았네요.

현 준　　누구십니까? 누구신데 절 설득하신다는 겁니까?

오로라　　뭘 잘못 안 거 같은데 난 설득 같은 건 안 해요.
하지 않은 수술을 차트에 기록할 때부터 차 선생한테 이미
선택권은 없으니까. 공갈, 협박, 뭐라고 해도 좋아요.
내 아들을 위해선 더한 짓도 해요, 나.

현준,영훈　　(분위기에 압도된)

S#80. PK병원 몽타주 (낮)

눈에 띠지 않도록 조심스럽게 다니면서 영훈을 찾는 소봉.
진료대기실 # 야외정원 # 입원실 등 둘러보는데 보이지 않는 영훈.

S#81. PK병원 / 현준의 진료실 앞 (낮)

지친 소봉 주위 둘러보며 지나가다 별 생각 없이 뒤쪽 보는데,
때마침 진료실에서 나오는 영훈과 오로라.
놀란 소봉, 재빨리 적당한 곳에 숨어 영훈과 오로라를 관찰한다.

영 훈　많이 놀란 모양이에요.
오로라　시간이 필요하겠죠. 기다리라니까 기다려보죠.
(울리는 휴대폰 보고) 데이빗이에요. (얼른 받는)

S#82. 사설 구급차 안 (낮)

달리는 구급차 안. 남신이 누운 스트레처 옆에 앉아 통화 중인 데이빗.

데이빗　달링, 곧 도착하니까 나 보고 싶어도 참으라구.
(운전석 보며) 기사님 덕분에 우리 아들 부드럽게 천천히 가고 있어.
운전석　(기분 좋아서 웃는)
데이빗　(엄지 척 해주는)

S#83. PK병원 / 현준의 방 앞 (낮)

통화 중인 오로라와 기다리는 영훈.
두 사람을 찍는 스마트폰. 소봉이다. 전화 끊는 오로라까지 몇 번 더 찍고.
흡족한 소봉, 스마트폰 넣고 쪼르르 도망간다.
잠시 후. 진료실에서 나오는 현준. 긴장하는 영훈과 오로라.

현 준　환자 인계 받아서 VIP실로 올라 갈 테니까 모시고 가 있어.
영 훈　고맙다, 현준아.

현 준　(오로라에게) 이 자식이 안쓰러워 결정한 겁니다. 가짜 차트 쓸 때부터 옷 벗을 각오 했으니까 다시는 그따위 말로 협박하지 마세요. (가버리는)

오로라　영훈 씨 좋은 사람인가 봐요, 저런 친구 둔 걸 보니.

영 훈　(웃고) 가시죠.

S#84. 승강기 안 (낮)

승강기에 타고 있는 소봉. 문 닫히려는데 올라타는 현준.
말없이 나란히 서서 내려가는 소봉과 현준.
문 열리면 뛰어나가는 현준. 여유 있게 걸어 나가는 소봉.

S#85. PK병원 / 응급실 앞 (낮)

기분 좋게 걸어 나오는 소봉의 앞을 지나치는 사설 구급차.
휴대폰 꺼내서 오로라와 영훈의 사진을 확인하는 소봉.

소 봉　어디, 돈 좀 벌어볼까?

서종길 이사 번호 찾던 소봉, 별 뜻 없이 옆을 본다.
아까 본 현준이 데이빗과 함께 스트레처 내리는 중.
흰 시트 덮인 스트레처에 시선 가는 소봉.
이내 시큰둥해서 휴대폰 도로 보려는데,
그때! 밀고 가는 스트레처의 시트 슬쩍 젖혀진다.
시트에서 드러난 얼굴, 남신! 놀라서 커지는 소봉의 눈!
설마 싶어 따라가려는 순간! 소봉의 어깨를 턱! 잡는 손.
소봉, 깜짝 놀라 돌아보면 남신3다!
소봉을 바라보며 해맑게 웃는 남신3! 그 모습 보고 놀란 소봉에서!!

PLAY 4

제 7 회

제 8 회

S#1. 건호의 저택 / 별채 주방 (낮)

PLAY3 72씬. 남신3와 영훈의 대화 중.

영 훈　강소봉 씨만 조심하면 돼요. 혹시 모르니까 잘 지켜봐요.

남신3　(끄덕이는)

S#2. 건호의 저택 / 별채 2층 (낮)

PLAY3 76씬 이후. 소봉이 운전 중인 차, 다급히 빠져나간다.
그 모습을 내려다보는 남신3, 고개 갸우뚱하는.

남신3(N)　어딜 가는 거지?

잠시 후. 다른 차를 타고 따라가는 남신3.

S#3. PK병원 앞 (낮)

PLAY3 78씬과 그 이후. 차에서 내린 소봉, 서둘러 병원 앞으로 걸어간다.
곧이어 도착한 차. 좁은 공간에 빠른 속도로 단번에 주차되는 차.
지나가다 놀라는 사람들. 차에서 내린 남신3, 소봉이 간 쪽으로.

병원 앞에서 잠시 주위를 둘러보는 소봉을 발견한 남신3.
다가가려는데 소봉을 스치고 들어가는 오로라!
오로라를 보자마자 바디 기능을 작동 정지한 남신3!

남신3(N) 엄마다.

빠른 속도로 선택적 재생되는 엄마에 대한 메모리들.

PLAY1 13씬의 일부. 카메라(남신1)를 홀린 듯 바라보는 오로라.

오로라 … 엄마라고… 한 번 더 불러줄래?

남신1, 남신2, 남신3의 시점에서 본 수많은 오로라들.
PLAY1 14씬. 귀엽다는 듯 웃는 오로라. 따스하게 보는 오로라.
PLAY1 19씬. 나란히 걷는 오로라.
PLAY1 21씬. 눈물 훔치는 오로라.
PLAY1 19씬. 황당해서 웃는 오로라.
PLAY2 6씬. 남신을 안고 오열하는 오로라.

PLAY2 17씬의 일부.

오로라 신아, 엄마 부탁이 있어…. 한국에 가서 신이 자릴 지켜줘.

도로 현재. 정신 돌아온 듯 다시 눈꺼풀을 깜박이기 시작하는 남신3.
빠르게 깜빡이던 눈꺼풀, 정상 속도로 돌아오면 주위 둘러본다.
소봉과 오로라는 사라졌다. 서둘러 병원으로 들어가는 남신3.

S#4. PK병원 / 현준의 방 앞 (낮)

PLAY3 83씬. 영훈과 오로라를 스마트폰으로 찍은 소봉, 도망간다.
소봉이 자리 뜨자마자 반대쪽에서 나타난 남신3.
영훈과 오로라의 뒷모습 보고 고개 갸우뚱.

플래시백 : PLAY3 72씬

남신3 (해맑게) 엄마 만나러 가요?

영 훈 (멈칫해서) 회사 일이에요.

도로 현재. 오로라와 얘기 중인 영훈을 바라보는 남신3,

남신3(N) 엄마를 만날 거면서. 왜 거짓말했지?

시선 느낀 영훈이 돌아보면 얼른 자리를 피하는 남신3.

S#5. PK병원 / 응급실 앞 (낮)

PLAY3 85씬. 걸어 나오던 남신3, 저 앞에 서 있는 소봉 보고 멈춘다.
소봉의 시선 끝 보면 현준과 데이빗이 함께 스트레처 내리는 모습.
데이빗을 보고 이해 안 되는 듯 고개 갸우뚱하는 남신3.
그때, 흰 시트 슬쩍 걷히고 드러나는 남신의 얼굴!
놀란 소봉과 남신의 얼굴 번갈아본 남신3,
따라가려는 소봉의 어깨 서둘러 턱! 붙잡는다.
놀란 소봉 돌아보면 해맑게 웃어주는 남신3.

소 봉 (놀라서) 어?

소봉, 서둘러 앞을 보면 어느새 시트 덮은 남신의 스트레처.

소 봉　(남신3에게) 봤어요? (남신 가리키며) 본부장님이랑 똑같이 생겼어요!

데이빗과 현준에게 끌려가는 남신을 보는 남신3.

남신3(N)　인간 남신. 난 지금 저 인간이다.
남신3　(시니컬한) 못 봤는데. 나같이 생겼다니 무슨 말도 안 되는 소릴.
(하고) 여긴 어쩐 일이야?
소 봉　네?

어색하게 웃는 소봉에서 암전.

S#6. PK병원 앞 / 응급실 앞 (낮)

남신3와 마주 선 소봉. 천연덕스럽게 변명하는 소봉.

소 봉　본부장님 따라왔죠. 지 팀장님 통화하시는 거 들었거든요.
상대방한테 PK병원에서 만나자. 신이 만날 일만 신경 써라.
그러시던데.
남신3　지 팀장이?
소 봉　네. 본부장님 안 보이시길래 팀장님이랑 그 전화 상대방 만나러
병원에 가셨구나 싶었죠. (괜히 둘러보며) 지 팀장님은요?
남신3　(얼른 소봉의 손 잡아보고 깜빡하고) 또 거짓말.
소 봉　(기막혀서 손 빼고) 뭐예요? 그 손이 무슨 거짓말탐지기라도 돼요?
남신3　(해맑게) 어떻게 알았어?
소 봉　(어이없는) 자꾸 놀리실 거예요? (하는데)
영훈(E)　본부장님!

남신3와 소봉, 돌아보면 굳은 얼굴로 서 있는 영훈.

영 훈　두 분이 왜 같이 계십니까? 본부장님 차가 두 대나 보이던데-

소 봉　죄송해요. 급히 오느라고 제가 끌고 왔어요.

영 훈　자세한 얘긴 집에서 들을 테니까 도난차량으로 신고하기 전에 차부터 가져다두세요. 본부장님, 가시죠.

남신3　(고개 끄덕하고 따라가는)

소 봉　(깍듯하게 인사하는)

S#7. PK병원 앞 (낮)

남신3가 타고 온 차 쪽으로 걸어오는 남신3와 영훈.
남신3가 차 뒷문 열려는 순간 도로 쾅! 닫아버리는 영훈.

영 훈　그걸 왜 이제 얘기해요? 내가 강소봉 씨 조심하라고 했잖아요.
그 여자가 내 뒤를 쫓는 걸 알았으면 미리 전화라도 해야 될 거 아닙니까?

남신3　(가만히 보는)

영 훈　아! 미안해요. 그 정도 판단은 인간이나 하는 건데,
지시를 안 한 내 잘못이죠.

남신3　나한테 거짓말했죠?

영 훈　(보는)

남신3　회사에 간다더니 병원 와서 엄마 만났잖아요.
인간 남신이 한국에 온 것도 말해주지 않았죠.
지영훈 씨는 믿어도 되는 인간인가요, 아닌가요?

영 훈　(감정 억누르고) 뭘 착각하나 본데 그쪽은 진짜 신이가 아니에요.
날 믿든지 말든지 내가 시키는 대로만 해요. (운전석 문 여는)

남신3　(운전석 문 쾅! 닫아버리는)

영 훈　뭐하는 겁니까, 지금?

남신3　(해맑게) 행동모방학습. 방금 전 지영훈 씨 행동을 따라해봤어요.
할 말이 남아서요. (하고) 아까 강소봉 씨도 봤어요, 인간 남신.

영 훈　(놀라서) 뭐라구요? 어서 타요.

소봉(E)　진짜 닮았어요.

S#8. 소봉의 차 안 (낮)

운전 중인 소봉, 블루투스로 통화 중이다.

소 봉　응급실에 실려 온 환자였는데 본부장님이랑 똑같이 생겨서-(하는데)

종길(F)　사진 속 여자는요? 어디 갔습니까?

소봉, 휴대폰에 띄워놓은 사진 본다. 영훈과 같이 찍힌 오로라의 뒷모습.

소 봉　그건 모르겠구요. 분명히 병원에서 똑같이 생긴 환자를-(하는데)

종길(F)　강소봉 씨.

소 봉　네?

종길(F)　(답답한) 왜 자꾸 쓸데없는 얘길 합니까? 신이한텐 쌍둥이는커녕 형제도 없어요.

소 봉　하긴 말도 안 되죠. 경황이 없어서 잘못 봤나 봐요.

S#9. PK그룹 / 종길의 사무실 (낮)

소파에 앉은 종길, 소봉과 통화 중. 옆에 서 있는 박 비서.

종 길　어쨌든 고생했어요. 진행비 입금했으니까 그 여자 또 보면 연락해요.

소봉(F)　그 여자가 누군데요?

종 길　(친절한 척) 알아서 좋을 게 없어요. 또 연락하죠.

전화 짜증스레 끊고 박 비서 휴대폰에 저장된 오로라의 사진 보는 종길.

박 비서　본부장 생모가 20년 만에 왜 갑자기… 아들이 보고 싶었던 걸까요?
종 길　그랬다면 신이를 만나야지. 지영훈이 아니라.
(박 비서 휴대폰 보면서) 오로라와 지영훈. 도대체 뭘 꾸미는 거야.

S#10. 건호의 저택 / 별채 주차장 (낮)

주차한 남신3의 차에서 내리는 영훈과 남신3.

영 훈　(날카롭게) 열어줄 때까지 기다려야죠. 체코에서 연습했잖아요.

남신3, 해맑은 표정으로 도로 차로 들어가서 문 닫는다.
어이없는 행동에 감정이 누그러뜨려진 영훈, 문 열어준다.
그제야 차에서 내리는 남신3.

영 훈　(한결 누그러진) 방에 가 있어요. 확인할 게 좀 있으니까.

S#10-1. 건호의 저택 / 소봉의 방 (낮)

심각한 얼굴로 마주 보고 서 있는 소봉과 영훈.

영 훈　왜 그랬어요? 뭘 알고 싶어서 날 따라왔죠?
소 봉　…초조해서요.
영 훈　(보는)
소 봉　전 진짜 여기가 좋거든요. 월급도 많고 폼도 나고.
근데 딱 한 달 받았잖아요. 그 안에 어떻게 본부장님 눈에 들지?
그러다 팀장님 통화를 우연히 들었어요.
본부장님 만나러 오신 분 같은데 팀장님이 만나러 가시잖아요.
무슨 꿍꿍이가 있나? 있으면 좋겠다. 뭐라도 알아내서 본부장님한테

인정받고 싶어서 오바한 거죠. (눈치 한 번 보고)
얼마나 간절했으면 이상한 착각까지 했겠어요?

영 훈　(모른 척) 무슨 착각이요?

소 봉　어떤 환자가 본부장님이랑 똑같이 생겼더라구요.
(은근히 떠보는) 말도 안 되죠?

영 훈　(여유 있게) 진짜 그런 분이 있었으면 좋겠네요.
말 안 듣는 본부장님 대신 일 시키게 말이에요.
앞으로는 경호원답게 일해주세요. 그 분 보시면 꼭 연락주시고.

소 봉　네, 다시 한 번 죄송합니다.

영훈, 나가고 나면 안도의 한숨 쉬는 소봉.

S#11. 건호의 저택 / 영훈의 방 (낮)

아무 장식도 없는 실용적인 분위기의 인테리어.
방으로 들어온 영훈, 생각에 잠긴다.

플래시백 : PLAY4 7씬

남신3　아까 강소봉 씨도 봤어요, 인간 남신.

도로 현재. 안되겠다 싶은 영훈, 어딘가로 전화 건다.

영 훈　(상대방이 받으면) 접니다, 오 박사님.

S#12. PK병원 / VIP실 + 영훈의 방 (낮)

생명유지장치 달고 침대에 누워 있는 남신.
통화 중인 오로라를 보고 있는 데이빗과 현준.

오로라　신이를 내일 이송하자구요?

현 준　(놀라서 보는)

데이빗　무슨 소리야? 의료 장비도 아직 다 안 들어갔는데.

오로라　(손짓으로 데이빗 말을 막고 듣는)

영 훈　다행히 신이를 잘못 본 걸로 생각하긴 하는데, 그래도 하루라도 당기죠. 최소한의 검사만 끝내면 현준이가 왕진 오는 걸로-(하는데)

현 준　(휴대폰 뺏어서) 생체징후가 불안정해서 안 돼. 호흡 맥박은 안정됐지만 체온, 혈압은 아직 왔다 갔다 한다구!

오로라　(불안한) 신이를 본 사람이 있대요. 영훈 씨 말대로 내일 가요.

현 준　의사소견 따위 무시하시겠다면 그렇게 하시죠. (휴대폰 주고 나가는)

데이빗　(따라 나가는) 선생님!

오로라　(통화하는) 언제쯤 움직이는 게 좋을까요?

영훈(F)　제가 내일 가겠습니다. 그때까지 모든 준비를 다 해두시면-

영훈의 목소리 들으면서 남신의 얼굴 쓰다듬는 오로라.
뚜뚜- 그 위로 들리는 통화 중 신호음(E)

S#13. 건호의 저택 / 수영장 (낮)

뚜뚜- 들리는 신호음. 수영장 가에 서서 통화 시도 중인 남신3.
끊고 다시 통화 시도해봐도 여전히 통화 중 신호음 들린다.
전화 끊은 남신3, 스마트폰을 쳐다본다.
알아서 사진 폴더 열리고, 사진들 빠른 속도로 넘어가다 멈춘다.
PLAY3 71씬의 오로라와 남신 사진. 물 위에 함께 떠 있는.

S#14. 건호의 저택 / 소봉의 방 (낮)

제 휴대폰 꺼낸 소봉, 재빨리 은행계좌 접속한다.

진행비 삼백만 원이 찍힌 입금액 보고 놀라는 소봉.

소 봉　　진행비를 삼백이나 쐈어? 개남신 완전 내 돈줄, 진심 내 밥줄.

소봉, 좋아서 '삼백, 삼백' 하며 발을 동동 구르다 스마트패드 본다.
몰카 모니터 속. 텅 비어 있는 남신의 방.

소 봉　　사랑하는 내 돈줄은 어디 가셨나?

S#15. 건호의 저택 / 수영장 (밤)

한 자리에 서 있는 남신3. 들고 있는 사진이 보이지 않는다.
수영장을 보는 남신3, 시선이 닿는 데마다 한 개씩 켜지는 수중 조명.
다 켜진 조명으로 사진을 물끄러미 보는 남신3,
물 위에 떠 있는 오로라와 남신 보더니 수영장 물을 본다.

S#16. 건호의 저택 / 별채 앞 (밤)

조심스레 별채에서 나온 소봉. 슬금슬금 주위를 둘러본다.
저쪽 수영장 물 위에 떠 있는 남신3를 발견한다.
얼른 몸을 감추고 남신3를 관찰하는 소봉.
조명에 비쳐 반짝이는 물결과 말없이 하늘을 올려다보는 남신3.
물에 젖어 드러난 남신3의 몸매가 보기 민망한 소봉,
돌아서 들어가다가 다시 보면 남신3가 안 보인다.
물속을 보는 소봉. 물에 잠겨 있는 남신3의 형체. 눈 뜬 채 미동도 없는.

소 봉　　야밤에 잠수까지.

고개 절레절레 젓고 별채 쪽으로 이동하는 소봉.
별채로 들어가기 전에 슬쩍 뒤를 돌아본다.

소 봉 (이상한) 왜 아직 안 나와?

S#17. 건호의 저택 / 수영장 물속 (밤)

잔잔한 물속. 눈 뜬 채로 물속에 잠겨 있는 남신3.
눈 깜빡도 안 하고 팔다리에 힘도 빠져 있고, 꼭 죽은 거 같다.
시간이 멈춘 듯 고요하게 잠겨 있는 남신3 너머 물 밖의 소봉이 보인다.
안절부절 못하던 소봉 뛰어들면 하얗게 이는 물보라.
남신3의 모습에 깜짝 놀란 소봉, 남신3의 팔을 붙들어 흔든다.
그 와중에 소봉의 목에서 떨어진 펜던트, 수영장 바닥에 가라앉는다.
남신3를 끌고 물 위로 올라가는 소봉.

S#18. 건호의 저택 / 수영장 (밤)

물 위로 올라온 소봉, 숨 몰아쉬며 남신3를 본다.
호흡도 전혀 가쁘지 않은 채 멀쩡한 남신3가 황당한 소봉.

소 봉 (확 놓으며) 걱정했잖아!

말이 끝나기도 전에 소봉의 손을 확 잡아끄는 남신3,

남신3 (바로 코앞에서 해맑게) 지금은 진심이네요.

가만히 소봉을 응시하는 남신3.
해맑게 웃는 남신3를 보는 소봉의 심장 뛰기 시작한다.

쿵쾅거리는 소봉의 심장 소리 점점 커진다.

소 봉　(손 뿌리치며) 진심은 무슨. 물속에 왜 가만있어요? 그러다 죽어요!
남신3　그러다 죽는 건 당신이에요. (가슴께 보면서) 심장, 터지겠어요.

잠깐 당황해서 제 가슴께 본 소봉, 괜히 여민다.

소 봉　저번에도 말했지만 제 심장 소리 아니에요.
남신3　(짓궂게) 난 심장이 없는데요.
소 봉　근데 왜 갑자기 존댓말하세요? (하는데)
영훈(E)　물장난 그만하시죠.

남신3와 소봉 보면 두 사람 쪽으로 걸어오는 영훈.

영 훈　둘 다 옷부터 갈아입어야겠네요.

얼른 인사하고 서둘러 뛰어 들어가는 소봉.
아무 일 없었다는 듯 일어난 남신3도 뒤따라 들어간다.
남신3의 뒷모습을 보는 영훈의 표정, 점점 일그러진다.

S#19. 건호의 저택 / 소봉의 방 (밤)

수건으로 머리 닦으며 생각에 잠기는 소봉.

플래시백 : PLAY4 18씬
소봉의 손을 확 잡아끄는 남신3,

남신3　(바로 코앞에서 해맑게) 지금은 진심이네요.
남신3　(가슴께 보면서) 심장, 터지겠어요.

도로 현재. 몰카 영상에 방안으로 들어오는 남신3에 눈길 가는 소봉.
물에 젖은 셔츠 확 벗으면 드러나는 상반신.
한쪽에 드레싱 밴드 붙어 있는.
예상치 못한 탈의에 당황한 소봉.
남신3가 바지를 내리려는 순간, 스마트패드를 침대 위로 확 던져버린다.
또 쿵쾅거리는 소봉의 심장 소리.

소 봉 (가슴께 보며) 이게 또. 동작 그만! 그만!

침대 위 스마트패드를 난감하게 보던 소봉, 다시 들고 온다.
뒤집어볼까 말까 망설이더니 실눈 뜨고 살짝 뒤집어보는 소봉.
영상 속. 이미 옷을 다 입은 남신3와 마주 서 있는 영훈.
화가 나 있는 영훈한테 눈길이 가는 소봉.
"이따위로 할 겁니까?" 소리 지르는 영훈.
긴장한 소봉, 얼른 영상의 볼륨 높인다.

S#20. 건호의 저택 / 남신의 방 (밤)

남신3에게 차갑게 화내는 영훈.

영 훈 방에 있으라는데 뛰쳐나가서 수영장에 뛰어들어요?
눈에 띄는 행동 하지 말라니까 왜 말을 안 듣습니까?
들키면 안 되는 거 몰라요?
남신3 (시무룩하게 고개 숙이는)
영 훈 제발! 제발 좀 신이처럼 행동해요! 알겠어요?

S#21. 건호의 저택 / 소봉의 방 (밤)

휙 나가버리는 영훈. 고개 숙인 채 서 있는 남신3를 보는 소봉.

소 봉 (의아한) 신이한테 신이처럼 해라? 신이가 둘이라는 거야? (하다가)

플래시백 : PLAY3 85씬
시트에서 드러난 얼굴, 남신!

도로 현재. 의심에 빠진 소봉.

종길(E) 신이한텐 쌍둥이는커녕 형제도 없어요.
소 봉 그니까. 말도 안 돼.

하다가 설마 싶은 소봉, 몰카를 다시 리와인드해본다.
화면에 흐르는 영훈의 화난 모습과 목소리.

영훈(E) 들키면 안 되는 거 몰라요? 제발! 제발 좀 신이처럼 행동해요!
소 봉 (의심스러운) …들키면 안 된다… 혹시?
(서둘러 전화해서) 조 기자님, 뭐 좀 알아봐줘요.

S#22. 건호의 저택 전경 / 다른 날 (낮)

S#23. 건호의 저택 / 별채 (낮)

남신의 차를 닦고 있는 소봉, 꼿꼿이 서 있는 영훈 은근히 살펴본다.
남신의 표정으로 나오는 남신3. 허리 굽혀 인사하는 영훈과 소봉.
영훈을 쳐다보지도 않고, 툭, 클러치 넘기는 남신3.

클러치 받아들고 깍듯하게 차 문 열어주는 영훈.
그런 남신3와 영훈을 유심히 관찰하는 소봉.

플래시백 : PLAY4 19씬 + 20씬
남신3에게 화나서 소리 지르는 영훈의 모습.

영 훈　　이따위로 할 겁니까?
방에 있으라는데 뛰쳐나가서 수영장에 뛰어들어요?
눈에 띄는 행동 하지 말라니까 왜 말을 안 듣습니까?
들키면 안 되는 거 몰라요?

도로 현재. 남신3의 차 문을 닫아준 영훈, 소봉의 시선을 느껴서 돌아본다.

소 봉　　(미소) 언제나 본부장님께 정성을 다하신다 싶어서요.
영 훈　　운전 안 합니까?
소 봉　　아, 타시죠. (보조석 문 열어주는)

차에 올라타는 영훈을 의심스럽게 보는 소봉.

S#24. PK그룹 앞 (낮)

종길과 예나, 김 상무, 차 부장 등 임원진들, 수정 포함 경호팀 대기 중.
건호의 차와 남신3의 차 들어와 멈춘다.
소봉과 영훈이 재빨리 내려서 남신3와 건호의 차 문 열어준다.
건호와 호연과 남신3 내리면 깍듯하게 인사하는 임원진들과 경호팀들.

종 길　　(대표해서) 나오셨습니까?
건 호　　이놈이 뭐라고 이렇게들.
예 나　　(남신3만 보면서) 본부장님 오랜만에 출근하시는 날이잖아요.

당연히 마중 나와야죠.

호 연　니 눈동자엔 신이만 박혀 있니? 어른들 앞에선 시야 좀 넓히지.

예 나　굳이 왜 그래야 되죠? (하면서 남신3에게 살짝 윙크하는)

남신3　(외면하는)

종 길　(민망한) 제가 잘못 키웠습니다. (하고) 들어가시죠, 회장님.

건호와 남신3와 호연을 따라가는 소봉. 그 앞을 막아서는 영훈.

영 훈　회의 금방 끝납니다. 주차장에서 기다려요. (들어가 버리는)

소 봉　(짜증나는)

S#25. PK그룹 / 컨퍼런스 룸 (낮)

건호와 남신3를 중심으로 앉은 호연, 종길, 김 상무, 예나 등.
뒤편에 영훈도 앉아 있고 프로젝터 스크린 앞에는 여 팀장이 서 있다.
스크린에 띄워진 제목 〈M카 프로젝트 Ⅱ 일반도로 시험주행〉

여 팀장　공개 PT에 이어 두 번째로 진행될 프로젝트는 시험주행입니다.
국내 기업 최초로 자율주행차의 일반도로 주행을 공개하는
이번 프로젝트는 내일 오후 두 시부터 진행될 예정입니다.

김 상무　운전석에 아무도 없는 차가 도로를 달린다. 시선은 확실히 끌겠네요.

호 연　사고 위험은 없어요? PT 때도 자율주행차보다 화재가 더 튀었잖아.

예 나　다행히 본부장님의 영웅 이미지로 회사 호감도는 상승했죠.

호 연　호감도가 주가를 올렸니? 피해보상금, 건물복구비, 손실액이 얼마야?

영 훈　(종길 보면서) 화재가 꼭 본부장님 실책이라고 볼 수는 없습니다.

건 호　지금 잘잘못 가릴 때야? 그따위 자세로 시험주행 성공하겠냐고!
실패하면 아예 차를 못 만들게 될 텐데, 그동안 쏟아 부은 돈, 시간
다 어쩔 거야?

남신3　성공하면요?

다 들	(보는)
남신3	(도발적인) 성공할 테니까 할아버지 자리 주세요.
종 길	(날카롭게 남신3 보는)
영 훈	(고개 끄덕여주는)
남신3	(사인 확인하고) 자율주행차 3년 안에 상용화할 자신 있어요. 시험주행 성공은 시작일 뿐이니까, 건강 생각해서 저한테 맡기세요.
호 연	(놀라서) 얘! 너, 미쳤니? 감히 아빠 자릴 넘봐?
건 호	(손짓으로 호연 막는)
남신3	저 예전의 신이 아니에요. (종길 슥 보고) 내 걸 뺏기고 싶은 생각이 전혀 없어졌어요. 회장님의 지독한 욕심이 제 피에도 섞여 있나 봐요.
건 호	(빙그레 웃는) 욕심이 생겼다니 좋은 징조구나. 내 자리는 성공하면 탐내고, 이만 파하자. (일어나는)
다 들	(따라 일어나는)

S#26. PK그룹 / 컨퍼런스 룸 앞 (낮)

남신3, 영훈과 같이 서 있는 종길과 예나.

종 길	(온화하게 웃으며) 자신감 넘치는 본부장님 모습, 보기 좋습니다. 앞으로도 종종 보게 해주십시오. (인사하고 가는)
예 나	내가 오빠 방 인테리어 갈아엎었거든. (팔짱 끼며) 같이 가볼래?
남신3	(말이 끝나기도 전에 팔 빼며) 아니.
예 나	뭐야, 서운하게.
영 훈	아직 회복이 완전치 않으셔서. 댁으로 모셔야 되니까 다음에 하시죠.
예 나	그러죠. 오늘만 날 아니고 지금만 내 남자 아니니까. 오빠, 푹 쉬어.

멀어지는 예나의 뒷모습 보는 남신3와 영훈.

영 훈	잘했어요. 난 병원에 가봐야 되니까 먼저 집에 가 있어요. (가려는데)

남신3 (해맑게) 만약 인간 남신이 안 일어나면요?

영 훈 (돌아보면)

남신3 내가 PK그룹 CEO가 되는 거예요?

영 훈 어떻게든 일어나게 해야죠. 난 나보다 신이가 더 중요하니까.

남신3 (손 잡아보고 눈 깜빡)

영 훈 (차분한) 뭐죠? 지금 내 말이 거짓이라는 건가요?

남신3 (손 놓고 해맑게) 장난친 건데 안 속네요. (가버리는)

영훈, 남신3가 놓아준 제 손을 한 번 들여다본다.
피식 웃고 가는 영훈.

S#27. PK그룹 / 주차장 (낮)

왔다 갔다 하면서 연락을 기다리는 소봉.
휴대폰 문자 알림이 울리면 서둘러 들여다본다.
조 기자가 보낸 두 장의 CCTV 사진과 메시지.

조 기자(E) 병원 보안실에서 빼낸 CCTV 화면이야.

첫 번째. PLAY3 83씬. 오로라, 영훈, 현준의 대화 장면.
두 번째. 세 사람이 함께 VIP 병동으로 향하는 장면.
두 사진의 현준을 주목해서 보는 소봉.

플래시백 : PLAY3 85씬
남신의 스트레처 내리는 현준의 모습.

도로 현재. 급하게 통화 시도하는 소봉.

S#28. PK병원 / VIP 병동 (낮)

병동 일각에서 소봉과 통화 중인 조 기자.

조 기자　지금 VIP 병동인데, 그 의사랑 지영훈이랑 VIP 병실을 들락거렸어.
그 여잔 보호자인 거 같고 환자가 누군진 몰라.
절대 안정, 면회 금지라고 아무도 안 들여보내는데,
혹시 그 환자가 자기가 봤다던 응급실 환자 아닐까?

소봉(F)　…몰카에서 들키면 안 된다고, 신이처럼 행동하라고 했어요.

조 기자　그럼 몰카 속 남신이 가짜라는 거야?

VIP 병실에서 나온 오로라를 본 조 기자, 슬쩍 몸을 돌린다.
조 기자의 뒤를 스쳐지나가는 오로라.

조 기자　(목소리 낮춰) 방금 그 여자 지나갔어.

S#29. PK그룹 / 주차장 (낮)

심각하게 조 기자와 통화 중인 소봉.

조 기자(F)　근데 무슨 판타지야? 쌍둥이도 아니라며 어떻게 남신이 둘이야?

그때, 저쪽에서 다가오는 영훈과 남신3 확인한 소봉.

소 봉　이따 갈 테니까 어떻게든 그 환자 얼굴 확인해요.
삼십 분 후에 꼭 전화하구요. (전화 끊고 표정 바꾸며) 오셨어요?

영 훈　전 들렀다 갈 데가 있으니까 본부장님 모시고 귀가하세요.

소 봉　네, 알겠습니다.

영 훈　(남신3에게 다짐하듯) 아무 데도 가지 마시고 집에서 푹 쉬세요.

남신3 끄덕이면 인사하고 가는 영훈.
소봉이 뒷문 열어주면 차에 올라타는 남신3.
운전석으로 가면서 재빨리 문자 보내는 소봉,
다 보내고 나면 아무 일 없었다는 듯 운전석에 올라탄다.

S#30. PK그룹 / 종길의 사무실 (낮)

와인잔 들고 앉아서 골똘히 생각 중인 종길

플래시백 : PLAY4 25씬

남신3 (도발적인) 성공할 테니까 할아버지 자리 주세요.
(종길 슥 보고) 내 걸 뺏기고 싶은 생각이 전혀 없어졌어요.

도로 현재. 얼굴이 확 일그러진 종길, 와인잔을 홱 던져버린다.
바닥에 부딪혀 깨지는 와인잔.
다급하게 들어오다가 흠칫하는 박 비서, 얼른 인사한다.

박 비서 강소봉 씨가 보낸 겁니다. 병원에 가서 직접 확인하고 연락한답니다.

휴대폰 보여주는 박 비서. PLAY4 27씬에서 소봉이 받은 사진이다.
오로라와 영훈한테 눈길이 가는 종길.

종 길 신이가 자리 얘길 괜히 꺼낸 게 아냐. 오로라, 지영훈과 계산해서
던진 거지. 그 여자가 신이 머리, 지영훈은 팔다리야.
(사진 보며 웃고) 잘됐군. 성가시던 것들, 한 방에 끝장낼 수 있겠어.

S#31. 남신의 차 안 (낮)

운전 중인 소봉, 뒷좌석에 앉아 밖을 보는 남신3를 룸미러로 관찰한다.

조 기자(E) 그럼 몰카 속 남신이 가짜라는 거야?

소 봉 요즘 들어 분위기가 많이 바뀌신 거 같아요.
제 뒤통수를 후려갈기던 분이, 운다고 위로도 해주시고,
목숨도 구해주시고. 왜 그렇게 달라지신 거예요?

남신3 (눈을 뜨는)

소 봉 그냥 궁금해서요. 어떤 계기 때문에 꼭 딴사람처럼- (하는데)

남신3 (짓궂은) 왜? 내가 남신 아닌 거 같애?

소 봉 (놀라서) 네?

남신3 미안해서 잘해주니까 별 쓸데없는 의심이나 하고,
(손 올리며) 뒤통수 한 번 더 쳐주면 믿겠어?

소 봉 (다급히) 아뇨, 아닙니다.

남신3 관심 끄고 운전이나 해.

도로 눈을 감아버리는 남신3의 기색을 살피는 소봉, 혼란스러운.

S#32. 건호의 저택 / 별채 주차장 (낮)

막 주차된 남신의 차에서 내린 소봉, 뒷문 열어준다.
차에서 나와 별채로 향하는 남신3.
그 뒤를 따르던 소봉, 휴대폰 울리면 얼른 받는다,

조 기자(F) 삼십 분 뒤에 전화하라며?

소 봉 어, 아빠. 뭐? 병원?

그 말 듣고 돌아본 남신3. 미안한 척 남신3에게 인사하고 돌아서는 소봉.

조 기자(F) 아, 알리바이 확보 중? 나 지금 뻗치러 가. VIP실 꼭 찍는다!

소 봉 병원은 왜 갑자기? 나 지금 일하는 중이라 못 가는데?

대수롭지 않은 표정으로 들어가는 남신3의 뒷모습 살피는 소봉.

S#33. 건호의 저택 / 남신3의 방 (낮)

방에 들어와 재킷을 벗는 남신3.
노크 소리에 문을 확 열면 잔뜩 미안한 얼굴로 서 있는 소봉.

소 봉 죄송합니다, 본부장님. 혹시 잠깐 병원에 다녀와도 될까요?
아빠가 스파링을 해주시다가 부상을 좀 당하셨나 봐요.

남신3 (빤히 보는)

소 봉 못 믿겠으면 손이라도 한 번 잡아보실래요?
거짓말 탐지긴가 뭔가 있다면서요.

남신3 귀찮아. 다녀와.

소 봉 택시 타고 얼른 다녀올게요.

남신3 아냐, 내 차 타고 가. 아버지가 아프시다는데.

소 봉 (감동한 척) 감사합니다. 감사합니다, 본부장님. (문 닫고 나가는)

남신3 (바닥에 있는 로봇청소기 보고) 안녕, 친구.

청소기 (켜지면서 불 반짝이는)

S#34. 남신3의 차 안 (낮)

서둘러 차에 올라탄 소봉, 혹시나 몰라 2층 창을 확인한다.
아무도 보이지 않으면 가방에서 스마트패드 꺼내 보는 소봉.
몰카 화면 속, 침대에 앉아 뭔가를 내려다보고 있는 남신3.
남신3의 시선 끝을 줌인해보는 소봉, 로봇청소기다.

별거 아니다 싶어 화면 줌아웃하고 네비게이션에 'PK병원' 설정한 소봉. 시동 걸고 스마트패드 속 남신3를 의심스럽게 본다.

소 봉 개남신! 네 정체를 까발려주겠어! 출발! (스마트패드 놓고 출발하는)

S#35. PK병원 / VIP실 (낮)

블라인드 쳐진 실내. 수액만 달고 있는 남신 곁에 서 있는 오로라, 실랑이 중인 현준과 영훈을 심란한 얼굴로 보는 중.

현 준 당장은 안 된다고 몇 번을 말해? 병동 간호사들도 다 근무 중이야. 보는 눈 없을 때 이동하게 한두 시간만 참아.
영 훈 그때 나가면 간호사가 없어? 한시라도 빨리 움직여야 돼.
데이빗 (들어오면서) 의사선생 말 들읍시다.
다 들 (보면)
데이빗 의료기기 한창 세팅 중이래. 가자마자 신이가 편안하게 쉬려면 몇 시간 더 필요해.
오로라 숙소는 어디예요? HR재단에서 도와주는 거예요?
데이빗 미리 알려주면 재미없지. (블라인드 올리면서) 신이 답답하니까 햇빛 좀 쐐주지.
다 들 (어이없게 보는)

S#36. PK병원 건너편 옥상 (낮)

카메라 들고 건너편 보고 있던 조 기자, 블라인드 올라가면 벌떡 일어난다. 망원 카메라로 연속 촬영하는 조 기자. 셔터소리 계속된다.

조 기자 (다 찍고) 뻗치기 성공!

찍은 컷들을 확인해본다. 환자 얼굴 보면, 결국 남신이다!
봤는데도 믿기 힘들어 호흡 가빠지는 조 기자.
그때 울리는 문자 알림음. 소봉이다.

소봉(E) 병원 지하주차장 도착.

보자마자 카메라 챙겨서 정신없이 달려가는 조 기자.

S#37. PK병원 / 지하주차장 (낮)

주위 둘러보면서 기다리는 소봉. 숨차게 달려오는 조 기자 본다.

조 기자 (숨 고르며) 남신은? 그 남신은 집에 있어?

소봉, 들고 있던 스마트패드 보여준다.
몰카 속 남신3의 방 안. 여전히 로봇청소기를 보고 있는.
서둘러 제 카메라를 보여주는 조 기자.
병실 침대에 누워 있는 남신의 얼굴!!! 놀라서 눈이 커지는 소봉!!!
스마트패드와 카메라를 동시에 맞춰보는 조 기자와 소봉!

조 기자 자기가 본 게 맞았어! 남신이 진짜 둘이야!
지 팀장도 있는데 도대체 뭘 꾸미는 걸까?

다급히 걷기 시작하는 소봉. 소봉 씨! 부르며 그 뒤를 따라가는 조 기자.
전화 울리면 액정 확인하고 받는 소봉.

소 봉 (빠른 걸음으로) 네, 서 이사님.

S#38. PK그룹 / 종길의 사무실 (낮)

소봉과 통화 중인 종길. 옆에는 박 비서가 서 있고.

소봉(F) 그 여자분 위치는 파악했는데, 더 엄청난 걸 알았어요.
제가 어제 봤던 환자, 남신 본부장하고 똑같이 생긴 게 확실해요.

종 길 (기막힌) 그게 무슨, 신이한텐 형제가 없다고 했잖아요.
말도 안 되는 일에 신경 쓰지 말고 그 여자나 잘 확인해요.

소봉(F) 제가 본 게 맞다니까요?! 전화로 말씀드리기 힘드니까
확인하고 찾아뵐게요. (툭 끊기는)

종 길 (황당해서 휴대폰 보는)

S#39. PK병원 / VIP실 앞 (낮)

맹렬한 기세로 뚜벅뚜벅 걸어가는 소봉. 옆에 따라오는 조 기자.
〈절대 안정〉이라는 표지 붙여진 VIP실 보인다.
결의에 찬 얼굴로 조 기자에게 스마트패드 넘겨주는 소봉.

조 기자 (따라 걸으면서 받고) 어쩔려구?

소 봉 어쩌긴요. 현장을 덮쳐야죠! 기자님은 여기 있어요!

소봉의 걸음 빨라지고 걸음을 멈추는 조 기자.
거침없이 걸어간 소봉, 망설임 없이 문을 확 열어젖힌다!

S#40. PK병원 / VIP실 / 침실 (낮)

VIP실로 들어선 소봉이 거침없이 걸어 들어와 우뚝 멈춘다.
놀란 소봉의 표정! 침대에 누워 눈 감고 있는 남신을 봤다!

거침없이 남신에게 다가간 소봉, 믿을 수 없다는 듯 남신을 내려다본다.
떨리는 손으로 남신의 얼굴을 만져보려는 순간!
갑자기 눈을 뜨고 소봉의 손목을 턱! 붙드는 남신!

남신3 (상체 일으키며 남신처럼) 뭐하는 거지, 강소봉 씨?

놀라서 흠칫 물러선 소봉, 눈을 뜬 남신3를 본다.
그때, 화장실에서 나오다 소봉을 본 영훈.

영 훈 (태연한) 여긴 어떻게 알고 왔죠?

이게 뭐지? 혼란스러운 표정으로 남신3와 영훈 번갈아 보던 소봉,
휴대폰 울리면 화들짝 놀라서 전화 받는다.

조 기자(F) 촬영 시간 정지됐어! 화면이 아예 멈췄다구!

S#41. PK병원 / VIP실 앞 (낮)

소봉의 스마트패드 들여다보며 통화 중인 조 기자.
화면 한쪽에 촬영시각 정지돼 있고 남신3의 동작도 멈춰 있다.
그러다가 갑자기 튀어 다시 흘러가는 시간.
남신3가 있던 자리에 아무도 없다. 텅 비어 있는 방 안.

조 기자 지금 방 안엔 아무도 없어. 우리가 오해한 거니까 빨리 나와! 무조건!

S#42. PK병원 / VIP실 / 침실 (낮)

통화하는 척하며 남신3와 영훈을 살펴보는 소봉.

순간적으로 머리 굴리며 이 상황을 모면하기 위해 애쓰는.

소 봉 (휴대폰에다) 아빠, 우리 본부장님 진짜 여기 계셔. 금방 내려갈게. 끊어. (전화 끊는)

영 훈 (탐색하듯 보는)

소 봉 (태연한) 아빠 진료 때문에 잠깐 들렀는데 간호사분이 PK그룹 3세가 VIP실에 있다잖아요. 분명 집에 계시는 걸 보고 나왔는데 혹시나 해서 올라와봤는데, 어떻게 된 거예요?

남신3 (영훈 보는)

영 훈 (따스하게 웃으며) 잠깐 얘기 좀 할까요?

S#43. PK병원 / VIP실 / 거실 (낮)

마주 앉은 소봉과 영훈.

영 훈 추돌사고가 있었어요. 찰과상 정도로 끝나서 괜찮으실 줄 알았는데, 소봉 씨도 봤죠? 운다고 안아주질 않나, 손잡고 장난치질 않나, 본부장님답지 않은 행동들 때문에 비밀리에 치료받아오신 거죠. 차 사고에 대한 트라우마라는데, 언론에 알려지면 좋을 게 없어서 숨겼어요. 이해해줬으면 좋겠네요.

소 봉 (생각에 잠기는)

플래시백 : PLAY4 20씬의 몰카 화면 버전

영훈(E) 들키면 안 되는 거 몰라요? 제발 좀 신이처럼 행동해요!

도로 현재. 그랬구나 싶은 소봉, 테이블 위의 컵들에 눈길이 간다. 그중, 오로라의 립스틱이 묻어 있는 잔.

소 봉 비밀리에 계셨다더니 손님이 계셨나 봐요.

영 훈 (그제야 컵 확인하고 살짝 당황한)

소 봉 (슬쩍) 아, 서 팀장님? 약혼녀신데 당연히 아시겠죠.

영 훈 (어쩔 수 없다 싶은) 본부장님 어머님이세요.

소 봉 (놀라서) 어머님이요?

영 훈 외국에 계시다가 잠깐 들어오셨어요.
본부장님 만나고 돌아가셨으니까 모르는 척해줄 수 있죠?

소 봉 (환하게 웃는) 경호원의 기본자세죠.

S#44. PK병원 / VIP실 앞 (낮)

초조한 얼굴로 기다리는 조 기자, 똥 씹은 얼굴로 나온 소봉을 본다.
말없이 터덜터덜 걸어가는 소봉의 뒤를 고개 숙이고 따라가는 조 기자.

S#45. PK병원 / VIP실 / 침실 (낮)

일어나서 재킷 입고 있는 남신3, 문 열고 들어오는 영훈을 본다.

남신3 (해맑은) 강소봉 씨 갔어요? 나한테 완전 속았죠?

영 훈 (불쾌한) 강소봉 씨가 올 줄 어떻게 알았죠?

남신3 (환하게 웃는)

S#46. 남신3의 몽타주 : 추격

인서트 컷 : PLAY4 33씬 + 34씬
몰카 화면 속, 침대에 앉아 뭔가를 내려다보고 있는 남신3.
남신3의 시선 끝을 줌인해보는 소봉, 로봇청소기다.

남신3(E) 강소봉 씨가 조작한 순간,

\# 플래시백 : 앞 씬의 남신의 방 상황
피규어에 들어 있는 초소형카메라의 초점, 미세한 소리와 함께 달라진다.
로봇청소기를 보던 남신3, 자세는 그대로인 채 몰카 피규어 본다.

남신3(E) 몰카가 설치된 걸 알았어요.

\# 플래시백 : PLAY4 34씬
네비게이션에 'PK병원' 설정하는 소봉.

남신3(E) 남신의 차에 접속해 행선지를 알았고,

스마트패드를 들여다보는 소봉의 머리 위에 달린 블랙박스.

남신3(E) 와이파이 블랙박스를 해킹해,

블랙박스 화면으로 보이는 소봉의 모습.

소 봉 개남신! 네 정체를 까발려주겠어!
남신3(E) 강소봉의 목표를 알았죠.

보조석에 툭 놓는 스마트패드 속 촬영 시간이 뚝 멈춘다.
여전히 로봇청소기를 보는 채로 멈춰 있는 남신3.

남신3(E) 영상을 멈춰 방 안에 있는 척하고,

\# 플래시백 : 도로 (낮)
고가의 바이크를 타고 달리며 스피커 통화 중인 남신3.

남신3　　인간 남신을 빨리 이동시켜요!

전화 끊은 남신3, 헬멧 바이저 내리고 속도를 높여 도로를 달린다.
자로 잰 듯 차들 사이를 미끄러지는 바이크,
미친 속도와 정확성. 초인간적인 속도로 차들을 제치는 남신3의 바이크.

남신3(E)　　강소봉 씨보다 먼저 도착한 거죠.

S#47. PK병원 / VIP실 / 침실 (낮)

영훈과 대화 중인 남신3. 불쾌한 표정의 영훈.

영 훈　　왜 그걸 당신이 판단합니까? 몰카를 알자마자 전화했어야죠.
지난번 강소봉 씨 때도 똑같이 지적했잖아요.
미리 연락을 해야 신이를 미리-(하는데)
남신3　　(단호한) 잘못된 판단이죠.
영 훈　　(보는)
남신3　　강소봉 씨는 몰카로 우리 얘길 다 들었어요.
정확히 말하면 지영훈 씨 얘길 들었죠.
만일 이 방이 비어 있었다면 의심만 더해졌을 거예요.
여기 있던 누군가를 일부러 숨겼다고 생각할 테니까.
영 훈　　(할 말 없는)
남신3　　오늘은 지영훈 씨보다 내 판단이 맞았네요.
인간은 내 인지능력을 따라올 수 없는 게 사실이에요.
내가 지영훈 씨 말대로 집에만 있었다면 지금쯤 어떻게 됐을까요?
영 훈　　(짜증 나서) 몰카는 당분간 모르는 척하죠.
단독 행동인지 배후가 있는지 알아봐야겠어요.
남신3　　(해맑게 웃는) 네. 엄마는 가는 중이겠죠?

S#48. 사설 구급차 안 (낮)

스트레처 위의 남신을 살펴보는 오로라. 옆에서 통화 중인 현준.

현 준　배후? 내가 그걸 어떻게 알아내?
영훈(F)　신이 병실을 알려준 누군가가 있을 거야.
혹시 모르니까 병동 관계자들한테 물어봐줘. 부탁할게. (끊는)
현 준　(황당한 듯 휴대폰 보는데)
오로라　누구 배후를 알아보래요?
현 준　병실에 왔던 경호원 뒤를 의심하는 모양이에요.
오로라　(심각해지는)

S#49. 피트니스클럽 (낮)

땀 흘리며 맹렬하게 런닝 머신 위를 뛰는 종길.
죄인처럼 고개 푹 숙인 채 서 있는 소봉과 수건 들고 있는 박 비서.
러닝머신 멈춘 종길, 박 비서가 주는 수건을 신경질적으로 집어던진다.

종 길　아니라는데 왜 자꾸 쓸데없는 짓을 합니까?
엉뚱한 환자 쫓아다니다 정작 중요한 사람은 놓쳐요?
소 봉　(고개 더 푹 숙이고) 그분, 본부장님 어머님이시라고 들었어요.
종 길　(비웃고) 거기까지 털어놓고, 지영훈이 급하긴 급했군.
소 봉　외국에서 겪은 사고 트라우마 때문에 비밀리에 치료 받는 아들이
걱정돼서 다녀가셨대요.
종 길　(박 비서 보며) …미국에서 진짜 사고가 났다… (소봉에게)
몰카 설치했다고 했죠? 그걸로 본부장님 증세가 어떤지
자세히 살펴봐요. 확실한 증거 포착되면 바로 연락하고.
소 봉　(이상한) …증거요? 알겠습니다. (인사하고 가는)
박 비서　그 사고로 다친 게 몸이 아니라 마음이었군요.

내일 차 사고를 또 겪을 텐데, 안타깝네요.

종 길　(회심의 미소)

조 기자(E)　서 이사, 확실히 이상해.

S#50. 호텔 라운지 (낮)

심각한 표정으로 마주 앉아 있는 소봉과 조 기자.

조 기자　딸 결혼 여부 판단하자고 증거까지 확보하래?

소 봉　딸 말고 본인한테 필요했겠죠. 혹시나 했는데 역시나였네.

조 기자　솔직히 우리도 모른 척한 거지, 딸 때문에 잠입까지 시키는 게 말이 돼? 역시 있는 놈들이야. 사위고 뭐고 약점만 보이면 확 물어뜯어 죽이려는 거잖아. 본부장도 짠하네.

소 봉　(찝찝하면서도) 짠하긴. 우린 떨어지는 금가루나 챙기면 그만이에요. 그런 의미에서 몰카나 들여다보러 갑니다. (일어나서 가는)

S#51. 남신의 차 안 (밤)

시무룩하게 운전 중인 소봉. 휴대폰 울려서 보면 〈아빠〉다. 짜증난 얼굴로 툭 끊어버리고 운전하는 소봉. 이번에는 메신저 알림음 울린다. 보면 제사상 사진이 전송돼 있다. 뭐지 싶어서 차 세운 소봉. 사진 보다가 전화하면 바로 받는 재식.

소 봉　이런 건 왜 보내? 딸 하나 있는 거 죽은 셈 친다는 거야, 뭐야?

재식(F)　저 딸 없는데요.

소 봉　그럼 왜 제사상을 찍어 보내? 엄마 제사는 아직―(하다가 깨달은) (당황한) 아, 아빠!

재식(F)　빨리도 아셨네요. 설마 설마 했는데 엄마 제사를 까먹어?

소 봉 전화했어야지! 문자라도 하든가!

재식(F) 괘씸해서 안 했다, 왜! 너 방금 전에도 내 전화 씹었지?
앞으로도 계속 씹어. 넌 이제 아빠 딸도 엄마 딸도 아니니까.

전화 툭 끊어진다. 잠깐 멍하던 소봉, 습관적으로 목에 손대다 놀란다.

플래시백 : PLAY4 17씬
소봉, 남신3의 팔을 붙들어 흔든다. 소봉의 목에서 떨어지는 펜던트.

도로 현재. 도로 한쪽에 차를 세우는 소봉.

소 봉 엄마 목걸이도 잃어버리고 제사도 까먹고 나 진짜 쓰레기다.

S#52. 오로라의 아지트 (밤)

심플하고 소박한 실내. 생명유지장치 달고 누워 있는 남신.
링거 조절기 체크하는 현준을 보는 오로라와 데이빗.

오로라 (주위 둘러보며) 촉박했을 텐데, 준비 잘 해줘서 고마워요.

데이빗 이 기회에 알아둬. 난 전 세계 어디에서나 통하는 남자야.

오로라 (픽 웃고) 오늘 그 애 놀라웠어요. (누워 있는 신이 보며)
들킬 뻔한 위기를 꼭 사람처럼 판단해서 넘겼잖아요.

데이빗 사람보다 낫지. 걔가 누구야? 우리 아들 아냐.

오로라 어떻게 성장할지 잘 살펴봐야겠어요.

현 준 눈으로 봤는데도 믿기 힘든 얘기네요. 로봇이 성장한다니.

그때 오로라의 휴대폰 울린다. 액정 확인하는 오로라.

오로라 그 아이예요. (받고) 여보세요?

데이빗 (궁금해서 귀 바짝 대는)

남신3(F) 엄마, 오늘 저 잘했죠?

오로라 그럼. 니가 도와준 덕에 무사히 빠져나왔어. 고마워.

남신3(F) 우리도 집에 가요, 엄마.

오로라 (당황한) 어?

S#53. 건호의 저택 / 별채 2층 거실 (밤)

오로라와 통화 중인 남신3. 발밑에는 로봇청소기가

남신3 인간 남신이 돌아왔으니까 우리도 집으로 돌아가요.

오로라(F) …신이가 많이 아파. 신이 옆에 엄마가 있어줘야 돼…

남신3 …나도 신이에요, 엄마…

오로라(F) 그래, 신아. 조만간 집에 가자, 꼭. 또 통화하자.

데이빗(F) 마이 썬, 놀러 와! 보고 싶다, 내 아들! (툭 끊기는)

끊긴 전화를 보는 남신3. 위로하듯 주위를 빙빙 도는 로봇청소기.

남신3 (해맑게 웃고) 괜찮아. 엄마가 조만간 집에 가자고 했거든.
인간에게 '조만간'이란 정확히 얼마의 시간일까?

모르겠다는 듯 우뚝 서는 로봇청소기.
귀엽다는 듯 웃어준 남신3, 창문 밖에 있는 소봉에게 시선이 간다.
수영장 가에 서서 뭔가 찾는 듯한 소봉. 그 모습에 고개 갸우뚱하는 남신3.

S#54. 건호의 저택 / 수영장 (밤)

시커멓게 보이는 물속을 들여다보는 소봉.

남신3(E) 뭐해?

소 봉 (놀라서 뒤돌아보며) 깜짝이야!

남신3 (걸어와 같이 들여다보며) 물속에 뭐가 있어?

소 봉 (짜증스런) 목걸이요. 멀쩡한 본부장님 구하겠다고 바보짓 하다 빠뜨렸거든요. (물속 보며 혼잣말처럼) 엄마가 딱 하나 남겨준 건데.

남신3 엄마?

소 봉 네. (하고 계속 들여다보는)

갑자기 뒤에서 한 손으로 소봉의 눈을 가리는 남신3!
놀란 소봉을 뒤에서 안은 포즈로 수영장 보는 남신3.

소 봉 (손 떼어내려고 하면서) 왜 이래요?

순간, 소봉의 손 떼지 못하게 더욱 힘줘 안는 남신3.

남신3 잠깐. 0.5초만.

남신3의 시선대로 수영장 조명 켜지면서 반짝하는 펜던트 위치 보인다.
남신3한테 안긴 소봉의 심장, 또 콩닥콩닥 뛴다.

소 봉 (뿌리치며) 뭐예요? 내 눈은 왜 가려요?

남신3 턱짓하면 뭔가 싶어 뒤돌아보는 소봉.
다른 데는 다 꺼지고 펜던트 비추는 조명만 남아 있다.
불빛에 반짝이는 펜던트 본 소봉, 놀라서 남신3 본다.

플래시백 : PLAY4 50씬

조 기자 사위고 뭐고 약점만 보이면 확 물어뜯어 죽이려는 거잖아. 본부장도 짠하네.

도로 현재. 괜히 남신3의 시선 피하는 소봉.

남신3 또 잃어버리지 마. 엄마가 슬퍼해. (돌아서 가는)

소 봉 (잠깐 망설이다가) 미안해요!

남신3 (멈춰서 돌아보면)

소 봉 (시선 피하며) 뭐가 미안한지는 묻지 마요. 그냥. 무조건 미안해요.

남신3 (가만히 보다 해맑게 웃고) 손 안 잡아봐도 알겠네. 진심인 거.
진심을 말해줘서 고마워. (돌아서가는)

소 봉 (남신3의 뒷모습 가만히 보는)

S#55. 건호의 저택 / 소봉의 방 (밤)

거울 보고 펜던트를 걸던 소봉, 생각에 잠긴다.

플래시백 : PLAY4 54씬

남신3 손 안 잡아봐도 알겠네. 진심인 거. 진심을 말해줘서 고마워.

도로 현재. 스마트패드 속에 보이는 남신3, TV 보며 해맑게 웃는.
영상 꺼버린 소봉, 스마트패드 어딘가에 던져버린다.
텅! 쓰레기통 속에 버려지는 스마트패드.

S#56. 시험주행 행사장 전경 / 다른 날 (낮)

대형 LED 모니터 서 있는 행사장.
각종 광고판과 플래카드 걸려 있고 광고차량들 서 있다.
수정을 포함한 경호원 팀이 주변 통제 중이고,
관객석 꾸미느라 분주하게 뛰어다니는 스텝들.
여기저기 스케치하는 기자들, 그 속에 섞여 있는 조 기자.

S#57. 시험주행 행사장 옥상 (낮)

서 있는 종길에게 인사하는 해커(20대, 男). 박 비서도 옆에.

종 길　　젊은 친구가 능력이 좋은가 보군. 음지에서 활동하는 게 아까워.

박 비서　　자율주행차 시스템에 접속해서 마음대로 컨트롤할 수 있답니다.

종 길　　난 말이야. 자율주행차 같은 기계가 사람한테 얼마나 위험한지 보여주고 싶어. 안타깝지만 많이 다치고 죽어야 그걸 깨닫겠지.

해 커　　알겠습니다.

종 길　　그중 차 사고를 당한 친구가 자율주행차로 공포를 느껴도 좋겠고.

종길 눈짓하면 해커에게 사진 넘겨주는 박 비서. 사진 속 웃고 있는 남신3.
종길, 내려다보면 건호의 차와 남신3가 탄 차 연이어 들어와 멈춘다.
영훈과 소봉이 얼른 내려 문 열면, 차에서 내리는 건호와 호연과 남신3.
음흉하게 웃는 종길 위로.

종길(E)　　나오셨습니까, 회장님.

S#58. 시험주행 행사장 / VIP 대기실 (낮)

종길과 예나와 김 상무와 차 부장, 건호와 남신3와 호연 깍듯이 맞이한다.
소봉과 영훈도 인사하면 소봉을 쳐다보지도 않는 종길.
괜히 주눅 들어서 뒤로 빠지는 소봉.
남신3 옆으로 가서 생글생글하는 예나. 모른 척하는 남신3.

종 길　　기자들, 관계자들이 꽤 많이 왔습니다. 감이 좋아요.
자율주행차가 우리 그룹 주력사업이 될 날, 멀지 않았습니다.

예 나　　본부장님 더 바빠지시기 전에 사적인 관계 좀 정리해주세요, 회장님.

건 호　　사적인 관계?

예 나　저희 결혼시켜주시라구요.
종 길　(놀라서 예나 보는)
영 훈　(긴장해서 보는)
예 나　공적 사적으로 합심해서 PK그룹 제 2의 전성기 만들어드릴게요.
호 연　(기막힌) 남자한테 목매는 논리치고는 새롭다.
여 팀장　(들어와 인사하고) 한 시간 후 스타트합니다. 본부장님은 출발지에서, 나머지 분들은 여기서 생중계로 보시면 됩니다. 본부장님, 가시죠.

남신3, 인사하고 나가면 역시 인사하고 뒤따르는 영훈과 소봉.

S#59. 시험주행 행사장 일각 (낮)

남신3를 따라가는 영훈과 소봉. 전화 오면 서둘러 받는 영훈.

영 훈　(전화 상대에게) 잠깐 기다려. (하고) 본부장님!
남신3, 소봉　(멈춰서 보는)
영 훈　전 여기서 회장님 모시고 있겠습니다. 다녀오시죠.
남신3　(고개 끄덕이고 가는)
소 봉　(뒤따라가는)
영 훈　말해봐.
현준(F)　병동 간호사 말인데 어떤 기자가 VIP실 환자에 대해 계속 물어봤대.
영 훈　기자?

S#60. 남신의 차 안 (낮)

운전하는 소봉. 밖을 보고 있는 남신3.
신호에 걸려 차 정지시킨 소봉, 룸미러로 남신3를 본다.

플래시백 : PLAY4 54씬
남신3에게 눈을 가린 채 안긴 소봉! 심장, 또 콩닥콩닥 뛰는.

도로 현재. 룸미러 보면 왜 저러지? 싶은 눈길로 소봉을 빤히 보는 남신3.
화들짝 놀라 얼른 출발시키는 소봉.

S#61. 시험주행 출발지 (낮)

진행차량에 플래카드에 기자들에 스텝들에 어수선한 분위기.
남신3한테 인사하는 창조와 지용, 무선 이어폰 낀.
남신3의 뒤에서 어깨를 흘끔거리는 소봉.

기 자　혹시 차에 장착된 인공지능이 고장 나는 경우는 없습니까?
창 조　걱정하실 필요 없어요. 차 내부에 설치된 킬 스위치를 누르면 작동정지돼서 수동으로 운전할 수 있거든요.
지 용　(무선 이어폰 주며) 본부장님은 진행차량만 폼 나게 타시면 돼요.
남신3　(받고) M카는 어디 있습니까?
창 조　(가리키는) 저쪽에 대기 중입니다.

한쪽에 서 있는 자율주행차 보면서 해맑게 웃는 남신3.
그런 남신3가 의아해서 고개 갸웃하는 소봉.

S#62. 시험주행 관람석 (낮)

대형 모니터 옆 부스에는 무선이어폰 낀 여 팀장이 노트북으로 세팅 중.
기자들과 관계자들이 와서 자리를 채워 앉는다.
종길과 예나, 건호와 호연, 모니터 바로 앞쪽에 앉는다.
종길, 한쪽에 있는 박 비서에게 눈짓하면 서둘러 어딘가로 가는 박 비서.

S#63. 시험주행 행사장 일각 (낮)

난감해하는 조 기자를 차갑게 보는 영훈.

조 기자 진짜 저 아닌데. 제가 병원 VIP실을 뭐하러 가요?

영 훈 강소봉 씨와 가까우시잖아요. 지금이라도 같이 병원에 가서 간호사들한테 확인해볼까요?

조 기자 … 제가 가긴 갔는데…

영 훈 강소봉 씨가 알아보라고 한 겁니까? 아니면 다른 누가 있습니까? 만일 배후가 없다면 강소봉 씨 인생은 끝입니다.

조 기자 (놀라서) 네?

영 훈 강소봉 씨 자의로 본부장님 뒤를 캤다면 대가를 치러야죠. 이번엔 일자리 막는 거 정도로 안 끝날 겁니다.

조 기자 (다급하게) 배후 있어요. 서 이사님이에요. 서종길 이사.

영 훈 (듣자마자 서둘러 발 옮기는)

S#64. 시험주행 관람석 (낮)

시그널 음악 흐르고 현란한 영상 모니터에 펼쳐진다.
자율주행차 관련 이미지들 세련되고 빠르게 겹쳐진다.
일어나서 박수 치는 건호. 종길도 일어나면 다들 일어나 박수 친다.
모니터에 〈START!〉라고 뜨면 출발점에 서 있는 자율주행차 등장한다.
자율주행차를 향해 환호하는 임원진과 관객들.
뒤편에 등장한 오로라와 데이빗. 최대한 모자로 얼굴 감춘.

데이빗 당신이 보러 온 줄 알면 저놈 참 좋아할 텐데.

오로라 변수 많은 상황에 어떻게 대처하는지 궁금해요.

모니터 속. 자율주행차 뒤편에 서 있는 남신3, 막 전화 받는 모습.

S#65. 시험주행 관람석 주변 (낮)

다급하게 걸어가며 통화 중인 영훈.
멀찌감치 보이는 관람석. 건호와 한담 나누며 웃는 종길의 모습.

영 훈 강소봉 씨 배후가 서 이사예요.
기회 봐서 회장님께 알릴 테니까 되도록 강소봉 씨랑 말 섞지 말아요.

S#66. 시험주행 출발지 (낮)

진행차량 보조석 문 열어주는 소봉을 보면서 통화 중인 남신3.

남신3 (소봉에 시선 고정한 채) 알았어. 걱정 마.

자신을 빤히 바라보면서 전화 끊는 남신3를 의아하게 보는 소봉.
남신3가 차에 올라타면 서둘러 운전석에 올라타는 소봉.
출발선에 모여 있는 사람들 환호하면 창조가 스타트 시그널을 알린다.
진행차량 몇 대 먼저 출발하면 뒤따라 출발하는 자율주행차.
운전석은 비어 있고 뒷좌석에는 지용이 앉아 있다.
가장 마지막으로 출발하는 남신3의 진행차량.

S#67. 시험주행 관람석 (낮)

건호 쪽으로 와서 인사하고 앉는 영훈,
건호와 종길 슥 보면 모니터에 집중하고 있다.
모니터 속. 순조롭게 운행하는 자율주행차.
도로를 달리는 운전석에 인간이 없는 차.
신기한 그 모습에 시선 뺏긴 관중들 입에서 감탄이 터진다.

그 모습을 흡족하게 보는 건호와 종길.

종 길　이러다 대박 나겠습니다. 미리 축하드립니다, 회장님.
건 호　(흐뭇하게 웃는)
종 길　(뒤쪽 슬쩍 보는)

S#68. 시험주행 행사장 옥상 (낮)

해커에게 고개 끄덕여주는 박 비서.
노트북에 해킹 프로그램화면 띄운 해커의 손가락 빨라진다.

S#69. 진행차량 안 (낮)

운전석의 소봉과 보조석에 앉은 남신3. 앞 쪽의 자율주행차 모니터 중.

소 봉　(눈치 보고) 본부장님, 저 일 오늘까지만 할게요.
개인 사정이 생겨서요. 무책임하게 굴어서 죄송합니다.
남신3　(가만히 보는)
소 봉　필요하시면 저보다 더 좋은 후임 구해드릴게요. 진짜 죄송해요.
남신3　왜? 이제 다 봐서 궁금한 게 없어?
소 봉　네? 보긴 뭘…
남신3　몰카.
소 봉　(놀라서 운전 흔들리는)
남신3　(핸들 잡아주고 씩 웃는) 모를 줄 알았어?
소 봉　(앞을 보며) 본부장님! 저 차 왜 갑자기 빨라져요?
남신3　(자율주행차 보는)

S#70. 자율주행차 안 (낮)

뒷좌석에 타고 있는 지용, 당황했다. 계기판 보면 점점 올라가는 속도.

지 용 (무선 이어폰에) 얘 왜 가속해요? 팀장님이 속도 올리셨어요?

S#71. 시험주행 관람석 (낮)

당황한 여 팀장과 창조, 프로그램 컨트롤해보려고 애쓰는 중.

창 조 우리 아냐. 시스템 에러인 거 같아.
여 팀장 (정신없이 찾으면서) … 도대체 어디야… 어디가 아프냐구…
오로라 (자율주행차팀 보면서) 뭔가 이상해요.
데이빗 (심각하게 보는)

아직은 흥미롭게 보는 임원진과 관객들.
건호와 종길 보며 타이밍 찾던 영훈, 결심한 듯 말 꺼낸다.

영 훈 회장님, 서 이사님에 관해 드릴 말씀이 있습니다.
종 길 (보는)
건 호 서 이사가 왜? 무슨 문제라도 있어?
영 훈 (말하려는데)
예 나 왜 저래? 미쳤나 봐!!

모니터 속, 폭주 시작한 자율주행차! 텅! 텅! 좌우 차들을 친다!

여 팀장 (다급한) 컨트롤을 거부해. 해킹이야! 조심해!

S#72. 자율주행차 안 (낮)

격렬한 질주에 보조 손잡이 꽉 붙든 지용의 안전띠, 찰칵, 풀린다.

지 용 (놀라서) 어? 안전띠가 풀렸어요! 으악!

미친 듯 급커브하면서 급격히 몸이 쏠리는 지용.

S#73. 도로 (낮)

급커브하는 자율주행차의 뒷문, 텅, 열린다!
마치 뱉어내듯 차에서 털썩 떨어지는 지용!
의식 잃은 지용의 이어폰에서 들리는 여 팀장의 목소리.

여 팀장(E) (다급한) 지용아! 지용아!

S#74. 진행차량 안 (낮)

소봉과 남신3, 길가의 지용을 보며 지나간다. 멀리서 들려오는 사이렌.

소 봉 많이 다쳤나 봐요. 어떡해요?

남신3, 눈앞에 시야모니터 띄우고 바로 자율주행차 설계도 띄운다.
운전 중인 소봉, 가만히 정면만 보는 남신3가 이상하다.

소 봉 왜 멍 때리고 있어요? 보기만 할 거예요?

남신3가 시스템에 접근하면 차 설계도 내부로 들어가는 시야모니터.

그중 보이는 브레이크. 남신3 시선 주면 천천히 눌러진다.

S#75. 자율주행차 안 (낮)

실제 브레이크 천천히 아래로 눌러진다.

S#76. 도로 (낮)

자율주행차 속도 느려진다.

S#77. 시험주행 행사장 옥상 (낮)

당황한 해커, 계속 명령어 넣는데 반응하지 않는 해킹 프로그램.

박 비서　무슨 일입니까?
해 커　딴 놈이 접속을 시도하고 있어요. 추가 접근 모두 차단하고 속력을 올려야 돼요.

해커, 두 손 풀고 다시 도전! 정신없이 흘러가는 컴퓨터 화면.

S#78. 진행차량 안 (낮)

옆에서 달리던 자율주행차, 부앙— 달려 나간다.
남신3, 재빨리 시야모니터의 브레이크 계속 터치하는데,
붉은 색으로 〈접근 거부〉 메시지 계속 뜨는 시야모니터.
안 되겠다 싶어 이 악물고 액셀 밟는 소봉. 차들 획획 지나쳐가고.

S#79. 도로 (낮)

미친 속도의 자율주행차, 좌우 차들을 텅! 텅! 치며 질주한다.
충격에 공회전하거나, 충돌하는 차들!
빠르게 추적해온 남신3와 소봉의 진행차량, 자율주행차 옆으로 붙는다.
남신3의 차도 텅! 공격하는 자율주행차!
충격에 속도 늦춰지는 남신3와 소봉의 차.
소봉이 기를 쓰고 따라붙으면 또 충격을 가하는 자율주행차!

S#80. 시험주행 관람석 (낮)

모니터로 생중계되는 상황에 관객들 놀라서 비명 지른다!
영훈, 자율주행차팀으로 가려는데 심호흡 가빠지는 건호 보고 놀라는.

영 훈 (붙들며) 회장님!
호 연 아빠!
종 길 회장님, 괜찮으십니까?
건 호 괜찮으니까 소란 떨지 마.
예 나 (울기 시작하는) …어떡해, 아빠… 우리 오빠 잘못되면 어떡해…
종 길 (안아서 다독여주며 서늘한 미소)

초조한 얼굴로 모니터 보던 오로라, 달려가려고 하면 붙드는 데이빗

데이빗 (냉정한) 신이 정체 들키고 싶으면 맘대로 해.
오로라 (포기하고 털썩 앉는)

S#81. 진행차량 안 (낮)

텅! 또 공격받는 진행차량.
충격을 견디며 운전하는 소봉과 좀 떨어진 자율주행차를 보는 남신3.

소 봉 (소리 지르는) 어떻게 좀 해봐요!
남신3 옮겨 타서 킬 스위치를 눌러야 브레이크를 움직일 수 있어.
차 붙여! 최대한!
소 봉 (놀라서) 달리는 차에 어떻게 옮겨 타요?
남신3 (냉정한 얼굴로 핸들 붙들어 확 꺾는)
소 봉 (놀라서) 아악!

S#82. 도로 (낮)

진행차량의 차체, 자율주행차 차체에 가까워진다.
지지직! 마찰하면서 스파크 튀는 차체와 바퀴!
진행차량의 선루프, 서서히 열린다!

S#83. 진행차량 (낮)

다 열린 선루프를 올려다보며 안전벨트 버클을 푸는 남신3.

소 봉 저기로 나간다구요? 안 무서워요?
남신3 그런 거 몰라. 난 감정이 없으니까.

쏜살같이 올라가 밖으로 빠져나가는 남신3를 넋 놓고 보는 소봉,
독기 오른 얼굴로, 핸들을 돌려 차를 더욱더 바짝 댄다!

S#84. 도로 (낮)

진행차량 위에 올라서서 균형 잡는 남신3, 평온한 얼굴.
거침없이 옆 차로 건너뛰는 순간, 틈을 벌리며 도망가는 자율주행차.
소봉, 얼른 차 붙이면 그 차를 지지해 자율주행차로 들어가는 남신3!

S#85. 자율주행차 안 (낮)

겨우 차 안으로 들어온 남신3.
반항하듯 심하게 흔들리는 차체에 좌우로 휩쓸리는 남신3의 바디!
자율주행차, 이번엔 반대차선으로 역주행한다!
달려오는 차들을 보는 남신3의 흔들림 없는 눈빛!

S#86. 도로 (낮)

역주행하는 자율주행차와 소봉의 진행차량 나란히 달린다.
소봉이 바깥쪽으로 차 붙여 자율주행차와 틈을 최대한 벌리면,
그 사이로 아슬아슬하게 빠져나가는 반대편 차선의 차들!
자율주행차가 속도 올리면 뒤처지는 소봉의 진행차량!

S#87. 진행차량 안 (낮)

긴장으로 땀에 젖은 소봉. 코너에서 돌아 나오는 대형트럭 보인다!

소 봉 (다급히 소리 지르는) 킬 스위치! 빨리 눌러요!

S#88. 자율주행차 안 + 도로 (낮)

뒷좌석 앉은 남신3, 킬 스위치 누르려는 순간,
심하게 좌우로 흔들리는 차체에 밖으로 훽 나가떨어진다.
한 손으로 차체를 겨우 잡고 버티는 남신3.
두 다리와 한쪽 팔 심하게 끌리면서 바닥에 튀는 스파크!!
시끄러운 대형트럭 경적 소리!

S#89. 진행차량 안 (낮)

달려오는 대형트럭과 차에 매달린 남신3를 번갈아 보는 소봉!
대형트럭의 경적 소리 더욱 커지고!

소 봉　　어떡해? 어떡해?

S#90. 자율주행차 안 (낮)

차에 매달린 남신3, 겨우 몸을 반동해 자율주행차 안으로 들어온다.
킬 스위치 박스 열고 콱! 누른 남신3!
재빨리 운전석으로 넘어가 핸들 잡고 브레이크 밟는다!

S#91. 도로 (낮)

끼이익! 미끄러지며 제동 걸리는 자율주행차!
대형트럭도 끼이익! 소리 내며 급제동하는데,
자율주행차와 대형트럭, 점점 더 가까워진다!

S#92. 진행차량 안 (낮)

부딪힐 거 같은 두 대의 차를 보고 경악하는 소봉!

소 봉 안 돼! 제발!

S#93. 자율주행차 안 (낮)

눈앞에 다가온 대형트럭을 굳은 얼굴로 보는 남신3!
순간, 상대방 운전자도 눈을 질끈 감는 게 보인다!

S#94. 도로 (낮)

부딪힐 거 같은 순간! 끼이익!!! 겨우 멈추는 두 대의 차!
거의 맞닿다시피 멈춘 두 대의 차. 그 옆에 급정거하는 소봉의 차량.
도로. 잠깐의 정적.

S#95. 진행차량 안 (낮)

운전대에 고개 박고 있던 소봉, 숨을 몰아쉬며 고개를 든다.
연기와 먼지가 모락모락 나는 자율주행차 눈에 들어온다.
핸들에 고개를 처박은 채 미동도 없는 남신3!
놀란 소봉, 재빨리 차에서 내려 달려간다!

S#96. 도로 (낮)

달려온 소봉, 자율주행차 운전석 문을 확 열어젖힌다!
죽은 것처럼 축 처져 있는 남신3의 바디!

소 봉 (어깨 흔들며) 본부장님! 정신 차려요! 정신 좀 차려 봐요, 본부장님!

남신3 (움직임 없는)

어쩌지? 다급한 얼굴로 돌아서는 소봉의 팔을 붙드는 남신3의 손!
반가운 얼굴로 돌아서던 소봉, 제 팔 잡은 손을 보고 그대로 굳어버린다!
찢어진 피부 사이사이 드러난 인공골조!
이게 뭐지? 의아한 표정의 소봉, 천천히 손 위로 시선을 옮긴다.
인공골조가 조금씩 더 드러나는 팔에 이어 완전히 드러난 한쪽 어깨!
경악한 소봉, 남신3의 얼굴 본다! 군데군데 찢어진 인공피부!
무표정한 남신3의 얼굴에서!!!

PLAY 5

제 9 회

제 10 회

S#1. 인천공항 / 화장실 앞 (낮)

PLAY1 29씬의 일부.
폭발한 남신, 온 힘을 실어 소봉의 뒤통수를 살벌하게 후려갈긴다!

소봉(E) 이렇게 굴던 인간이,

S#2. PT 장소 (낮)

PLAY2 36씬의 일부.
갑자기 남신처럼 팔을 홱 쳐드는 남신3의 매서운 표정.
남신3의 험악한 표정에 소봉도 반사적으로 눈을 감는데,
허공에 떠 있던 남신3의 팔, 갑자기 소봉을 감싸 안는다!

소봉(E) 이럴 때부터 이상했어.
남신3 (해맑게) 울면 안아주는 게 원칙이에요.

그제야 눈 뜬 소봉, 자신을 안고 있는 남신3를 이상한 듯 올려다본다.

소봉(E) 울면 안아주긴 개뿔. 너 진짜 돌았냐?

S#3. 리셉션 장소 일각 (밤)

PLAY2 67씬 일부. 소봉의 위를 짓누르는 파편들도 홱 집어던진다.
소봉을 천천히 안아 올린 남신3, 화염 속을 걸어 나간다.
화염이 짙어지자 소봉을 품에 꽉 안는 남신3.

소봉(E) 슈퍼맨처럼 나타나 구해주질 않나.

S#4. 심장 몽타주

PLAY2 67씬 일부.

남신3 (차갑게) 심장 따위 없어, 난.

소봉(E) 히어로 같은 대사를 날리지 않나.

PLAY4 18씬의 일부.

남신3 (짓궂게) 난 심장이 없는데요.

소봉(E) 또! 또! 심장 없는 사람이 어딨어?

S#5. 시험주행 관람석 (낮)

모니터로 중계되는 폭주하는 자율주행차.
그 모습을 보고 놀라는 건호, 종길, 예나, 영훈과 관객들.
영훈, 벌떡 일어나 중계부스 쪽에 중단하라는 손짓한다.
화면 갑자기 중단되면 무작정 밖으로 달려 나가는 영훈.

S#6. 진행차량 (낮)

PLAY4회 83씬의 일부.
다 열린 선루프를 올려다보며 안전벨트 버클을 푸는 남신3.

소 봉　저기로 나간다구요? 안 무서워요?
남신3　그런 거 몰라. 난 감정이 없으니까.
소봉(E)　감정까지 없는 사람이 어딨냐구?

S#7. 도로 (낮)

PLAY4 84씬. 진행차량 위에 올라서서 균형 잡는 남신3, 평온한 얼굴.

소봉(E)　분명히 뭔가 감추고 있는데.

S#8. 진행차량 안 (낮)

PLAY4 95씬. 운전대에 고개 박고 있던 소봉, 숨 몰아쉬며 고개를 든다.
연기와 먼지가 모락모락 나는 자율주행차 눈에 들어온다.
핸들에 고개를 처박은 채 미동도 없는 남신3!

소봉(E)　도대체 넌 뭐야?

놀란 소봉, 재빨리 차에서 내려 달려간다!

S#9. 도로 (낮)

PLAY4 96씬. 죽은 것처럼 축 처져 있는 남신3의 바디!

소 봉 (어깨 흔들며) 본부장님! 정신 차려요! 정신 좀 차려 봐요, 본부장님!
남신3 (움직임 없는)

어쩌지? 다급한 얼굴로 돌아서는 소봉의 팔을 붙드는 남신3의 손!
반가운 얼굴로 돌아서던 소봉, 제 팔 잡은 손을 보고 그대로 굳어버린다!
찢어진 피부 사이사이 드러난 인공골조!
이게 뭐지? 의아한 표정의 소봉, 천천히 손 위로 시선을 옮긴다.
인공골조가 조금씩 더 드러나는 팔에 이어 완전히 드러난 한쪽 어깨!
경악한 소봉, 남신3의 얼굴 본다! 군데군데 찢어진 인공피부!
무표정한 남신3의 얼굴을 보면서도 잘 이해되지 않는 상황…
자신의 팔을 붙든 남신3의 이상한 팔에 다시 한 번 시선 가는데…

소 봉 (순간 팔 뿌리치며) 으악!

그런 소봉을 본 남신3, 차에서 빠져나와 걸어온다.
흠칫 놀라 조금씩 뒷걸음질 치는 소봉.

소 봉 (계속 뒷걸음치며) … 오지 마… 오지 마!

뒤돌아 진행차량 쪽으로 도망치는 소봉을 보고 멈추는 남신3.
끼익! 다급히 멈춘 차 운전석에서 내린 오로라.

오로라 신아! 잡아!

오로라의 말에 쏜살같이 달려가 차에 올라타려는 소봉을 붙드는 남신3.

소 봉　(기겁해) 왜 이래! 이거 놔!
오로라　데리고 와! 빨리!
남신3　(해맑게) 잠깐 실례할게요.

저항하는 소봉을 별 어려움 없이 덥석 안아 올리는 남신3.
놓으라고 여기저기 팡팡 치는 소봉을 덤덤하게 오로라의 차로 데리고 간다.
소봉을 차 뒷좌석에 태우고 자신도 올라타는 남신3.
주변 둘러본 오로라, 운전석에 올라타면 서둘러 출발하는 차.
그제야 기절해 있던 트럭 운전수, 깨어나 통증을 느낀다.
통증 때문에 간절하게 뒤편 유리를 쳐대는 소봉을 보지 못하는 운전수.

S#10. 오로라의 차 안 (낮)

운전 중인 오로라, 계속 뒤편 유리를 치는 소봉을 룸미러로 본다.

오로라　잡아, 신아.
남신3　(소봉의 두 팔을 양손으로 붙드는)
소 봉　이거 놔! 너 뭐야! 뭐냐구!
남신3　(해맑게) 반가워요. 난 인공지능 로봇 남신 쓰리예요.
소 봉　(경악한) 뭐? 로봇? (위아래 다시 훑어보며) 진짜… 그 로봇?
(하다가) 로봇이든 뭐든 일단 놔줘! 놔달라구!
오로라　신아, 꽉 붙들고 있어.
소 봉　아줌마가 뭔데, (하다가 오로라 보면서) 어? 병원에서 봤던…
본부장님 엄마 맞죠?
오로라　(차갑게) 자세한 건 가서 설명할게요.
(남신3에게) 내릴 때까지 절대 놓치지 마.

그 말에 소봉을 더욱 바싹 붙잡는 남신3.
소봉, 바깥 보면서 슬쩍 차 문 열려고 할 때 딸칵! 잠기는 차 문.

오로라　(룸미러로 보며) 괜히 쓸데없는 생각하지 말아요.

체념한 소봉, 두려운 시선으로 자신을 붙들고 있는 남신3를 관찰한다.
인공뼈대가 드러나 있는 남신3의 얼굴과 팔.

소 봉　(혼잣말처럼) …사람이 아니었어… 끔찍해…
남신3　(가만히 보는)

S#11. 시험주행 관람석 (낮)

현장과 연결이 끊긴 빈 모니터 화면을 찍고 있는 기자들.
"불리하니까 껐네. 완전 망했어." "사고라도 낸 거 아냐?"
"내가 뭐랬냐? 혼자 달리는 차가 말이 돼?
어수선한 분위기로 떠들며 자리를 뜨는 관객들.
침통한 얼굴로 앉아서 듣고 있는 건호와 호연.
예나, 초조한 얼굴로 통화 시도 중. 휴대폰 꺼져 있다는 메시지 흐르고.

예 나　오빠 전화 아예 꺼져 있어요. 왜 안 받지?
호 연　지금 그 오빠가 문제니? 회사 이미지 완전 구겨진 거 안 보여?
건 호　(못마땅한) 영훈이 놈은 대체 어딜 간 거야?

서둘러 달려온 종길, 깍듯하게 인사하고 보고한다.

종 길　다행히 인명사고는 없답니다. 본부장님은 현장에 안 보이신다는데,
지 팀장도 뒷수습 때문에 그쪽에 합류한 모양입니다. 일단 나가시죠.

종길의 안내를 따라 굳은 얼굴로 나가는 건호. 뒤를 따르는 예나와 호연.
그때, 건호에게 달려드는 기자들.

기자1 자율주행차 시험주행, 실패하신 거죠?

기자2 PK그룹의 미래 프로젝트는 중단하실 겁니까?

건 호 (말없이 나가는)

기자3 프로젝트 책임자 남신 본부장은 어디 있습니까?

대답 없는 건호에게 끈질기게 따라붙는 기자들.
뒤처진 종길, 멀어지는 건호의 뒷모습 보며 만족스러운 미소.
서둘러 어딘가로 전화하는 종길.

S#12. 오로라의 아지트 앞 (낮)

차가 도착해 멈추고 내리는 오로라. 소봉을 끌고 내리는 남신3.

소 봉 아파요! 이거 좀 놔요!

남신3가 놔주자마자 도망치려는 소봉의 앞을 막아서는 누군가, 영훈이다.
어느새 남신3도 소봉의 바로 옆에 와서 선다.
차분해 보이는 영훈을 홱 노려보는 소봉.

소 봉 지 팀장님도 한 패였군요.

그때, 진동으로 계속 울리던 휴대폰. 소봉이 꺼내면 말없이 뺏는 영훈.
휴대폰 액정에 〈돈줄〉이라고 쓰여 있다.

영 훈 이 돈줄, 서종길 이사겠죠?

소 봉 (당황했지만 도로 뺏으며) 남의 휴대폰을 왜 함부로 보세요?

영훈과 소봉, 서로를 경계하며 탐색하는.

S#13. 오로라의 아지트 / LAB실 (낮)

수리 중인 남신3. 인공뼈대가 드러났던 팔은 어느새 멀쩡하다.
인공피부를 얼굴에 입히는 섬세한 작업 중인 오로라.
옆에 서서 남신3를 안쓰럽게 보는 데이빗.

데이빗 마이 썬, 넌 통증을 안 느끼는데 왜 내 마음이 아프냐?
오랜만에 보는 아들이 이런 꼴이라 오 박사 참 만족스럽겠어.
오로라 (말없이 수리에 전념하는)
남신3 비꼬지 말아요, 데이빗. 엄마 속상해요.
데이빗 싫다? 아무리 니 엄마가 좋아도 잘못한 건 잘못했다 할 거야.
남신3 미안해요, 엄마. 나 때문에 들켜버렸어요.
오로라 (안쓰러운) 괜찮아, 신아. 엄마가 부탁한 건데 엄마가 미안하지.
데이빗 오랜만에 듣는 훈훈한 대화구만. 그나저나 저긴 어떻게 돼가나.
오로라 (걱정스레 바깥쪽 보는)

S#14. 오로라의 아지트 / 거실 (낮)

긴장한 표정으로 영훈과 마주 앉은 소봉.
탁자 위에 놓인 영훈의 휴대폰에서 흘러나오는 조 기자의 목소리.

조 기자(E) (다급하게) 배후 있어요. 서 이사님이에요. 서종길 이사.

내 이 여자를 정말. 저도 모르게 이 앙다무는 소봉.

영 훈 그분 원망할 필요 없어요. 내가 강소봉 씨 걸고 협박했으니까.
소 봉 그래서요? 지금 나까지 협박하는 거예요?
맞아요, 나 서 이사님한테 부탁받고 일했어요.
근데 이렇게 엄청난 걸 감추고 있을 줄 몰랐다구요!

영 훈　서종길 이사한테 이 일, 말하지 말아줘요. 차라리 우리 편이 돼줘요.

소 봉　뭐라구요?

영 훈　돈이 필요하면 얼마든지 줄게요. 본부장님 정체가 들키지 않게
우릴 좀 도와줘요, 강소봉 씨.

소 봉　본부장님? 아직도 내 앞에서 쑈해요? 아무리 똑같이 생겼어도
그렇지, 진짜 본부장님은 어디 갔어요?

영 훈　(말 못 하는)

소 봉　사기는 적어도 사람이 치는 거지 어떻게 저런 게, 믿을 수가 없네.

오로라(E)　믿게 해줄게요.

소봉과 영훈 보면 어느새 방에서 나온 오로라.
다짜고짜 소봉의 손을 붙들고 끌고 간다.
"왜 이래요?" "아줌마!" 하면서 질질 끌려가는 소봉.

S#15. 오로라의 아지트 / 남신의 방 (낮)

쾅 문을 연 오로라, 소봉을 끌고 들어와 잡은 손을 팽개친다.
시야에 들어오는 의식 없는 남신을 보고 놀라는 소봉!

플래시백 : PLAY3 85씬
밀고 가는 스트레처의 시트 슬쩍 젖혀진다. 시트에서 드러난 얼굴, 남신!

도로 현재. 놀랍다는 듯 남신의 머리부터 발끝까지 본 소봉.
다시 얼굴을 유심히 본다. 분명 남신이다.
그 와중에 문가에 나타난 영훈과 데이빗.

오로라　… 얘가 진짜 내 아들이에요…
내 아들이 내 눈 앞에서 트럭에 깔렸어요.
이십 년 만에 겨우 안아본 애가… 축축 늘어지고 피범벅이 돼서…

어쩌면 그 사고도 서종길 짓인지 몰라요.
저 모습 보면 잔인하게 웃을 인간이에요.
우리 신이 꼭 일어나요. 나 보고 싶어서라도 일어나요.
그때까지 우리 좀 도와줘요, 강소봉 씨.

소 봉　… 왜 이러세요? 내가 뭘, 어떻게 도와요?

영 훈　서 이사 쪽에서 모르게 해주면 돼요. 제발 부탁드립니다, 강소봉 씨.

그때, 시끄럽게 울리는 휴대폰 소리. 확인하는 〈돈줄〉이다.
오로라와 영훈을 의식하며 난감해하는 소봉.
영훈과 데이빗 뒤편에 나타난 남신3, 그런 소봉을 본다.

영 훈　(절박한) 받지 말아요, 강소봉 씨.

소 봉　(결심하고 받는) 네, 서 이사님.

다 들　(긴장해서 보는)

소 봉　아뇨, 만날 수 있어요. (듣고) 네, 거기서 뵙죠. (끊는)

영 훈　서 이사, 신이한테 가장 위험한 사람이에요. 가면 안 돼요.

소 봉　가겠다면요? (남신3 턱짓하며) 시켜서 나 죽이기라도 할 거예요?

영 훈　강소봉 씨!

소 봉　아무것도 못 본 걸로 할게요.

소봉, 인사하고 나가려는데 갑자기 그 앞에 무릎 꿇는 오로라.
그 모습을 보고 놀라는 소봉과 데이빗과 영훈.

오로라　(절절한) 제발 가지 말아요. (빌며) 내가 이렇게 빌게요.
뭘 원해요? 돈으로 성이 안 차요? 내 살이고 피고 다 줄게요.
한 조각 한 방울까지 다 줄게요. (다리 붙들며) 제발 나 좀,
우리 신이 좀 살려줘요. 제발, 제발요!

소 봉　(난감한)

데이빗　(차분하게) 오 박사, 그만하자. 신이도 누워서 다 들어.

소리도 못 내고 우는 오로라에게 다가온 남신3, 따스하게 안아준다.

남신3 울면 안아주는 거예요, 엄마.

누워 있는 남신과 오로라를 안고 있는 남신3를 번갈아 보는 소봉.
도저히 믿기 힘든 광경에 동요하는 소봉의 눈빛.
그러더니 홱 밖으로 나가버리는 소봉. 서둘러 뒤따라 나가는 영훈

S#16. 오로라의 아지트 앞 (낮)

뛰쳐나오는 소봉, 따라 나와 홱 소봉을 붙드는 영훈.

소 봉 이거 놔요! 당신들 몽땅 미쳤어! 사람도 아닌 걸 사람이라고…
…어떻게 이런 엄청난 사기를… 들킬까 봐 무섭지도 않아요?
영 훈 (절박한) 무서워요. 하지만 우린 신이가 더 중요해요.
남신3 (나와서 소봉 보는)
소 봉 (남신3 보며) 이런 말도 안 되는 일을 떠들어봤자 누가 믿어요?
로봇이든 뭐든 못 본 걸로 한다니까요? 내가 돈 받는다고
안심할 수 있어요? 돈만 받고 다 말해버리면 어쩔 건데요?
영 훈 강소봉 씨!
소 봉 못 믿겠으면 따라와요. 어차피 한 번은 감수해야 될 위험이잖아요.

냉정한 표정으로 차 뒷좌석에 올라타는 소봉.
어쩔 수 없다 싶은 영훈, 남신3에게 눈짓한다.
남신3가 보조석에 타면 운전석에 올라타는 영훈.

S#17. 호텔 커피숍 (낮)

한가롭게 와인 마시고 있는 종길. 박 비서는 옆에서 통화 중.

박 비서　네, 작가님. 이사님 스케줄은 괜찮으십니다. 그럼 내일 연락주시죠. (끊고) TV 뉴스 쪽입니다. 자율주행차 이슈 영상 인터뷰하겠답니다.

종 길　타겟이 누군지는 정확히 전달했지?

박 비서　데스크에 강조해뒀습니다.

종 길　(만족한) 난 강소봉 만나고 갈 테니까 언론 접촉해서 신이 얘기 흘려. 능력은 없고 욕심만 앞선 철딱서니 이미지로 낙인찍어서.

박 비서　알겠습니다.

박 비서 인사하고 나가면 종업원 와서 빈 와인잔에 와인 따른다.

종 길　더. 계속 따라.

종업원　(당황해서 눈치 보며 따르는)

종 길　왜 안 되나? 와인잔은 채우면 안 된다는 법이라도 있어?

종업원　아닙니다. (가득 채워 따르고 인사하고 가는)

종 길　(만족스럽게 쭉 들이키는)

S#18. 영훈의 차 안 (낮)

호텔 건너편에 서 있는 영훈의 차 안. 와인 마시고 있는 종길 보인다. 소봉, 결심하고 내리려고 하면,

영 훈　강소봉 씨!

소 봉　(멈추고 보면)

영 훈　제발 부탁입니다.

소 봉　자꾸 그러니까 내가 꼭 대단한 사람이 된 거 같네요. 기다려요.

차에서 내려 멀어지는 소봉을 물끄러미 보는 남신3

S#19. 호텔 앞 (낮)

길 건너온 소봉, 잠깐 발길을 멈추고 갈등한다.
건너편 차 안의 영훈과 커피숍 안에 있는 종길을 번갈아 보는 소봉.
그 와중에 커피숍 안의 종길, 소봉을 봤다.
반갑게 아는 척하면 가볍게 목례하는 소봉.

종길(E)　신이는 좀 어때요?

S#20. 호텔 커피숍 (낮)

종길과 마주 앉은 소봉. 텅 비어 있는 와인 병 보는 소봉.

종 길　속이 얼마나 타들어가는지 와인 한 병을 다 마셨네요.
현장에는 차들만 남아 있었다던데 무슨 일이 있었던 겁니까?
소 봉　자율주행차가 폭주하니까 예전 사고가 떠오르셨나 봐요.
본부장님께서 충격을 좀 받으신 거 같아요.
지 팀장님이 합류하시길래 전 빠졌어요.
종 길　정말 그게 다예요? 현장 떠나서 바로 여기 온 겁니까?
소 봉　(떠올리는)

플래시백 : PLAY5 15씬
누워 있는 남신과 오로라를 안고 있는 남신3.

도로 현재. 눈빛 흔들리는 소봉.

종 길　뭐든 말해요. 내가 알아야 해결할 수 있어요. 혹시 돈, 더 필요해요?
소 봉　(종길 가만히 보는)

플래시백 : PLAY5 15씬
오로라　어쩌면 그 사고도 서종길 짓일지 몰라요.
저렇게 된 거 알면 잔인하게 웃을 인간이에요.

플래시백 : PLAY5 15씬
영 훈　(애원) 서 이사, 신이한테 가장 위험한 사람이에요.

도로 현재. 종길을 향해 환하게 웃는 소봉.

소 봉　돈. 돈 좋죠. 진짜 너무너무 좋죠. 근데 제가 뭘 알아내야 하나요?
(슬쩍) 따님 결혼을 위해 어디까지 알아내길 원하세요?
종 길　(웃고) 강소봉 씨 순진한 거예요? 순진한 척하는 거예요?
이쯤 되면 내 의도를 어느 정도 파악해야지.
내가 강소봉 씨를 고용한 건 내 딸뿐 아니라 나를 위해서예요.
순진한 척 그만하고 내가 원하는 거 찾아내요.
소 봉　(물끄러미 보다가) 솔직하게 말씀해주시니까 편하네요.
근데 제가 왜 그렇게까지 해야 되죠?
종 길　이미 한편이니까. 발 빼기엔 좀 늦지 않았나? (미소)
소 봉　(서늘하게 보는)

S#21. 영훈의 차 안 (낮)

계속해서 얘기하는 소봉과 종길 보인다.
긴장해서 그 모습을 보는 영훈. 말없이 앉아 있는 남신3.

영 훈　잘 봐둬요. 시키지도 않은 짓을 한 결과가 바로 저 모습이니까.

남신3　자율주행차를 멈추지 않았으면 큰 사고가 났을 거예요.

영 훈　그래서요? 저기서 강소봉 씨가 자기 눈으로 본 걸 그대로 말하면 어떻게 되죠? 나와 신이뿐만 아니라 오 박사님까지 끝장이에요. 그런데도 그 판단이 옳았다고 생각해요?

남신3　(말없는)

영 훈　인간들의 판단은 상황에 따라 달라요. 복잡한 판단을 하는 건 무리니까 앞으로는 무조건 내 말에 따라요.

그때, 소봉과 악수하고 나가는 종길 보인다.
카페에 가만히 앉아서 생각에 잠긴 소봉.

영 훈　(남신3에게) 잠깐 여기 있어요.

차에서 내리는 영훈을 보는 남신3.

S#22. 호텔 커피숍 (낮)

막 들어온 영훈, 말없이 소봉 앞에 앉는다.
얼마 남지 않은 와인 병을 통째로 들어 마시려는 소봉.

소 봉　뭐야, 한 방울도 안 남았잖아? 쩨쩨하게 다 마시고 가냐.

영 훈　(초조한) …강소봉 씨?

소 봉　나 방금 인생역전 할 만한 돈 마다한 거 같은데, 지 팀장님 얼굴 보니까 급 후회되네요.

영 훈　(다행이다 싶어) 필요한 건 다 해줄게요. 내가 할 수 있는 건 다, 아니 없는 거라도 어떻게든 해보도록 노력할게요.

소 봉　(이해 안 되는) 왜 그렇게까지 하세요? 들킬까 봐 무섭다면서요. 형제도 친척도 아닌데 도무지 왜 이러는지 이해가 안 돼요.

영 훈　…전 신이를 위해 일하는 게 좋습니다.

남들이 뭐라던 신이 옆을 지키는 게 좋아요.

소 봉　(비꼬는) 이 시대에 보기 드문 순정남이시네. 암튼 전 서 이사님한테 아무 일 없었다고, 계속 본부장님 약점 잡아내겠다고 뻥쳤으니까, 앞으로 저 확실히 책임지세요.

영 훈　(안도하는) 고맙습니다, 강소봉 씨.

소 봉　(밖을 보며 본인이 한심한) 저런 캐릭터에 속다니. 해맑은 게 본부장님이랑 완전 다른데.

영훈 돌아보면 어느새 차에서 내린 남신3, 해맑게 웃어준다.

S#23. 오로라의 아지트 / 남신의 방 (낮)

욕창 생기지 않게 정성스레 남신의 팔꿈치 닦아주고 있는 오로라. 옆에서 진지한 표정으로 통화 중인 데이빗.

데이빗　잘됐네요. (오로라에게) 잘 정리됐대. 같이 집으로 가는 중인가 봐.

오로라　(안도하는)

데이빗　오 박사, 지금이라도 둘 다 데리고 돌아가자. 거기 가서 우리 넷 걱정 없이 살자.

오로라　신이 정체까지 들켰는데 돌아간다고 없던 일이 돼요? 어차피 돌이킬 수 없어요. 신이 자리 끝까지 지킬 거예요.

데이빗　(걱정스레 보는)

S#24. 격투기 체육관 앞 (밤)

초조한 얼굴로 불 꺼진 체육관을 기웃거리는 조 기자.

플래시백 : PLAY4회 63씬

조 기자　(다급하게) 배후 있어요. 서 이사님이에요. 서종길 이사.

영 훈　(듣자마자 서둘러 발 옮기는)

도로 현재. 걱정스럽게 휴대폰 들여다보는 조 기자.

조 기자　자기, 왜 전화 안 해? 벌써 쇠고랑 찬 건 아니지?

로보캅(E)　어? 기자 누님이다!

조 기자, 돌아보면 로보캅과 인태 서 있다.

조 기자　혹시 깡 선수 안 왔어? 하도 전화를 안 받아서.

로보캅　관장님 소봉이 누나 짤랐대요. 이제 딸 아니래요.

인 태　여긴 왜 왔어요? 소봉이 누나가 누님 가르치다 나쁜 물 들었다고 관장님이 다이어트 프로그램 싹 없앴잖아요. 얼른 가요. 관장님 오시기 전에.

조 기자　(화들짝) 알았어. 간다.

하고 돌아보다가 우뚝 멈추는 조 기자. 재식이 잔뜩 노려보고 서 있다.
찍소리도 못하고 조용히 들어가는 로보캅과 인태.
조 기자, 조용히 인사하고 가려는데 갑자기 멱살 틀어쥐는 재식.

조 기자　아, 아빠, 왜 이러세요?

재 식　뭐? 아빠? 나 당신같이 징그러운 딸 둔 적 없는데?

조 기자　저 깡 선수 친구잖아요. 친구 아빤 제 아빠죠.

재 식　친구 좋아하네. 왜 왔어? 또 검게 물들일 애 찾으러 왔어?

조 기자　물들이긴요. 깡 선수도 맘 잡고 본부장님 개인경호 하잖아요.

재 식　뭐? 본부장? 그 본부장? 왜, 또 사진 찍어오라고 들여보냈어?

조 기자　아녜요! 본인이 은혜 갚겠다고 자발적으로 들어간 거예요!

재 식　걔가 자발적으로 누구 은혜 갚고 그럴 애야? (더 틀어쥐며)

이게 다 조 기자 너 때문이야! 다신 내 딸이랑 엮이지 마!

조 기자　켁켁! 아빠, 좀 놔요. 숨 막혀요!

하는데 울리는 조 기자의 휴대폰. 조 기자 애써 보면 소봉이다!

조 기자　전화! 전화 왔어요!

재 식　약속해! 내 딸이랑 안 만나겠다고 약속하면-(하는데)

하는데 다급한 마음에 갑자기 기술 들어간 조 기자!
순식간에 바닥에 메다 꽂힌 재식! 헉! 숨이 막힌다.
미안한 얼굴로 도망치는 조 기자. 급히 문 열고 나오는 인태와 로보캅.

인 태　(놀란) 관장님!

로보캅　(믿을 수 없는) 설마 기자 누님한테 당하신 거예요?

재 식　(누워서) 아냐, 아냐. 기술 잘 배웠나 점검한 거야. 제대로 배웠네.
누가 가르쳤냐?

로보캅, 인태　(황당하게 보는)

S#25. 격투기 체육관 주변 (밤)

숨 헉헉 몰아쉬며 통화하는 조 기자.

조 기자　자기, 어디야? 지 팀장하고 있어? 본부장도 같이? 자기 해고한대?
설마 고소한대? 혹시 맞은 건 아니지?

S#26. 건호의 저택 / 소봉의 방 (밤)

방에 막 들어오면서 짜증스런 얼굴로 통화 중인 소봉.

소 봉　그렇게 걱정되는 사람이 서 이사 얘길 지 팀장한테 까발려요?
기자님 조동아리 저렴한 걸 난 이제 알았네.

조 기자(F)　…어쩔 수 없었어. 미안해.

소 봉　(침대에 앉는) 일단 지 팀장님하고 잘 정리했으니까,
서 이사 전화 오면 별일 없는 것처럼 대해요.

조 기자(F)　정리? 어떻게 정리가 됐는데?
지 팀장이 서 이사 일 모른 척해준대? 왜?

소 봉　나 오늘 완전 스펙터클하고 쇼킹했거든요.
피곤하고 진 빠지니까 나중에 얘기해요.

조 기자(F)　스펙터클, 쇼킹? 뭐야? 자기 뭔 일 있지? 어디야? 당장 갈게.

소 봉　오긴 어딜 와! 그럼 이만 뿅!

조 기자(F)　자기! 자기!

툭, 전화 끊어버린 소봉, 침대에 털썩 널브러진다.
누운 채로 골똘히 생각에 잠기는 소봉.

플래시백 : PLAY5 10씬

남신3　(해맑게) 반가워요. 난 인공지능 로봇 남신 쓰리예요.

플래시백 : PLAY4 96씬.
인공골조 드러난 남신3의 팔과 어깨. 군데군데 인공피부가 찢어진 얼굴.

도로 현재. 벌떡 일어나는 소봉.

소 봉　으으. 생각만 해도 소름 끼쳐. 화장실. (일어나 나가는)

S#27. 건호의 저택 / 소봉의 방 앞 (밤)

문 열고 나오던 소봉, 서 있는 남신3를 보자마자 비명 지르며 기겁한다.

남신3의 손에는 몰카 들어 있는 피규어가 들려 있다.

남신3　왜요? 내가 무서워요?
소 봉　(허세) 아, 아뇨. 제가 왜요?
남신3　(피규어 보이며) 이 안에 설치한 몰카 강소봉 씨 거 맞죠? (건네는)

피규어 받으려다가 남신3와 손닿으면 화들짝 떼는 소봉.
탁! 바닥에 떨어져버리는 피규어. 남신3의 눈치 보는 소봉.

남신3　(해맑게 웃고) 언캐니 밸리. 당연한 반응이에요. 인간은 인간과
적당히 닮은 로봇을 보면 기분이 나쁘고 불쾌해지죠.
〈자막_언캐니 밸리(Uncanny valley): 불쾌한 골짜기. 인간과
거의 흡사한 로봇을 볼 때 느끼는 거부감과 혐오감〉
근데 난 적당히가 아니라 완전히 인간 같은데.
강소봉 씨도 깜빡 속았잖아요.
소 봉　(할 말 없는)
남신3　그럼 잘 자요.

해맑게 웃은 남신3, 지나가면 족족 꺼지는 조명.
그 모습 경악해서 본 소봉, 얼른 도로 방으로 들어간다.

S#28. 건호의 저택 / 소봉의 방 (밤)

문 닫고 들어온 소봉, 두려운 눈빛.

소 봉　… 재 진짜 뭐야… 저런 애하고 어떻게 다녀?

서둘러 소형캐리어 꺼내 연 소봉, 옷가지를 대충 쑤셔 넣는다.
똑똑! 들려오는 노크 소리. 두려운 눈빛으로 문가를 보는 소봉.

노크 소리 계속되면 캐리어 한쪽에 밀어 놓고 문을 연다.
문 앞에 서 있는 영훈을 별일 없었다는 듯 심상하게 보는 소봉.

영 훈　밤늦게 미안해요. 분명히 해둘 게 있어서요.
소 봉　뭔데요?
영 훈　가족이든 친구든 오늘 본 건 절대 얘기하면 안 돼요.
이상한 얘기 떠돌면 무조건 강소봉 씨 탓이 될 테니까.
소 봉　(캐리어를 슬쩍 보고) 절 못 믿으시는 거예요?
영 훈　강소봉 씨가 아니라 인간을 못 믿는 거예요.
의심받지 않게 행동 조심해줘요.
소 봉　(짜증나는) 알았으니까 가시죠.
영 훈　강소봉 씨.
소 봉　알았다구요!
영 훈　고맙습니다.
소 봉　(뜻밖이라 보는)
영 훈　어려운 일이었을 텐데 결정해줘서 고마워요. 덕분에 저도 오늘 잠들 수 있겠네요. 강소봉 씨도 잘 자요. (문 닫고 가는)
소 봉　뭘 자꾸 잘 자래. 니들 같으면 잠이 오겠냐.
(캐리어 보고 한숨 쉬는) 오늘은 틀렸다. (가방 도로 푸는)

S#29. TV 뉴스 세트장 / 다른 날 (낮)

뉴스 인터뷰 꼭지. 화면 〈자율주행차의 미래〉라는 표제.
화면에 흘러나오는 시험주행 상황. M카가 폭주하는 모습이다.
차에서 나가떨어지는 지용. M카와 부딪히는 다른 차들.

앵 커　어제였죠. PK그룹이 최초로 시도한 자율주행차 시험주행 장면인데요.
꽤 위험해 보입니다. PK그룹 서종길 이사님을 직접 연결해보죠.

영상에 깔끔하고 지적인 차림새의 종길, 뜬다. 자막 〈PK그룹 서종길 이사〉

앵 커　　안녕하십니까, 서종길 이사님. PK그룹을 대표해서 나오셨는데요.

종 길　　일단 예상치 못한 상황으로 현장에 계신 많은 분들을 놀라게 해드린 점 송구하게 생각합니다. 저희 PK그룹은 이번 일로 정신적 물리적 피해를 입으신 모든 분들께 최선을 다해 끝까지 보상해드릴 것을 약속합니다. 다신 한 번 그분들께 용서를 구합니다. (인사 깍듯하게 하는)

앵 커　　단도직입적으로 묻죠. 자율주행차 연구 계속 강행하실 겁니까?

종 길　　자율주행차 연구개발에 있어서 안정성과 보안 이슈는 언제나 최우선 과제입니다. 해킹 사고에 대한 책임자의 인식과 대비가 부족했던 점, 인정합니다. 이 점을 보완하기 위해 해킹 방지 시스템을 업그레이드하고, 화이트 해커를 적극 활용할 예정입니다.

S#30. 건호의 저택 / 건호의 방 / 다른 날 (밤)

TV 화면에 나오는 종길의 모습을 굳은 얼굴로 보는 건호와 호연. 옆쪽에 서 있는 남신3와 영훈도 말없이 보는 중.

앵 커　　책임자라면 그룹 차기 경영자로 손꼽히는 남신 본부장인데요. 사후 처리도 떠맡긴 채 종적을 감춰 많은 비난을 받았었죠.

호 연　　저 앵커, 서 이사가 완전 구워삶았네. (TV 끄고) 뭐 하러 계속 봐요?

남신3　　잘못했습니다, 할아버지.

건 호　　(버럭) 일 좀 잘못됐다고 등짝 내보이고 도망을 가? 당당하게 실패를 노려봐야지. 누가 봐도 저놈은 다음에 무조건 성공하겠구나 싶게. 이제 어쩔 거야? 종길이 놈이 저렇게 나대는데 어쩔 거냐고!

영 훈　　제 불찰입니다. 어떻게든 시험주행 다시 성공하게 만들겠습니다.

건 호　　영훈이 니가 책임지고 자율주행차 프로젝트 살려내.

저 자식 믿다간 회사 말아먹게 생겼으니까.

영 훈　　네, 회장님.

건 호　　(남신3에게) 넌 이따 임원회의 가서 망신당할 만큼 당해줘.
성공하면 어쩔 거냐고 큰소리친 대가는 치러야지. 나가 봐.

남신3, 영훈　(인사하고 나가는)

S#31. 건호의 저택 / 정원 (낮)

걸어 나오면서 오로라와 통화 중인 영훈. 함께 나오는 남신3.

영 훈　　이번 일로 신이에 대한 회장님의 신뢰에 금이 갔어요.
서 이사가 해킹을 방지하겠다고 공언했구요.

오로라(F)　나도 봤어요. 그 문제는 내가 직접 자율주행차 상태를 보고
확인할 테니까, 신이 옆에 있으면 그냥 듣기만 해요.
내가 갈 때까지 신이가 자율주행차에 접근하면 안 돼요.
절대 접근 못하게 해요. 이유는 나중에 얘기할 테니까.

영 훈　　(전화 끊고 이상하다 싶은)

남신3　　해킹 루트는 시간만 있으면 알아볼 수 있는데, 내가 해볼까요?

영 훈　　서두르지 말아요. 분위기 봐서 천천히 움직이죠.

남신3가 멈춰서면 영훈도 멈춰선다.
남신의 차 옆에 서 있는 소봉을 보는 영훈과 남신3.

영 훈　　당분간 강소봉 씨 옆에 딱 붙어 다녀요. 완전히 믿을 수 없으니까.

영훈과 남신3가 다가가면 인사하고 차 뒷문 열어주는 소봉,
차에 올라타며 해맑게 웃어주는 남신3를 외면하는.

S#32. PK그룹 전경 (낮)

소봉(E) (황당한) 제가요?

S#33. PK그룹 / 대회의실 앞 (낮)

영훈과 남신3를 황당하게 보는 소봉.

소 봉 제가 왜 회의실에 들어가요? 혹시 딴짓 할까 봐요?
영 훈 혹시 시험주행 사고에 대해 증언할 일이 있을지 몰라서요.

하는데 저쪽에서 왁자지껄 웃으며 다가오는 종길, 김 상무, 차 부장.
남신3를 보고 얼른 다가와 허리 굽혀 인사하는 종길과 무리들.
영훈과 소봉도 종길과 무리들에게 인사하고.
긴장한 소봉, 남신처럼 표정 바뀌는 남신3를 보고 놀란다.

남신3 서 이사님, 저 대신 뒷수습하느라 고생 많았어요.
소 봉 (긴장해서 종길 보는)
종 길 고생은요. 다친 데가 없으셔서 다행입니다.
김 상무 뉴스 보셨습니까? 서 이사님의 진솔한 태도 덕분에
구겨진 회사 이미지가 그나마 나아졌습니다.
종 길 어허! 이 사람. 무슨 쓸데없는 소릴.
김 상무 왜요? 쎈 질문에 척척 답하시고, 화면발도 잘 받으시던데.
영 훈 (뒤편 보며) 회장님 오시네요.

건호와 예나와 호연 등장하면 다 같이 고개 숙여 인사한다.
고개 숙여 인사하는 남신3를 신기한 듯 보는 소봉.

S#34. PK그룹 / 대회의실 (낮)

묵묵히 눈 감고 있는 건호. 한쪽에 종길과 김 상무, 차 부장.
뒤편에 호연과 예나와 영훈이 앉아 있고 구석에는 소봉이 앉아 있다.
예나, 못마땅한 듯 소봉 보면 의례적으로 고개 까딱하는 소봉.
그런 소봉 무시한 예나, 안쓰러운 표정으로 앞을 본다.
중앙에 선 남신3, 깊숙이 허리 굽혀 인사한다.

남신3 죄송합니다. 제 불찰로 회사에 큰 폐를 끼쳤습니다.
김 상무 공개 망신에 주가 폭락, 여론 악화까지 무척 심각합니다.
게다가 도망까지 가셔서 무책임의 아이콘이 되셨어요.
영 훈 도망 간 게 아니라 충격을 받으셔서 잠깐 안정을 취하신 겁니다.
김 상무 그걸로 면죄부가 됩니까? 책임자가 해결하러 뛰어다녀도 모자랄
판에 안정을 취해요?
차 부장 맞습니다. 그냥 넘어가면 회사 꼴 우스워집니다.
책임자가 물러나야 다음을 도모하죠.
종 길 당황해서 그러셨겠죠. 경험 부족으로 실수하신 건데,
차차 나아지시지 않겠습니까?
건 호 (눈 뜨고) 언제 나아질 줄 알고 기다려? 회사가 학교야?
(남신3 보며) 본부장 대기발령시켜.
예 나 할아버지!
영 훈 회장님!
종 길 안 됩니다. 대기발령이라니요.
건 호 내 말대로 하고 신이 너는 결혼 준비나 해.
남신3 (건호 보는)
예 나 (믿기지 않는) 지금 뭐라고 하셨어요? 결혼이요? 누구하구요?
건 호 신이 약혼녀가 누구냐? 당연히 예나 너랑 해야지.
종 길 (매서운 눈초리로 건호 보는)
영 훈 (낭패다 싶은)
소 봉 (남신3 보며 말도 안 된다는 듯) 결호온? 쟤가?

남신3　(고개 갸우뚱하는)

S#35. PK그룹 / 회장실 (낮)

건호와 마주 앉은 긴장한 표정의 종길과 들뜬 표정의 예나.
탁자 위에 〈혼전계약서〉 올려놓는 건호.

종 길　…이게 뭡니까?
건 호　말 그대로 혼전계약서야. 혼수고 예단이고 다 필요 없어.
　여기 적힌 조건에만 동의하면 당장 결혼 추진하지.
예 나　읽어볼 필요도 없어요. 당장 서명할까요? (펜 잡으려는)
종 길　(예나 손 꽉 쥐고) 이런 문제는 신중히 결정하는 게 예의야.
건 호　(미소) 그건 니 아버지 말씀이 백 번 맞다. 그런데 예나야.
종길, 예나　(보는)
건 호　혹시 니가 아니라 니 아버지가 못 받아들인다고 하면 내가 많이
　서운할 거 같다. (종길 보며) 혹시 딴 뜻이 있나 싶어서 말이야.
종 길　(얼굴 굳는)
예 나　그럴 리가요. 되도록 빨리 읽어보고 올게요.

예나와 종길 일어나서 인사하면 인자하게 웃어주는 건호.
문 열고 나가려던 종길과 예나, 들어오던 호연과 부딪힌다.
호연의 손에 들고 있던 '아리셉트정' 약병 땅에 떨어진다.
주워 올린 예나 손에서 약병을 확 뺏는 호연. 긴장한 눈빛.

예 나　웬 약병이에요? 누가 아파요?
호 연　(아무렇지 않게) 어, 내 약. 그냥 신경안정제 같은 거야. 나가 봐.
종길, 예나　(대수롭지 않게 인사하고 나가는)
호 연　(안도의 한숨 쉬고) 아빤 치매 약을 건너뛰면 어떡해?
건 호　(골똘히 생각에 잠긴)

S#36. PK그룹 일각 (낮)

〈혼전계약서〉라고 쓰인 서류를 쫙쫙 찢어버리는 분노한 종길.
그 모습을 심드렁하게 보는 예나.

예 나　괜히 힘 빼지 마. 난 무조건 이 결혼 할 거니까.
종 길　결혼해도 주식, 지분 안 준다. 이혼해도 재산 분할 못 해준다.
이따위 결혼 조건이 어딨어? 이게 구걸이지 결혼이야?
예 나　난 오빠만 있으면 돼. 이혼도 절대 안 할 거고.
내 결혼으로 장사하려는 생각 그만 접어요.
내일 가서 계약서에 도장 찍을 테니까. (가버리는)
종 길　(난감한) 예나야!

S#37. PK그룹 / 주차장 (낮)

영훈과 남신3, 말없이 걸어 나온다.
뒤에 따라오던 소봉, 남신3와 영훈 앞을 가로막는다.

소 봉　이제 어떡해요? 일이 너무 커졌잖아요. 결혼하면 들통날 게 뻔해요!
영 훈　(주위 둘러보며) 강소봉 씨, 본부장님 걱정해줘서 고맙긴 한데-(하는데)
소 봉　본부장님이 아니라 내가 걱정돼서 그래요! 들키면, 그냥 당신들
문제로 끝나는 게 아니에요. 얽혀 있는 나까지 큰일난다구요.
진짜 심각한 상황 아니에요?
영 훈　상황 판단은 내가 할 테니까 본부장님 모시고 먼저 들어가요.
소 봉　(화들짝 놀라) 둘만요?
영 훈　안 됩니까?
소 봉　아직 좀 낯설어서. 됐어요. 가죠, 뭐.

인사하고 남신의 차 뒷좌석 문 열어주는 소봉.

영훈이 고개 끄덕여주면 차에 올라타는 남신3.
소봉이 운전석에 올라타고 곧이어 출발하는 남신의 차.
남신의 차 빠르게 사라지면 돌아서는 영훈.
한쪽에 숨어 있던 오로라, 모습 드러낸다. 모자 푹 눌러쓴.

오로라 오늘 회의는 어땠어요? 신이한테 불리했겠죠?
영 훈 징계 차원에서 대기발령을 내리셨습니다. 그리고…
오로라 (보면)
영 훈 이따 말씀드리죠. (주위 둘러보며) 일단 밖으로 나가시죠.

S#38. 남신의 차 안 (낮)

말없이 운전 중인 소봉과 뒷좌석에 앉은 남신3.
소봉, 생각 없이 룸미러로 보면 자신을 노려보고 있는 남신3.
흠칫 놀란 소봉 때문에 순간 흔들리는 차. 얼른 다잡는 소봉.

남신3 나, 인간 남신이랑 똑같죠? 하나도 안 무섭죠?

기막힌 소봉, 대꾸 없이, 끼익, 차 세운다.

소 봉 도착했습니다, 본부장님.

S#39. 건호의 저택 / 주차장 (낮)

먼저 내린 소봉이 문 열어주면 차에서 내리는 남신3.
소봉이 문 닫고 돌아서는데 소봉의 앞에 우뚝 서 있는 남신3.

소 봉 (의아한) 왜 안 들어가세요?

남신3　강소봉 씨랑 같이 갈 거예요. 우린 비밀을 나눈 한 편이니까.

대꾸하기 싫어 먼저 들어가는 소봉, 보폭을 맞춰 따라가는 남신3.
소봉이 의식해서 속도를 올리면 역시 속도 올려 따라가는 남신3.

S#40. 건호의 저택 / 거실 (낮)

물을 따라 벌컥 벌컥 마시며 주방에서 나오는 소봉.
그런 소봉의 앞을 턱하니 막는 남신3.

소 봉　(물잔 내려놓고) 왜 이러세요, 본부장님?
남신3　강소봉 씨, 왼쪽 다리에 철심 박혀 있죠?
소 봉　(놀라서) 네? … 그걸 어떻게…

하는데 대형 TV 켜지더니 그 안에 가득 뜬 소봉의 사진들.

소 봉　(깜짝 놀라서) 이, 이게, 뭐예요?
남신3　IoT. 내가 검색한 정보들을 TV에 연결한 거예요.

믿을 수 없다는 듯 화면 보는 소봉. 빠르게 지나가는 소봉의 기록들.
PLAY3 2씬의 경기 모습 사진. 고통스러워하는 소봉의 모습.
PLAY3 5씬의 기사. 〈심판 폭행 로드FC 강소봉 선수, 영구 제명 결정〉
한때 SNS 비공개 일기. ○○월 ○○일 철심을 박았다. 죽고 싶다 등의.
입사 지원에 냈던 이력서 등이 빠르게 지나간다.
보면 볼수록 얼굴이 굳어가는 소봉.

소 봉　남의 신상은 왜 털어요? 이거 범죄예요.
남신3　(해맑게) 강소봉 씨도 로봇이에요.
소 봉　네?

남신3 철심 박은 것도 넓은 의미의 사이보그, 즉 로봇이거든요.
소 봉 (기막힌) 사이보그? 얻다 누굴 비교해요? (TV 확 꺼버리며)
남은 들킬까 말까 심장 쫄려 죽겠는데 참 태평하시네요. (가버리는)
남신3 (소봉 물끄러미 보는)

S#41. 건호의 저택 / 소봉의 방 (낮)

방으로 들어온 소봉, 초조하고 심란한 표정.

소 봉 도저히 안 되겠어.

캐리어 꺼내 서둘러 짐 싸기 시작하는 소봉.
잠시 후. 짐 다 쌌다. 캐리어를 닫고 긴장하는 소봉.

S#42. 건호의 저택 / 소봉의 방 앞 (낮)

끼이익, 조용히 문 열고 고개 살짝 내미는 소봉.
복도 가운데 우뚝 서 있는 남신3를 보고 움찔 놀라 벽에 머리 부딪힌다.
아야! 비명 소리에 후다닥 다가오는 남신3.

남신3 괜찮아요, 강소봉 씨?
소 봉 (확 째려보면) 지금 나 감시해요? 저리 비켜요!
(밀어내며) 좀 떨어져요, 제발!
예나(E) 뭐하는 거야?

소봉과 남신3, 보면 어이없다는 표정으로 서 있는 예나.
후다닥 남신3와 떨어진 소봉, 순간적인 판단으로 모드 전환한다.

소 봉　　죄송합니다, 본부장님. 장난 좀 치신 걸 가지고 제가 예민했어요.
(남신3한테 눈짓하면)

남신3　　(알아채고 금방 남신의 표정으로) 내가 뭘? 그 정도도 못 참아?

소 봉　　(어이없어 하다가 얼른 예나에게) 죄송해요. 오자마자 놀라셨죠?

예 나　　(무시하고 남신3 팔짱 끼며) 오빠, 올라가자. 할 얘기 있어.

남신3　　(팔짱 빼며) 싫어. 난 강소봉 씨랑 있을 거야.

예 나　　(기막힌) 뭐? (하다가 억누르고) 농담 그만해.
아랫사람 앞에서 할 얘기 아냐. 빨리 와. (무조건 끌고 올라가는)

소봉, 올라가라고 눈짓하면 어쩔 수 없이 올라가는 남신3.
예나와 남신3가 올라가는 거 확인하고 서둘러 제 방으로 들어가는 소봉.

S#43. 건호의 저택 / 남신의 방 (낮)

문에 서서 자꾸 문가를 보는 남신3.
주위를 둘러보다 침대에 털썩 앉는 예나.

예 나　　좋다. 오빠 방 냄새. (침대에 앉으며) 나 여기 들어와서 살까?
우리 결혼하면 따로 나가지 말고 할아버지 모시고 여기 있자.

남신3　　난 못 해. 결혼.

예 나　　난 할 거야, 결혼. 약혼할 때 내가 약속 했잖아.
오빠 마음은 오빠 맘대로 하고 몸만 내 옆에 있으면 돼.
(하고) 내 말 안 듣고 문은 왜 봐?

남신3　　(문가 보는)

S#44. 건호의 저택 앞 (낮)

캐리어 들고 나온 소봉, 누가 들을까 봐 조용히 대문 닫는다.

닫힌 대문 한 번 보더니 캐리어 끌고 서둘러 걸어가는 소봉.

S#45. 체육관 앞 (낮)

대충 겉옷 들고 서둘러 나오는 재식. 인태와 로보캅이 따라 나온다.

재 식　니들 분명히 본 거 맞지?
인태, 로보캅　네!
재 식　알았어. 이노무 기지배, 전화 좀 받지. 꼭 사람을 가보게 만들어.

혹시 몰라서 통화 시도하는 재식. 신호음 가지만 받지 않는다.

S#46. 거리 (낮)

한가롭게 캐리어를 끌고 가는 소봉. 오랜만에 느끼는 해방감.
윙윙. 계속 울리는 휴대폰 진동을 그제야 깨달은 소봉,
캐리어 세워놓고 백팩 뒤져 휴대폰 찾아낸다.

소 봉　(누군지 확인하고 받아서 심드렁하게) 왜.
재식(F)　전화를 씹어 먹었냐? 나 너 찾으러 가는 길인데 어디야?
그 집 아니지?
소 봉　그 집이라니?
재식(F)　남신 본부장네. 너 진짜 거기서 일하는 거 맞아?
소 봉　(짜증나서 캐리어 밀면서) 나 지금 밖이야.
아빠 체육관 다 왔으니까 비빔국수나 비벼놔. 최대한 맵고 짜게.
재식(F)　체육관은 왜?

점멸하는 파란 신호등을 보고 달려가는 소봉.

S#47. 횡단보도 앞 (낮)

달려오자마자 막 빨간 불로 바뀌는 신호등. 어쩔 수 없이 멈추는 소봉.

재식(F) 너 또 허튼짓하다 짤렸지?
소 봉 짤리긴. 애타게 잡았는데 내가 박차고 나온 거야.
얘기하면 기니까 만나서 얘기해.
재식(F) 허세 부리지 마, 이 기지배야. 어쩐지 본부장 옆에 니가 없다더니.
소 봉 (놀란) 본부장? 그게 뭔 소리야?
재식(F) 좀 전에 이 주위에서 봤대. 너희 본부장. 인태야, 맞지?
인태(F) 네, 관장님.
소 봉 뭐?

하다가 횡단보도 건너편을 본 소봉, 거기 서 있는 남신3를 본다.
해맑게 웃으며 손을 흔드는 남신3가 기막힌 소봉.
통화 끊어버리고 돌아서 도망가려다가 멈춘다. 내가 왜?
홱 몸을 돌려 당당히 남신3를 쳐다보는 소봉.
횡단보도를 사이에 두고 서로를 보는 남신3와 소봉.
빨간불이 탁, 파란불로 바뀌면 당차게 건너가는 소봉.

S#48. 횡단보도 (낮)

횡단보도를 건너는 이쪽저쪽 사람들.
모른 척 캐리어를 끌고 가는 소봉의 앞을 막아서는 남신3.

남신3 가면 안 돼요.
소 봉 (말없이 피해가려는)
남신3 (또 막으며) 가면 안 돼요.
소 봉 저 본부장님, 아니 그쪽 일 안 해요. 서 이사 연락도 안 받을 거예요.

말도 안 되는 일에 그만 얽히고 싶으니까 비켜요. (가려는)

남신3 (또 막아서며) 나 좀 도와줘요, 강소봉 씨.

소 봉 내 앞에서 사람인 척 그만해요! 그 안에 뭐가 들었는지 다 봤으니까.

남신3 (다가가려는데)

소 봉 꼼짝 마요! 또 따라오기만 해요.

서둘러 캐리어 밀고 가버리는 소봉. 얼어붙은 듯 서 있는 남신3.

S#49. 횡단보도 건너편 (낮)

신호등 이미 바뀌었다. 이미 다 건너온 소봉.
차 경적 시끄럽게 울리면 돌아보는 소봉.
가만히 그 자리에 서 있는 남신3를 피해 달리는 차들.
"너 미쳤어?" "비켜, 이 새끼야!" 등등 차창 밖으로 욕하는 운전자들.
설마. 홱 돌려 캐리어 밀고 제 갈 길 가는 소봉.

S#50. PK그룹 건너편 카페 (낮)

차를 사이에 두고 마주 앉은 영훈과 오로라. PK그룹을 보고 있는 오로라.

오로라 내 남편도 내 아이도 일하던 곳인데 낯설고 생소하네요.

영 훈 … 왜 굳이 오신 겁니까? 그 친구도 할 수 있는 일이면
맡기시는 게– (하는데)

오로라 신이 그 아인 안 돼요.

영 훈 왜 안 되죠? PK 건물에 들어가시는 겁니다.
그 친구가 하면 이런 위험까지 감수 안 해도 되는데
왜 한사코 못 하게 하십니까?

오로라 (뭔가 망설이는 눈빛)

S#51. 횡단보도 (낮)

파란 신호등 끝나가는 횡단보도.
서둘러 지나가는 사람들 가운데 여전히 미동 없이 서 있는 남신3.
신호등 바뀌고 또다시 지나가며 시끄럽게 경적 울리는 차들.
그때, 건너편 인도에서 화난 듯 성큼성큼 걸어오는 소봉.
여전히 움직이지 않는 남신3를 끌고 차들 피해 이동한다.
중앙선에 다다른 소봉, 남신3를 홱 놓는다.

소 봉 겁도 없어요? 그러다 죽으면 어쩌려고 그래요?
남신3 (해맑은) 난 겁도 없고 죽지도 않아요.
소 봉 (기막힌) 말을 말지. 진짜 나 때문에 이러고 있는 거예요?
남신3 꼼짝 말라고 그랬잖아요.
소 봉 그러다 사고라도 나면요? 저번처럼 부서져서 사람들이 다 보면요?
남신3 (차분한) 그러니까 나 도와줘요.
소 봉 뭘 자꾸만 도와달래요? 서 이사님한테 말 안 한다니까요?
남신3 서 이사뿐이 아니에요. 난 사람들을 놀라게 하면 안 돼요.
강소봉 씨도 나 때문에 놀라고 무서웠죠? 징그럽고 소름 끼쳤죠?

그 말에 가만히 남신3의 얼굴을 보는 소봉.

소봉(E) …사람이 아니었어… 끔찍해…
소봉(E) 으으. 생각만 해도 소름 끼쳐.

괜히 찔려서 시선 피하는 소봉.

남신3 (환하게 웃고) 미안해요. 내가 그렇게 생겨서.
소 봉 (괜히 찔려서) 아니, 뭐. 그쪽에서 미안해할 일은 아닌데…
남신3 강소봉 씨는 날 알잖아요. 아니까 더 잘 도와줄 수 있잖아요.
다른 사람들이 강소봉 씨처럼 놀라지 않게 도와줘요.

내가 실수하지 않게, 들키지 않게.

난감해서 남신3의 시선을 피하는 소봉, 습관처럼 펜던트에 손이 간다.
만지작거리던 손을 멈추는 소봉.

플래시백 : PLAY4 54씬의 일부.
갑자기 뒤에서 한 손으로 소봉의 눈을 가리는 남신3!

소 봉　(뿌리치며) 뭐예요? 내 눈은 왜 가려요?

남신3 턱짓하면 뭔가 싶어 뒤돌아보는 소봉. 불빛에 반짝이는 펜던트.

남신3　또 잃어버리지 마. 엄마가 슬퍼해.

플래시백 : PLAY2 67씬의 일부.
끼이익! 덮쳐오는 공포에 경악하는 소봉.
그때, 어디선가 나타난 남신3, 화염에 불타는 골조를 어깨로 막는다!
무표정하게 골조를 한쪽으로 밀어버린 남신3,
소봉의 위를 짓누르는 파편들도 홱 집어던진다.
소봉을 천천히 안아 올린 남신3, 화염 속을 걸어 나간다.

도로 현재. 해맑은 남신3의 얼굴을 물끄러미 보는 소봉.

남신3　내가 무리한 부탁을 했죠? 이만 가볼게요. (가려는데)
소 봉　(어딘가로 전화해서) 아빠, 나 오늘 못 가.
남신3　(멈추고 보는)
소 봉　도로 그 집 가니까 그렇게 알아. (툭 끊고 캐리어 손잡이 내미는)
남신3　(물끄러미 보는)
소 봉　안 들어요? 나랑 같이 가기 싫어요?
남신3　(손잡이 붙들고) 같이 가서 날 도와줄 거예요?

소 봉　본부장님도 도와줬잖아요. 그냥 빚 갚는 거예요.
상황 더 복잡해지면 언제라도 튈 거구.

남신3　(환하게 웃고) 인간의 상황과 판단은 복잡하다. 나도 알아요.
(캐리어 끌며) 가요.

소 봉　신호등! 빨간불이잖아요.

남신3, 얼른 신호등을 쳐다본다. 빨간불이 파란불로 대번에 바뀐다.

소 봉　(놀라서) 말도 안 돼. 신호등까지 맘대로 바꿔요?

남신3　나 잘하죠?

소 봉　(걷기 시작) 난 어떻게 찾았어요?

남신3　(같이 걸어가며) 휴대폰 GPS.

소봉이 앞서가면 캐리어 끌고 따라가는 남신3의 환한 미소 위로.

오로라(E)　킬 스위치가 있어요.

S#52. PK그룹 건너편 카페 (낮)

놀란 얼굴로 오로라를 보는 영훈. 담담하고 차분한 표정의 오로라.

영 훈　그 친구 몸 안에 말입니까?

오로라　네. 그 아인 아직 몰라요.

영 훈　킬 스위치는 사람한테 죽음이나 마찬가진데, 그걸 왜 그 친구한테…

오로라　진짜 신이가 일어나면 가짜는 없어져야 되니까.
여기로 보내기 전에 설치했어요. 접근은 나만 할 수 있구요.

영 훈　그래서 자율주행차에 접근 못 하게 하신 겁니까?

오로라　네, 접근하다가 그 차에 있는 킬 스위치와 비슷한 구조가
제 몸 안에도 있다는 걸 알아챌까 봐서요.

영 훈 …본인이 안다면… 충격이 크겠군요.

오로라 (눈빛 흔들리다 다잡으며) 그럴 리 없죠. 그 아이는 로봇이니까. 시간 다 됐는데 일어나죠. (일어나 나가는)

영 훈 (보는)

S#53. PK그룹 전경 (밤)

S#54. PK그룹 / 자율주행차팀 (밤)

어두운 실내. 문을 살짝 열어놓고 밖을 살피는 영훈.
한가운데 방치된 망가진 자율주행차 보인다.
노트북으로 자율주행차 시스템을 확인하는 오로라.

오로라 이 차의 해킹 방지시스템은 현재 최고 사양이에요. 누군가 의도적으로 악성코드를 심어두는 바람에 해킹이 가능해진 거죠. (하고) 이제 킬 스위치 조정할게요. 차 외부에서도 정해진 권한에 따라 제어 가능하도록. 다 끝나가니까 조금만 기다려요.

집중해서 노트북 컨트롤하는 오로라. 다시 주변을 살피는 영훈.

S#55. PK그룹 / 종길의 사무실 (밤)

심각한 표정으로 모여 앉은 종길과 김 상무와 차 부장.

김 상무 대기발령은 연막작전이고 결혼이 본론이야. 능구렁이 같은 노인네.

차 부장 굴욕적인 조건에 무조건 도장 찍고 결혼시켜라. 이게 협박 아니고 뭡니까? 어깨 힘 다 빼고 본부장 뒷자리나 지키라는 거 아닙니까?

김 상무　　이 결혼, 절대 안 됩니다. 어떻게든 막아야 돼요.

차 부장　　서예나 팀장이 하겠다면 무슨 수로 말립니까?
(종길 보며) 이사님 말씀도 안 먹히는데요.

종 길　　(분노 삭이는)

S#56. PK그룹 일각 (밤)

어두운 실내. 주위 살피며 조심스레 걸어 나오는 오로라와 영훈.
주위 살피며 지나가는 보안요원 피해 방향 바꿔 빠져나가는 영훈.
그 뒤를 조용히 따라가는 오로라.

S#57. PK그룹 / 주차장 (밤)

여전히 주위를 살피며 걸어 나오는 영훈과 오로라.

오로라　　참, 아까 하려던 얘기가 뭐죠?
대기발령 말고 또 다른 패널티가 있나요?

영 훈　　…그게…서종길 이사 딸 말입니다.

오로라　　서 이사 딸이 왜요?

종길(E)　　이게 누구십니까?

영훈과 오로라 보면 저만치 서 있는 종길.
놀란 영훈, 보면 차갑게 종길을 쏘아보는 오로라.
그런 오로라에게 사람 좋게 웃어주는 종길.

S#58. 건호의 저택 앞 (밤)

심심한 예나, 왔다 갔다 하며 남신3를 기다린다.

예 나　오빠는. 잠깐이면 된다더니 왜 안 와?

그때, 저쪽에서 함께 걸어오는 소봉과 남신3.
순간적으로 한쪽에 몸을 감춘 예나, 두 사람을 본다.
캐리어를 소봉이가 뺏으려고 하면 뺏기지 않으려는 남신3.
그 모습을 보는 예나의 얼굴 점점 굳어지더니 확 돌아서서 가버린다.

S#59. PK그룹 / 주차장 (밤)

걱정스런 표정의 영훈, 마주 서 있는 오로라와 종길을 본다.
독기 어린 눈빛으로 노려보는 오로라와 한결 여유 있는 종길.

종 길　예전 그대로시군요. 소식이 통 없어서 가끔 궁금했습니다.
오로라　아직도 회사에 빌붙어 있네요.
삼대에 걸쳐 꼬리치는 개로 사는 기분이 어때요?
종 길　세월만큼 단단해지셨군요. 처음 뵀을 땐 눈물 많은 분이었는데.
오로라　날 그렇게 만든 게 누군데! 신이랑 날 떼어놓은 게 당신이잖아!
종 길　이제라도 모자가 만났으니 얼마나 다행입니까?
회장님께는 비밀로 해드릴 테니까 마음껏 만나셔도 됩니다.
오로라　비밀로 할 필요 없어요. 이제 당신들 따위 하나도 안 겁나니까.
조만간 내 발로 찾아가겠다고 전해요. (일어나려는데)
종 길　곧 사돈이 되면 더 자주 보겠네요.
오로라　(충격에 멈춰서 보고) 사돈? 사돈이라뇨?
종 길　아, 모르셨습니까? 회장님께서 제 여식과 신이 결혼을 지시하셨어요.
오로라　뭐, 뭐라구요?

종 길　　저에 대한 분노가 크신데 절 사돈으로 받아들일 수 있겠습니까?

오로라　　(분노로 종길 보는)

S#60. HR연구소 / LAB실 (낮)

커튼이 쳐진 어두운 실내. 커튼을 확 젖히는 사람, 상국이다.
갑자기 쏟아지는 햇빛에 눈부신 상국, 텅 빈 실내를 살핀다.

플래시백 : PLAY3 40씬
거치대에 앉아 있는 남신1과 남신2.

도로 현재. 남신1과 남신2가 있던 그 자리에 아무것도 없다.
적막한 실내를 울리는 진동 소리. 휴대폰을 꺼내 보는 상국.

S#61. HR연구소 앞 (낮)

통화하면서 나온 상국, 꼼꼼히 집주변을 살핀다.

상 국　　아직은 아무것도 못 찾았습니다.

그때, 한쪽 구석에 버려진 뭔가가 보인다.
구부리고 앉아 자세히 보는 상국. 피 묻은 행사용 일회용 모자.

플래시백 : PLAY1 64씬
행사요원2가 남신에게 모자 나눠주는.
모자 쓰는 척하면서 슬쩍 뒤를 보는 남신.

도로 현재. 뭔가 찾았구나 싶은 상국.

상 국 　남신 본부장, 여기 있었던 게 분명합니다.
더 알아보고 연락드리겠습니다. (전화 끊고 모자 집어서 보는)

S#62. PK그룹 / 종길의 사무실 (밤)

막 전화 끊는 박 비서. 종길이 들어오면 놀라서 인사한다.

박 비서 　왜 다시 오셨습니까? 방금 체코와 통화했는데, 본부장이
거기 머물렀던 게 분명하답니다.
종 길 　신이가 어디 있었든 무슨 상관이야?
이젠 버젓이 엄마까지 회사에 드나드는데.
박 비서 　(놀란) 오로라 박사가요?
종 길 　어떻게든 그 여자를 구워삶아서 이 결혼 막아야 돼.

S#63. 건호의 저택 / 남신의 방 (밤)

남신3에게 피규어 건네주는 소봉.

소 봉 　안에 있던 몰카 뺐으니까 안심하고 놔요.
남신3 　들어올래요?
소 봉 　제가요? 아뇨. (하고 툭) 혹시나 해서 묻는데, 먹을 수는 있어요?
남신3 　먹을 필요는 없지만 먹을 수는 있어요.
소 봉 　배터리는? 혹시 배터리도 있어요?
남신3 　(제 손목의 로보 워치 보여주는)
소 봉 　그래서 옷방에 이게 잔뜩 있었구나. 진짜 기계네. 실감 백 퍼센트네.

갑자기 위력적인 주먹을 휙 날리는 소봉. 눈 깜짝하지 않는 남신3.

소 봉　　와, 눈도 깜빡 안 해.

이번엔 남신3의 눈동자에 손가락 대보는 소봉. 표정에 변화 없는 남신3.

소 봉　　진짜 안 아픈가 봐. (얼굴 세게 꼬집으며) 이래도 안 아파요?
남신3　　전혀.
소 봉　　에이, 재미없어. 그럼 저번에 손잡고 거짓말 어쩌구 하던 건 뭐예요?
남신3　　(손을 보며) 일종의 거짓말탐지예요. 상대가 거짓말하면 윙크.
소 봉　　윙크? 진짜? (손을 잡고) 뭐든 물어봐요.
남신3　　(잠깐 생각하고) 몰카로 내가 옷 벗는 걸 봤다, 안 봤다.
소 봉　　(뻔뻔하게) 안 봤죠.
남신3　　(깜빡하는)
소 봉　　(얼른 손 놓고 시선 피하며) 이건 별루다. 전혀 안 맞네.
남신3　　(환하게 웃고) 나, 투시력도 있는데.
소 봉　　네?
남신3　　(소봉을 위에서 아래로 훑어보는)
소 봉　　(자기도 모르게 가슴께 가리며) 뭐하는 거예요?
남신3　　(해맑게 웃고) 농담. 영화 슈퍼맨에서 봤어요.
소 봉　　아우, 인간인 내가 참아야지. (하고) 얼마예요?
남신3　　네?
소 봉　　본인 가격이 얼마냐구요. 천만 원? 일 억?
남신3　　엄만 날 판매 목적으로 만든 게 아니에요.
소 봉　　엄마라고 부르는 건 영 적응 안 되네. 갈게요. 내일 봐요. (나가는)
남신3　　(혼잣말) 엄마 맞는데. 날 만들어준 엄마.

S#64. 오로라의 아지트 전경 (밤)

오로라(E)　　어떻게 이럴 수가 있어요?

S#65. 오로라의 아지트 / 거실 (밤)

화내는 오로라를 걱정스럽게 보는 영훈과 데이빗.

오로라 우리 신이가 그 인간 딸하고 약혼한 사실을 왜 나한테 숨겼죠?
영 훈 죄송합니다. 이렇게 갑자기 결혼이 진행될 줄 몰랐어요.
데이빗 (영훈 떠다밀며) 지 팀장, 오늘 신이 안 봤지? 얼굴 보고 가야지.
영 훈 (떠밀려 들어가는)
오로라 이 결혼 절대 안 돼요. 내가 어떻게든 막을 거예요.
데이빗 당연하지. 이대로 진행시켰다간 그놈 본모습이 금방 들통날 텐데.

S#66. 오로라의 아지트 / 남신의 방 (밤)

누워 있는 남신 옆에 앉은 영훈. 심란하게 남신을 내려다보는.

플래시백 : 호텔 펜트하우스 (낮)
옷도 제대로 안 벗고 널브러져 자고 있는 남신.
조용히 문 열고 들어온 영훈, 남신을 보고 걱정스러운 한숨.
말없이 의자에 앉아 기다린다. 잠이 깨지 않도록.
한참을 지난 시계. 잠에서 깬 남신, 영훈을 발견한다.

남 신 아, 재미없어. 여자도 아니고 또 형이야.
영 훈 차라리 여자랑 오든가. 술도 여자도 아닌데 왜 자꾸 밖에서 자.
남 신 약 올라서. 아무리 도망 다녀도 형이 다 찾아내잖아.
영 훈 잘 좀 숨어봐. 절대 못 찾게.
남 신 곧 그럴 거야. 형 책임은 아니니까 상처 받지 말고.
영 훈 (농담인 줄 알고 웃어버리는)

도로 현재. 누워 있는 남신을 안쓰럽게 보는 영훈.

영 훈　　그게 이런 의미였냐? 눈앞에 있는데 왜 널 찾을 수가 없냐.
신아, 형 힘들어. 민폐 그만 끼치고 빨리 일어나.

그때 울리는 휴대폰. 누군지 확인하는데 서예나 팀장이다.

영 훈　　(받고) 네, 서 팀장님.
예나(F)　　갑작스럽게 연락드려서 죄송해요.
오빠 때문에 따로 의논드릴 일이 있는데, 지금 좀 뵐 수 있을까요?
영 훈　　(남신 보며 한숨 쉬고) 그러죠. 어디로 가면 되죠?

S#67. 고급 한식당 마당 (밤)

천천히 들어와서 멈추는 차 운전석에서 내리는 영훈.
안으로 들어가려는데 다른 차 한 대 와서 선다.
남신의 차다. 운전석에서 내린 소봉, 어? 하고 놀란다.
영훈, 의아하지만 얼른 가서 뒷좌석 문을 연다.
거기서 내리는 남신3를 보는 영훈.

오로라(E)　　킬 스위치가 있어요. 그 아인 아직 몰라요.

저도 모르게 남신3를 뚫어져라 보는 영훈. 그런 영훈이 이상한 소봉.

소 봉　　지 팀장님, 괜찮으세요?
영 훈　　(그제야) 아, 네. (하고) 여긴 왜 왔어요?
소 봉　　서 팀장님이 본부장님한테 전화하셔서요. 따로 만나고 싶다고.
영 훈　　(뭔가 이상한) 저한테도 왔는데. 아무래도 결혼 얘기겠네요.
같이 가서 확실히 거절하죠.

영훈이 들어가면 그 뒤를 따라가는 남신3와 소봉.

S#68. 고급 한식당 / 복도 (밤)

복도를 따라 걸어온 남신3와 영훈. 뒤를 따라온 소봉.
약속한 룸을 발견한 영훈, 조심스레 노크한다.
"들어오세요." 예나의 목소리 들리면 문 열고 들어가는 영훈과 남신3.
혼자 남은 소봉, 문 앞에 서서 지킨다.

S#69. 고급 한식당 / 룸 (밤)

막 들어온 영훈과 남신3. 뜻밖의 광경에 어리둥절한.
마주 앉아 있는 건호, 호연과 종길, 예나. 옆에 서 있는 식당 매니저.

예 나 뭐해, 오빠? (자기 옆자리 가리키며) 여기 와서 앉아.
지 팀장님도 거기 앉으세요.

영 훈 (눈짓하면)

남신3 (비어 있는 예나의 옆자리에 앉는)

예 나 다 오셨으니까 식사하시죠. (매니저에게) 세팅해주세요.

매니저 (인사하고 나가는)

건 호 갑자기 우리는 왜 불러 모은 거냐?

호 연 건방지게 니 멋대로 이런 자릴 만들어?

예 나 오빠가 원래 소극적인 사람이잖아요.

남신3, 영훈 (예나 보는)

예 나 (남신3 똑바로 보며) 괜찮아, 오빠. 내가 적극적이니까.

〈혼전계약서〉를 탁자 위에 턱 내놓는 예나.

예 나 원하시는 조건, 다 받아들일게요. 오빠랑 저 결혼해요.

종 길 예나야!

S#70. 고급 한식당 / 복도 (밤)

소봉, 밖에서 룸에 귀대고 들으려고 애쓰는 중.
저쪽에서 음식 담긴 카트 밀고 오는 직원들.

S#71. 고급 한식당 / 룸 (밤)

만족스럽게 웃고 있는 건호. 그런 건호를 보고 낭패다 싶은 영훈.
종길, 벌떡 일어나서 예나 손을 붙든다.

종 길 나가자! 나가서 아빠랑 먼저 얘기해.
예 나 (홱 뿌리치고) 됐어! 나 오늘부로 아빠 딸 그만하고
오빠 와이프 할 거야. 말릴 생각하지 마.
호 연 너, 완전 신이한테 미쳤구나. 아빠, 어떡해요?
건 호 뭘 어떡해? 우리 서 팀장이 큰 결심을 했는데 당연히 받아야지.
영훈, 종길 회장님!
건 호 됐어! 더 이상 토 달지 마. 신이 너 예나랑 당장 결혼해라.

예나, 보란 듯 남신3의 팔짱을 낀다. 그런 예나를 바라보는 남신3.
그때 문 열리고 들어오는 음식 카트. 문틈으로 드러나는 소봉의 얼굴.
소봉을 본 남신3, 예나의 팔을 뿌리치고 벌떡 일어난다.
뚜벅뚜벅 걸어 나간 남신3, 나가려는 소봉의 팔을 확 붙든다.
영문을 몰라 고개 돌려 남신3를 쳐다보는 소봉.
순간, 남신3의 입술이 소봉의 입술에 와닿는다!!!
경악하는 예나와 영훈과 나머지 사람들!!!
아예 본격적으로 끌어안고 키스하는 남신3!!!
놀라서 눈이 커진 소봉과 눈을 감은 채 키스 중인 남신3에서!!!

PLAY 6

제11회

제12회

S#1. PK그룹 / 대회의실 (낮)

PLAY5 34씬의 일부. 남신3의 결혼 이슈.

건 호 내 말대로 하고 신이 너는 결혼 준비나 해.
예 나 (믿기지 않는) 결혼이요? 누구하구요?
건 호 신이 약혼녀가 누구냐? 당연히 예나 너랑 해야지.
종 길 (매서운 눈초리로 건호 보는)
영 훈 (낭패다 싶은)
소 봉 (남신3 보며 말도 안 된다는 듯) 결호온? 재가?
남신3(N) (고개 갸우뚱하는) 결혼? 내가?

S#2. 고급 한식당 마당 (밤)

PLAY5 67씬의 일부. 남신3와 영훈과 소봉 함께 서 있다.

영 훈 여긴 왜 왔어요?
소 봉 서 팀장님이 본부장님한테 전화하셔서요. 따로 만나고 싶다고.
영 훈 (뭔가 이상한) 저한테도 왔는데. 아무래도 결혼 얘기겠네요.
남신3(N) 결혼 얘기는,
영 훈 같이 가서 확실히 거절하죠.
남신3(N) 확실히 거절하기로 했는데,

S#3. 고급 한식당 / 룸 (밤)

PLAY5 69씬 + 71씬의 일부. 영훈과 남신3. 뜻밖의 광경에 어리둥절한.
마주 앉아 있는 건호, 호연과 종길, 예나. 옆에 서 있는 식당 매니저.

남신3(N) 뜻밖의 상황 발생.

예 나 뭐해, 오빠? (자기 옆자리 가리키며) 여기 와서 앉아.
지 팀장님도 거기 앉으세요.

잠시 후. 〈혼전계약서〉를 탁자 위에 턱 내놓는 예나.

예 나 원하시는 조건, 다 받아들일게요. 오빠랑 저 결혼해요.

건 호 신이 너 예나랑 당장 결혼해라.

예나, 보란 듯 남신3의 팔짱을 낀다. 그런 예나를 바라보는 남신3.
영훈을 보는 남신3. 굳은 얼굴로 단호하게 고개 젓는 영훈.

남신3(N) 무조건 거절하라는 신체 언어. 이성을 거절하는 법 데이터 검색.

시야모니터 켜지고 이성을 거절하는 법을 빠르게 검색하는 남신3.
모니터에 영상과 텍스트 검색 결과들 빠르게 지나간다.
KBS드라마 '스파이 명월' 2부: 결혼하자는 주인아(장희진) 앞에서
강우(에릭)가 명월(한예슬)에게 키스한다.
영화 '이별계약'의 일부: 남자주인공이 옛 여자 친구 보란 듯
옆에 있는 여자한테 키스하는 장면 등등.

그때 문 열리고 들어오는 음식 카트. 문틈으로 드러나는 소봉.

남신3(N) 또 저 여자다.

S#4. 도로 (낮)

PLAY4 96씬의 일부.
찢어진 팔과 어깨의 인공피부 사이로 드러난 남신3의 인공골조!
드문드문 찢어진 남신3의 얼굴까지 보고 경악하는 소봉!

남신(N) 내 정체를 아는 여자.

S#5. 횡단보도 (낮)

PLAY5 51씬의 일부. 마주 보고 서 있는 남신3와 소봉.

남신3 같이 가서 날 도와줄 거예요?
소 봉 본부장님도 도와줬잖아요. 그냥 빚 갚는 거예요.
남신3(N) 알면서 도와준다는 여자.

S#6. 고급 한식당 / 룸 (밤)

소봉을 뚫어져라 보는 남신3. 그런 남신3를 의아하게 보는 소봉.

남신3(N) 강소봉.

남신3, 예나의 팔을 뿌리치고 벌떡 일어난다.
뚜벅뚜벅 걸어 나간 남신3, 나가려는 소봉의 팔을 확 붙든다.
영문을 몰라 고개 돌려 남신3를 쳐다보는 소봉.
순간, 남신3의 입술이 소봉의 입술에 와닿는다!!!
경악하는 예나와 영훈과 나머지 사람들!!!
아예 본격적으로 끌어안고 키스하는 남신3!!!

놀라서 눈이 커진 소봉과 눈을 감은 채 키스 중인 남신3.
소봉이 힘껏 밀쳐내면 그제야 멈춘다.

남신3 (나쁜 남자처럼) 무슨 뜻인지 다들 아시겠죠?

황당해하는 소봉을 단호하게 끌고 나가는 남신3.
본능적으로 따라 나가려는 예나의 손을 붙드는 종길.
영훈, 잔뜩 일그러지는 건호의 얼굴 슬쩍 살핀다.

S#7. 고급 한식당 앞 (밤)

남신3에게 억지로 끌려 나오는 소봉, 손을 뿌리치려는데 힘에 부친다.

소 봉 (기를 쓰고) 놔요! 안 놔요?
남신3 (놓아주면)
소 봉 (씩씩거리며 노려보는)
남신3 미안하다는 말은 안 할게요. 검색해봤는데 키스한 인간 여자한테
미안하다고 하면 안 된대요.
소 봉 (기막힌) 뭐가 어째요?
남신3 대신 고마워요. 도와준 덕분에 결혼을 거절했어요.
소 봉 도와준 덕분에? 내가 언제 입술로 도와준댔어요?
인간이었으면 당신, 성희롱이야!
남신3 (해맑게 웃고) 인간이 아닌 게 다행일 때도 있네요.

그 말에 분노 담아 남신3의 다리에 사정없이 킥 날리는 소봉.
왼쪽, 오른쪽, 찰 때마다 아! 아! 제 다리만 아프다.
무표정한 남신3의 얼굴에 약 오른 소봉, 이번엔 주먹이 나가는데,
그 주먹 턱 붙든 남신3, 나머지 손을 벌게진 소봉의 뺨에 살짝 댔다 뗀다.

남신3　피부 온도 2.1도 상승. 모공 확장되고 피지 분비 늘어나요.
진피 내 콜라겐 감소, 피부가 축축 처지죠.

소 봉　또 뭐 하는 수작이실까?

남신3　이해가 안 돼서요. 피부 온도는 왜 올라갔죠? 난 원래 감정이 없고,
강소봉 씨도 그 키스에 별 감정 없었을 텐데. 혹시 흥분한 건가요?

소 봉　(기막힌) 뭐라구요? 흥분?

남신3　한국 여성 평균 첫키스 연령대 18.2세. 설마 처음은 아니죠?

소 봉　(당황한) 날 뭘로 보구! 그쪽이 왜 내 키스를 신경 써요? 변태.

씩씩거리며 가버리는 소봉을 가만히 보던 남신3,
울리는 휴대폰 확인하고 받는다.

영훈(F)　도무지 예측불가네요. 내가 거절하랬지 키스하랬어요?

남신3　거절하려고 키스한 건데요.

영훈(F)　(한숨 쉬고) 강소봉 씨 뒤를 무조건 따라가요.
많이 놀랐을 테니까 잘 달래서 데리고 들어가요. (끊는)

남신3　(휴대폰 끊고 소봉의 뒤 따라가는)

S#8. 고급 한식당 일각 (밤)

멀어지는 소봉을 따라가는 남신3의 뒷모습 보는 영훈.
따라간 걸 확인하고 룸 쪽으로 들어간다.

S#9. 고급 한식당 / 룸 (밤)

침묵 속에 무거운 분위기로 앉아 있는 종길과 예나와 건호와 호연.
조심스럽게 문 열고 들어와 인사하는 영훈.

영 훈　　죄송합니다. 이미 출발하셨습니다.

예 나　　오빠 진심 아니야. 그런 여자 절대 안 좋아한다구.

호 연　　걔가 좋은 게 아니라 니가 싫은 거지.

예 나　　(호연 째려보는)

건 호　　객기 부린 거야. 심각할 일 아니잖아.

종 길　　저한테는 꽤 분명한 의사표시로 보였습니다.
본인 의사가 그런데 당분간 결혼 얘기는 접으시죠.
(서류 집으며) 이 계약서도 없던 일로 하겠습니다. 예나야, 가자.
(예나 끌고 나가는)

예 나　　(못마땅한 얼굴로 끌려 나가는)

호 연　　괜히 못 볼 꼴만 봤어. 나도 갈래.

호연까지 나가고 문 닫히면 망연히 앉아 있는 건호. 눈치 보는 영훈.

건 호　　(버럭) 그 자식 어디 갔어? 일 쳐놓고 내빼면 다야?

영 훈　　죄송합니다, 회장님.

건 호　　(억누르며) 밥이나 먹자. 배고프다. (수저 드는)

영 훈　　(말없이 건호 앞에 앉는)

건 호　　먹으라니까.

영 훈　　(차마 못 먹고 고개 숙이는) 죄송합니다, 회장님.

건 호　　그놈이 여자 앞세워 시위하는 게 한두 번이냐. 고개 들어.

영 훈　　(고개 들어 보면)

건 호　　…영훈아.

영 훈　　네 회장님.

건 호　　그동안 많이 서운했지? 잘못한 건 신이 놈인데,
매번 나한테 잔소리 듣고, 얻어터지고.

영 훈　　전 괜찮습니다. 신이 정신 차리게 하려고 그러시는 거 알아요.

건 호　　(애정 어린 미소) 자식. 넌 어째 늘 괜찮대?
(지갑 꺼내 수표 몇 장 건네며) 밥맛없는 늙은이 그만 쳐다보고
입맛 떨어지기 전에 딴 식당가서 배 채워.

영 훈　…너무 액수가 큽니다.

건 호　내가 너한테 몇 백도 못 줘? 받아, 팔 아파.

영 훈　(말없이 건네받고 인사하고 나가는)

S#10. 고급한식당 / 룸 앞 (밤)

조심스레 문 닫고 나온 영훈, 멈춰서 손에 들린 백만 원 단위 수표 본다.

플래시백 : 건호의 저택 / 거실 (낮)
잔뜩 긴장한 대학생 영훈, 50대 후반 건호가 내민 수표 보고 놀라는 중.

영 훈　대학 등록금 치고 액수가 너무 커요, 회장님.

건 호　보육원에서 독립해야 하잖아. 받아.

영 훈　아닙니다. 한 번 받기 시작하면 자꾸 기대고 싶어져서요.

건 호　(대견한) 자식. (하고) 차라리 독립을 내 집에서 하는 건 어떠냐?

영 훈　아예 입주해서 신이를 가르치라는 말씀이세요?

건 호　아니, 너한테 신이 그림자가 되라는 거야.

영 훈　(보는)

건 호　니가 공들인 건 신이 게 되고 신이 잘못은 니 탓이 되겠지.
한창 새파란 너한테 평생 억울하게 살라는 거야.
대신 넌 신이 옆에서 신이만큼 누리게 될 거야. 이건 내 약속이다.

영 훈　(흔들리는)

건 호　미안하다, 영훈아. 알량한 돈으로 니 미래를 흥정해서.

영 훈　(결심) 저 보기보다 현실적인 놈이에요.
신이 그림자로 살면서 느낄 억울함은,
출세한 보육원 출신이 겪어야 할 억울함에 비하면 아무것도 아니겠죠.

건 호　(봉투 손에 꼭 쥐여주며) 고맙다. 그 선택, 후회하지 않게 해주마.

영 훈　아닙니다, 제 보잘것없는 미래를 흥정해주셔서 감사합니다, 회장님.

건 호　…참 잘난 놈인데. 참 아까운 놈인데.

다음번에는 꼭 내 집에 태어나. 그땐 널 귀이 여기마.

영 훈 (손에 들린 봉투 보며 눈물 어리는)

도로 현재. 제 손에 들고 있는 수표를 멍하니 보던 영훈.
어디선가 어렴풋이 울리는 휴대폰 소리.
퍼뜩 정신이 돌아온 영훈, 휴대폰 확인하고 받는다.

영 훈 어, 현준아.

현준(F) 본부장님 치료 때문에 의논할 일이 있어. 당장 아지트로 와. (끊는)

영 훈 (무슨 일이지 싶어 서둘러 나가는)

S#11. 횡단보도 (밤)

터덜터덜 걸어온 소봉, 막 횡단보도에 도착한다.
5, 4, 3, 신호등 남은 초 줄어가면 서둘러 건너려고 한다.
줄어가던 초 숫자 3, 4, 5, 6, 7, 갑자기 도로 늘어난다!
저, 저거 뭐야? 왜 저래? 믿을 수 없는 광경에 놀라는 사람들.
소봉도 놀라다가 혹시 이건? 싶어 뒤를 홱 돌아본다.
저만치 떨어져서 보고 있는 남신3.
욱하고 치밀어 오르는 소봉, 참자 싶어 서둘러 길을 건너간다.
정차해 있는 건너편 버스에 재빨리 올라탄 소봉,
빈자리에 앉아 남신3를 향해 따라오지 말라는 듯 주먹 내민다.
버스 출발하면 멀어지는 소봉을 물끄러미 보는 남신3.

S#12. 버스 안 (밤)

멀어지는 남신3를 보는 소봉, 안도하면서 정면을 본다.

플래시백 : 고급 한식당 / 룸(밤)
PLAY6 6씬의 일부. 남신3의 입술이 소봉의 입술에 와닿는 순간!
놀라서 눈이 커진 소봉과 눈을 감은 채 키스 중인 남신3.

도로 현재. 다시 생각해봐도 신경질 나는 소봉.

소 봉 로봇 주제에. 아우! 내 입술!

주변 승객들 쳐다보면 모른 척 시선 돌리는 소봉.

S#13. 도로 (밤)

지나가는 버스 안. 어느새 심드렁한 얼굴로 창밖을 보는 소봉.

S#14. 버스 안 (밤)

창에 고개 박고 시무룩한 어조로 조 기자와 통화 중인 소봉.

소 봉 …조 기자님, 나 오늘 신개념 성희롱 당했어요.
조 기자(F) 신개념? 성희롱은 다 무개념이지 신개념이 어딨어?
누구야? 어떤 새끼가 겁도 없이 자기를 건드려?
소 봉 어떤 새끼가 아니라 쇠붙이랑, (하다가 한숨 쉬고) 됐어요.
어차피 사람 아니라서 신고도 못 해요.
조 기자(F) 쇠붙이? 사람이 아냐? 농담이야 뭐야. 자기 지금 어딘데?
소 봉 (심드렁한) 몰라요. 아무 버스나 탔어. 끊어요. 나 내릴래.

하차 벨 누르고 일어나는 소봉.

S#15. 다른 정류장 (밤)

버스에서 슬렁슬렁 내린 소봉, 누군가와 살짝 부딪힐 뻔한다.

소 봉 (시선 내리깔고) 죄송합니다.

하고 가려는데 또 앞을 막아서는 누군가의 두 발!
뭐야 싶어 보면 앞에 서 있는 남신3! 기겁하는 소봉!

소 봉 (기겁하는) 뭐, 뭐야? (주위 둘러보다가) 여긴 어떻게– (하다가)
설마 날 뒤쫓은 거예요?
남신3 GPS. 어디 가든 다 추적할 수 있다니까요.
소 봉 누가 날 따라오래요? 누가 당신 맘대로 내 위치를– (하는데)

소봉의 배 속에서 사정없이 나는 꼬르륵 소리.
해맑게 웃는 남신3를 보고 쪽팔린 소봉.
갑자기 남신3가 소봉을 잡고 버스정류장 광고판을 보게 한다.
원래 있던 광고 대신 4분할로 나뉜 주변 맛집들이 뜬다.

남신3 맛집 검색. 1번. 5분 거리. 30년 전통 족발.
2번. 12분 거리. 스파게티를 품은 피자. 여대생들의 취향 저격.
3번. 25분 거리. 쇠고기 패티를 고집하는 수제 햄버거. 4번. (하는데)
소 봉 능력도 가지가지네. 근데 어쩌죠? 내가 필요한 건 밥이 아닌데.
남신3 아!

맛집 사라지고 이번엔 술집들이 뜬다. 네 개 다 포장마차다.

남신3 1번 포장마차. 2번 포장마차. 3번 포장마차. 4번 포장마차.
강소봉 씨의 경제력과 취향에 맞춰봤어요.
소 봉 (기막힌)

남신3　추천은 1번. 네티즌 평점 4.3. 치즈명란 계란말이가 맛있대요.
소 봉　내가 뭐 계란말이 따위에 흔들릴 줄 알아요?

S#16. 포장마차 (밤)

치즈명란 계란말이를 잔뜩 입에 욱여넣는 소봉.
맛있다. 소주 한 잔 꺾고 또 계란말이를 먹는 소봉.
먹으면서 바깥에 서서 이쪽을 보고 있는 남신3를 본다.

소 봉　맛은 있네. (또 한 잔 따라서 쭉 마시는)
여주인　(남신3 보며) 아까부터 아가씨만 보던데, 아는 사람 아니야?
소 봉　제가요? 전혀요.

소봉, 또 한 잔 마시면 울리는 휴대폰. 확인하면 〈돈줄〉이다.
술 안 마신 척하려고 목 가다듬고 받는 소봉.

소 봉　네, 서 이사님.
종길(F)　본부장님과 강소봉 씨, 뭡니까? 아까 그 광경은 도대체 뭐예요?
소 봉　(또 치밀어 올라) 저, 그게요.

S#17. 종길의 저택 / 예나의 방 앞 (밤)

예나의 방 쪽으로 다가가면서 통화 중인 종길.

소봉(F)　절대 그런 사이 아니구요. 저 본부장님께 완전 이용당한 거예요.
종 길　강소봉 씨, 잠깐만 기다려요.

방문 벌컥 열고 들어가는 종길.

S#18. 종길의 저택 / 예나의 방 (밤)

방에 들어선 종길, 침대에 누워 이불 뒤집어쓴 예나 본다.
종길이 이불 확 들추면 벌떡 일어나 아빠를 째려보는 예나.

예 나 뭐야? 아빤 최소한의 예의도 없어? 자려고 누운 거 안 보여?
종 길 강소봉 씨, 미안하지만 방금 그 얘기 한 번 더 해줄래요?
내 딸이 듣고 있으니까 신이 마음 정확히 전달해줘요.

종길, 휴대폰 스피커 기능으로 바꾸면 흘러나오는 소봉의 목소리.

소봉(F) 저 본부장님께 완전 이용당한 거예요.
이런 말씀 좀 그런데, 따님 결혼은 무리예요.
딴 건 아니고 본부장님께서 전혀 마음이 없으신 거 같아서요.
예 나 (기막혀서 종길 보는)
종 길 고마워요, 강소봉 씨. 솔직히 말해줘서. (전화 끊는)
예 나 (대수롭지 않게) 용건 끝났으면 나가. 졸려.
종 길 예나야, 아빠가 오죽하면 강소봉 번호까지 알아냈겠니?
너 싫다고 아무하고나 키스하는 놈하고 어떻게 결혼을 해?
예 나 어차피 내 거인 입술 남한테 잠깐 빌려준 게 뭐.
딴 남자들처럼 몰래 그러느니 대놓고 하는 게 나아.
종 길 너 정말!
예 나 알았어, 내일 다시 생각해볼게. 약 먹고 잘 테니까 깨우지 마.
종 길 그래. 내일 다시 얘기하자.

예나 침대에 누워 이불 뒤집어쓰면 한숨 쉬고 나가는 종길.
문이 닫히면 얼른 문가로 가서 멀어지는 발소리 듣는 예나.
문 딸깍 잠그고 캐리어 가져와 옷가지 넣는다.
그러다가 갑자기 얼굴 찌푸리며 옷 확 집어던지는 예나.

예 나　(속상한) 나한테는 뽀뽀도 안 해주면서.

속상한 얼굴로 계속 짐 싸는 예나.

S#19. 포장마차 앞 (밤)

미동도 없이 소봉을 보며 서 있는 남신3, 구경하고 지나가는 사람들.
갑자기 하늘을 올려다보고 손바닥을 내미는 남신3.
빗방울이 한 방울 톡, 손바닥에 떨어진다.

S#20. 포장마차 (밤)

비어 있는 소주병 두 개와 안주 접시.
세 번째 소주병 아예 병나발 불던 소봉, 탁 내려놓는다.

소 봉　서 이사, 웃긴다. 하다 하다 지 딸한테 쇼까지 하래?
하여튼 별일을 다 겪어요. (하고) 아줌마, 여기 한 병 더.
여주인　아가씨, 저 총각 계속 모른 척할 거야?
몇 시간째 꼼짝도 안 하는 게 불쌍도 안 해?
뭘 잘못했는지 몰라도 사람이 사람한테 그러는 거 아냐.
소 봉　(신경질적으로) 아줌마가 뭘 알아요? 걔 사람 아니에요.
여주인　사람 아니긴. 지가 사람이 아니구만.
소 봉　(여주인을 째려보는)
여주인　(창밖 보며) 아이구, 비 쏟아지네.

소봉, 창밖을 보면 어느새 쏟아지는 빗줄기.
우산을 쓰고 지나가거나 우산 없이 뛰어가는 행인들.
남신3가 서 있던 자리는 비어 있다.

여주인　　갔네. 비와서 갔어. (들으라는 듯) 아주 가라. 멀리 가라.

여주인과 손님들, 소봉을 비난하듯 쳐다본다.
그러든지 말든지 마지막 한 잔 탈탈 털어 마시고 일어나는 소봉.

S#21. 거리 (밤)

거리로 나온 소봉, 내리는 비가 난감한.
갑자기 비가 그친다. 놀라서 올려다보면 제 위에 떠 있는 우산 한 개.
뭐지 싶어 뒤돌아보는데 환하게 웃는 남신3가 앞에 서있다.
자신은 비를 주룩주룩 맞으며 팔을 뻗어 소봉한테 우산 씌워주고 있는.

남신3　　(환하게 웃고) 내가 간 줄 알았죠?
소 봉　　가든지 말든지. (가려고 하면)
남신3　　(우산 받친 채 따라오면서) 나 꽤 쓸모 있는데.
소 봉　　(계속 말없이 가는)
남신3　　(앞을 막아서는)
소 봉　　(짜증스런) 왜 이래요?
남신3　　강소봉 씨 나 때문에 화났잖아요. 기분 풀릴 때까지 나 실컷
부려먹어요. 나 힘도 세고 머리도 좋고 끈기도 있어요.
뭐든 말만 해요. 강소봉 씨가 날 도와준 것처럼 나도 도와줄게요.
소 봉　　(우산 확 뺏고) 필요 없다구요, 그 도움.

우산 들고 총총히 가는 소봉의 뒷모습.
남신3, 그 자리에 서서 계속 비를 맞는다.
지나가던 버스, 고인 물을 사정없이 확 끼얹는다.
고스란히 남신3가 맞게 생긴 물을 척 막아주는 우산.
남신3 보면, 우산 든 채 한심하게 남신3를 보고 있는 소봉.

남신3 강소봉 씨.

소 봉 야, 철판! 나 지금부터 반말 깐다. 우산 들어.

남신3 (얼른 받아서 소봉 씌워주는)

소 봉 너도 써야지. 남들이 보면 나만 나쁜 년인 줄 알잖아.

남신3 아. (우산 속으로 들어가는)

소 봉 너, 이 시간부로 내 꼬봉 로봇이야.

남신3 꼬봉 로봇?

소 봉 실컷 부려먹으라며? 도움이 되겠다며?
남들 앞에선 본부장님, 둘이 있을 땐 꼬봉 로봇.
심부름이고 집안일이고 다 시켜먹을 거야. 싫어?

남신3 좋아요. 난 지금부터 강소봉 씨 꼬봉 로봇이에요.
근데 난 철판이 아니라 CNT로 만들어졌어요.
〈자막 _ CNT: 탄소나노튜브〉

소 봉 닥치고, 이건 인간 대 로봇의 비밀이다.
지 팀장님한테 말하기만 해. 고물상에 확 팔아버릴라니까.
(하고) 택시나 잡아.

그때 바로 둘 앞에 와서 서는 예약택시 한 대. 놀라는 소봉.

남신3 벌써 불렀어요. (머리 가리키며) 이걸루.

소 봉 (피식 웃고) 쫌 쓸 만하긴 하네. 뭐해? 문 열어야지, 꼬붕.

남신3 아!

남신3가 문 열어주면 흡족한 표정으로 타는 소봉.

오로라(E) 둘이 같이 있겠군요.

S#22. 오로라의 아지트 / 거실 (밤)

영훈과 오로라, 데이빗 대화 중이다.

영 훈 네. 다행히 위험한 상황은 넘어갔어요.
데이빗 그놈이 키스를? 그게 가능해?
오로라 그 방법이 최선이라고 판단했겠죠.
좋든 나쁘든 인간의 방식을 배워나가고 있는 거예요.
데이빗 결혼 문제까지는 생각 못 했는데, 어쩌지?
오로라 어차피 서 이사도 이 결혼은 반대니까 그 딸을 설득해야죠.
영 훈 서예나 팀장은 신이만 다룰 수 있습니다.
데이빗 아무리 뛰어난 인공지능이라도 섬세한 감정 문제에는 역부족이지.
진짜 신이가 당장 일어날 수도 없고, 어쩌지?
현준(E) 일어날 수 있습니다.

다들 보면 막 들어온 현준, 인사한다.

현 준 (영훈에게) 의식을 회복시킬 수 있는 가능성이 생겼어.
다 들 (놀라는)

S#23. 오로라의 아지트 / 남신의 방 (밤)

누워 있는 남신을 둘러싸고 서 있는 오로라, 현준, 영훈, 데이빗.
소형 특수 초음파 기기를 내려놓는 현준.

현 준 특수 초음파 기기예요.
오로라 초음파로 뇌를 자극하면 정말 신이가 일어나는 거예요?
영 훈 이게 진짜 가능해? 실제 사례가 있어?
현 준 2016년 미국에서 코마 상태였던 25세 청년이 이 장치로 의식을

회복했어. 머리를 끄덕이거나 젓는 걸로 의사표현이 가능했고,
손짓으로 인사까지 했다는 기록이 있어.

데이빗　그게 꼭 초음파 때문이라는 근거가 있나? 자연적으로 의식을 회복한 것일 수도 있잖아.

현 준　물론 그럴 가능성도 있어요. 발표자도 조심스러운 태도를 취했구요.

오로라　무조건 시도해봐야죠.

데이빗　(만류하는) 오 박사.

오로라　난 이 아이를 혼자 두고 떠났던 엄마예요.
제 할아버지가 애한테 해코지할까 봐, 어쩔 수 없었다고 변명하면서.
이 아이가 그리워서 그 애를 만들었고,
얘가 나 없이 이십 년을 견디는 동안,
걔한테 위로받으면서 가끔 이 아이를 잊기도 했어요.
그게 부끄럽고 미안해요. 미안해 죽겠어요.
(남신에게) 엄마한테 화내도 좋으니까 일어나, 신아.
엄마, 널 위해서, 너만 보고 살 테니까 제발,
방법이 뭐든, 가능성이 얼마든… 제발… 신아…

눈물을 참고 제 아들을 쓰다듬는 오로라를 숙연하게 보는 사람들.

S#24. 건호의 저택 / 정원 (밤)

택시 와서 멈추면 먼저 내려 문 열어주는 남신3.
우산 든 소봉이 내리면 그제야 문 닫아주는 남신3.

예나(E)　이제 오나 봐요.

돌아보면 캐리어 들고 생글생글 웃고 있는 예나.
갑자기 다가오더니 소봉의 팔짱을 낀다.
예상치 못한 행동에 당황하는 소봉. 남신처럼 표정 바뀌는 남신3.

남신3	(차갑게) 뭐 하러 왔어?

예 나	오빠 보러 온 거 아냐. 이 언니 보러 왔지. 꼭 친해지고 싶어서.
캐리어 좀 별채로 갖다 놔줘, 오빠. 할아버지한테 인사드리고 갈게.
(소봉 보며) 언니, 이따 봐요. (들어가는)

소 봉	(황당한) 와, 강철 멘탈. (남신3에게) 철판과 강철의 만남이라,
환상의 커플이네.

남신3	철판 아니고 CNT-(하는데)

소 봉	됐고. 짐까지 싸서 들어온 건 위험 신호네. 너 들키면 어떡하냐?
(캐리어 턱짓하는) 끌고 와.

남신3	(캐리어 챙기는)

S#25. 건호의 저택 / 거실 (밤)

건호와 호연 앞에 앉아 있는 예나. 사인 된 〈혼전계약서〉 내민다.

예 나	할아버지가 주신 계약서에 사인하고 공증까지 했어요.
저, 자동차고 주얼리고 옷이고 아빠가 사준 건 다 놓고 왔어요.
아빠가 계속 반대하면 절연할 거예요.

호 연	(픽 비웃고) 아빠, 이런 애가 아빠 딸 아니라서 진짜 다행이지 않아?
너 신이가 키스한 그 기지배 땜에 확 돌았구나.

건 호	예나야, 내가 힘없고 아픈 노인네여도 신이 놈이랑 결혼할 거냐?

예 나	제가 할아버지랑 결혼하는 건 아니잖아요.

호 연	어머 어머, 못하는 소리가 없어.

건 호	(흡족한 듯 웃고) 그 아이는 내가 그만두게 하마.

예 나	괜찮아요, 할아버지. 결혼하면 제 경호원으로 쓰죠, 뭐.

호 연	와, 소름. 너 절연해도 아무 소용없어. 딱 니 아빠야.

예 나	(씁쓸하게 웃는)

S#26. 건호의 저택 / 정원 (밤)

본채에서 나오던 예나, 뒤돌아보고 고개 갸우뚱한다.
그때, 들어오던 영훈, 예나를 보고 우뚝 멈춘다.

영 훈 (경계하는) 서 팀장님, 이 시간에 여기 웬일입니까?
예 나 아예 결혼 준비하러 들어왔어요. 할아버지도 허락해주셨구요.
영 훈 (난처한 듯 손세수하는)
예 나 걱정 말아요. 오빠 침대에 쳐들어가진 않을 테니까.
다른 룸메이트가 있거든요.
종길(E) 예나가요?

S#27. 건호의 저택 / 소봉의 방 (밤)

침대에 앉으면서 통화 중인 소봉.

소 봉 아예 캐리어 밀고 들어와서 회장님 뵈러 갔어요.
종길(F) (한숨 쉬고) 아침에 갈 테니까 신이랑 별일 없게 해줘요.
전화해줘서 고마워요, 강소봉 씨. (끊는)
소 봉 (휴대폰 보면서 언짢은) 당장 끌고 가야 될 거 아냐.

하는데 문 벌컥 열리고 캐리어 밀고 들어서는 예나.
놀라서 서둘러 휴대폰 내리는 소봉.

예 나 (둘러보며) 둘이 지내기엔 좀 좁다.
소 봉 둘? 여기서 자겠다구요?
예 나 싫어요? 그럼 오빠 방으로 가죠, 뭐. (가려는)
소 봉 아니! (서둘러 침대 정돈해주며) 여기! 여기서 자요.
난 바닥에서 잘게요. 근데 괜히 캐리어까지 풀고 그러진 맙시다.

뭐 하러 이런 좁아터진 데서 개고생해요?

예 나　(소봉 똑바로 보면서 캐리어 꽉 여는)

소 봉　(못 말린다 싶은)

S#28. 건호의 저택 / 별채 2층 (밤)

지친 얼굴로 터덜터덜 올라온 영훈, 남신3의 방에 노크한다.
문 열고 고개 내미는 남신3.

남신3　어? 돌아왔네요.

영 훈　서 팀장 봤죠? 강소봉 씨 방에서 잔다니까 오늘 밤만 조심해요.
내일은 무슨 수를 써서든 내보낼게요. 쉬어요. (나가는)

남신3　(영훈을 물끄러미 보는)

S#29. 건호의 저택 / 영훈의 방 (밤)

털썩 침대에 앉은 영훈, 타이를 느슨히 한다. 지친 모습.
노크 소리에 이어 문틈으로 내밀어진 맥주 캔 한 팩.
뭐지 싶은데 맥주 팩 들고 환하게 웃는 남신3.

남신3　피곤한 하루 끝 시원한 맥주. 광고에서 봤어요.

영 훈　(미소) 들어와요.

잠시 후. 편한 분위기의 남신3와 영훈.
맥주를 쭈욱 들이키는 영훈을 보는 남신3.

남신3　강소봉 씨 화는 다 풀렸어요.

영 훈　다행이네요.

남신3　아직 인간의 미세한 감정까지 파악하는 건 힘들어요.
난 앞으로도 지영훈 씨 말 대로만 할게요. 계속 잘 부탁해요.
영 훈　(남신3를 보는)

플래시백 : PK그룹 건너편 카페 (낮)
PLAY5 51씬 + 52씬의 일부.

오로라　킬 스위치가 있어요. 진짜 신이가 일어나면 가짜는 없어져야 되니까.

플래시백 : 오로라의 아지트 (밤)
PLAY6 23씬의 일부.

오로라　초음파로 뇌를 자극하면 정말 신이가 일어나는 거예요?

도로 현재. 티 없이 맑은 얼굴로 영훈을 보는 남신3.

영 훈　… 미안해요.
남신3　뭐가요?
영 훈　여기 오게 한 거. 신이처럼 하라고 다그친 거. 가끔 화낸 거. 다.
남신3　괜찮아요. 인간 남신을 아끼니까 그런 거잖아요.
영 훈　(가만히 보다가) 아낀다. 그게 다가 아닐지도 모르죠.
남신3　(고개 갸우뚱하고) 남신을 위해 일하는 게 좋다고 했잖아요.
영 훈　(맥주 한 모금 마시는)
남신3　(보는)
영 훈　가끔 나도 헷갈려서요. 신이가 좋은 건지, 신이가 가진 게 더 좋은 건지, 신이 옆에 있어서 누릴 수 있는 것들.
그 때문에 더 발악하는 건 아닐까.
남신3　(보는)
영 훈　(손 내밀며 농담) 한 번 잡아볼래요? 어떤 게 진짜 내 마음인지.
남신3　소용없어요. 갈등과 고뇌는 거짓말탐지기로 판별할 수 없으니까.

영 훈 …갈등과 고뇌… (자조적으로 웃고) 그게 내 마음이군요.

남신3 표정이 이제 읽히네요. 슬픔. 괴로움.

영 훈 (얼굴 무표정하게 바꾸고) 인간을 너무 믿지 말아요.

남신3 (해맑은) 지영훈 씨두요? 데이빗과 엄마두요?

영 훈 (말없이 무거운 얼굴로 보는)

S#30. 건호의 저택 / 소봉의 방 (밤)

불 꺼진 실내. 침대 위의 예나와 바닥에 이불 깔고 누운 소봉.
둘 다 말똥말똥한. 예나, 슬쩍 소봉 쪽을 본다.

플래시백 : 건호의 저택 / 정원 (밤)
PLAY6 24씬. 예나의 시선. 택시에서 내려 문 열어주는 남신3.
우산 든 소봉이 내리면 그제야 문 닫아주는 남신3.

도로 현재. 몸을 돌려 소봉을 보는 예나. 얼른 눈 감고 자는 척하는 소봉.

예 나 안 자는 거 아니까 물어볼게요. 키스하고 나가서 오빠랑 뭐 했어요?

소 봉 (움찔해서 눈 뜨고) 글쎄요. 말없이 그냥 같이 다녔어요.

예 나 (일어나서) 오빠한테 이용당했다면서요? 키스 당해서 화난 사람이, 왜 오빠 뒤를 졸졸 따라다녀요?

소 봉 (예나 보는) 따라다닌 거 아닌데요.

예 나 그럼 왜 일은 안 그만둬요? 강소봉 씨는 자존심도 없어요?

소 봉 없어요.

예 나 (보는)

소 봉 우리 아빠가 운동 가르칠 때 그랬거든요.
경기할 때 자존심 부리면 망한다고. 상대가 세게 들어오면
슬쩍 피하고, 몇 대 맞았다고 흥분하면 덜미 잡히고.
자존심보다 승패가 더 중요하고 인생의 승패는 쉽게 안 난다나?

그래서 난 자존심 같은 거 안 따져요. 잘게요. (눈 감는)

예 나	(물끄러미 보는)

S#31. 건호의 저택 / 정원 일각 (밤)

정원을 천천히 걷는 남신3, 나무와 꽃들을 찬찬히 둘러본다.
아예 풀숲에 털썩 누워 밤하늘을 보는 남신3.
별도 없이 까만 밤. 남신3의 시야모니터 켜지고 영훈 등장한다.
PLAY6 29씬의 일부. 남신3의 시선으로 본 영훈.

영 훈	(얼굴 무표정하게 바꾸고) 인간을 너무 믿지 말아요.
남신3(E)	(해맑은) 지영훈 씨두요? 데이빗과 엄마두요?
영 훈	(말없이 무거운 얼굴로 보는)
남신3	(시야모니터 끄고) 인간을 안 믿으면 뭘 믿지?

부드러운 얼굴로 하늘을 올려다보는 남신3.

S#32. 건호의 저택 전경 / 다른 날 (아침)

S#33. 건호의 저택 / 소봉의 방 (아침)

곤히 자던 소봉, 벌떡 일어난다. 내가 왜 땅바닥에 있지?
두리번거리다가 침대 위에 자고 있는 예나 발견하고 놀라는 소봉.
낯선 곳이 불편했는지 잔뜩 웅크리고 자고 있는 예나.
아, 그랬었지? 그제야 깨달은 소봉, 조용히 일어난다.
머리 질끈 묶고 나가려던 소봉, 침대 아래 떨어진 얇은 이불 본다.
그냥 나가려다 찜찜한 소봉,

발가락으로 이불 대충 주워 올려 예나한테 걸쳐주고 나간다.

S#34. 건호의 저택 / 별채 앞 (아침)

트레이닝 복에 운동화 차림으로 나온 소봉, 시원하게 달리기 시작한다.

S#35. 건호의 저택 / 정원 (아침)

이마에 땀이 송글송글 맺힌 소봉, 더욱 속도를 높여 달려간다.
갑자기 악! 소리와 함께 어딘가에 다리가 걸려 넘어질 뻔하는 소봉.
나무 뒤에 누워 있던 남신3, 불쑥 몸을 일으킨다.

소 봉 (놀라서) 엄마!
남신3 (해맑게) 엄마 없다면서요?
소 봉 (다리 문지르며) 야, 너 왜 거기서 나타나?
남신3 밤하늘 보다가 날이 샜어요. (다리 보며) 철심 박힌 쪽인데.
무리하면 안 되니까 그만 뛰어요.
소 봉 (비웃는) 나, 웬만한 남자들보다 빨리 오래 뛰거든?

호기롭게 달려가는 소봉. 벌떡 일어나 소봉을 따라가는 남신3.

소 봉 귀찮게 하지 말고 들어가지?
남신3 나도 달리기할 건데요?

저게 정말. 더 빨리 속도를 올리는 소봉.
표정 하나도 안 바뀌고 똑같이 속도를 올리는 남신3.
아무렇지 않은 남신3가 약 오른 소봉, 더욱 속도를 올린다.
역시 평온한 얼굴로 속도 맞춰 달리는 남신3.

잠시 후. 땀에 젖어 지친 얼굴로 달리는 소봉, 속도 점점 처진다.
보송보송한 얼굴로 역시 속도를 맞춰 달리는 남신3.

소 봉　(숨 몰아쉬며) … 앞질러 가… 가버리라고…
남신3　힘들면 포기해요. 난 안 지치니까.

정말 앞질러 달려가는 남신3, 오기 나서 기를 쓰고 쫓아가는 소봉.
속도를 더 높이는 남신3 뒤를 따르느라 이를 악문 소봉.
호흡이 가빠지고 눈앞이 노래지더니 기어이 스텝이 꼬여 팍! 넘어진다.
악! 소리를 듣고 돌아본 남신3, 얼른 소봉 쪽으로 뛰어온다.

남신3　(얼른 손잡고) 혈압 136에 94. 맥박 139. 숨을 천천히 깊이 쉬어요.
소 봉　(확 손 뿌리치고 일어나려다 도로 주저앉으며) 아!
남신3　나한테 업혀요.
소 봉　(숨 몰아쉬며) 누가 업어달래? 비켜.
남신3　(가만있는)
소 봉　됐다니까!
남신3　(해맑게) 업혀요. 난 강소봉 씨의 철판이잖아요.

환하게 웃으면서 등을 대주는 남신3.
그 모습을 보는 소봉, 설레는 표정인가? 싶은 순간,
갑자기 얼굴 찌푸리며 남신3의 등을 확 밀어버린다.
그 바람에 풀 위에 털썩 넘어지는 남신3.

소 봉　시키는 것만 해. 괜히 까불지 말고.

애써 일어난 소봉, 한쪽 다리 살짝 절면서 걸어가려다 멈칫한다.
그 앞에 서 있는 예나. 건호를 부축하고 산책 중이던.
깜짝 놀라 절도 있게 인사한 소봉, 남신3 쪽을 의식한다.
순간 남신처럼 표정이 바뀌면서 일어나는 남신3.

예 나　　둘 다 안 보인다 했더니 또 같이 있네.

소 봉　　본부장님 체력이 좀 약해지셔서 모시고 나와 러닝 중이었습니다.

예 나　　러닝은 무슨. 오빠 땀 한 방울 안 흘렸는데.

소 봉　　(낭패다 싶어 남신3 보는)

남신3　　(차갑게) 너 아직 안 갔어? 어떻게 키스 한 번 더 보여줘?

소 봉　　(자기도 몰래 얼른 입술 가리는)

예 나　　(울먹이는)… 오빠…

건 호　　(버럭) 이 자식이 어디 감히 내 앞에서!
재 데리고 앞장서! 말 안 들으면 재부터 당장 짤라버릴 테니까.

남신3　　(짜증 나는 표정)

S#36. 건호의 저택 앞 + 종길의 차 (아침)

저택 대문이 활짝 열리고 미끄러져 들어가는 종길의 차.
운전 중인 박 비서와 뒷좌석에 앉은 굳은 얼굴의 종길.

S#37. 건호의 저택 / 별채 2층 (아침)

방에서 나온 영훈, 남신3의 방문을 열어본다.
텅 비어 있는 방. 휴대폰 꺼내 전화해보는데 침대 위에서 울리는 휴대폰.
대수롭지 않게 1층으로 내려가는 영훈.

S#38. 건호의 저택 / 소봉의 방 앞 (아침)

영훈, 노크하려는데 문이 살짝 열려 있다.
조심스럽게 문 열어보면 소봉도 예나도 없다.
이상하다 싶어 밖으로 나가보는 영훈.

S#39. 건호의 저택 / 거실 (아침)

마주 앉아 있는 건호와 예나와 남신3. 그 옆에 죄인처럼 서 있는 소봉.
예나의 계약서를 탁자 위에 올려놓는 건호.

건 호　예나가 내 조건을 다 받아들였다. 식은 가족들끼리만 조촐히 하자.
남신3　할아버지!
건 호　예나야, 보스톤에 연락해서 엄마 들어오시라고 해.
아무리 왕래가 없었어도 니 결혼식은 보셔야지.
예 나　네, 할아버지.
남신3　(벌떡 일어나서) 저 갈게요.
건 호　재 잘못돼도 괜찮겠냐?
남신3　(멈추고 건호 보면)
건 호　(소봉 쳐다보지도 않고) 입에 올리기도 싫은 니 경호원 말이야.
남신3　(픽 웃고) 왜요? 재 자른다고 하면 제가 결혼할까 봐요?
건 호　단순 해고만으로는 안 되겠지. 어느 정도면 될까?
재네 집, 재 미래, 재 목숨, 뭘 건드려야 니가 말을 들을래?
소 봉　(놀라서 건호 보는)
남신3　(차분한) 할아버지는 뭘 건드려야 말을 듣죠?
예나, 소봉　(놀라서 보는)
건 호　뭐야? (때리려고 하는) 너 이 자식!
남신3　(팔을 턱 잡는)
건 호　(부들부들 떨면서) …너…니가…
남신3　인간은 다치게 하면 안 돼요. (손 놔주는)
건 호　(힘 빠져 소파에 털썩 앉는)
소 봉　나가시죠, 본부장님.
남신3　(소봉 보는)
소 봉　(나지막하게) 철판, 빨리.
남신3　(말 듣고 나가는)
예 나　(놀라서 소봉 보는)

소 봉　죄송합니다, 회장님. (나가려는데)
건호(E)　정우야!

멈추고 돌아보는 남신3와 소봉. 갑자기 벌떡 일어나 앞을 막는 건호.

건 호　…정우야… 애빈 너 하나 보고 살았다…
니가 가면 애비 곁엔 아무도 없어… 그 여잔 안 돼… 정우야…
오로라 그 여잔 절대로…
남신3　오로라? 오로란 우리 엄만데.
소 봉　(놀라서 보는)
예 나　왜 이러세요, 할아버지? 왜 저 여자를 오빠 어머니라고…

하다가 갑자기 멍해진 건호를 보며 제 손을 입으로 막아버리는 예나.
그때 2층에서 막 깨서 내려오던 호연, 이 상황을 봤다.

호 연　(달려와 붙들고) 아빠! 니들 무슨 짓 한 거야?
아픈 아빠한테 무슨 짓이냐구?

경악해서 보는 예나와 소봉. 차분하게 보는 남신3.

S#40. 건호의 저택 / 현관 (아침)

현관 한쪽에 서서 가만히 듣고 있던 종길, 충격받았다!
누가 볼까 봐 서둘러 돌아나가는 종길.

S#41. 건호의 저택 / 정원 (아침)

서둘러 본채에서 나오던 종길, 누군가와 부딪친다!

보면 출근하는 차림으로 걸어오던 영훈이다!
의아해하는 영훈과 금세 온화하게 표정 바꾸는 종길.

영 훈　　아침부터 여긴, 아, 서 팀장 데리러 오신 겁니까?
종 길　　직원한테 들으니까 예나가 회장님 방에 있다고 해서.
그분 앞에서 끌고 나올 수는 없잖아. 나중에 다시 오지.

서둘러 가는 종길의 뒷모습 보는 영훈, 뭔가 이상하다 싶다.
대수롭지 않게 여기고 본채로 올라가 현관문 여는 영훈.

호연(E)　　아빠, 제발!!! 아빠!!!
영 훈　　(반사적으로 뛰어 들어가는)
종 길　　(돌아보고 묘한 미소)
영훈(E)　　서 이사, 다 들었을 겁니다.

S#42. 건호의 저택 / 건호의 방 (아침)

침대에 누워 잠들어 있는 건호.
훌쩍훌쩍 울면서 건호의 손잡고 앉아 있는 호연.
뒤편에서 보고 있는 남신3와 영훈과 예나.

호 연　　들었겠지. 직원들도 여긴 함부로 못 드나드는데,
있지도 않은 직원 핑계 대고 급히 나간 걸 보면.
(신이 가리키며) 얘 경호하는 애도 봤잖아. 걘 또 어떡해?
남신3　　(호연 보는)
영 훈　　강소봉 씨는 제가 단속할 수 있습니다. 그보다, (예나 슬쩍 보는)
예 나　　그렇게 보지 말죠. 스파이 취급당하는 거 같아서 기분 별루니까.
호 연　　스파이 맞지. 어쨌든 부녀간인데 니가 말 안 하겠어?
예 나　　안 해요, 절대.

호 연　니 아빠가 알았다면 이 결혼 끝이야.

예 나　(다급한) 제가 알아볼게요. 아빠가 확실히 들은 건지 아닌지.

영 훈　(얼른) 서 팀장이 그렇게만 해주면 큰 힘이 되겠네요.

호 연　딸이 아빠한테 스파이 노릇을 한다고? 난 안 믿어.
걔 여기 나가는 순간 게임 끝이야.

예 나　(호연 보며) 내가 우리 아빠 닮았다고 했죠? 맞아요.
나 갖고 싶은 건 가져야 직성 풀리는 거 딱 우리 아빠예요.
방해하면 아빠라도 어쩔 수 없죠. 싸워야지. 오빠, 나 믿지?

남신3　(예나 보는)

S#43. 종길의 차 안 (아침)

뒷좌석에 앉아 있는 종길. 운전 중이면서 통화 중인 박 비서.

박 비서　네. 알겠습니다, 김 상무님. (끊고) 이 박사님한테 가보신답니다.
회장님 건강 상태 슬쩍 물어보실 겁니다.

종 길　(골똘히 생각에 잠긴) …치매인가…

박 비서　현장에 있었던 서 팀장한테 물으면 더 정확하지 않겠습니까?

종 길　(날카롭게) 예나는 끼어들게 하지 마.

박 비서　죄송합니다. (하고) 아, 강소봉 씨도 거기 있었죠?

종 길　(눈 번뜩이는)

S#44. 건호의 저택 / 정원 (아침)

택시 한 대 대기하고 있고 서성이고 있는 소봉.
문자 알림을 울려서 휴대폰 보면 발신인 〈돈줄〉

종길(E)　확인하고 싶은 게 있어요. 가능할 때 전화 줘요.

소봉　(불안하게 문자 보는) 치매 때문에 그런 건가?

함께 나오는 남신3와 영훈과 예나를 보고 얼른 감춘다.

예 나　(소봉에게) 캐리어는 그대로 둬요. 곧 돌아올 테니까.
(남신3에게) 회사 갔다 집으로 들어갈게. 나만 믿고 기다려.

택시 문을 열어주는 영훈. 승차하는 예나를 보는 남신3와 소봉.

S#45. 택시 안 (아침)

예나가 타고 영훈이 문 닫아주면 곧 출발하는 택시.
사이드미러로 나란히 서 있는 남신3와 소봉 보는 예나.

플래시백 : 건호의 저택 / 거실 (아침)
PLAY6 39씬의 일부. 남신3와 소봉을 보는 예나의 시야.
소봉이 남신3한테 뭐라고 속삭이면("철판, 빨리.") 바로 나가는 남신3.

플래시백 : 건호의 저택 / 정원 (아침)
PLAY6 35씬의 일부. 남신3와 소봉을 보는 예나의 시선.
소봉의 앞에 등을 대주는 있는 환한 얼굴의 남신3.

도로 현재. 이상하다 싶으면서도 설마 싶은 예나.

예 나　왜 안 하던 짓을. (하고) 설마. 아저씨 빨리 가주세요.
소봉(E)　회장님 치매 맞죠?

S#46. 건호의 저택 / 정원 (아침)

소봉의 휴대폰 보고 있는 영훈과 남신3.
종길의 문자. 〈확인하고 싶은 게 있어요. 가능할 때 전화 줘요.〉

소 봉 (난감한) 서 이사가 확실히 봤냐고 물어보면 뭐라고 대답해요?
영 훈 일단 서 이사가 어디까지 들었는지 알아야 돼요.
서 팀장한테 연락 올 때까지 서 이사 전화는 절대 받지 말아요.
소 봉 서 팀장? 딸이 아빠한테 그런 걸 알아본다구요? 와, 콩가루.
영 훈 난 회장님 방에 있을게요. 이럴 때 신이 상태까지 알려지면
끝장이니까 들키지 않게 둘이 딱 붙어 다녀요.
소 봉 그러죠, 뭐.
영 훈 (서둘러 들어가는)
남신3 (소봉의 옆에 딱 붙는)
소 봉 뭐 하냐?
남신3 둘이 딱 붙어 다니래서.
소 봉 (기막힌) 좋은 말 할 때 떨어져.
남신3 (냉큼 떨어지는)
소 봉 너도 치매 알고 있었지?
남신3 네.
소 봉 치사하게 말도 안 해주냐. 그 할아버지 치매는 치매고 나한테
왜 그렇게 심하게 해? 우리 집, 내 미래, 내 목숨,
뭘 건드리면 되냐 이러는데, 나 순간 확 쫄았잖아.
남신3 (보는)
소 봉 근데 너 완전 상남자인 줄. (흉내 내는) 할아버지는 뭘
건드려야 말을 듣죠? 이러면서 팔도 턱 막고 이러니까
완전 남성미 쩔던데? 보통 여자들은 다 넘어가겠어.
남신3 (슬쩍 옆에 달라붙으며) 그래요?
소 봉 (얼굴 굳히며) 이러라는 건 아니고.

또 냉큼 떨어지는 남신3 두고 가버리는 소봉. 쪼르르 따라가는 남신3.
남신3, 안 보면 소봉에게 붙었다 보면 떨어졌다 하며 걸어간다.

S#47. PK그룹 전경 (낮)

종길(E) 치매가 확실해.

S#48. PK그룹 / 종길의 사무실 (낮)

노트북 모니터 보면서 앉아 있는 종길.
함께 앉아 있는 김 상무와 차 부장. 옆에 서 있는 박 비서.

종 길 이 박사는 뭐래?
김 상무 요즘 회장님 건강 어떠시냐고 슬쩍 물었더니 대꾸도 안 합니다.
아무리 이십 년 지기라도 공적인 일엔 칼 같은 사람이라.
아무래도 딴 루트를 알아봐야 할 거 같습니다.
차 부장 어설프게 움직이면 안 돼요.
확실한 증거 없인 오히려 우리 쪽이 물립니다.
박 비서 증거 넘겨줄 사람만 있으면 될 텐데…
종 길 (골똘히 생각에 잠기는)

S#49. PK그룹 / 자율주행차팀 (낮)

차분한 얼굴로 박스에 짐 챙기고 있는 여 팀장.
좀 떨어져 불만스럽게 여 팀장을 보는 창조.
목 베개 두른 채, 심각한 표정으로 노트북으로 시스템 확인 중인 지용.

창 조　시험주행 최종책임자는 본부장님인데 왜 팀장님이 그만둬요?
여 팀장　이 팀 공중분해 안 된 거 본부장님 덕이야. 더 큰 사고는 막으셨잖아.
지 용　(모니터 보며) 근데도 본부장님 대기발령 받았잖아요.
창 조　자기 회산데 금방 컴백하겠지.
여 팀장　쓸데없는 얘기 그만해. 좀 쉬려던 참이었으니까.
나 짐 내려놓고 올게. 밥이나 같이 먹자. (짐 들고 가는)
창 조　다음 팀장이 누굴까?
지 용　어? 이거 뭐야? 누가 킬 스위치를 업그레이드해놨어.
창 조　(가서 보고) 진짜네. 니가 한 거 아냐?
지 용　아니야. (자존심 상한) 누구지? 국내에 나보다 잘하는 애 없는데.
창 조　누가 침입했나? 보안팀 전화번호 몇 번이지? (하다가 번뜩)
이거 내가 한 걸로 하자. 우리 중에 팀장 되는 게 낫잖아.
지 용　(관심 없는) 형 맘대로 해. 난 누구 짓인지 찾을 거야. 약 올라.

그때 들어온 박 비서, 인사한다. 창조와 지용 벌떡 일어나서 인사하는.

S#50. PK그룹 / 옥상 (낮)

느긋한 표정으로 도심을 내려다보고 있는 종길.
긴장한 채 박 비서 뒤를 따라 올라온 창조, 종길을 보고 인사한다.

종 길　긴장할 필요 없어요. 자율주행차팀 분위기 좀 알고 싶어서
부른 거니까. 여 팀장 일은 안타깝게 됐어요.
창 조　(눈치 슥 보고) 남은 사람들이라도 열심히 해야죠. 저번 같은 사고를
방지하기 위해 제가 킬 스위치 시스템을 업그레이드했습니다.
종 길　(이놈 봐라 싶어) 고창조 씨가요? 대단하네요.
창 조　(의지에 차서) 인터뷰에서 말씀하신 해킹 방지 시스템도
더 물샐틈없게 업그레이드하겠습니다.
종 길　(씨익 웃는)

S#51. PK그룹 / 종길의 방 (낮)

문 열고 들어온 예나, 아무도 없다. 따라 들어온 여비서, 인사한다.

여 비서　이사님, 약속 때문에 나가셨어요. 차 한 잔 드릴까요?
예 나　아니에요. 나중에 다시 올게요.

여 비서 인사하고 나가면, 역시 나가려던 예나 노트북에 눈길이 간다.
검색창에 떠 있는 '아리셉트정'이라는 단어 보는 예나.

플래시백 : PK그룹 / 회장실(낮)
PLAY5 35씬의 일부. 종길과 예나, 들어오던 호연과 부딪힌다.
호연의 손에 들고 있던 '아리셉트정' 약병 땅에 떨어진다.
주워 올린 예나 손에서 약병을 확 뺏는 호연. 긴장한 눈빛.

도로 현재. 검색 결과 보는 예나. 알츠하이머성 치매 치료제.
혈관성 치매 개선 등. '치매'라는 단어에 눈길이 가는 예나.

예 나　…아빠, 확실히 알아버렸네…

S#52. PK그룹 일각 (낮)

복잡한 얼굴로 생각에 잠긴 채 걸어가는 예나.
휴대폰이 울리면 누군지 확인하고 잠깐 망설인 예나, 받는다.

영훈(F)　서 팀장님, 접니다.
예 나　네.
영훈(F)　말씀하신 건 알아보셨습니까?
예 나　(잠시 흔들리다가) 아니요, 아직. 아빠가 방에 안 계셔서요.

S#53. 건호의 저택 / 거실 (낮)

정원을 보며 앉아 있는 건호 옆에서 통화 중인 영훈.

영 훈　알겠습니다. 늦어도 좋으니까 확인하는 대로 전화주시죠.
(끊고) 아직 서 이사를 못 만난 모양입니다.

건 호　(끄덕이고 일어나려다 휘청하는)

영 훈　(놀라서 붙들고) 회장님! (도로 앉히는)

건 호　(허탈한 듯 웃고) 몸이 아프니까 온 세상이 다 서운하구나.
하늘이 맑은 것도, 사람들이 웃는 것도, 손주 놈이 냉정한 것도,
다 밉고 싫다. (영훈의 손을 잡고) 니 놈이 내 손자면
얼마나 좋았겠냐. 든든하고 야무진 게 아무 걱정 없었을 텐데.

영 훈　…회장님…

건 호　…내 병이 알려지면 회사는 어떻게 될지…

영 훈　신이 걱정 안 하셔도 돼요. 자율주행차 다시 살려낼 방법이 있습니다.

건 호　(놀라는) 자율주행차를? 어떻게? 누가?

영 훈　(긴장해서 보고) 오로라 박사님이 해결해주실 겁니다.

건 호　…오로라? 신이 엄마가 입국했다는 거냐?

영 훈　…신이 보러 잠깐 들르신 걸 어떻게 알게 됐어요.
미리 말씀 못 드려서 죄송해요.

건 호　…나한테 화낼 힘이 없는 게 다행인 줄 알아.

영 훈　…죄송합니다. 어떤 처분이든 달게 받겠습니다.

건 호　(생각하다가) 처분은 나중에 받고 부탁 하나 하자.

영 훈　(뭔가 싶어 보는)

S#54. 건호의 저택 / 별채 1층 (낮)

함께 소파에 앉아 있는 남신3와 소봉.

소 봉　　아까 회장님이 정우, 정우, 그랬지? 그게 누구지?

대형 TV에 IoT 연결해서 시각 정보 띄우는 남신3.
정우와 젊은 건호가 함께 찍은 사진 이미지.

남신3　　남정우. 남건호 회장의 외아들, 인간 남신의 아버지,
엄마의 남편이에요. 1997년 사망.
소 봉　　손자를 죽은 아들로 착각한 거네. 이런 집에도 짠한 사연이 있구나.

그때 울리는 소봉의 휴대폰. 확인하고 받는 소봉.

소 봉　　어, 쪼인트. (듣다가 벌떡 일어나는) 뭐? 아빠가 여길 왜 와?
인태(F)　　누나가 온다구 했다가 안 왔잖아요. 누나 진짜 거기 있는지
직접 확인하시겠대요. 관장님 성격 아시잖아요.
소 봉　　당장 갈 테니까 꼭 붙들고 있어. (벌떡 일어나 나가는)
남신3　　(따라 나가는)

S#55. 건호의 저택 / 별채 주차장 (낮)

서둘러 달려 나온 소봉, 벽에 걸린 차키 아무거나 집어 누른다.
삑 소리 나는 차로 가는데 어느새 보조석 문을 열고 있는 남신3.

소 봉　　뭐야? 꺼져. (운전석 문을 열려는데)
남신3　　(차키 뺏으며) 내 차예요.
소 봉　　치사하게.
남신3　　운전은 제가 할게요. 우린 딱 붙어 다녀야 되니까. (운전석에 타는)
소 봉　　(황당하게 보는)

S#56. 남신의 차 안 + 도로 (낮)

운전 중인 남신3. 보조석에 앉은 소봉.
신호등이 노란불로 바뀌자마자 칼처럼 멈추는 남신3.

소 봉 또 세워? 노란불엔 그냥 가자, 좀.
남신3 교차로 진입 전 황색 신호는 멈추는 게 원칙이에요.
소 봉 그노무 원칙! 그 원칙 나도 있거든! 니가 말 안 들으면 확 분해해서 팔아버릴 거야. 팔부터 팔아줘? 다리부터?
남신3 (순진한) CNT는 고물상에서 취급 안 해요. (출발하는)

기막혀하는 소봉. 그때 울리는 휴대폰, 확인하고 전화 받는다.

조 기자(F) (소리 크게) 자기, 어젠 잘 들어갔지? 난 신개념 성희롱이 뭔지 궁금해서 잠도 못 잤다? 도대체 사람 말고 쇠붙이랑 뭘 한 거야?
남신3 난 쇠붙이가 아니라 CNT-(하는데)
소 봉 (당황해서 다급하게) 체육관 가는 중이니까 끊어요. (툭 끊고) 남의 통화 끼어들지 말고 차선이나 끼어들어.
남신3 끼어들기는 안 하는 게 원칙이에요. (또 멈추는)
소 봉 (신경질) 그만 좀!

S#57. 격투기 체육관 앞 (낮)

막 체육관에서 나오는 재식의 팔을 붙들고 늘어지는 인태.
팔짱 끼고 그 모습을 구경하는 로보캅.

재 식 이거 놔 봐. 진짜 거기 있는지만 보고 온다니까?
인 태 누나 곧 와요. 야, 로보캅! 관장님 좀 말려!
로보캅 난 남의 가족사에 개입 안 해. 쿨하잖아.

그때, 남신의 멋들어진 차, 끼익! 와서 멈춘다.
재식과 인태와 로보캅, 동네와 어울리지 않는 차에 눈길 가는데,
운전석 문 열고 나온 남신3, 깍듯하게 보조석 문 열어준다.
거기서 내린 소봉, 재식과 인태, 로보캅 보자마자 태도 바꾼다.

재 식　(의아한) 어째 상황이 좀 뒤바뀌었다. (남신3 보며) 본부장님 아니셔?
소 봉　(갑자기 깍듯하게) 본부장님, 감사합니다. (재식에게) 우리 본부장님 매너 짱이지? 아빠, 들어와. (못 박듯) 본부장님은 여기 계시구요.

남신3, 고개 끄덕이면 눈치 보며 소봉의 뒤를 따라 들어가는 재식.
인태와 로보캅, 남신3의 입성과 고가의 차를 구경하느라 바쁘다.

로보캅　와, 차 죽인다. 옷도 죽이고 사람도 죽여.
인 태　누나한테 뭐 잘못했어요? 왜 경호원한테 꼬봉처럼 굴어요?
남신3　(순진하게) 네. 강소봉 씨한테 잘못했어요.
로보캅　또 뭘 잘못했는데? 전처럼 뒤통수 후려갈겼어?
남신3　(인태와 로보캅 보는)

S#58. 격투기 체육관 (낮)

의아하게 소봉을 보는 재식과 여유 넘치는 소봉.

소 봉　나 그 집에서 일하는 거 맞다니까. 괜한 의심 집어치우고 안심해.
재 식　너 뭔 약점 잡았냐? 왜 본부장이 운전하고 차 문까지 열어줘?
소 봉　그의 약점이 아니라 나의 능력이지. 그들이 날 간절히 원해. 보이는 대로 믿어. 아빠 딸, 이 정도라구. (하는데)
인태(E)　(동시에) 관장님!
로보캅(E)　(동시에) 관장님!

재식과 소봉, 돌아보면 남신3를 양쪽에서 붙들고 들어오는 인태와 로보캅.
해맑은 얼굴로 끌려오는 남신3를 보고 놀라는 재식과 소봉.

재 식 뭐야? 니들 왜, 야, 야, 다치신다. 피부가 희여멀건하신 게
평생 닭싸움도 한 번 안 해보셨을 거 같은 분을-(하는데)

인 태 (화나서) 이 자식이 누나한테 키스했대요!

로보캅 (화나서) 허락도 안 받고 강제로 했다는데요?

재 식 뭐? 키스? (소봉에게) 어떻게 된 거야? 정말이야?

소 봉 (난감한) 아냐, 그게 아니라…

남신3 내가 키스한 거 맞잖아요, 강소봉 씨.

재 식 뭐? (달려들며) 이 자식이!

소 봉 아빠, 하지 마!

하는 순간, 달려드는 재식을 가볍게 휙 피하는 남신3.
야! 소리 지르며 함께 달려드는 인태와 로보캅을 가볍게 밀어내는 남신3.
다치지 않게 푹신한 매트 위로 떨어지는 인태와 로보캅.

재 식 너 진짜 죽어볼래?

또다시 달려드는 재식을 휙 위로 던져버리는 남신3.
이미 허공에 떠 있는 재식. 로보캅, 인태와 눈 마주친다.

인태, 로보캅 (동시에) 관장님!

하는데 떨어지는 재식을 두 팔로 사뿐히 받아주는 남신3.

남신3 인간은 다치게 하면 안 돼요.

소 봉 (안도의 한숨 쉬는)

재 식 (안긴 채) 땀 한 방울 안 흘리고 셋이나 처리하다니.
자네, 참 믿음직한 친구구만. 내 딸을 충분히 감당하겠어.

그때 막 들어오던 조 기자, 이 광경을 보고 본능적으로 사진 찍는다.
당황한 소봉, 조 기자 앞을 얼른 막아선다.

소 봉　(으르렁거리는) 이러지 맙시다.
조 기자　내가 아니라 본능이 찍은 거야. 이거 무슨 그림이야?
소 봉　(안 되겠다 싶어) 아빠, 나 갈게.

소봉, 남신3를 보고 오라고 손짓하면 재식 내려놓고 가는 남신3.
소봉의 뒤를 강아지처럼 뒤따라가는 남신3가 황당한 사람들.

S#59. 격투기 체육관 앞 (낮)

지나다니는 사람 꽤 많아진 거리.
화난 듯 걸어 나온 소봉, 따라 나온 남신3의 앞을 막아선다.

소 봉　야, 철판! 너 키스 얘긴 왜 했어?
남신3　물어봐서 대답한 건데. (손을 잡아보고) 혈압, 맥박, 심박수. 홍조.
또 흥분했네요, 강소봉 씨. 이번엔 이유가 뭐죠?
소 봉　(손 홱 뿌리치고) 내 손 잡지 마! 맘대로 잡지 마! 함부로 잡지 마!
남신3　설마 나 때문은 아니죠? 내 입술 감촉이 인간이랑 똑같아서?
소 봉　누가 똑같대? 너 키스 얘기 한 번만 더 해봐.
남신3　인간이 스킨십을 하면 도파민, 엔돌핀 등의 신경전달물질이
분비되고 상대방에 대한 호감도가 상승해요.
강소봉 씨도 나에 대한 호감도가 상승했나요? 내가 좋아졌어요?

열 받은 소봉, 갑자기 남신3한테 확 키스해버린다!
남신3의 눈 똑바로 쳐다보면서 키스하는 소봉.
지나가는 사람들, 남신3와 소봉을 흘깃 보고 간다.
그제야 남신3와 떨어져 확 밀어버리는 소봉.

소 봉 확실히 알았지? 나 너한테 아무 감정 없어.
쇳덩이, 돌, 플라스틱! 넌 나한테 그냥 물건이라구!
다신 내 앞에서 사람인 척하지 마. 가서 차나 끌고 와.

남신3 (바로) 네. (하고 가는)

소 봉 (그제야 사태 파악) 나 지금 뭐한 거야? (손부채질) 완전 미쳤나봐.

좀 떨어진 곳. 놀란 얼굴로 남신3와 소봉을 보는 조 기자.

오로라(E) (놀란) 서종길이 치매를요?

S#60. 오로라의 아지트 / 남신의 방 (밤)

소형 초음파 장치를 달고 누워 있는 남신. 옆에서 관찰 중인 현준.
옆에 서 있는 오로라, 데이빗, 영훈.

영 훈 네. 확실한 건 아니지만 가능성이 아주 높습니다.

데이빗 …서종길 이사가 회장의 치매를 알았다… 게다가 여기까지 알아내면…

오로라 그럴 일 없어요. 감히 상상도 못 할 거예요.

데이빗 …오 박사, 걱정할까 봐 말 안 했었는데…

오로라 (불길한) 뭔데 그래요?

데이빗 …신이 사고 나던 날, 총을 들고 신이를 미행한 남자가 있었어.
신원불명의 그 남자가 나중엔 연구소까지 나타나는 바람에,
한국으로 들어왔지. 어쩌면 여기도 안전하지 않아.

현 준 혹시 서 이사가 보낸 사람이면 어떻게 됩니까?

오로라 제발 초음파 장치가 신이를 깨어나게 해주면 좋겠네요.

남 신 (평온하게 누워 있는)

S#61. 인천공항 앞 (낮)

공항 건물에서 나온 상국, 주위를 둘러보는.
휴대폰 켜면 그제야 도착하는 문자 알림음.
확인하면 박 비서한테 와 있는 문자들.

박 비서(E) 왜 전화 안 받아요?
박 비서(E) 어딥니까? 서 이사님이 찾으십니다.
박 비서(E) 도대체 왜 연락이 안 돼요? 확인하면 전화 줘요.

아랑곳 하지 않고 휴대폰 도로 넣은 상국, 어딘가로 발길 옮기는.

S#62. 건호의 저택 / 건호의 방 (밤)

침대에 누운 채 생각에 잠긴 건호.

플래시백 : 건호의 저택 / 거실 (낮)
PLAY6 39씬의 일부. 건호에 맞서는 남신3의 모습.

남신3 (차분한) 할아버지는 뭘 건드려야 말을 듣죠?
남신3 (팔을 턱 잡고) 인간은 다치게 하면 안 돼요.

도로 현재. 어딘가 대견한 건호.

건 호 …그런 모습이 다 있었어…

그때 문이 끼익 열리고 얼굴 내미는 호연, 과장되게 환하게 웃는다.
건호, 호연의 뒤쪽 보면 숨어서 떨고 있는 노희동(7세, 男).

호 연　아빠, 희동이 왔어. 외할아버지 아프다니까 굳이 오겠다잖아.
뭐해? 인사드려야지.

희 동　(잔뜩 주눅 들어서) 안녕하세요, 할아버지.

건 호　(못마땅한) 뭐 하러 이 밤에 애를 불러? 얼른 제 아빠한테 돌려보내.

호 연　(화난) 신이 걔만 아빠 핏줄이야? 우리 희동이도 아빠 손주야.

건 호　알았으니까 나가 봐. 피곤하다.

호 연　(삐져서 희동이 끌고 나가는)

S#63. 건호의 저택 / 호연의 방 (밤)

방으로 들어온 호연, 희동의 얼굴을 쓰다듬어준다.

호 연　엄마 봐봐. 자꾸 무서워하면 어떡해? 엄마가 외할아버지한테-

희 동　(습관적인) 아픈 건 얘기하면 절대 안 돼요.

호 연　그래. 외할아버지는 약한 건 끔찍하게 싫어하시니까.
니 심장 얘기는 절대 비밀이야. 알지?

희 동　(끄덕이는)

호 연　(문자 알림음 듣고 확인하는데 얼굴 복잡해지는)
희동아, 엄마랑 잠깐만 나갔다 올까?

S#64. 건호의 저택 주변 (밤)

남신의 차 천천히 달려간다. 운전 중인 남신3와 보조석에 앉은 소봉.
맞은편에서 오는 호연의 차. 희동을 옆에 태운. 스쳐 지나가는 두 대의 차.

S#65. 카페 (밤)

긴장한 얼굴로 희동의 손잡고 들어오는 호연.
먼저 와서 앉아 있던 종길, 일어나서 인사한다.

종 길 (친절하게 웃어주는) 니가 희동이구나.
희 동 (인사하는) 안녕하세요.
호 연 (경계하는) 왜 날 불러낸 거죠? 뭘 의논하고 싶다는 거예요?
종 길 (희동의 머리 쓰다듬어주며) 이 아이의 미래에 관해서요.
호 연 (긴장하는)

S#66. 건호의 저택 / 정원 (밤)

어느새 외출복 차림으로 정원에 앉아 있는 건호.
쓸쓸한 표정으로 아름다운 정원을 둘러보는 중.
지나가던 남신의 차 멈춰서고 내려서 인사하는 남신3와 소봉.
건호가 힘없이 손짓하면 둘 다 가까이 걸어온다.
긴장해서 건호를 보는 소봉. 그런 소봉을 보는 남신3.
자신의 옆에 앉으라는 듯 툭툭 치는 건호 옆에 앉는 남신3.

건 호 강소봉 씨, 낮에 미안했소. 목숨까지 뺏네 뭐네 늙은이 입이
거칠었어. 내가 늙고 아파서 그런 거니까 모쪼록 이해해요.
소 봉 … 괜찮습니다.
건 호 앞으로도 우리 신이 잘 부탁해요.
(남신3 보며) 내가 너까지 못 알아보면 가끔 여기 앉혀놔.
이 자리에 앉아 너 크는 걸 다 봤으니, 한 번씩 널 알아보게.
소 봉 (숙연한)
건 호 (회한에 찬 얼굴)
호연(E) 아빠 안 아파요!

S#67. 카페 (밤)

아이스크림을 먹고 있는 희동을 흐뭇하게 보는 종길.
호연은 그런 종길을 보면서 기막힌 듯한 표정 짓고 있다.

호 연　　아픈 데 없다구요. 낮에 뭘 들었는지 모르겠는데 오해한 거예요.
종 길　　우리 예나도 저맘때 온 세상의 아이스크림을 다 퍼먹을 기세였죠.
호 연　　뻔뻔하기는. 희동아, 가자. (데리고 일어나려는데)
종 길　　회장님 자리에 신이가 앉으면 우리 둘 다 좋을 게 없잖습니까?
　　　　그분은 아픈 아이한테 눈길 주실 분이 아니니까요.
호 연　　(눈빛 흔들리는) 우리 애 아픈 건 어떻게 알았죠?
　　　　… 당신… 지금 나 협박하는 거야?
종 길　　엄마가 옳은 길을 선택해야 아픈 아이가 오래 살 수 있겠죠.
　　　　(목덜미를 여며주는) 에어컨 바람에 아이스크림까지, 춥겠구나.
희 동　　(켁켁) 아저씨, 숨 막혀요.
호 연　　(희동이를 당겨서 제 품에 안는) 애한테 뭐 하는 짓이에요?
종 길　　엄마가 현명한 선택을 하실 수 있게 부탁해봐.
　　　　아저씬 참을성이 없는 편이라서.
희 동　　(호연 애처롭게 보면서)… 엄마…
호 연　　(희동이 더 꽉 껴안으면서) 아빠 치매 맞아요. 됐어요?
종 길　　(빙그레 웃는)

S#68. 건호의 저택 / 정원 (밤)

가만히 앉아서 남신3를 바라보는 건호, 눈에 눈물이 어린다.
눈물을 본 남신3, 가만히 건호를 안아준다.
그런 남신3 보는 소봉, 조금 물러나준다.
남신3의 등을 토닥거려주던 건호, 남신3를 떼어낸다.
귀한 듯 남신3의 손을 붙들어 만져보는 건호.

건 호 (회한에 찬) …이 할애비가 어쩌다… 내가… 내가 치매다, 신아.

절박하고 애처로운 눈빛으로 남신3를 바라보는 건호.
그런 건호를 보던 남신3의 한쪽 눈, 순간 깜빡! 한다.
그 모습을 본 소봉, 놀라서 남신3와 건호를 본다.

남신3 (차분한) 치매 아니에요, 할아버진.

경악해서 건호를 보는 소봉. 차분하게 건호를 보는 남신3.
더없이 온화하던 미소가 사라지고 섬뜩하게 바뀌는 건호의 얼굴에서.

PLAY 7

제13회

제14회

S#1. PK그룹 / 회장실 (낮)

PLAY1 38씬의 일부. 모니터 몇 개에 앞 씬의 남신과 소봉의 동영상.
모자이크 처리한 채 흐르는 자막, 〈재벌 3세 경호원 폭행 갑질 파문 확산〉
모니터 속 소봉을 때리는 남신의 모습을 가만히 보는 건호 위로.

건호(N) 신아. 넌 안 돌아올 생각이구나.

S#2. 건호의 저택 / 거실 (낮)

PLAY1 44씬의 플래시백. 차가운 눈길로 건호를 보고 있는 남신.

남 신 기대하세요. 앞으로 재밌는 일이 벌어질 테니까.

씩 웃고 건호를 스쳐 지나가는 남신의 매서운 눈빛.

건호(N) 니가 말한 재밌는 일이 겨우 이거냐?

S#3. PK그룹 / 회장실 (낮)

PLAY1 44씬의 일부. 톡톡 손가락으로 책상 치면서 생각에 잠긴 건호.

건호(N) 그렇다면 나도 장난 한 번 쳐주마.

톡톡 치던 손가락 멈춘다. 어딘가 멍해진 건호의 시선.

건호(E) 정우는?

S#4. PK그룹 / 복도 (낮)

PLAY1 46씬의 일부. 건호를 보고 놀란 호연과 영훈.

호 연 정우? 정우 오빠? 갑자기 죽은 오빤 왜 찾아?
건 호 (팔짱 홱 뿌리치고 사납게 노려보며) 죽은 오빠? 내가 없는 자식 셈 친다고 너까지 멀쩡히 살아 있는 오래비를 죽은 사람 취급해?
영 훈 (다급하게 호연에게) 이 박사님한테 가야 돼요. 얼른요.

S#5. PK그룹 / 주차장 (낮)

PLAY1 47씬의 일부. 주위 살피며 건호를 힘겹게 끌고 오는 영훈과 호연.

건 호 (뿌리치며) …정우야… 정우야… (도망가려는)
호 연 (다시 붙들며) 아빠, 제발. 왜 이래.
건 호 …정우 데려와… 못 가게 해…

주위 살피며 버티는 건호를 차에 억지로 태우는 영훈과 호연.
건호 태우고 옆에 앉는 호연. 영훈은 재빨리 운전석으로.
다급하게 움직이는 영훈과 호연이 눈치채지 못하는 사이,
차창 밖에서 보이는 슬그머니 웃는 건호 위로.

건호(N) 어떠냐? 재밌지?

S#6. 건호의 저택 / 정원 (석양 무렵)

PLAY3 60씬의 일부.
건호, 다짜고짜 남신3의 한쪽 소매를 거칠게 밀어 올린다!
갑작스런 행동에 당황한 영훈, 순간적으로 남신3를 보는데!

건 호 (팔뚝 보며) 흉터는 어디 있냐? 여기 있던 니 흉터!
남신3 흉터 없는데. (영훈 보면서) 남신은 흉터 없잖아요.
영 훈 (당황해서 건호 보는)
호 연 또 이런다! 오빠한테 있는 흉터를 왜 얘한테 찾아?
오빤 죽었잖아! 얜 오빠 아들 신이잖아!
건 호 (남신3 보고) …정우야… 정우야… 이 나쁜 놈… 이 모진 놈…

멍하니 있는 건호를 관찰하는 남신3의 모습 위로.

건호(N) 널 속였으니까 더 큰 장난을 쳐야겠다.

S#7. 건호의 저택 / 건호의 방 (아침)

PLAY6 42씬의 일부.
침대에 누워 잠들어 있는 건호.
훌쩍훌쩍 울면서 건호의 손잡고 앉아 있는 호연.
뒤편에서 보고 있는 남신3와 영훈과 예나.

영 훈 서 이사, 다 들었을 겁니다.
예 나 (다급한) 제가 알아볼게요. 아빠가 확실히 들은 건지 아닌지.

호 연 딸이 아빠한테 스파이 노릇을 한다고? 난 안 믿어.
예 나 나 갖고 싶은 건 가져야 직성 풀리는 거 딱 우리 아빠예요.
방해하면 아빠라도 어쩔 수 없죠. 싸워야지.

그 얘기를 들으면서 눈 감은 채 슬쩍 웃는 건호의 모습 위로.

건호(N) 누가 진짜 내 편인지,

S#8. 카페 (밤)

PLAY6 67씬의 일부와 연장. 희동을 빌미로 호연을 회유 중인 종길.

종 길 회장님 자리에 신이가 앉으면 우리 둘 다 좋을 게 없잖습니까?
그분은 아픈 아이한테 눈길 주실 분이 아니니까요.
호 연 (희동이 더 꽉 껴안으며) 아빠 치매 맞아요. 됐어요?
종 길 (빙그레 웃고) 치매라는 증거만 있다면 이 아이가 신이 자리를
대신할 수도 있겠네요.
호 연 (눈빛 흔들리는) …증거요?

음흉하게 웃는 종길과 희동을 보면서 흔들리는 호연 위로.

건호(N) 누가 날 배신하는지 테스트하기 위해.

S#9. 건호의 저택 / 정원 (밤)

PLAY6 66씬 + 68씬의 일부. 남신3와 소봉의 앞에서 또 연기 중인 건호.
귀한 듯 남신3의 손을 붙들어 만져보는 건호.

건 호　(회한에 찬) … 이 할애비가 어쩌다… 내가… 내가 치매다, 신아.
남신3　(눈 깜빡하고)
소 봉　(놀라서 남신3 보는)
남신3　치매 아니에요, 할아버진.
건호(N)　(온화한 미소) 신이 너 이 자식, 어떻게 안 거야?

온화하던 미소가 사라지고 섬뜩하게 바뀌는 건호의 얼굴에서 암전.

남신3(E)　어떻게 알았냐구요?

S#10. 건호의 저택 / 정원 (밤)

화면 밝아지면 흥미로운 얼굴로 남신3를 보고 있는 건호.
뒤편에 서 있는 소봉은 믿을 수 없다는 듯 계속 건호를 관찰한다.

남신3　안 그래도 좀 이상했어요.
할아버지, 불가능은 없다고 믿는 사람이잖아요.
그런 사람이 치매 걸렸다고 바로 포기하고 나약해져요?
눈물까지 흘린 게 결정적이었어요.
건 호　(빙그레 웃고) 쑈가 과했구나. 내가 내 연기에 너무 심취했어.
너만 돌아오면 그만두자 했는데 재밌어서 끊을 수가 있어야지.
소 봉　(황당하게 보는)
건 호　왜? 유치해? 유치하게 살아야 재밌는 거야.
내가 치매인 줄 아는 놈들 머릿속이 얼마나 복잡하겠어?
그놈들이 벌일 짓을 같이 구경할 생각 하니까 더 재밌어.
(소봉을 보며) 그때까진 모른 척 가만있어.
서로 피곤하게 협박까지 안 해도 되겠지?
소 봉　(냉큼 알아듣고) 걱정 마세요. 함구하겠습니다.
건 호　(남신3 보며) 너도.

남신3	쓸데없는 걱정 마세요.
건 호	(남신3 뒤편 보며) 너 말고 니 뒤에 있는 놈.

남신3와 소봉 뒤돌아보면 굳은 얼굴로 서 있는 영훈.

S#11. 건호의 저택 / 건호의 방 (밤)

건호를 부축해서 들어오는 영훈. 침대에 앉은 건호, 힘겨운 듯 숨 고른다.

건 호	신이 놈이 잘못 알았어. 아무리 나라도 늙으니까 마음이 약해져.
(슬쩍) 너까지 속여서 많이 서운하냐?
영 훈	(고개 숙여버리는)
건 호	늙어서 그렇다니까. 괜히 알면서도 속까지 다 들여다보고 싶어서.
난 이번 미친 짓으로 니 마음 확인한 게 제일 좋다.
넌 종길이 놈이랑 달라. (농담조) 왜 그놈처럼 내 뒤통수 칠 생각을
못 하는 거냐?
영 훈	(피식 웃어버리는)
건 호	영훈아, 할아버지라고 불러볼래?
영 훈	(놀라는) 네?
건 호	(웃고) 농담이야. 피곤하니까 올라가봐. (침대에 눕는)
영 훈	쉬세요. (인사하고 올라가는)
건 호	언제든,
영 훈	(멈추고 보면)
건 호	그렇게 부르고 싶을 때 불러. 손주놈 둘 있는 셈 칠 테니까.
(돌아눕는)
영 훈	(울컥한 거 참고 이불 여며주고 나가는)

S#12. 건호의 저택 / 남신의 방 (밤)

생각에 잠겨 정신없이 왔다 갔다 하는 소봉.
그런 소봉을 보느라 고개를 이리저리 돌리는 남신3.

소 봉 (멈추고) 어떻게 그딴 거짓말을 하냐?
너 그 할아버지한테 안 들키게 조심해. 진짜 무서운 사람이야.

남신3 난 사람 안 무서워요.

소 봉 사람이 무서운 게 아니라 사람이 하는 짓이 무서운 거야.
널 부셔버리면 어떡할래? 녹여버리면?

그때 휴대폰 울리는 소봉. 확인하면 〈돈줄〉이다.

소 봉 (당황한) 서 이사야. 어떡해? 치매 얘기 물어보면 뭐라고 하지?

영훈(E) 받아요.

휴대폰 계속 울리는 가운데 들어오는 영훈을 보는 남신3와 소봉.

영 훈 스피커폰으로 받아서 내 지시대로 해요.

소 봉 (스피커폰으로 받는) 네, 서 이사님. 안 그래도 전화 드리려고 했는데.

종길(F) 낮에 본채에 있었죠? 회장님 상태, 봤습니까?

영 훈 (끄덕여주는)

소 봉 네. 회장님이 좀 이상하시더라구요. 절대 발설하지 말라면서
감시하는 모드길래 연락 못 드렸어요.

종길(F) 그랬군요. 혹시 유언장 때문에 변호사가 다녀간 적은 없습니까?

영 훈 (고개 젓는)

소 봉 아뇨, 그런 얘긴 못 들었어요.

종길(F) 본부장이나 지 팀장이 회장님한테 무슨 짓을 하는지 잘 살펴봐요.

소 봉 네, 이사님.

종길(F) …우리 예나도 그 자리에 있었죠?

영 훈　(끄덕여주는)

소 봉　네. 따님이 말씀 안 하시던가요?

종길(F)　강소봉 씨, 내가 회장님 상태를 안다는 건 아무도 몰라야 됩니다.
예나까지도. (툭 끊기는)

소 봉　(끊고 기막힌) 딸도 못 믿나 봐. 아빠랑 딸이 서로 속고 속이고.
진짜 치매 아닌 거 알면 기절하겠네.

영 훈　당분간 회장님은 치매이신 겁니다.
서 이사 쪽이 이 미끼를 확실히 물 때까지는.

남신3　치매를 알면서도 모른 척, 치매가 아닌데도 맞는 척,
온통 거짓말이네요. 손잡아볼 필요도 없겠어요.
(윙크 한 번 하고) 윙크만 계속 할 테니까.

소봉, 영훈　(남신3 보는)

S#13. 종길의 저택 / 서재 (밤)

전화 끊은 휴대폰을 든 채 골똘히 생각에 잠겨 있는 종길.

종길(E)　…우리 예나도 그 자리에 있었죠?

소봉(E)　네. 따님이 말씀 안 하시던가요?

종 길　(심각한)

S#14. 종길의 저택 / 주방 (밤)

주방으로 들어온 예나, 컵에 물을 따르며 생각에 잠긴다.

플래시백 : PK그룹 / 종길의 방 (낮)
PLAY6 51씬. 나가려던 예나 노트북에 눈길이 간다.
검색창에 떠 있는 '아리셉트정'이라는 단어 보는 예나.

검색 결과 보는 예나. 알츠하이머성 치매 치료제.
혈관성 치매 개선 등. '치매'라는 단어에 눈길이 가는 예나.

예 나　…아빠, 확실히 알아버렸네…

도로 현재. 물병을 멈춰주는 손을 보면 종길이다.

종 길　(내려놔주는) 물 넘친다. 무슨 생각을 그렇게 해?
예 나　(태연하게) 그냥 좀 피곤해서. (물 마시는)
종 길　너 나한테 뭐 할 말 없냐?
예 나　(컵 내려놓고) 아빠는? 아빤 할 말 없어?
종 길　난 니가 딴 놈 만났으면 좋겠어. 아빠가 골라준 좋은 놈으로.
예 나　난 아빠가 만족할 줄 알면 좋겠어.
내 아빠로, 오빠 장인으로, 내가 오빠 아이 낳으면
평범한 할아버지로, 다 같이 행복하게 살면 되잖아.
종 길　평범한 할아버지라. 그렇게 사는 꿈은 꿔본 적이 없어서.

잠깐 종길을 안타깝게 보던 예나, 말없이 돌아서 간다.
그런 딸의 뒷모습을 보는 종길의 표정, 싸늘해진다.

S#15. 건호의 저택 전경 / 다른 날 (아침)

전경 위로 울리는 휴대폰 알람소리.

S#16. 건호의 저택 / 소봉의 방 (아침)

잠에서 채 깨지 않은 채 휴대폰 알람 손으로 대충 끄는 소봉.
눈 뜨고 누워서 잠깐 걱정에 잠긴다.

영훈(E) 당분간 회장님은 치매이신 겁니다.
서 이사 쪽이 이 미끼를 확실히 물 때까지는.
소 봉 이러다 내가 서 이사한테 들키지.

그때 활짝 열리는 문. 놀라서 벌떡 일어나는 소봉.
운동복 차림의 남신3가 환한 얼굴로 서 있다.

남신3 운동할 시간이죠? 일어나요.
소 봉 (짜증나서 베개 집어던지고) 꺼져. (도로 누우려는)
남신3 (베개 가볍게 붙잡아 도로 던지는)
소 봉 (얼굴에 맞고) 악! 야! 너 죽고 싶어?
남신3 난 안 죽어요. 체중이 늘면 운동하는 게 원칙이에요.
(훑어보며) 강소봉 씨, 지난주보다 약 830그램 늘었어요.
얼른 운동복으로 갈아입어요.
소 봉 이게 어딜 스캔해? 귀찮으니까 너나 많이 갈아입고 나가세요.
남신3 귀찮으면 갈아입혀줄까요?
소 봉 (황당한) 뭐?
남신3 설마 부끄러운 건 아니죠? 난 로봇이니까 괜찮아요.
(둘러보다가 운동복 찾아서 집어 드는)
소 봉 아냐! 아냐! 알았으니까 그거 두고 나가!
남신3 (옷 놔두고) 빨리 나와요. 운동은 일정한 시간에 하는 게 원칙이니까.
(나가서 문 닫는)
소 봉 뭐 저런 게 다 있어? 그노무 원칙이 사람 죽이겠네.
(짜증스럽게 옷 집어 드는)

S#17. 건호의 저택 주변 (아침)

일부러 설렁 설렁 뛰는 소봉. 뽀송뽀송한 얼굴로 소봉과 함께 뛰는 남신3.

소 봉　그만 뛰자. 오늘따라 힘들다.

남신3　아직 17분 43초밖에 안 됐고 78칼로리밖에 소비 안 됐어요.
속도 조금 더 높입니다. (소봉을 뒤에서 밀어주는)

소 봉　(버럭) 난 사람이라 죽는다고! 운동중독 되면 죽는 거 몰라?

그래도 별 반응 없이 소봉을 밀어주며 달리는 남신3.
뒤쪽 눈치를 슬쩍 보더니 갑자기 털썩 주저앉아 버리는 소봉.

소 봉　(숨 몰아쉬며) 숨 막혀. 이러다 죽겠어.

남신3　(앉아서 손 잡아보고) 진짜네요. 당장 인공호흡해야겠어요.
(얼굴 잡으면)

소 봉　(손 뿌리치며) 야! 누가 진짜 숨 막힌대? 거짓말탐지기 고장 났냐?

남신3　(씩 웃고) 강소봉 씨 수준에 맞춰서 똑같이 해봤어요. 속았죠?

소 봉　어쭈? 힘들다면 힘든 줄 알지 깡통 주제에 주인을 희롱해?

남신3　(등 대고 앉으며) 힘들면 업혀요. 잠깐은 봐줄게요.

소 봉　너 왜 자꾸 등을 보이냐? 비켜.

남신3　안 비켜요. 나한테 아무 감정 없다면서요?
쇳덩이, 돌, 플라스틱이나 마찬가지라면서 왜 못 업혀요?

소 봉　(확 업히면서) 그래, 업어라! 업어!

남신3　(소봉을 업는)

S#17-1.건호의 저택 주변 2 (아침)

소봉을 업고 천천히 걸어가는 남신3.

남신3　어젯밤 전체 수면 5시간 33분. 숙면은 1시간 54분. 같은 지역
같은 나이대의 인간들과 비교했을 때, 평균 이하의 수면품질이에요.

소 봉　수면클리닉 의사세요? 하다 하다 남의 잠까지 간섭하네, 얘가.

남신3　왜 못 잤어요? 서 이사 때문에?

소 봉　뭐, 생각보다 상황이 복잡해진다 싶어서.
서 이사한테 니 정체 감추는 것만도 살 떨리는데,
언제는 치매를 감추라더니 또 치매가 아니라고 하고. 골치 아프잖아.

남신3　난 인간보다 천 배는 강한 근력에, 인간이 따라올 수 없는
지적 능력, 모든 정보를 탐색할 수 있는 네트워크가 있어요.

소 봉　갑자기 웬 자랑질? 너 그래봤자 깡통이거든.

남신3　(멈춰서 뒤 보고) 안심하라구요. 내가 옆에 있으니까.

환하게 웃는 남신3의 모습에 눈을 뗄 수 없는 소봉.

소 봉　(정신 차리듯) 야, 내려! 나 뛸 거야!

남신3　(내려주는)

소 봉　너 앞서가면 죽는다! 꼬봉은 주인 뒤에! 뒤만 졸졸 따라와! (뛰어가는)

남신3　(웃으며 따라가는)

S#18. 건호의 저택 앞 (아침)

세워둔 차 옆에서 저택을 둘러보는 상국의 매서운 눈빛.
달려오는 남신3와 소봉의 기척에 얼른 몸을 피한 상국,
숨 가쁘게 먼저 뛰어오는 소봉. 그 뒤를 따라 뛰는 남신3.

플래시백 : 사고현장 (낮)
PLAY2 7씬 이후의 상황. 의식 없는 남신을 태우는 오로라와 구급대원.
사고 현장에 모여 있는 행인들 틈에 쓱 나타난 상국.
구급차 출발하면 현지어로 남신에 대해 얘기 나누는 행인들.

행인1　저 정도면 살아나기 힘들겠지?

행인2　벌써 늦었지. 피 냄새 한번 끔찍하군.

그 말에 피가 고인 도로 한쪽을 보는 상국, 씩 웃는다.

도로 현재. 소봉과 대문 안으로 들어가는 남신3를 유심히 관찰하는 상국.

상 국　　멀쩡해. 지나치게. (세워둔 차에 올라타는)

S#19. 건호의 저택 / 정원 (아침)

달려와 멈추는 소봉과 남신3. 심호흡하는 소봉의 손을 붙잡는 남신3.

남신3　　혈압 138에 72. 맥박 135. 곧 진정될 거예요.
소 봉　　(손 놓고) 제발 여기선 조심해. 로봇인 거 들키면 어쩔래? (하는데)
희동(E)　　로봇!

깜짝 놀란 소봉과 차분한 남신3, 서서히 뒤돌아본다.
남신의 방 안에 있던 로봇 피규어 들고 화난 얼굴로 서 있는 희동.

희 동　　이 로봇 나 준다고 했었잖아. 지금 내가 가져갈 거야!

그때 나타난 호연, 희동의 손에 들린 피규어를 뺏어 던진다.

희 동　　(야속한) 엄마!
호 연　　이런 거 갖고 놀면 (남신3 보면서) 저 형처럼 된다 그랬지?
할아버지 일어나셨어. 인사드리러 가야지.
희 동　　할아버지 무서워. 엄마아~
호 연　　다 너를 위한 거랬지? 잔말 말고 따라와!

불만 가득한 얼굴로 엄마 뒤를 따라가는 희동.
희동을 전신 투시 스캔하는 남신3. 심장에 삽입형 제세동기 보인다.

소 봉　(로봇 피규어 집어올리고) 순간 들킨 줄 알았네. 쟤 뭐야?
남신3　노희동. 7세. 우리 친구예요. 강소봉 씨와 같은 사이보그죠.
소 봉　뭐? 사이보그? 쟤도 어디 철심 박았어?

말없이 따라가는 희동을 보는 남신3와 소봉.
호연의 휴대폰 잔디에 툭 떨어지면 얼른 집는 희동.
엄마가 돌아보면 뒤로 감추고 아닌 척 따라간다.
그런 희동의 행동을 유심히 관찰하는 남신3.

S#20. 건호의 저택 / 건호의 방 (아침)

침대에 누워 있던 건호를 정성스레 일으켜준 호연.
잔뜩 굳어서 채소주스를 들고 있던 희동에게 눈짓한다.
건호 보면서 채소주스 건네던 희동의 얼굴 갑자기 움찔한다.
순간 주스 컵을 놓쳐 바닥에 떨어지면서 바닥에 튀는 주스.
건호의 얼굴까지 튀면 당황해서 얼른 휴지로 닦으려는 호연.
표정 한 번 더 움찔하면서 밖으로 나가버리는 희동.

호 연　(닦아주면서) 쟤 겁 많은 애 아냐. 얼마나 대찬데.
딱 아빠 스타일이니까 좀 잘해줘.
건 호　(못마땅한) 됐으니까 니 새끼한테 가봐.
호 연　새끼가 무슨 소용이야. 아픈 아빠가 먼저지.
건 호　(매섭게 보는)
호 연　알았어요. (나가버리는)
건 호　(한숨 쉬는)

S#21. 건호의 저택 / 거실 (아침)

방에서 나온 호연, 못마땅하게 문 쪽을 본다.

호 연 저렇게 무섭게 보니까 애가 얼지. (하고) 희동아!

호연, 아들 찾으러 가려는데 막 들어오는 남신3와 소봉, 멈춰 선다.

남신3 (남신처럼) 희동이는?
호 연 니가 걜 왜 찾아? 피규어 도둑맞을 뻔했다고 신고하게? (가버리는)
남신3, 소봉 (호연을 보는)

S#22. 건호의 저택 일각 (아침)

들키지 않게 구석에 잔뜩 웅크리고 휴대폰 게임 중인 희동,
어디 아픈지 식은땀을 흘리며 호흡이 가쁜.

호연(E) 희동아! 어딨어? 할아버지한테 가서 죄송하다고 해야지. 희동아!

그 말에 더 움츠리며 휴대폰을 옷 안에 숨기는 희동, 호흡 더욱 가빠진다.
희동아! 희동아! 목소리 멀어지면서 눈앞이 가물가물해지는 희동.
갑자기 얼굴을 확 들이미는 소봉과 남신3. 움찔 놀라는 희동.

소 봉 여기 있다! (하고) 꼬마, 너 왜 그래? 어디 아파?

뒤이어 호연도 다급히 나타나 희동을 발견한다.

호 연 희동아! (소봉과 남신3에게) 알아서 할 테니까 니들은 얼른 가.
희 동 (숨 심하게 몰아쉬는) …어… 엄마… 가슴이 답답해…

소 봉	(다급한) 119에 전화해야 되는데.
희 동	(고개 젓고) 전화하지 마. 아픈 거 할아버지한테 들키면- (하다가 털썩 쓰러져버리는)
호 연	(놀란) 희동아!
남신3	(갑자기 희동의 옷 안을 사정없이 들추는)
호 연	너 미쳤어? 비켜!
남신3	(호연 밀치고 희동의 몸을 뒤지는)
소 봉	(황당해서 버럭) 뭐하는 거예요?

희동의 허리춤에 끼어 있던 호연의 휴대폰을 꺼내는 남신3.

호 연	(뺏으며) 이게 왜 여기, (손 부들부들 떨면서 전화하는) 119.
남신3	(휴대폰 뺏어서 던지는)
호 연	(남신3의 멱살 잡으며) 너 이 새끼! 왜 이래? 나한테 억하심정 있는 거 애한테 푸는 거야? 내 새끼 죽으면 니가 책임질 거야?
남신3	(차분하게 보는데)
소봉(E)	꼬마! 너 괜찮아?
호 연	(놀라서 돌아보면)
희 동	(눈 뜨고 편안하게 숨 쉬면서) …엄마…나 이제 괜찮아…
호 연	(달려와 끌어안고 눈물 흘리는) …희동아…내 새끼…
남신3	걔 심장에 삽입형 제세동기 있지? 지금처럼 부정맥 왔을 때 제세동기 작동 안 하면 어쩔 거야?
호 연	…너…그걸 어떻게…
남신3	애 심장 멈추는 꼴 보기 싫으면 15센티 안에 휴대폰 두지 마. (하고 소봉이에게) 줘.
소 봉	(손에 들고 있던 로봇 피규어 희동에게 주는)
희 동	(말없이 받는)
호 연	(남신3 노려보며) 희동아, 엄마랑 가자. (안고 가는)
소 봉	(가는 희동 보면서) 큰일 날 뻔했다. 니 덕분에 걔 살았네.

남신3 (바닥에 떨어진 호연의 휴대폰 줍는)

S#23. 건호의 별채 / 호연의 방 (아침)

가만히 누워 있는 희동. 노크 소리에 이어 들어오는 남신3.
침대 협탁에 호연의 휴대폰 놓는 남신3.

남신3 꼬맹이, 너 아까 왜 119에 전화하지 말라고 했어?
희 동 아픈 거 알면 할아버지가 날 싫어할 거래. 약한 건 나쁜 거니까.
남신3 약한 게 나쁜 게 아니라, 약한 걸 싫어하는 게 나쁜 거야.
아픈 건 죄가 아니니까 앞으론 감추지 마. 알았지, 꼬맹이?
희 동 (눈빛 순해져서 보는)

그때 울리는 호연의 휴대폰. 희동과 남신3가 보면 〈서종길 이사〉

희 동 무서워. 이 아저씨가 우리 엄마 또 겁줄 거야.
남신3 (가만히 보다가) 형이 혼내줄게. 우리끼리 비밀.
희 동 (끄덕이면서 신뢰의 눈길 보내는)
호연(E) 너, 애 데리고 뭐하는 거야?

물잔 들고 들어오던 호연, 남신3 사납게 본다.

호 연 너, 괜히 아빠한테 희동이 얘기 쓸데없이 주절이지 마.
남신3 말 안 해. 약속하면 지키는 게 원칙이야.
호 연 (기막힌) 원칙? 니가? 나가! 안 나가?

남신3를 붙들고 나가서 문 닫아버리는 호연.

S#24. 건호의 별채 / 호연의 방 앞 (아침)

남신3를 노려보고 도로 들어가서 문을 쾅 닫아버리는 호연.
저쪽에서 걸어오던 소봉, 얼른 남신3 곁으로 온다.

소 봉　　애는 괜찮아?
남신3　　네. 아이 아픈 거 말하지 말아요. 약속했어요.
소 봉　　그 얘기 하는 데 이렇게 오래 걸린 거야?
남신3　　나머진 비밀이에요. (싱긋 가버리는)
소 봉　　(따라가면서) 비밀? 야, 같이 가. 회사 안 가니까 좋지?
대기발령인 주제에 속도 좋다.

S#25. 건호의 별채 / 호연의 방 (아침)

침대 위에 누운 희동, 로봇 피규어 보면서 희미한 미소.
〈서종길 이사〉로부터 도착한 휴대폰 문자를 들여다보고 있는 호연.

종길(E)　　회장님 치매에 관한 확증이 필요합니다. 기다리고 있겠습니다.
호 연　　(갈등하는 눈빛)
희 동　　엄마, 그 아저씨 말 듣지 마. 누가 그 아저씨 혼내줄 거야.
호 연　　(날카롭게) 시끄러. 엄마 말 안 들어서 너 아픈 거 들키게 생겼잖아.
(결심한 듯 전화하는) 이 박사님, 저예요. 아빠 진단서 좀 끊어주세요.
희 동　　(걱정스레 보는)

S#26. PK그룹 전경 (낮)

종길(E)　　어려운 걸음 하셨습니다.

S#27. PK그룹 / 종길의 사무실 (낮)

종길과 김 상무, 차 부장, 모여 앉아 있고 박 비서는 한쪽에 서 있다.
긴장한 얼굴로 종길의 맞은편에 앉은 호연, 백에서 서류봉투 꺼낸다.
봉투 꺼내며 떨어진 볼펜을 탁자 위에 놓고 서류를 꺼내는 호연.
진단서라고 쓰인 서류를 호연이 건네면 받아서 박 비서에게 주는 종길.

S#28. PK그룹 / 대회의실 (낮)

다른 경영진들 속에 섞여 앉은 종길과 김 상무와 차 부장. 뒤편에 박 비서.
호연과 예나도 나란히 앉아서 건호를 기다리고 있다.
종길, 김 상무와 차 부장에게 슬쩍 눈짓한다.

김 상무 증권가 찌라시에 돌아다니는 회장님 소문 들어보셨습니까?
경영진1 무슨 소문 말입니까?
차 부장 …심각한 지병이 생기셨다는데…
예 나 (놀란) 차 부장님! 지금 무슨 말씀 하시는 거예요?
경영진2 지병? 어디가 아프시답니까?
예 나 잘못된 정보예요.
종 길 (서류 내놓으며) 주치의 진단서예요. 치매랍니다.
예 나 (경악하는) 서 이사님!
종 길 회사 생각해서 숨기셨겠죠. 하지만 언제까지 그럴 수 있겠습니까?
김 상무 이따 회의에서 회장님 해임 건으로 임시주주총회를 제안할 생각인데
다들 동의해주시죠.
경영진1 회장님께서 치매시라니 믿기 힘드네요.
남신3(E) 치매 맞아요.

다들 놀라서 보면 입구에서 들어와 여유롭게 앉는 남신3.
예나는 반색하고 당황하는 김 상무, 차 부장, 경영진들.

어딘가 불편해 보이는 호연. 종길은 태연하게 남신3를 본다.

종 길　대기발령 중이신 본부장님께서 경영진 회의에는 웬일이십니까?
남신3　할아버지 치매 얘기하는 자리에 내가 없으면 되나.
치매 맞고 그 자린 내 건데 왜 다들 쓸데없는 욕심을 내지?
김 상무　뭔가 오해를 하셨나 봅니다.
회장님 지병에 대해 논의하는 건 회사를 위해서-

하는데 씩 비웃은 남신3, 주머니에서 볼펜 한 자루를 척 꺼내 든다.
대수롭지 않게 보던 종길, 이상한 예감에 볼펜을 유심히 본다.

플래시백 : PK그룹 / 종길의 사무실 (낮)
PLAY7 27씬의 일부. 백에서 서류봉투 꺼내는 호연.
봉투 꺼내며 떨어진 볼펜을 탁자 위에 놓는다. 탁자 위의 볼펜.

도로 현재. 종길, 경악해서 남신3가 들고 있는 볼펜을 본다.

남신3　왜 그렇게 봐요? 뭐 하면 안 될 말이라도 들었나?

남신3, 플레이 버튼 누르면 그 안에서 흘러나오는 목소리들.

김 상무(E)　주주총회 제안해서 남건호를 당장 끌어내려야죠.
김 상무　(어쩔 줄 몰라 하면서 헛기침하는)
차 부장(E)　증권가 찌라시에 끼워 넣어야죠. 최대한 자극적으로.
차 부장　(눈 어디다 둘 줄 모르는)
김 상무(E)　오래 해먹었으면 알아서 기어내려 와야지.
차 부장(E)　욕심은 안 늙나 봅니다. 징그럽고 끔찍해요.

녹음 내용 계속 되는 가운데 호연을 노려보는 종길.
난처한 듯 종길의 눈길 피해 남신3를 노려보는 호연.

플래시백 : 건호의 별채 / 호연의 방 앞 (아침)

PLAY7 24씬 이전의 상황. 놀라서 남신3를 보는 호연.

남신3　서 이사 전화 온 거 봤어. 할아버지가 알면 괜찮으실까?
호 연　(부들부들 떨면서) …신이 너…
남신3　(보이스펜 내밀며) 내 말대로 해, 고모. 희동이 생각해서라도.

도로 현재. 자신을 노려보는 호연에게 씩 웃어주는 남신3.

종 길　회의 좀 미리 한 게 뭐가 잘못입니까?
김 상무　맞습니다. 사주가 치매에 걸려 고전하는 회사들 못 봤어요?
차 부장　미리 대비를 해야 피해를 최소화할 거 아닙니까?
남신3　치매가 아니니까요.
종 길　… 네? 본부장님 방금 뭐라고…
호 연　(황당한 듯) 이건 또 무슨 소리야?
예 나　(왜 이러나 싶어) 오빠, 왜 그래?
남신3　지 팀장!

영훈이 이 박사와 함께 들어와 인사한다.

호 연　이, 이 박사님!
이 박사　뭔가 착오가 있었나 봅니다. 딴 분 진단서가 회장님 진단서로
잘못 발급됐어요. (호연에게) 죄송합니다.
호 연　(기막힌) …어, 어떻게…
이 박사　남건호 회장님 주치의 이성호 박사입니다. (서류봉투 꺼내며)
이게 진짜 진단서니까 확인들 하시죠.
더 확인하고 싶은 사항 있으시면 병원으로 함께 가셔도 좋습니다.
차 부장　(종길 보며) 서, 서 이사님.
김 상무　(역시 종길 보며) 이게 도대체 어찌 된 일입니까?
종 길　(당했다 싶어 눈 감아버리는)

예 나　(그런 종길 보다가 이해할 수 없다는 듯 남신3 보는)

남신3　(어깨 으쓱하고) 대충 상황을 이해하신 거 같으니까
나머진 당사자하고 해결하시죠. 들어오시죠!

매서운 눈빛으로 기세당당하게 들어오는 건호, 남신3를 본다.

플래시백 : 건호의 저택 / 건호의 방 (낮)
PLAY7 24씬 이후의 상황. 남신3와 영훈과 건호, 모여 있는.

건 호　그래서, 호연이를 이용해서 종길이를 잡자?

남신3　네. 어떻게 움직일지 고모한테 다 일러뒀어요.

영 훈　이 박사님께는 제가 연락해뒀습니다.

남신3　대신 고모는 용서해주세요. 희동이도 생각해주셔야죠.

건 호　(대견하게 남신3 보는)

도로 현재. 밖으로 나가는 남신3의 어깨를 힘 있게 붙잡아주는 건호.
남신3가 나가고 중앙에 서서 둘러보는 건호의 매서운 눈빛.
두려워서 눈도 못 마주치는 호연, 김 상무, 차 부장.
이해할 수 없다는 듯 보는 예나까지 두루 훑어보던 건호,
마지막으로 고개 숙인 종길을 보면서 섬뜩하게 웃는다.

S#29. PK그룹 일각 (낮)

기다리고 있는 소봉에게 서둘러 다가오는 남신3.

남신3　봤죠? 서 이사 혼내주는 거.

소 봉　(웃고) 그래, 밖에서 들었다. 너 나 땜에 서 이사 혼내준 거야?

남신3　그것도 있고, 딴 이유도 있고. (하고) 나 어제,
(흉내) 뭘 건드려야 말을 듣죠? 할 때보다 더 멋있었죠?

소 봉　아니, 둘 다 별로던데?
남신3　(손 잡아보고 깜빡하고) 거짓말. 둘 다 멋있었던 거네.
소 봉　아니라니까! (하다가 로보 워치 보며) 어? 그거!

남신3, 로보 워치 보면 막 붉은 색으로 변하는 배터리 잔량.

S#30. PK그룹 / 대회의실 (낮)

건호의 뒤편에서 소봉의 문자를 보고 있는 영훈.

소봉(E)　로보 워치 어딨어요? 배터리 다됐는데.
영훈(E)　(문자 작성) 차 안에 있어요. 키는 사무실에 있구요. 곧 내려갈게요.

문자 보내고 보이스펜을 딸깍 거리는 건호를 보는 영훈.
실내에 흐르는 무거운 침묵. 다들 고개 숙이고 건호의 시선을 피한다.
화를 참고 있던 예나, 조용히 일어나서 인사하고 나간다.
예나가 나가고 나면 또다시 흐르는 침묵.
건호, 보이스펜을 또 플레이하면 흘러나오는 김 상무와 차 부장의 목소리.
죄인처럼 어쩔 줄 모르는 김 상무, 차 부장, 호연.
조용히 종길 앞에 메모를 한 장 두고 가는 박 비서.

박 비서(E)　녹음에 이사님 목소리는 빠졌습니다.

미간 찌푸린 종길, 가만히 듣는데 정말 김 상무와 차 부장의 목소리뿐이다.
무슨 의도지? 알 수 없는 표정으로 재생 정지하는 건호를 보는 종길.

건 호　다들 기대한 모양인데 치매가 아니라서 미안해.
종 길　(순간적인 기지로 벌떡 일어나) 아닙니다, 회장님. 다 제 탓입니다.
(김 상무 쪽 보며) 아랫사람 단속 못한 저를 죽여주십시오!

김 상무 (황당하고 놀란) …서 이사님…

영 훈 (날카롭게 종길 보는)

종 길 (김 상무 쏘아보며) 주주총회? 아무리 회장님이 아프셔도 어떻게 그런 말을 꺼내?! 자넨 당장 대기발령이야.

차 부장 (눈치채고) 마, 맞습니다! 다 김 상무님 때문이에요! 상무님이 치매든 아니든 일단 증권가에 뿌리라고 했어요.

김 상무 (황당해서 보는)

김 상무를 노려보는 고약한 표정의 종길을 보는 건호, 빙그레 웃는.

S#31. PK그룹 / 남신의 사무실 (낮)

문을 벌컥 열고 들어온 예나, 둘러보는데 남신3가 없다.
서둘러 문 닫고 나가는 예나.

S#32. PK그룹 / 주차장 (낮)

영훈의 차 콘솔박스에서 로보 워치 꺼낸 소봉.
차 문 닫고 로보 워치 들고 오는 모습을 가만히 보는 남신3.

남신3 사람들이 내가 로봇인 거 알면 진짜 부수거나 녹일까요?

소 봉 뭐?

남신3 아까 속은 걸 알게 된 서 이사의 표정을 봤어요. 강소봉 씨가 그랬잖아요. 인간이 무서운 게 아니라 인간이 하는 짓이 무서운 거라고. 할아버지도 서 이사도 내가 진짜 남신이 아닌 걸 알면 가만 안 두겠죠?

소 봉 (가만히 보다가) 내가 못 그러게 할게.

남신3 (고개 갸우뚱하면)

소 봉　난 너보다 천 배는 약한 근력에, 도저히 널 따라갈 수 없는 지적 능력, 디지털과는 한참 거리가 먼 무능력한 인간이지만, 널 어떻게든 지켜줄게. 난 니 경호원이니까.

남신3　(환하게 웃는)

남신3를 찾던 예나, 남신3 소봉 보고 우뚝 멈춘다.
서로 환하게 웃는 남신3와 소봉을 보고 분노가 치밀어 오르는 예나.

소 봉　너 이러다 멈추겠다. 내가 채워줄게.

배터리 거의 방전된 로보 워치 떼어내는 소봉.
그때, 갑자기 소봉과 남신3 사이에 탁 끼어드는 예나.
그 바람에 소봉이 들고 있던 로보 워치 한쪽으로 날아간다.
놀란 소봉, 로보 워치 떨어진 곳을 본다.

예 나　(남신3에게) 오빠, 말해봐. 할아버지 치매 얘기 왜 나한텐 안 했어? 나랑 우리 아빠 다 갖고 논 거야?

소 봉　(로보 워치 보고 예나 눈치 보는)

남신3　(가물가물해진 눈빛으로 소봉 보는)

예 나　왜 얠 쳐다봐? 설마 얘도 다 알고 있었던 거야?

주차하기 위해 오는 차 한 대. 로보 워치 떨어진 곳으로 달려온다.
놀란 소봉, 달려가려는데 작정하고 소봉을 붙드는 예나.

예 나　야, 너 말해봐! 너도 알고 있었지? 다 알면서 둘이 나 비웃은 거지?

소 봉　이거 놔!

소봉, 확 뿌리치고 가려는 순간, 우지끈! 로보 워치 밟고 지나가는 차.
놀란 소봉, 남신3를 보는데 천천히 눈을 떴다 감는 남신3.

소 봉　(안 되겠다 싶어) 일단 본부장님 모시고 갈게요. (가려는)
예 나　(남신3를 붙들며) 오빠! 오빠가 말해봐! 왜 얘하고 다정하게 그래?
소 봉　(확 막아서며) 좀 떨어져요!

하면서 순간 전원 꺼지면서 눈감기고 그대로 멈춰버리는 남신3.

예 나　(놀라서) 오빠! 오빠, 왜 이래?
소 봉　(한사코 막으며) 본부장님은 제가 알아서 할게요!
예 나　니가 뭔데! 비켜! 오빠, 병원에 가자!

소봉을 밀치고 남신3의 팔 붙든 예나, 갑자기 동작 멈춘다.
예나의 시선이 머무는 곳… 팔목에 있는 접속 잭…

예 나　(충격) …이, 이게 뭐야… 오빠한테… 왜 이런 게 있어?
소 봉　(낭패다 싶지만 팔 감추며) 아무것도 아니에요! 그냥 가요, 제발!
예 나　…일단, 일단 병원에… 119…

덜덜 떠는 예나의 손목을 붙드는 손, 올려다보면 영훈이다.

영 훈　병원은 안 됩니다! 나중에 연락드리죠! 강소봉 씨!

영훈과 소봉, 남신3를 양쪽에서 붙들고 차로 끌고 가려는데,
순간 휴대폰 꺼내서 남신3의 동영상 찍는 예나. 팔목의 접속 잭 중심으로.

영 훈　뭐하는 겁니까, 서예나 씨!
예 나　뭔지 말해! 뭘 감추고 있는지! (독기 어린) 아니면 방금 저장한
이 영상, 바로 할아버지한테 보낼 거야!
영 훈　(난감한)

S#33. PK그룹 / 회장실 (낮)

보이스펜을 두고 마주 앉은 건호와 종길. 서로 경계하면서도 내색 안 하는.

건 호　(보이스펜 보며) 너 저거 보고 상당히 놀라드라.

종 길　(태연한) 제가 그랬나요?

건 호　내가 너 저걸로 끝장낼 수도 있었는데 일부러 안 그런 거 알지?
정이 있잖아, 우리 사이에. 날 요양원에 보내라는 니 목소린 잘
남겨놨으니까 앞으로는 까불지 말고 잘해보자.

종 길　(웃고) 다 그룹을 위한 판단이었으니 오해는 마십시오.
회장님께서도 그룹을 최우선으로 생각하시지 않습니까?
정우 일도 그래서 묻으셨구요.

건 호　(눈빛 사나워지는) 그 얘길 꺼내면 너한텐 득이 되겠니?

종길과 건호, 한 치도 물러섬 없는 팽팽한 눈싸움.
그때 울리는 종길의 휴대폰. 문자를 보고 잠깐 움찔한 종길.

종 길　이만 가보겠습니다. 남은 얘기는 나중에 하시죠.

종길이 인사하고 나가는데 문 벌컥 열고 눈물 바람 하면서 들어오는 호연.
죽일 듯이 호연을 노려보고 나가는 종길.
치! 그러든지 말든지 개의치 않고 건호한테 달라붙는 호연.

호 연　아빠! 신이가 얘기했어? 그 보이스펜에 녹음한 거 나야.
무서워 죽는 줄 알았는데 아빠 때문에 꾹 참고 적진에 들어갔다니까?
어때? 아빠 딸 대단하지? 아빠한테 나밖에 없지?

건 호　(토닥이며) 알았으니까 그만해. 끝까지 배신 안 했으니 됐어.

호 연　아빠는. 내가 어떻게 아빨 배신해? (하고 슬쩍 눈치 보면서)
혹시 신이가 뭐라고 해? 혹시 희동이 얘기 안 해?

건 호　(전혀 모르는) 희동이? 걔가 왜.

호 연 (됐다) 아니, 그냥 신이가 달라진 거 같아서. 좀 괜찮아진 거 같다구.
건 호 (온화한 미소) 그게 내가 그놈에게 원하던 바로 그 모습이야.

S#34. PK그룹 / 옥상 (낮)

서둘러 올라온 종길, 다급하게 주위를 둘러보다 박 비서 발견한다.
박 비서 옆에서 아래를 내려다보고 있던 상국, 뒤돌아본다.
박 비서 종길에게 인사하고 내려가면 상국한테 가는 종길.

종 길 연락도 안 되더니 언제 온 거야?
상 국 죄송합니다. 남신 본부장 상태를 먼저 확인하느라.
종 길 (짜증 섞인) 뭘 확인해? 니가 살려놔서 멀쩡히 돌아다니는데.
상 국 멀쩡히 돌아다니는 게 이상한 겁니다. 죽고도 남을 사고였어요.
종 길 (피곤한) 오늘 일이 많았어. 쓸데없는 얘기 하고 싶으면,

하는데 휴대폰으로 뭔가를 플레이시키는 상국.
그 안에서 흘러나오는 PLAY2 10씬의 갱의 목소리.

갱(E) 이봐, 내가 뭘 봤는지 알아? 그놈이랑 똑같이 생긴 놈이,
종 길 뭐라는 거야?
상 국 이봐, 내가 뭘 봤는지 알아? 그놈이랑 똑같이 생긴 놈이,
남신 본부장을 덮친 덤프트럭 운전기사 블랙박스에서 추출한 겁니다.
종 길 똑같이 생긴 놈? 그게 누군데?
상 국 지금부터 그걸 알아볼 작정입니다. 남신 본부장 뒤를 좇다 보면
분명 실마리가 생길 겁니다. (인사하고 가는)
종 길 (상국의 뒷모습 보는)

S#35. 오로라의 아지트 / 남신의 방 (밤)

충격받은 예나, 의식 없이 침대에 누워 있는 남신을 보는 중.
뒤편에 서 있는 남신3와 소봉과 오로라와 영훈.
부들부들 떠는 예나, 남신의 얼굴을 매만져본다.

예 나　… 말도 안 돼… 오빠… 우리 오빠가 어쩌다가…
영 훈　(담담히) 체코에서 큰 사고를 당하셨어요.
예 나　… 그러게 왜 갔어! 내 옆에 꼭 붙어 있지!

남신을 애틋하게 바라보는 예나의 얼굴에 주룩 눈물을 흘러내린다.

남신3　(예나를 안아주며) 울면 안아주는 게 원칙이에요.

예상치 못한 행동에 당황한 예나, 남신3와 남신을 본다.
그러다가 눈빛 사납게 변하면서 남신3를 힘껏 밀쳐버리는 예나.
기우뚱하고 뒤로 물러서는 남신3를 보고 놀라는 오로라, 소봉,

오로라　신아!
예 나　니가 오빠야? 오빠 옷 입고, 오빠 시계 차고, 오빠 향수 뿌리면,
너 같은 게 진짜 오빠가 돼? 뭐? 로봇? 사람도 아닌 게 사람인 척
날 속여? 오빠인 척 하면서 날 막 대해? 끔찍해! 징그러워!
영 훈　(진정시키려는) 서 팀장.
예 나　당신들이 더 나빠! 우리 오빤 죽어가는데 무슨 장난을 치는 거야!
영 훈　죽어가긴 누가 죽어갑니까? 서 팀장 눈엔 우리가 인형놀이 하는
거처럼 보여요? 여기 다들 신이를 위해 목숨 건 사람들이에요!
신이가 일어날 거라고 믿고 당신 아버지로부터 신이 지키겠다고
고군분투 중이라구요! 그러는 서 팀장은 도대체 신이를 위해
뭘 했습니까? 뭘 걸고 어디까지 할 수 있습니까?!
예 나　(압도당해 영훈 보는)

영 훈　제가 좀 흥분했네요. 미안합니다. (나가버리는)
남신3　(그런 영훈 보는)
예 나　(울먹이며) 오빠랑만 있고 싶어요.

말없이 남신3를 끌고 나가는 소봉. 오로라도 말없이 나간다.
혼자 남은 예나, 제 무릎에 얼굴 묻고 엉엉 울어버리는.

S#36. 오로라의 아지트 / 거실 (밤)

차분히 앉아 있는 영훈. 마주 앉은 오로라와 데이빗은 기막힌 얼굴.

데이빗　치매가 아니라구? 대기업 회장은 그런 뻥도 다 치나?
오로라　무서운 노인네. 사람 죽는 거 갖고도 장난칠 사람이에요.
영 훈　아무래도 서 이사 쪽을 견제하시느라 무리수를 두신 거 같습니다.
거기에 대해 따로 드릴 말씀이 있으니까 내일 좀 뵙죠.
오로라　(의아하지만) 그래요.
영 훈　서예나 씨 아마 신이한테 도움 되는 쪽으로 결정할 겁니다.
다른 건 몰라도 신이에 대한 마음만큼은 진심이니까요.
혹시 이상 있으면 연락주세요. 바로 오겠습니다.

S#37. 오로라의 아지트 앞 (밤)

영훈의 차 옆에 서 있는 소봉, 함께 서 있는 남신3를 흘깃 걱정스레 본다.

남신3　(시선 알아채고) 왜 그렇게 봐요? 인간이 걱정할 때 표정인데?
소 봉　(아닌 척) 걱정은, 미쳤냐? 야, 깡통. 너 괜히 아무나 안아주고
그러지 마. 위로는 그 사람이 원할 때만 해주는 거야.
남신3　(반복하는) 위로는 그 사람이 원할 때만.

영 훈 (나오면서) 가죠, 강소봉 씨.

소 봉 네, 팀장님. (운전석에 올라타는)

영 훈 (보조석에 올라타려는)

남신3 혹시 위로가 필요해요?

영 훈 (멈칫해서 보면)

남신3 남신이 죽어간다는 서 팀장 말에 화 많이 났잖아요.

영 훈 쓸데없는 소리 하지 말고 타요.

S#37-1. 영훈의 차 안 (밤)

운전 중인 소봉과 보조석에 영훈, 뒷좌석에 남신3. 셋 다 말이 없다.

남신3 저번에 지영훈 씨가 그랬죠? 신이가 좋은 건지,
신이가 가진 게 좋은 건지 헷갈린다고. 오늘부로 확실히 알았어요.
지영훈 씨는 남신이 죽어간다는 말에도 화가 나잖아요.
똑같이 생긴 날 이용해서 남신이 가진 걸 얻을 수 있는데,
오로지 남신의 회복 말고는 아무 관심도 없죠.
그건 그냥 인간 남신이 좋은 거예요. 내 판단이 정확하죠?

영 훈 또 쓸데없는 소리하네요. (피식 웃고 창밖을 보는)

소 봉 (그런 영훈을 보는)

S#38. 오로라의 아지트 / 남신의 방 (밤)

한참 운 듯 얼굴이 말개진 예나, 남신의 곁에 앉아 하염없이 바라본다.
문 열고 들어온 오로라, 말없이 예나의 곁에 앉는다.

오로라 체코에서 사고 날 때, 신이를 미행한 사람이 있었어요.
난 그 사람을 서종길 이사가 보냈다고 생각해요.

예 나　무슨 근거로 그런 말씀을 하세요?

오로라　근거 같은 건 필요 없어요. 난 과학자지만 엄마의 직감을 믿으니까.

예 나　이건 딸의 직감인데 우리 아빠 그렇게까지 망가진 사람 아니에요.

오로라　그 딸의 믿음이 맞았으면 좋겠군요.

예 나　(피곤해서 화제 돌리는) 오빠가 달고 있는 건 뭐죠?

오로라　특수초음파 장치예요. 코마 환자가 일어난 사례가 있죠.
우리 신이, 꼭 일어날 거예요. 내 아들이니까 난 알아요.

예 나　버리고 떠난 엄마보다 제가 더 오빠를 잘 알걸요?
절절한 엄마 코스프레, 좀 웃기다는 생각 안 드세요?

오로라　다행이네요. 나보다 우리 신이를 더 생각해준다니.
부디 신이를 위해 좋은 결정 해줘요.

남신의 얼굴을 애틋하게 들여다보고 나가는 오로라를 보는 예나.
문이 닫히자마자 울리는 휴대폰. 확인하면 〈아빠〉다.
가만히 보던 예나, 무표정한 얼굴로 전화 받는.

종길(F)　너 어디야?

예 나　말할 수 없는 데.

종길(F)　(버럭) 너 자꾸 이럴 거야? 회장님 치매 아니란 거 다 알고 있었지?
아빠한테 다 알면서 거짓말한 거지?

예 나　치매든 아니든 아빠 욕심은 바닥까지 드러났어.
나 오늘 오빠랑 있을 거니까 그렇게 알아.

종길(F)　너 미쳤어? 예나야! 예나야!

예 나　(툭 끊어버리고 남신 보는) 오빠, 나 어떡할까?

S#39. 종길의 저택 / 서재 (밤) 〈삭제씬〉

S#40. 오로라의 아지트 전경 / 다른 날 (아침)

S#41. 오로라의 아지트 / 거실 + 남신의 방 (아침)

소파에서 살포시 잠이든 오로라, 눈을 뜬다.
벌떡 일어난 오로라, 본능적으로 남신의 방문을 열어보고 놀란다!!!

S#42. 건호의 저택 / 소봉의 방 (아침)

정신없이 자고 있는 소봉. 쾅!쾅! 문 두들기는 소리에 움찔하는.

영훈(E) (절박한) 강소봉 씨! 일어나 봐요! 강소봉 씨!

순간 놀라서 벌떡 일어난 소봉, 서둘러 문을 연다.
문가에 서 있는 영훈과 남신3. 외출복 갖춰 입은.

영 훈 (절박한) 서 팀장이 없어졌어요. 서 이사한테 갔는지 알아봐야 돼요.
소 봉 네? 아! 전화! 서 이사님한테 전화해볼게요. (전화하려는데)

하는데 남신3의 휴대폰 울린다. 확인하고 영훈을 보여주는 남신3.

영 훈 (긴장한) 서 이사예요.
소 봉 (놀라는) 네? (남신3에게) 스피커폰! 스피커폰!
남신3 (스피커폰으로 받는)
종길(F) 전화가 좀 일렀습니다. 저 지금 회장님 뵈러 가는 중인데
회장님 방에서 만나시죠.
영 훈 (남신3의 전화 끊어버리고) 회장님 만나게 하면 안 돼요!

뛰쳐나가는 영훈. 따라서 뛰어나가는 남신3와 소봉.

S#43. 건호의 저택 / 거실 (아침)

다급히 들어온 영훈, 건호와 종길이 함께 앉아 있는 모습을 보고 당황한다.
긴장한 채 일단 인사하는 영훈.
뒤따라 들어온 남신3도 차분하게 인사한다.

건 호　(무거운) 왜 나한테 말 안 했냐?
영 훈　(눈치 보면서) …뭘 말씀이십니까?
종 길　(남신3 보며) 도대체 언제쯤 말할 작정이었어?
남신3　(종길 보는)

그때 손수건으로 손 닦으며 들어오는 예나.

예 나　내가 다 말했어. 오빠 비밀.
영 훈　(놀라서) 서 팀장님!
예 나　왜요? 결혼 날짜 잡자는 게 그렇게 잘못인가?
남신3　결혼 날짜?
예 나　오빠가 어제 그랬잖아. 기다리게 해서 미안하다고.
주위에 알리고 슬슬 진행시키자고.
못 참고 어른들한테 말씀드렸는데 할아버지랑 아빠도 좋으시대.
(남신3 팔짱 끼면서) 나 너무 신나.
남신3　(예나 보는)
예 나　(속삭이는) 웃어.
남신3　(영훈을 보는)
영 훈　(고개 끄덕여주는)
남신3　(말대로 웃는)

S#44. 건호의 저택 / 정원 (아침)

초조한 얼굴로 본채 쪽을 기웃거리는 소봉.
생글생글 웃으며 남신3의 팔짱 끼고 나오는 예나를 보고 놀란다.
영훈도 따라 나온다. 갑자기 얼굴 확 바뀌며 팔짱 푸는 예나.

영 훈　… 왜 이렇게까지 한 겁니까?
예 나　이렇게 안 하면 내가 오빠 편이란 걸 믿겠어요? 오빠 일어나도 내 사람 되는 거니까 나한테도 손해될 거 없어요. (반지케이스 꺼내서 남신3 주는) 자, 이거.
남신3　(반지 받고) 반지만 있고 휴대폰은 없어요?
예 나　뭐?
남신3　전화 한 통이면 될 걸 왜 사람들을 긴장시키죠? 말없이 사라져서 지영훈 씨도 강소봉 씨도 많이 놀랐잖아요. 혹시 서예나 씨, 이상한 관심 받고 싶은 부류인가요?
예 나　이게 정말!
영훈, 소봉　(피식 웃는)
예 나　(참고) 회사에 기자들 불러놨으니까 그거나 끼고 나와. 기자들 앞에서 연기 잘 해. (주차장 쪽으로 가버리는)
소 봉　(예나 보다가) 비밀 지켜주는 대신 결혼하자 이거예요?
영 훈　네. 당분간은 서예나 씨 말을 따라줘야죠. (남신3한테) 방금 전에 한 말은 꽤 재밌었어요.
소 봉　완전 개사이다.
남신3　(웃는)
영 훈　그래도 서 팀장은 더 이상 자극하지 말아요. (소봉에게) 회장님 모시고 갈 데가 있으니까 본부장님 좀 부탁해요. (가는)
소 봉　(남신3에게) 반지나 껴라. 결혼 연기 해야지.
남신3　(반지 손가락에 끼는)

S#45. 건호의 저택 / 거실 (아침)

창밖을 내려다보는 건호 옆에 서 있는 종길.

건 호　예나를 결혼시키기로 한 건 내 뜻에 따르겠다는 거냐?
종 길　네. 앞으로는 신이 장인으로 조용히 살겠습니다.
건 호　고맙다. 우린 어쨌든 한편 아니냐. 좋은 의미로든 나쁜 의미로든.
종 길　제가 경솔했습니다. 쓸데없이 정우 언급하는 일 더는 없을 겁니다.

들어와 인사하는 영훈을 보고 인사하고 나가는 종길.

영 훈　(종길이 나간 거 확인하고) 서 이사를 그대로 두시는 거예요?
보이스펜 녹음파일에서 서 이사 부분은 왜 편집하라고 하신 겁니까?
그거면 충분히 서 이사를 내칠 명분이 됩니다.
건 호　내치면 가만있겠냐? 저런 놈이 작정하고 대들면 아무도 못 막아.
영 훈　(보는)
건 호　세상, 그렇게 단순하지 않아. 당장 내치는 것보다 언제라도 내칠 수 있다는 걸 보여주는 게 훨씬 이득이야. 이 문제는 더 토 달지 마.
영 훈　(불만 삼키는)

S#46. 종길의 차 안 (낮)

운전 중인 박 비서, 룸미러를 흘깃 본다.
뒷좌석에 말없이 앉아 있는 종길과 예나. 서로 다른 곳을 보는.

S#47. PK그룹 앞 (낮)

이미 진 치고 있는 기자들. 헐레벌떡 도착한 조 기자.

조 기자　　무슨 일이래? 우리 왜 불렀대?

기자1　　남신 본부장이 결혼한다는데?

조 기자　　(놀라는) 뭐? 누구랑?

하는데 남신의 차 와서 서고 운전석에서 내리는 소봉.
소봉이 문 열어주면 내리는 남신3. 바로 와서 서는 종길의 차.
소봉이 남신3에게 눈짓하면 가서 예나 문 열어주는 남신3.
차에서 내리자마자 남신3의 볼에 키스하는 예나.
순간 플래시 팍! 팍! 터지고 일부러 남신3한테 더 달라붙어 가는 예나.
뒤편에 있는 소봉과 눈이 마주치는 남신3.
그런 남신3를 보는 소봉한테 다가온 조 기자.

조 기자　　뭐야? 난데없이 결혼이라니?

소 봉　　약혼한 사람들이 결혼한다는데 뭘 놀래요? (들어가는)

조 기자　　(고개 갸우뚱하며 어딘가로 서둘러 전화하는)

S#48. PK그룹 / 로비 (낮) 〈삭제씬〉

S#49. PK그룹 / 남신의 사무실 (낮)

방문 열고 남신3한테 달라붙어 들어오는 예나. 소봉도 뒤따라 들어온다.
들어오자마자 갑자기 얼굴 싹 변해서 남신3의 팔 뿌리치는 예나.
그 모습을 보고 얼굴 찌푸려지는 소봉.

예 나　　구석에 서 있어. 말도 하지 말고 움직이지도 마.

남신3　　(구석에 가서 서는)

예 나　　나 쳐다보지 말고 벽 봐. 오빠랑 똑같은 얼굴, 기분 나쁘니까.

남신3　　(돌아서 벽을 보는)

예 나　이제 좀 낫네. 언제까지 이런 짓을 해야 되는 거야?
소 봉　(억누르면서) 꼭 이렇게까지 하셔야 돼요? 좀 심하시잖아요.
예 나　뭐가 심해? 내가 재 없는 감정까지 신경 써야 돼?
소 봉　(남신3 눈짓하며) 아무 죄도 없는데 좀 살살 하죠.

하는데 휴대폰 울려서 확인하면 〈돈줄〉이다.

소 봉　저 잠깐만 화장실 좀 다녀올게요. (남신3 안쓰럽게 보고 나가는)
예 나　(남신3에게) 내 방에 다녀올 테니까 꼼짝 말고 있어.

예나도 나가고 혼자 남은 남신3, 꼼짝도 안 하고 벽을 보고 서 있다.
그때 울리는 내선전화. 그 소리에 살짝 뒤돌아보는 남신3.

S#50. PK그룹 일각 (낮)

인적 없는 공간. 소봉과 마주 서 있는 종길.

소 봉　응급실이요?
종 길　그 앞에서 본부장님과 똑같은 환자를 봤다고 하지 않았었나?
소 봉　(긴장하는) 아, 그때 이사님께서 제가 잘못 본 거라고…
종 길　혹시 뭐 더 기억나는 건 없고?
소 봉　글쎄요, 너무 오래 된 일이라. (슬쩍 떠보는) 근데 그건 왜 물으세요?
종 길　그건 알 필요 없고, 신이가 왜 갑자기 결혼하겠다고 맘을 바꾼 거야?
소 봉　(잠깐 당황했다가) 그런 걸 일일이 저한테 말씀하시나요?
본부장님 성격 아시잖아요. 꼭 필요한 일 아니면 말도 안 붙이세요.
종 길　(짜증스런) 도대체 강소봉 씬 알고 있는 게 뭐야? (하는데)
예나(E)　강소봉 씨!
종 길　(서두르는) 다음에 연락하지. (자리 뜨는)

종길 한쪽으로 사라지면 반대편 쪽에서 나타나는 예나, 소봉을 봤다.

예 나　화장실 간다더니 왜 여기 있어? 걔가 방에 없어.
소 봉　(놀라는) 네?

S#51. PK그룹 로비 (낮)

승강기가 열리면 다급하게 나온 예나와 소봉, 우뚝 멈춘다.
저 멀리 남신3의 멱살을 잡고 있는 재식 보인다.
어쩔 줄 몰라 하는 인태와 로보캅, 조 기자까지. 짜증나는 소봉.

재 식　말해! 말해보라구! 내 딸 갖고 논 거야?
예 나　저 사람 누구야?
소 봉　제가 아는 사람이에요. 금방 보낼게요.
예 나　(기막힌) 해결하고 전화해. 집 앞에도 기자들 깔렸을 테니까 바래다주는 모습 연출해야 돼. (획 가버리는)

짜증난 소봉, 재식 쪽으로 달려가서 멱살 잡은 걸 떼어낸다.

소 봉　아빠! 미쳤어? 본부장님한테 왜 이래?
재 식　넌 빠져! 너 이 자식, 내 딸한테 키스해놓고 딴 여자하고 결혼해?
로보캅　맞아요! 남자가 키스를 했으면 결혼해야지!
인 태　우리 누나, 첫키스란 말이에요. 상처 주고 그러면 안 된다구요!
조 기자　(경악하는) 자기, 정말 처음이야?
소 봉　누가 처음이래? 조용히 좀 해! 누가 들으면 어쩌려구-
재 식　들으라고 해! 세상 사람들! 여기 본부장이 내 딸 입술 훔쳐놓고-
소 봉　훔치긴 뭘 훔쳐? 그냥 사고 같은 거야! 어쩌다 그렇게 된 거라구! 본부장님도 나도 서로 아무 감정 없어!
재 식　너 언제 그렇게 쿨해졌냐? 좋아하지도 않는 남자랑 막 키스를-

하는데 재식의 입을 턱 막고 남신3한테 눈짓하는 소봉.
고개 끄덕인 남신3, 재식을 가볍게 안아서 데리고 나간다.
이거 안 놔? 죽고 싶어? 하면서도 힘없이 안겨나가는 재식.
어? 어? 하면서 남신3한테 덤비지도 못하고 뒤따라가는 인태와 로보캅.

소 봉 (조 기자 획 노려보는) 기자님이 전화했지?
조 기자 아빠도 아셔야 되잖아. 근데 자기 진짜 아무렇지 않아?
소 봉 (말도 안 된다는 듯) 당연히 아무렇지 않지. (밖으로 나가는)
조 기자 당연히? (고개 갸웃하고 따라 나가는)

S#52. PK그룹 앞 (낮)

발버둥치는 재식을 힘 안 들이고 안고 나오는 남신3.
뒤에서 따라오며 남신3한테 덤빌까 말까 움찔움찔하는 인태와 로보캅.
재식 내려놓고 돌아서면 멈칫해서 멀리 떨어지는 인태와 로보캅.

재 식 야! 넌 왜 힘까지 세? 돈 있고 빽 있으면 됐지 근력까지 좋냐?
너 도대체 어디서 운동하는데?

갑자기 바닥에 무릎 꿇는 남신3를 보고 당황하는 재식과 인태, 로보캅.

재 식 왜, 왜 이래? 이건 무슨 작전이야?
남신3 키스가 사고였다고 해도 아버님 입장에선 화내실 만합니다.
화 풀리실 때까지 맘껏 때리세요.
로보캅 내가, 내가 때릴게요! (남신3에게) 치사하게 방어 안 할 거죠?
인 태 하지 마! 재벌 3세 때렸다가 인생 끝장날래?
재 식 진짜 우리 소봉이한테 아무 감정 없어요?
남신3 전 원래 감정이 없습니다.
재 식 (기막힌) 싫으면 싫다고 하지, 어떻게 인간이 감정이 없어요?

나도 재벌 3세랑 키스했다고 내 딸이 신데렐라 안 된다는 건 알아요.
된다고 해도 뜯어말릴 거고. 내 딸, 그만둘 거니까 그렇게 알아요.

남신3 안 됩니다!

같이 걸어오던 소봉과 조 기자, 남신3의 모습 보고 멈춘다.

남신3 (일어나서) 죄송해요. 솔직히 다 말씀드릴 수 없어서.

재 식 (보는)

남신3 근데 강소봉 씨 정말 좋은 인간이에요.
제 정체를 아는데도 절대 도망 안 가고 제 비밀도 절대 말 안하죠.
강소봉 씨가 절 지켜주는 것처럼 저도 강소봉 씨 지켜줘야 해요.

조 기자 둘이 뭐야? 저 멘트, 꼭 고백 같잖아.

소 봉 고백은 무슨. (하면서도 남신3 보는)

재 식 제대로 나쁜 놈인지 지나치게 솔직한 놈인지 디게 헷갈리네.
약속 지켜! 내 딸 상처 주면 또 찾아올 거야! (가려는데)

남신3 (붙잡고) 제가 준비했어요. 타고 가세요.

남신3, 손짓하면 고급 세단 한 대 미끄러지듯 와서 선다.
그 차를 보고 놀란 재식과 인태와 로보캅.
남신3가 뒷문 열어주면 어색하게 올라타는 재식.
인태와 로보캅도 알아서 타고. 소봉한테 손인사하고 차에 타는 조 기자.
남신3가 문 닫아주면 바로 출발하는 차.
돌아서다 소봉 발견하고 해맑게 웃어주는 남신3.

소 봉 (괜히 시선 피하면서) 뭐해? 서 팀장 기다리는데. (획 돌아서 가는)

남신3 (소봉 옆에 붙어가는)

S#53. 차 안 (낮) 〈삭제씬〉

S#54. PK그룹 / 주차장 (낮) 〈삭제씬〉

S#55. 추모 공원 전경 (낮)

검은 색 옷 수수하게 차려 입은 오로라, 차분하게 걸어간다.

S#56. 추모 공원 / 안치실 (낮)

정우의 납골함 앞. 환하게 웃고 있는 정우의 사진을 보는 오로라.
그리운 듯 정우의 사진을 매만지는 눈물 어린 오로라.
그러다가 뒤편에 쓰러져 있던 사진 한 장 발견한다.
집어서 보면 젊은 날의 정우와 건호가 함께 찍은 사진.
사진을 꺼내 사진 속의 건호를 보는 오로라. 분노로 부들부들 떠는.
그때 들어와 인사하는 영훈.

오로라 누가 보면 이 노인네, 따듯한 아버지라고 속겠어요. (하는데)

영훈의 뒤에서 나타나는 건호를 보고 경악하는 오로라.
바닥에 툭 떨어지는 정우와 종길의 사진.
그 사진을 천천히 집어 올리는 건호를 뚫어져라 보는 오로라.

건 호 (온화하게 웃는) 오랜만이구나.

S#57. 남신의 차 안 (낮)

운전 중인 소봉, 룸미러로 예나 옆에 앉아 있는 남신3를 본다.
소봉을 보고 해맑게 웃어주는 남신3.

플래시백 : PK그룹 앞 (낮)
PLAY7 52씬의 일부. 남신3와 재식의 대화 중.

남신3 근데 강소봉 씨 정말 좋은 인간이에요.
제 정체를 아는데도 절대 도망 안 가고 제 비밀도 절대 말 안하죠.
강소봉 씨가 절 지켜주는 것처럼 저도 강소봉 씨 지켜줘야 해요.

도로 현재. 룸미러로 보면 불만 섞인 표정으로 소봉을 째려보는 예나.

소 봉 (괜히 찔려서) 서 팀장님, 답답하세요? 창문 열어드릴까요?
예 나 신경 끄고 운전이나 해요.
남신3 (말없이 창문 내리는)
예 나 창문 내리지 마! 남들이 보면 너랑 연기해야 되잖아!
우리 오빠는 누워 있는데 너랑 희희낙락하기 싫어.
소 봉 본부장님, 창문 닫으세요.
남신3 (도로 차창 올리는)
예 나 (못마땅한) 너 뭐야? 왜 강소봉 말을 들어?
남신3 진정해, 예나야.
예 나 (기막힌) 예나야? (반지 가리키며) 그 반지 빼! 빼라구!
남신3 (소봉을 보는)
소 봉 왜 그러세요, 서 팀장님.
예 나 빼라니까!

가만있는 남신3의 반지를 빼서 바닥에 던져버리는 예나.

예 나 오빠 금방 일어나. 오빠 일어나면 넌 용광로에 녹여버릴 거야!
소 봉 서 팀장님!
남신3 (반지 주워서 끼는)
예 나 끼지 말라는데 왜 말 안 들어?
남신3 난 지금 인간 남신이에요.

예 나 (얼굴 일그러지며) 이게 정말!

고약한 얼굴로 남신3의 로보 워치 확 빼버리는 예나.
깜짝 놀란 소봉, 급히 차를 세운다.

S#58. 도로 (낮)

끼익! 도로가에 정지하는 남신의 차.
거리를 두고 정지하는 상국의 차. 운전석의 상국, 남신의 차 주시하는.

소봉(E) (버럭!) 뭐하는 거예요?

S#59. 남신의 차 안 (낮)

눈 감고 멈춰버린 남신3를 본 소봉, 예나에게 사납게 따지는.

소 봉 벽 보고 세워두더니 배터리까지 빼요? 해도 해도 너무하잖아요!
예 나 뭐가 너무해? 내릴 때 다시 채워주면 되잖아!
소 봉 얜 그냥 물건이 아니에요. 머리도 있고 인간의 감정도 이해한다구요.
예 나 물건이 아니면 사람이라도 돼? 강소봉 씨 이상하네.
키스까지 하더니 로봇한테 이상한 감정 생긴 거 아냐?
소 봉 뭐라구요?
예 나 왜? 이거랑 있으면 진짜 재벌 3세랑 만나는 기분이야?

화난 소봉, 예나한테서 우격다짐으로 로보 워치 뺏어 남신3한테 끼워준다.
소봉을 째려본 예나, 또 빼버리려고 하면 힘으로 제압하는 소봉.
아! 팔이 아픈 예나, 몸부림쳐보지만 소봉에게 상대가 안 된다.
그 사이 의식 돌아온 남신3, 소봉과 예나를 번갈아 본다.

소 봉 (예나의 팔 뿌리치고 남신3에게) 깡통, 너! (일부러 예나 보면서)
니 배터리에 아무나 손대게 하면 죽어.

예 나 (화나서) 야!!!

소 봉 왜!!!

예 나 너 따라 나와! 당장 나와! (문 열고 나가는)

소 봉 (픽 비웃고 나가는)

S#60. 상국의 차 안 (낮)

상국의 시야에 막 차에서 내리는 예나와 소봉 보인다.
마주 서서 대치하는 소봉과 예나.

S#61. 인도 (낮)

차에서 내리는 예나. 그 뒤를 따라오는 소봉.
갑자기 돌아서서 소봉의 빰을 갈기는 예나.
아! 불의에 습격에 맞은 빰 부여잡고 예나 노려보는 소봉.

예 나 니가 뭔데 날 무시해? 너 따위가 감히!

소 봉 넌 누굴 무시해도 되구 난 안 돼?
웃겨. 아빠랑 오빠 아니면 못 사는 주제에.

예 나 이게 정말!

하면서 또 빰 때리려는 예나의 팔을 턱 붙드는 소봉!

예 나 놔! 이거 안 놔?

소 봉 놔주면 또 때리게? 내가 힘이 없어서 참는 줄 알아?

예 나 (비웃는) 힘? 너 까짓 게 힘 있으면 어쩔 건데?

하면서 독기 어린 얼굴로 소봉의 다리를 팍 차는 예나.
아! 비명소리와 함께 철심 박힌 다리를 부여잡는 소봉.
통증 때문에 소봉이 주춤하는 사이 또 소봉을 때리려는 예나.
그런 예나의 팔을 턱! 잡는 손, 보면 남신3이다!

예 나　… 뭐야, 너…
남신3　강소봉한테 함부로 하지 마.
예 나　니가 뭔데? 이거 놔!

하면서 소봉에게 달려드는 예나를 획 밀어버리는 남신3.
그 바람에 균형 잃고 뒤로 밀리는(혹은 쓰러지는) 예나.

예 나　(기막힌) …지금 날 공격한 거야?
남신3　(냉정하게 예나 보는)
소 봉　(놀란) …너… 왜 그래?
남신3　(소봉을 보며) 지금부터 강소봉을 제 1로 보호한다.

그 말에 놀라는 소봉!! 단호한 남신3의 얼굴에서!!

제15회

제16회

S#1. HR인공지능연구소 / LAB실 (낮)

PLAY1 13씬의 일부. 암전 화면에서 꿈뻑! 눈을 뜨는 남신1의 시점 샷.
경이로운 듯 남신1을 바라보고 있는 오로라의 얼굴.

남신1(E) 안녕하세요. 인공지능 로봇 남신 ONE입니다.
(오로라 보고 해맑게) 엄마.

오로라 …신아… 보고 싶었어… 아주 많이…

깜빡, 깜빡하는 남신1의 시야. 곧 울 것 같은 오로라의 얼굴.

남신3(N) 내가 처음 본 인간은 엄마였고,

남신1(E) 울면 안아주는 게 원칙이에요.

남신3(N) 첫 번째 원칙도 엄마를 위한 거였다.

우는 엄마한테 점점 다가가는 남신1의 시점 샷.
부스럭 소리와 함께 안아주는 듯 곧 암전되는 화면.

S#2. 남신의 차 안 (낮)

암전 화면에서 다시 꿈뻑! 꿈뻑! 눈 뜨는 남신3 시점 샷.
PLAY7 59씬의 일부. 눈 다 뜨면 다부진 표정의 소봉 보인다.

남신3의 시야모니터에 얼굴형, 눈, 코, 입 등으로 소봉을 인식한다.

남신3(N) 현재 내 시각 센서에 감지된 이 여자,
소 봉 (남신3 보며) 깡통, 너! 니 배터리에 아무나 손대게 하면 죽어.

시야모니터 속 소봉의 얼굴 위에 원칙(Rule)이 추가된다는 매뉴얼 고지.

남신3(N) 매뉴얼. 강소봉을 위한 원칙 추가.

S#3. 인도 (낮)

PLAY7 61씬의 일부. 소봉의 다리를 팍 차는 예나.
아! 비명소리와 함께 철심 박힌 다리를 부여잡는 소봉.
주춤하는 소봉을 또 때리려는 예나의 팔을 잡는 손, 남신3이다!
그래도 소봉에게 달려드는 예나를 확 밀어버리는 남신3.
그 바람에 균형 잃고 뒤로 밀리는(혹은 쓰러지는) 예나.

예 나 (기막힌) …지금 날 공격한 거야?
남신3 (냉정하게 예나 보는)
소 봉 (놀란) …너… 왜 그래?
남신3 (소봉을 보며) 지금부터 강소봉을 제 1로 보호한다.
남신3(N) 제 1? 이런 원칙이 갑자기 왜 생겼지?

S#4. 소봉의 몽타주 : 남신3의 기억메모리 1

빠른 속도로 흘러가는 소봉에 관한 남신3의 기억들.

PLAY2 34씬의 일부. 남신3의 시선으로 보이는 소봉.

소 봉　(포효하는) 개! 남! 시이인!!!

남신3(N)　첫 번째 추론.

PLAY5 63씬의 일부.갑자기 위력적인 주먹을 훅 날리는 소봉.

PLAY6 7씬의 일부. 남신3의 다리에 사정없이 킥 날리는 소봉.

PLAY6 35씬의 일부. 남신3의 등을 확 밀어뜨려 넘어뜨리는 소봉.

남신3(N)　과격한 행동 패턴에 길들여져서?

S#5. 소봉의 몽타주 : 남신3의 기억메모리 2

PLAY6 21씬의 일부.

소 봉　너, 이 시간부로 내 꼬봉 로봇이야.

남신3(N)　두 번째 추론.

PLAY6 24씬의 일부.

소 봉　(캐리어 턱짓하는) 끌고 와.

PLAY6 35씬의 일부.

소 봉　시키는 것만 해.

PLAY6 59씬의 일부.

소 봉　가서 차나 끌고 와.

남신3(N)　꼬봉 역할에 적합해진 알고리즘 때문에?

S#6. 소봉의 몽타주 : 남신3의 기억메모리 3

PLAY2 36씬의 일부. 갑자기 소봉을 감싸 안는 남신3.

남신3(N) 마지막 추론.

PLAY3 46씬의 일부. 남신3, 소봉의 손을 확 잡아당겨 안는다!
PLAY4 54씬의 일부. 소봉의 눈을 가리고 뒤에서 안는 남신3.
PLAY5 71씬의 일부. 소봉을 끌어당겨 키스하는 남신3.
PLAY6 59씬의 일부. 갑자기 남신3한테 키스해버리는 소봉.

남신3(N) 지나친 피부 접촉의 결과인가?

S#7. 인도 (낮)

PLAY7 61씬의 일부. 놀라서 남신3를 보는 소봉.

남신3(N) 분석되지 않는다. 저 여자의 무엇이 날 변화시켰는지.

하는데 갑자기 확 옆으로 남신3를 밀쳐버린 소봉,
쓰러져 있는 예나를 부축해 일으키려고 한다.
손을 뿌리치는 예나에게 웃어주는 소봉을 보고 고개 갸웃하는 남신3.

소 봉 (친절한 척) 뭐하세요, 본부장님? 서 팀장님 일으켜드려야죠.

소봉, 눈짓으로 지시하면 얼른 가서 예나를 일으키려는 남신3.

예 나 (역시 뿌리치며) 놔! 니들 나 갖고 노는 거야?
소 봉 (주위 둘러보면서) 보는 눈이 있잖아요. 사랑싸움 한 척 빨리 빨리.

예나, 그제야 주위 둘러보면 관심을 드러내며 멈추는 행인들.

행인1　뭐야? 데이트 폭력이야?
행인2　남자가 바람 폈나?
소 봉　(남신3에게) 얼른 차로 모셔요.

남신3, 소봉의 말대로 예나를 일으켜 차 쪽으로 데리고 간다.
그제야 한숨 쉬고 주위 행인들을 단속하는 소봉.

소 봉　별일 아니니까 가세요. 괜히 SNS에 올리고 그러시면 큰일 납니다.
(얼른 차로 가는)

S#8. 남신의 차 안 (낮)

신경질적인 표정으로 앉아 있는 예나와 무표정하게 그 옆에 앉은 남신3.
막 운전석에 올라탄 소봉, 뒤돌아서 남신3와 예나 본다.

소 봉　우리 다들 사과하죠.
남신3　사과?
소 봉　네. 약혼녀한테 불필요한 물리력을 쓰셨으면 사과하셔야죠.
예 나　(기막힌) 누가 로봇한테 사과 받는대? 니들 뭐야?
뭐? 강소봉한테 함부로 하지 마? 그러다 나 죽이겠더라.
소 봉　죽이기는. 과장 좀 하지 마요. 서 팀장님도 날 개 패듯 팼잖아요.
본부장님이 보다 못해 날 도와주신 거고.
예 나　이게 정말!
소 봉　그럼 딴 방법 있어요? 얘가 없으면 누가 본부장님 대신 하죠?
서 팀장님도 본부장님 일어나실 때까지 얘가 필요하잖아요.
같은 배를 탔으면 마음을 모아야지 왜 자꾸 무시하고 거부해요?
얘도 머리 있는 애라니까요. 수틀리면 그만이에요. 그치?

(끄덕이라는 고갯짓)

남신3 (소봉의 말대로 끄덕이는)

예 나 (기막힌 코웃음)

소 봉 우린 오늘 아무 일도 없었습니다. 그럼 약혼남이
사랑하는 약혼녀를 데려다주는 상황으로 돌아갈까요?
본부장님, 뒷좌석에서도 소홀하면 안 되는 안전벨트요.

남신3, 예나의 안전벨트를 매준다. 감정 가라앉히며 가만있는 예나.
그런 예나를 룸미러로 보고 픽 웃은 소봉, 차를 출발시킨다.

S#9. 상국의 차 안 (낮)

운전석에 앉아 있는 상국, 출발하는 남신3의 차 뒤꽁무니 본다.
한가하게 휴대폰에 찍힌 사진들 확인하는 상국.
남신3와 소봉과 예나의 상황들 담겨 있는.

S#10. 종길의 저택 앞 (낮)

남신의 차 와서 서면, 남신3가 내려 예나 쪽 차 문 열어준다.
소봉도 얼른 내려서 예나한테 인사한다.

예 나 (화 억누르고) 결혼 날짜 곧 잡힐 거고 내일 드레스 보러 갈 거야.
긴장 늦추지 마. (강조해서) 오. 빠.

소봉 한 번 째려보고 들어가는 예나.
그제야 긴장이 풀려 안도의 한숨 쉬는 소봉.

소 봉 깡통, 너 아까 왜 그랬냐?

남신3 (눈치 보며) 운전은 제가 할게요. (얼른 운전석에 타는)

소 봉 (그 모습 보며 피식 웃는)

S#11. 추모 공원 일각 (낮)

화가 나서 가버리려는 오로라를 붙드는 영훈.

영 훈 오 박사님, 잠깐만요.

오로라 놔요. 난 지 팀장 만나러 왔지 저 노인네 보러 온 거 아니니까.

오로라 가려는데 갑자기 들려오는 종길의 목소리에 멈칫한다.

종길(E) 이제 남건호 씨는 PK그룹의 오너 자격이 없습니다.
늙고 병든 노인네가 가야 할 곳은 안락한 요양원 아니겠습니까?
그곳에서 생을 마치셔야 우리한테도 기회가 오겠죠.

오로라, 돌아보면 보이스펜 플레이 멈추는 건호.

건 호 종길이가 말하는 우리 안에 니 아들은 없어. 니가 날 싫어하는
것처럼 나도 니가 싫지만, 우리한텐 공동의 적이 있지 않니? (웃는)

오로라 (노려보는)

S#12. 카페 (낮)

말없이 마주 앉은 오로라와 건호. 한 테이블 뒤편에 앉아 있는 영훈.

건 호 니 아들을 다시 보니 어때? 좋지?

오로라 (눈빛 흔들리는)

플래시백 : 사고 현장 (낮)
PLAY2 7씬의 일부. 피범벅인 남신을 안고 오열하는 오로라.

도로 현재. 슬픔과 분노에 차서 건호를 보는 오로라.

오로라 어떻게 뻔뻔하게 그런 걸 물어요? 내 아들을 못 보게 한 게 누군데!
건 호 (태연한) 오랜 세월 부정하고 싶었는데 신이가 네 아들이 맞더구나.
오로라 (기막힌) 뭐라구요?
건 호 시큰둥하고 무기력하던 그놈이 갑자기 의욕적인 모습을 보이길래
내심 많이 놀랐다. 이십 년을 봐온 놈이 영 딴 놈 같지 뭐냐.
오로라 (긴장해서 보는)
영 훈 (침착함을 잃지 않는)
건 호 알고 보니 널 만나고 나서였어. 나약한 내 아들 피가 아니라
강인한 네 피 덕분에 그놈이 달라졌지 싶다.
오로라 정우 씨에 대해 함부로 말하지 말아요! 나약하다고 낙인찍힌 거지,
진짜 나약한 사람 아니니까.
건 호 내 아들이 나약해서 죽었으니까 니 아들이라도 지키려는 거야!
잔말 말고 회사에 들어와. 종길이 놈이 니 아들 자리 훔쳐가기 전에.
오로라 (비웃고) 왜요? 아들보다 더 아끼던 서종길한테 배신당하고 나니까
며느리 취급도 안 하던 내가 생각나던가요? 참 꼴좋네요.
건 호 (여유 되찾고) 세월이 사람도 상황도 변하게 하는 거 아니겠냐.
오로라 아뇨. 나도 내 상황도 바뀐 적 없어요. 난 절대 당신이 원하는 대로
안 할 테니까 차라리 여기 있는 지 팀장을 원하는 자리에 올리시죠.
영 훈 (오로라 보는)
건 호 넌 내가 끔찍하겠지? 근데 니 아들한텐 내 자리가 꼭 필요한데
어쩌냐? 이럴 땐 감정에 휘둘리지 말고 머리로 생각해.
그러다 보면 내 말대로 하게 될 거다.
(영훈에게) 나머진 니가 설득해. (나가는)
오로라 (벌떡 일어나며) 그렇겐 안 돼요! 나까지 맘대로 못 한다구!
영 훈 (붙들고) 진정하세요, 오 박사님.

잠시 후. 멍하니 앉아 있는 오로라 앞에 물 잔을 놔주는 영훈.
물을 한 모금 마시고 심호흡을 하는 오로라.

영 훈	놀라게 해드려 죄송합니다. 미리 말씀드리지 말라고 하셔서.
오로라	그 노인네, 신이 정체 언제 눈치챌지 몰라요.
	같이 사는 동안 더 조심시켜야겠어요.
영 훈	아직까진 좋은 변화로 보고 계신데, 제가 더 단속하겠습니다.

S#13. 남신의 차 안 (낮)

운전 중인 남신3. 룸미러로 보다가 뒷좌석의 소봉과 눈 딱 마주친다.
얼른 또 눈길 피하는 남신3.

소 봉	어쭈? 그래봤자 그냥 안 넘어가. 너 진짜 아까 왜 그랬어?
남신3	잘 몰라요. 제 머릿속의 심층신경망이 발전하는 과정을
	다는 모르니까.
소 봉	자꾸 전문용어 쓰지 마시구요. 밖에서는 내가 니 경호원인데
	니가 왜 날 보호해? 그게 날 도와주는 거냐?
	지 팀장이랑 너네 엄마 알아봐. 괜히 나만 이상한 오해 받지.
남신3	죄송해요.
소 봉	죄송할 일은 앞으로 안 하시면 되구요. 아까 일은 고마웠다.
남신3	네?
소 봉	고맙다니까 뭘 놀래? 그리고 서예나 대신 내가 사과할게.
	인간이 뭐 그렇게 대단하다구,
	너한테 사사건건 인간도 아닌 게 어쩌구저쩌구,
	우리 아빠가 동네 개고양이한테도 함부로 하지 말랬는데.
	같은 인간 입장에서 진심 미안하다, 깡통.
	(하고) 어때, 난 서 팀장이랑 달리 쫌 멋있는 인간이지?

남신3, 씨익 웃는데 휴대폰 울린다. 확인하고 블루투스로 받는 남신3.

남신3	네, 할아버지. (듣고) 지금 들어가는 길이니까 곧 도착해요. (끊으면)
소 봉	왜? 회장님이 빨리 들어오래? 무슨 일 있나?
남신3	(고개 갸우뚱하는)
상국(E)	두 사람, 좀 이상합니다.

S#14. 호텔 피트니스클럽 (낮)

땀에 젖은 종길, 상국의 휴대폰 들여다보는 중.
소봉 대신 예나의 공격을 막는 남신3,
또 공격하려는 예나를 밀어버리는 남신3가 찍힌 다수의 컷들.

상 국	남신, 따님보다 경호원과 더 가까워 보이던데요.
박 비서	그 경호원 우리 쪽입니다. 그럴 리가 있어요?
상 국	남신과 똑같이 생긴 환자를 본 것도 그 여자라면서요? 잘못 봤다는 그 여자 말을 다 믿으십니까?
종 길	(고개 들어 상국 보는)
상 국	만일 그 여자 말이 거짓이라면 제 추측이 진짜겠죠. 또 다른 남신에 대한 가능성 말입니다.
종 길	나도 그 가능성을 믿고 싶은데 아직 확실한 게 아무것도 없잖아! 다음엔 추측 말고 답을 가져와!

사진 속 소봉을 못마땅하게 보는 종길의 매서운 눈빛.

S#15. 건호의 저택 / 건호의 방 (낮)

마주 앉은 건호와 남신3.

건 호　하나만 묻자. 너 진짜 회사에 욕심 있는 거냐?

남신3　…있다고 하면 그 욕심 채워주실 건가요?

건 호　묻지 말고 답을 해.

남신3　제 자리를 지키는 데 필요하다면, 얼마든지요.

건 호　그게 니 욕심이야, 딴 사람 욕심이야?
니가 니 엄마 만나고 달라져서 하는 얘기야.

남신3　제가 엄마 욕심 때문에 달라졌다?

건 호　그래, 난 지난 이십 년간의 너보다 요즘 니가 훨씬 맘에 드는데,
그 변화가 니 뜻이 아니라면 가짜 아니냐.

남신3　전 과거의 남신이 아니라 현재의 남신이고,
달라지기로 결정한 건 제 자신이지 엄마가 아니에요.

건 호　(흐뭇한) 그럼 됐다. 슬슬 내 자리에 널 앉힐 텐데,
니 엄마고 영훈이고 널 돕게 해야지 절대 지들 욕심을 챙기게
해선 안 돼. (하고) 오늘 니 엄마 만나 널 도우랬더니
영훈이한테 그 자릴 주라더구나.

S#16. 건호의 저택 / 별채 거실 (밤)

대형 TV에 앞 씬의 건호 얼굴 나온다.
남신3의 시야모니터로 건호의 대화 보는 중인 영훈과 소봉.
막 들어온 영훈. 편한 옷차림의 소봉과 남신3.

건 호　내가 왜 영훈이를 골랐겠냐?
젊을 땐 주제도 모르고 날뛰는 놈들 천진데 그놈만은 달랐어.
제 처지를 정확히 알고 넘치질 않았지.
니 옆 자리 외에 다른 자리를 줘서는 안 돼.
자리 차고 앉으면 올려다보는 게 사람이니까.
영훈이가 제 2의 종길이가 되지 않게 잘 관찰해.

소 봉　(영훈 눈치 보고) 본부장님, 그만 끄시죠.

남신3 (시야모니터 끄는)

영 훈 당신 자리에 앉힐 생각하시는 거 보니 본부장님을 꽤 맘에 들어
하시네요. 좋은 변화라서 다행인데 이럴 때수록 더 조심해야 돼요.
내일 당장 자율주행차팀 재정비하시죠. 아침 일찍 회의 잡아둘게요.
(인사하고 올라가는)

소 봉 (영훈 보며) 쿨내 쩐다. 제 2의 종길이가 되지 않게 잘 관찰해.
나 같으면 이 부분에서 완전 빡쳤을 거 같은데. (하품하고)
아침회의면 꼭두새벽부터 나가야 되잖아. 넌 좋겠다, 잠 없어서. (가는)

남신3 (영훈이 간 곳 올려다보는)

S#17. 건호의 저택 / 영훈의 방 (밤)

방으로 들어온 영훈, 타이를 풀어 내던진다.
노크에 이어 문 열고 들어온 남신3를 의아하게 보는 영훈.

영 훈 무슨 일이죠?

남신3 회장님한테 의심 받는 상황이잖아요.
보통 인간들 같으면 분노할 지점인데 왜 지영훈 씨는 화를 안 내죠?

영 훈 내 감정은 내가 알아서 할 테니까 이만 나가요.

남신3 사람들은 지영훈 씨가 인간 남신의 자리에 욕심이 없다는 걸
왜 모를까요? 로봇인 나도 아는데.

영 훈 (물끄러미 보는)

남신3 지영훈 씨는 진짜 가족도 친구도 없나요? 애인도 취미도 없어요?
여기 있는 사람들은 진짜 가족도 아니고, 지영훈 씨는 결국
인간 남신의 비서일 뿐이잖아요.

영 훈 경고하는데 선을 넘어오지 말아요. 그쪽 역할은 날 관찰하는 게
아니라 신이 자리를 지키는 거예요. 각자 자기 역할만 하죠.

남신3 내 역할은 생각보다 무궁무진해요.

영 훈 (보면)

남신3 지영훈 씨도 사람이니까 화나고 속상하잖아요.
난 인간들처럼 복잡한 감정도 없고, 잘잘못을 가리지도 않아요.
그냥 원할 때까지 말없이 들어주는 역할만 할 테니까
언제든지 필요할 땐 뭐든 말해요. (문 닫고 나가는)

영 훈 (옷 벗으려다가 미소 짓고) 꼭 사람 같네.

S#18. PK그룹 전경 / 다른 날 (낮)

영훈(E) 10분 후 회의예요.

S#19. PK그룹 / 남신의 사무실 (낮)

겉옷 벗는 남신3. 옷 받아서 걸어주는 소봉. 일정 보고하는 영훈.

영 훈 정식 출근 전에 자율주행차팀 상태를 미리 체크하러 나온 거예요.
어제 나한테 뭐든 말하라고 했죠? 나는 본부장님께서 이 일을 잘
해내실 수 있을지가 가장 큰 걱정이에요.

남신3 (웃고) 쓸데없는 걱정은 갖다버려요. 회장님께 자율주행차 프로젝트를
다시 의욕적으로 진행하는 모습을 보여드리면 되는 거잖아요.

영 훈 (웃고) 그럼 발 뻗고 편안히 기다리겠습니다, 본부장님.

소 봉 뭐지? 이 훈훈한 분위기는? 나 잠든 사이에 밤새 고스톱이라도 쳤나?

영 훈 (웃고) 팀장 역할은 임시적으로 고창조 씨가 하고 있으니까,
오늘은 가볍게 진행 중인 프로젝트만 점검해요.

남신3 (고개 끄덕이는)

영 훈 (소봉에게) 회의 마칠 때쯤 서 팀장 올 거예요. 두 분 모시고 웨딩샵
다녀와요. (명함 주며) 위치 미리 파악해두고.

소 봉 (명함 받으며) 그러죠.

S#20. PK그룹 / 자율주행차팀 (낮)

남신3, 창조와 지용과 직원들과 돌아다니면서 악수하는 중.

창 조 (손잡으며) 다시 뵙게 돼서 반갑습니다, 본부장님.
남신3 (눈 깜빡하고) 정말 반가운 거 맞아요?
창 조 네?
남신3 사고 쳐서 대기발령까지 받은 본부장이 반가운 게 이상한 거죠.
앞으로는 여러분들이 날 반길 수 있게 노력할게요. 다들 앉죠.

직원들 앉고 자기 자리로 가던 남신3, 지용의 스마트패드에 눈길 간다.
스마트패드에는 양자암호통신 논문들이 띄워져 있다.

남신3 (자리에 앉으며) 양자암호통신 논문들이네요. 가장 최신 기술들이에요.
〈자막_양자암호통신: 에너지의 최소단위인 양자(quantum)의
복제 불가능한 특성을 이용한 통신 암호기술.〉
지 용 (반갑게) 네, 타사에서 이 기술로 해킹 방지 칩을 상용화한대서요.

직원1과 2, 남신3 몰래 스마트폰 메신저 창에 메시지 입력한다.
〈직원1 : 개남신, 웬 아는 척?〉〈직원2 : 어디서 주워 들었나 봐. ㅋㅋ〉

남신3 해킹 시도 순간에 경고음 발생시키는 기술이니까
우리 M카에 적용하면 많은 도움이 되겠네요.
창 조 안 그래도 그 회사에 컨택 중입니다. (서류 주며) 미팅 내용이구요.
남신3 (받아서 넘겨 보는)

창조, 책상 아래로 쓰는 메시지 그대로 남신3의 스마트패드에.
〈직원1 : 실화냐? 진짜 일하는 척.〉〈직원2 : 할배한테 블랙카드 짤렸나?〉
〈창조 : PT 때 외국행 시험주행 때 줄행랑. 이번엔 결혼식 때 도망?〉
다들 키득거리고 웃는다. 그런 직원들을 보고 고개 젓는 지용.

남신3　고창조 씨?

창 조　(친절하게 웃으며) 네, 본부장님. 다 읽으셨습니까?

남신3　저 결혼식 날은 도망 안 갑니다.

창 조　(깜짝 놀라서) 네?

다 들　(당황해서 서로를 보는)

남신3　(직원2 보며) 저 할아버지한테 받은 블랙카드 없구요.
(직원1 보며) 저 개남신 아니고 그냥 남신입니다.

직원1　(복화술로) 지가 국정원이야? 완전 소름.

직원2　메신저 감시한 거야? 그게 실시간으로 가능해?

지 용　(남신3에게) 궁금해서 묻는데 도대체 어떻게 한 거예요?

남신3의 시야모니터에 떠 있는 직원들 메신저 창.
직원들의 메신저 내용이 그대로 올라가 있다.

남신3　(씩 웃고) 나 생각보다 능력 있어요.
예전의 남신이 아니니까, 앞으로 다들 긴장해요.

S#21. PK그룹 / 자율주행차팀 앞 (낮)

열린 문틈으로 듣고 있던 소봉, 픽 웃는다.

소 봉　그래, 예전의 남신이 아니겠지.

예나(E)　뭐가 그렇게 웃겨요?

돌아보면 어느새 와 있는 예나. 웃음기 거두고 인사하는 소봉.

예 나　웨딩샵 가는 거 알죠? 당장 나오라고 해요. (가버리는)

가는 예나의 뒷모습 얄밉게 보던 소봉, 문틈으로 남신3에게 나오라는 손짓.

고개 끄덕이고 환하게 웃는 남신3.

S#22. PK그룹 / 종길의 사무실 (낮) 〈삭제 씬〉

S#23. PK그룹 / 복도 (낮)

심기 불편한 얼굴로 걸어가던 종길, 걸음을 멈춘다.
반대편에서 걸어오던 영훈도 걸음을 멈추고 인사한다.

종 길　본부장님 회사 나오셨다며? 아주 의욕이 충만하시네.
영 훈　회장님 당부도 있으시고 해서 본격적으로 움직이실 모양입니다.
종 길　일이 술술 풀려 좋겠어.
본부장님 뒤에 지 팀장이 있다는 걸 다들 알아야 되는데 말이야.
영 훈　제 할 일을 할 뿐입니다. 다음에 뵙죠. (가려는데)
종 길　혹시 회장님이 손주 운운 안 하셔
영 훈　(멈추고 보는)
종 길　할아버지라고 불러라, 손주 둘 있는 셈 치겠다, 뭐 이런 말들.
영 훈　(움찔했지만 기색 감추고) 회장님, 살가운 말씀 안 하시는 분입니다.
종 길　조만간 하실 거야. 내 마음도 그렇게 낚으셨거든.
근데 말야. 그런 말에 코 꿰면 곤란해. 차가웠다, 따스했다,
냉탕 온탕을 오가게 하면서 충성스런 개로 훈육하는 거니까.
영 훈　냉탕 온탕을 알아서 오가신 건 아니시구요?
이사님은 스스로를 개라고 생각하시는지 모르지만,
전 적어도 제가 짐승은 아니라고 생각합니다. (인사하고 가는)
종 길　(뒤에다) 우리 같은 백그라운드잖아. 보육원에 PK재단 장학생 출신.
나, 지 팀장한테 일말의 동지의식 있어. 좀 잘 지내보자구.

꼿꼿하게 가버리는 영훈을 보고 기분 나쁘게 웃는 종길.

S#24. PK그룹 / 회장실 (낮)

소파에 앉은 건호, 영훈에게 보고 받는다.

영 훈　본부장님, 출근하셨습니다. 자율주행차팀 재정비 차원에서
회의 주재하시고 웨딩샵에 가셨습니다.

건 호　본부장씩이나 되는 놈이 회사 일 하는 게 당연한 거지,
그걸 뭐 특별한 일이라고. 겨우 그거 보고하러 온 거야?

영 훈　… 걱정 안 하셔도 된다는 말씀드리려고 왔습니다.

건 호　걱정? 무슨 걱정?

영 훈　회장님, 저는 제 2의 서종길이 아닙니다.

건 호　(겸연쩍은 듯 웃고) 신이가 내 말을 전했구나.

영 훈　왜 배경이 같다는 이유만으로 한통속으로 취급하십니까?
보육원 나와서 기업 장학금으로 여기까지 온 사람은,
꼭 서 이사처럼 과한 욕심으로 호시탐탐 남의 걸 노려야 됩니까?
제가 제 처지를 정확히 알고 넘치지 않는 사람이라고 하셨죠?
저 신이 옆자리 외에 어떤 자리도 필요 없습니다.
회장님 판단이 틀리지 않으셨다는 걸 끝까지 증명할 테니까,
앞으론 불쾌한 비교 삼가주십시오.

건 호　(빙긋 웃는)

영 훈　할아버지라고 부르라고 해주신 거, 참 따듯했습니다.
하지만 회장님께서는 앞으로도 쭉 저한테 회장님이십니다.
이만 가보겠습니다. (인사하고 나가는)

건 호　저놈, 눈빛으로 몇 번 날 찔렀구만. (껄껄 웃는)

S#25. 웨딩 부티크 전경 (낮)

S#26. 웨딩 부티크 (낮)

고가의 웨딩드레스 몇 벌 아름답게 진열돼 있다.
자부심에 가득 찬 얼굴로 드레스 옆에 서 있는 매니저와 직원 몇.
영 못마땅한 얼굴로 드레스들을 대충 훑어보는 예나.
뒤편에 서서 드레스 구경 중인 남신3와 소봉.
소봉, 개중 한 벌에 꽂혀 감탄하듯 보면서 휴대폰 꺼내 사진 찍으려는.

매니저 찍으시면 안 돼요. (예나 눈치 보며) 디자인 도용이 심해서요.
예 나 미안해요. 이런 델 처음 와보는 사람이라.
(소봉에게) 어떻게 기본을 몰라?
소 봉 (꾸벅 인사하며) 죄송합니다.
남신3 (소봉 보는)
매니저 가끔 저런 분들 있어요. 본인 결혼에는 이런 데 오기 힘드니까
저희가 양해해야죠. 초이스만 하시면 바로 피팅해드릴게요.
예 나 (남신3에게 폭 안기며) 오빠, 나 오빠 취향대로 입을래.
남신3 (바로 가리키는) 저거.

소봉이 꽂혀 있던 드레스를 가리키는 남신3.
매니저 직원들에게 눈짓하면 소중하게 드레스를 집어 드는 직원들.
그 드레스에 눈을 떼지 못하는 소봉을 관찰하는 남신3.
잠시 후. 피팅룸 앞에서 기다리는 남신3와 소봉.

소 봉 리액션 죽여줘야 되는 거 알지? 예쁘고 귀엽고 섹시하고,
니가 다해먹어라, 뭐 이런 느낌.
남신3 인간들이 예쁘고 귀엽고 섹시하다고 느끼는 기준들은 알아요.
느낌을 몰라서 그렇지.
소 봉 (소리 죽여서) 알든 모르든 연기하라고!

피팅룸 문이 열리고 드레스 입고 나오는 예나. 매니저와 직원도.

남신3, 믿을 수 없을 만큼 아름답다는 듯 표정 연기.
그 모습 보면서 피식 웃은 소봉, 드레스를 보고 눈을 못 뗀다.

매니저　예비신랑 분이 눈을 못 떼시네요.
예 나　잠깐 나가줄래요? 우리끼리 있고 싶어서요.
매니저　그러죠. 다시 불러주세요.

매니저 인사하고 나가면 얼굴 싹 바뀌는 예나.

예 나　(휴대폰 내밀며) 나 찍어줘.
소 봉　네?
예 나　진짜 우리 오빠한테 보여주고 싶으니까 찍어달라구.
남신3　사진 촬영은 안 되는 게 원칙이에요.
예 나　난 내 맘대로 하는 게 원칙이야. 찍어.
소 봉　(얼른 휴대폰 받으며 친절하게) 찍어드려야죠. 이렇게 아름다우신데.

소봉, 예나의 휴대폰으로 최대한 정성스레 사진 찍어준다.
그때 주스 쟁반 들고 들어오다가 이 광경 본 매니저.

매니저　뭐죠? 사진 촬영은 안 된다고 한 거 같은데?
예 나　(얼른) 싫다고 했잖아. 하지 말라는데 말을 안 들어.
남신3　(예나 보는)
소 봉　(어이없어 웃는)
매니저　웃어? 이런 데 와서 윗분들 망신 주는 게 아가씨 역할이야?
모시는 분들 수준에 맞춰 행동해야 될 거 아냐?
이분들 봐서 참는 거니까 앞으로 행실 조심해.
소 봉　(꾹 참으며) 죄송합니다.
남신3　(나서며 툭! 내뱉는) 죄송하긴 뭐가 죄송해? 내가 시켰는데.
예 나　(기막혀 보는)
소 봉　(재 또 저런다 싶은)

남신3 이쁜 내 신부 좀 찍은 게 그렇게 잘못이야? 행실 조심해라?
나한테 한 소린가?

매니저 (기겁하는) 네? 감히 제가 어떻게- (굽히며) 죄송합니다, 본부장님.
그깟 사진 열 번 백 번이라도 찍으시고 제발 마음 푸세요.

남신3 원칙이라면서.

매니저 그깟 원칙이 대순가요? VVIP 고객들을 모시는 게 저희 영광이죠.

남신3 (일부러 예나의 허리 감싸 안는) 울 애기, 오빠랑 한 장 찍을까?

매니저 제가 찍어드릴게요. (얼른 소봉한테 휴대폰 뺏는)

소 봉 (황당하게 매니저 보는)

매니저 더 스윗하고 섹시하게.

남신3 (곧 키스할 듯 더욱 밀착하는)

예 나 (나지막이) 너 안 비켜?

남신3 (차갑게) 연기하려면 똑바로 해. 나 지금 남신이야.

예 나 (당황한) 그, 그게 뭐?

남신3 말했잖아. 강소봉 씨한테 함부로 하지 말라고.

예 나 (두려워서 보는)

매니저 (찍고) 구웃! 다른 포즈요!

남신3가 더욱 들이댈수록 싫어서 밀어내는 예나.
몇 컷 계속 찍히던 예나, 겨우 빠져나와 매니저한테 휴대폰 뺏는다.
예나, 피팅룸으로 들어가면 따라 들어가는 매니저.
둘만 남은 남신3와 소봉, 마주보고 피식 웃는다.

S#27. 웨딩 부티크 앞 (낮)

좀 떨어진 곳에서 남신의 차 유심히 보고 있는 상국.
차 옆에 서서 예나를 기다리고 있는 남신3와 소봉.
굳은 얼굴로 나오는 예나. 얼른 차 문 열려는 소봉에게 오토키 뺏는 예나.

예 나　　강소봉한테 함부로 하면 뭐? (소봉에게) 니가 다 시킨 거지?
둘이 쌍으로 물 먹인 거 이번엔 절대 그냥 안 넘어가. 알아서 와!

혼자 운전석에 올라탄 예나, 문 쾅 닫고 시동 건다.
붕! 거칠게 출발하는 차 뒤꽁무니를 보는 남신3와 소봉.

소 봉　　너 자꾸 고마워지게 왜 그랬어? 택시 불러. 서 팀장 따라가게.
남신3　　싫어요. (걸어가는)
소 봉　　뭐? (따라가며) 야, 너 어디가? 어디 가냐구?

남신3의 뒤를 따라가는 소봉의 뒷모습.
조용히 뒤를 따르기 시작하는 상국.

S#28. 거리 (낮)

호기심 가득한 표정으로 여기저기 구경하는 남신3.
지친 듯 그 뒤를 터덜터덜 따라가는 소봉.

소 봉　　지금 이렇게 한가할 때야? 서 팀장이 홀랑 일러바치면 어쩔래?
남신3　　모르는 사람 진짜 많다. 한국 와서 한 번도 이렇게 못 걸어봤어요.
소 봉　　그럼 딱 오 분만이다.

하는데 지나가던 미녀들, 남신3한테 관심 보이면서 간다.
그런 미녀들한테 전혀 관심 주지 않는 남신3.

소 봉　　(미녀들 보며) 와, 몸매 얼굴 다 착하다. 같은 여잔데도 막 끌려.
넌 어떻게 저런 비주얼을 그냥 지나치냐?
감정도 없고 욕망도 없고, 너답다.
남신3　　(웃고) 강소봉 씨도 몸매 얼굴 다 착한데?

소 봉　뭐?

남신3가 턱짓하면 버스정류장 광고판 보는 소봉.
교통안전공단 캠페인 영상이 스르르 소봉으로 바뀐다.
예나가 입은 웨딩드레스와 예나의 자세로 서 있는 소봉.

소 봉　…저… 저게 뭐야?

남신3　그 드레스 한참 봤잖아요. 서예나 씨 모습에 강소봉 씨 얼굴을 합성해봤어요. (살짝 동작과 함께) 신장은 더 길게. 바스트는 더 풍성하게. 사이즈 맞게 보정해서.

소 봉　(기막힌) 저딴 짓 좀 그만 하라니까! 빨리 안 내려?

남신3　객관적으로 봐요. 얼굴 대칭, 허리 골반의 비율을 봤을 때, 인간들 기준에서 착한 몸매 착한 얼굴에 해당돼요.

그 순간 문자 알림음 울리면 얼른 확인하는 소봉.

소 봉　내 이럴 줄 알았어. 지 팀장님이 오래잖아. 당장 원상복귀시켜놔. 너네 엄마한테 일러버리기 전에.

일어나서 가버리는 소봉을 따라가던 남신3, 광고판 돌아본다.
소봉의 모습에서 원래대로 바뀌는 광고판.
뒤편의 상국, 믿을 수 없다는 듯 광고판을 쳐다보는.
그러다가 서둘러 뒤돌아보면 이미 사라진 남신3와 소봉.
놓쳤다! 낭패다 싶은 얼굴의 상국.

S#29. 오로라의 아지트 / 남신의 방 (낮) 〈삭제 씬〉

S#30. 오로라의 아지트 / 거실 (낮)

남신3와 소봉을 심각하게 보는 영훈, 오로라, 데이빗. 못마땅한 예나.

오로라　그게 사실이에요, 강소봉 씨? 정말 신이가 서 팀장을 공격했어요?

소 봉　(다급한) 잘못은 서 팀장님이 먼저 하셨어요.
본부장님을 잘못한 애처럼 벽 보고 서 있게 하고 배터리도 막 빼고,
말리는 저를 공격하시니까 본부장님이 막아주신 거잖아요.

영 훈　(놀란) 서 팀장, 진짜 그랬습니까?

데이빗　(흥분) 재가 무슨 장난감이야? 벽에 세워뒀다 배터릴 뺐다 꼈다 하게?

예 나　왜들 이래? 그럼 나한테 사람 없는 데서까지 저걸 오빠 대접하라구?

영 훈　사람이 있든 없든 본부장님으로 생각해야죠.
평소 생각이 무의식중에 나오는 거 모릅니까?

예 나　지금 내가 문제예요? 재가 강소봉만 위하느라 말 안 듣는 게 문제지.

남신3　(예나에게) 함부로 안 하면 되잖아요, 누구한테든.

예 나　저 봐. 다들 봤죠? 잘들 알아서 하세요. (남신의 방으로 들어가는)

오로라　강소봉 씨, 도대체 신이한테 무슨 짓을 한 거죠?

소 봉　제가요? 전혀, 아무 짓도 안 했는데요.

남신3　(소봉 막아서며) 이 상황은 강소봉 씨 잘못이 아니에요.

오로라　(버럭) 너 왜 이래? 도대체 어디가 잘못된 거야?

데이빗　(오로라 붙들며) 오 박사, 새 원칙이 생긴 건 애 탓이 아니잖아!

오로라　놔요! 내가 널 얼마나 완벽하게 만들었는데 이상한 애처럼 굴어?
엄마 말 잘 듣던 애가 왜 이제 와서 이러냐구!

남신3　(오로라를 가만히 보는)

영 훈　(남신3 슬쩍 보고) 오 박사님, 진정하시죠. (하는데)

예나(E)　오빠!

예나의 비명에 놀란 오로라와 영훈과 데이빗, 남신의 방으로 뛰어들어간다.
남아 있는 남신3를 안쓰럽게 보는 소봉.

S#31. 오로라의 아지트 / LAB실 (낮) 〈삭제 씬〉

S#32. 오로라의 아지트 / 남신의 방 (낮)

남신을 붙들고 울고 있는 예나. 심각한 얼굴로 서 있는 영훈과 데이빗.
EKG 모니터를 자세히 들여다보고 있는 현준.
급격히 떨어졌던 혈압 조금씩 올라가는 중.
문 열고 들이닥친 오로라, 남신을 살피러 간다.

영 훈　도대체 무슨 일이에요?
현 준　혈압이 급격히 떨어졌었는데 다시 올라가네요.
　　　이제 정상범주예요. 걱정 안 하셔도 됩니다.
예 나　(울면서) 잘못되는 줄 알았잖아. 죽지 마, 오빠…
오로라　(버럭) 죽긴 누가 죽어? 불길한 소리 하려면 당장 나가!
예 나　(기세에 놀라는)
오로라　(눈물 어려서 남신의 얼굴 애틋하게 쓰다듬어주는)

S#33. 오로라의 아지트 / 거실 (낮)

활짝 열린 문으로 보이는 남신과 오로라와 나머지 사람들.
눈물 훔치며 남신의 얼굴 계속 애틋하게 어루만지는 오로라.
그 모습을 보며 말없이 서 있는 남신3.
좀 떨어져 그런 남신3를 바라보는 소봉.

소 봉　야, 가자. (영훈에게) 팀장님, 저희 먼저 갈게요.

영훈이 끄덕이면 남신3를 끌고 나가는 소봉.

S#34. 오로라의 아지트 앞 (낮)

남신의 차 운전석 쪽으로 가는 남신3를 붙드는 소봉.

소 봉　(따듯하게) 오늘 운전은 내가 할게.

남신3　왜요?

소 봉　… 그냥. (뒷좌석 문 열어주며) 타시죠, 본부장님.

남신3가 뒷좌석에 올라타면 운전석에 타는 소봉.

S#35. 오로라의 아지트 / 남신의 방 (밤)

영훈과 오로라와 데이빗, 나란히 앉아 있다. 가방 들고 나가려는 예나.

예 나　난 가요. 내일 또 올게요.

데이빗　(못마땅한) 자꾸 오면 걸리는 거 아냐?

예 나　그럼 오빠 보러 오지 말고 아빠한테 가서 다 말해버릴까요?

영 훈　왜 그런 협박을 하죠? 어차피 우리 다 같은 목적인데,
신이를 위해 좀 조심해달라는 게 그렇게 잘못인가요?

예 나　(할 말 없는) 알았어요. 두 번 올 거 한 번만 올게요. 됐죠? (나가는)

데이빗　도대체 그 녀석한테 왜 그런 원칙이 생겼을까? 원칙 없애겠다고
포맷했다가는 완전 딴 놈이 될 테니 그럴 수도 없고.

영 훈　(남신 보면서 피식 웃는)

오로라, 데이빗 (의아하게 보는)

영 훈　죄송해요. 하지 말라는 짓 해서 사람들 놀래키는 게
진짜 신이랑 비슷하다 싶어서요.

오로라　(남신 보며) 신이가요?

영 훈　훨씬 심했죠. 일부러 못되게 굴어서 아무도 못 다가오게 했죠.

오로라　(남신 보며 가슴 아픈) 잘 안 웃었겠네요, 우리 신이.

니가 웃었으면 해서 그 아이를 웃을 수 있게 만들었는데
아무 소용없었네. 엄마가 너에 대해 아무것도 몰랐어. 미안해.

데이빗　… 오 박사.

영 훈　지금은 신이를 위해 오 박사님 힘이 필요합니다.

오로라　(보는)

영 훈　회사에 나와주시죠. 박사님께서 직접 옆에 계시면 아까 같은 일은 안 생기지 않을까요? 회장님 말씀대로 서 이사 견제한다는 의미에서도 꼭 필요한 일이구요.

데이빗　… 어떻게 하고 싶어, 오 박사?

오로라　(갈등하는)

S#36. 건호의 저택 전경 (밤)

S#37. 건호의 저택 / 소봉의 방 (밤) 〈삭제 씬〉

S#38. 건호의 저택 / 별채 2층 (밤)

막 계단 올라온 소봉, 주위 둘러본다.
저쪽에 로봇청소기와 마주 앉은 남신3를 보고 멈칫하는 소봉.

남신3　오늘 엄마가 우는데 못 안아줬어.
위로는 그 사람이 원할 때만 해주는 거라고 강소봉 씨가 그랬거든.

소 봉　(남신3 보는)

남신3　엄마는 내 위로보다 인간 남신 옆에 있는 걸 더 원해.

그 말 듣던 소봉, 마음이 무거워진다. 일부러 아무렇지 않은 척 밝게,

소 봉　깡통! 너 청소기랑 뭐하냐?

남신3　(일어나며) 어? 강소봉 씨, 앤 친구예요. 여기서 처음 만난 내 친구.

소 봉　친구? 아아, 같은 로봇이라서? 니 생각은 그런데, (청소기 보며) 얘 생각은 어떤지 모르잖아.

로봇청소기　(불빛 반짝이며 남신3의 발밑으로 가는)

소 봉　어쭈? 친구는 친구다 이거야? 어떻게, 친구끼리 봉사 한 번 할래?

남신3　(물끄러미 보는)

S#39. 건호의 저택 / 소봉의 방 (밤)

로봇청소기가 지나가면 남신3의 걸레질이 따라간다.
소봉, 과자 한 봉지 들고 먹으며 문가에 기대서 감독 중.

소 봉　(얄밉게 턱으로 가리키는) 저쪽 구석.

남신3　(로봇청소기 보면서) 저기.

로봇청소기　(남신3가 말한 데로 가는)

소 봉　와, 대박. 친구 말 잘 듣네. 니들 완전 환상의 로봇 짝꿍이다.

열심히 청소하는 남신3의 눈치를 슬쩍 보는 소봉.

소 봉　야, 니 엄마 너무하지 않냐?
넌 이 집에 넣어놓고 개남신한테만 목매잖아.

남신3　(멈춰서) 괜찮아요. 인간 남신도 엄마 아들이니까.

소 봉　넌 아들 아냐? 푸대접하면 인간인 척 못 하겠다고 해.
로봇인 거 사방팔방 떠들고 다니겠다고. 막 엇나가버려.

남신3　엇나가요?

소 봉　그래. 원래 인간도 부모 말 안 들어야 진짜 자식이야.
나 봐라. 우리 아빠가 하지 말라는 거만 골라서 하지.

남신3　(피식 웃고) 그건 강소봉 씨를 위한 지나친 합리화 같은데요.

소 봉　뭐?

남신3　인간 남신한테도 엄마랑 같이 있을 권리가 있어요.
내가 엄마랑 있을 동안 인간 남신은 혼자였으니까.

소 봉　지금 인간 남신 생각해줄 때냐? 그럴 여유 있으면 청소나 해.

일부러 로봇청소기 앞에 가서 과자 가루 쭉 떨어뜨리며 오는 소봉.

소 봉　일루 와봐. 나도 로봇 친구 하나 만들자.

로봇청소기　(빛내며 가만히 서 있는)

소 봉　야, 오라니까?

로봇청소기　(남신3 발밑으로 가버리는)

소 봉　너 로봇하고만 친구 먹냐? 인간은 무시하는 거야?
그것도 일종의 역차별이거든?

남신3, 눈짓하면 과자 가루 빨아들이며 가는 로봇청소기.

소 봉　진작 그래야지. 봤어? 얘 나하고도 친구 먹기로 했나 봐.

남신3　(환하게 웃는)

소 봉　예전엔 친구 없었어? 여기 오기 전에 어디서 살았어?

S#40. 건호의 저택 / 별채 수영장가 (밤)

수영장 가에 나란히 앉은 남신3와 소봉. 둘 사이엔 휴대용 빔 프로젝터.
반짝이는 수면에 체코의 아름다운 풍경들 펼쳐진다.

소 봉　(놀란) 멋있다. 여긴 어디야?

남신3　까를로비바리. 체코예요. 내가 만들어진 곳이죠.

소 봉　저기서 엄마랑 살았어?

남신3　네, 엄마가 내 창조자이자 가족이자 친구였어요.

소 봉	그런 엄마를 졸지에 인간 남신한테 뺏긴 거네. 서운했겠다.

남신3	(환하게 웃는) 난 서운한 게 뭔지 몰라요.

소 봉	(안쓰럽게 보다가 분위기 전환) 야, 내 사진이나 띄워봐.
낮에 그 웨딩드레스.

남신3	아! 네.

수면에 웨딩드레스 입은 소봉의 사진 펼쳐진다.

소 봉	우와, 아깐 제대로 못 봤는데 V라인 S라인, 각종 라인이 다 살았네.
평소에도 저런 모습이면 얼마나 좋겠냐.

가만히 소봉을 보던 남신3, 시야모니터에 일상적인 소봉의 모습들 띄운다.
꽤 예쁘고, 강단 있어 보이고, 분위기 있어 보이는 모습들로 계속 바뀐다.

소 봉	(놀란) 뭐야? 이게 다 나야?

남신3	제가 보는 강소봉 씨 모습이에요.
평소에도 인간들이 말하는 이상적인 미인형에 가깝죠.

소 봉	완전 여신인데? 분위기 괜찮아. 청소에 주인 기까지 살려주고,
넌 역시 최고의 꼬봉이야.

남신3	(환하게 웃는) 강소봉 씨도 최고의 주인이에요.
덕분에 안 들키고 여기까지 왔잖아요.

그 말이 싫지 않은지 빙그레 웃은 소봉.
순간 수면에 남신3와 키스하고 난 다음의 소봉 모습 흐른다.

남신3	내가 강소봉 씨한테 키스하고 난 다음이에요.

당황하면서도 얼이 빠진 그 모습이 창피한 소봉.

소 봉	저건 왜 띄워? 죽을래? 빨리 치워!

순간적으로 빔 프로젝터 렌즈 앞을 가리는 소봉
반사적으로 소봉의 손을 붙잡아서 올리는 남신3.

남신3　가리지 말고 계속 봐요.

남신3, 무심하게 계속 손잡은 채 수면 위의 영상 본다.
이번엔 키스 당하고 화내는 소봉의 모습 흐른다.
제 손을 잡은 남신3의 손이 신경 쓰이는 소봉, 손을 빼려고 하는데,

남신3　내가 진짜 인간이었으면 어땠을까요?
소 봉　뭐?
남신3　내가 인간이었어도 키스했다고 저렇게 화냈을까요?
소 봉　(난감한)

남신3가 소봉을 바라보면 소봉도 남신3의 맑은 눈 마주 본다.
잠깐의 정적. 먼저 시선 피하며 남신3 손에서 제 손을 빼내는 소봉.

남신3　(그제야 알아채고) 아, 미안해요.
강소봉 씨는 나랑 스킨십 하는 거 싫어하는데.

그 말에 남신3를 보는 소봉. 기분이 복잡하고 묘하다.
순간 시끄럽게 울리는 휴대폰. 얼른 휴대폰 확인하는 소봉.

소 봉　(서둘러 받는) 네, 서 이사님.
종길(F)　강소봉 씨, 잠깐 만나죠. 내 차 보냈으니까 그거 타고 와요.

S#41. 건호의 저택 / 별채 1층 (밤)

옷 갈아입고 서둘러 나오는 소봉을 막아서는 남신3.

남신3 같이 가요.

소 봉 또 까분다. 따라오지 말고 여기 있어.

남신3 난 강소봉 씨를 제 1로 보호해요. 서종길은 특히 위험인물이잖아요.

소 봉 보호도 그 사람이 원할 때 해주는 거야. 좋은 말 할 때 나오지 마.

얼른 현관문 열고 나가버리는 소봉.
남신3가 쪼르르 따라 나가다가 쾅 닫히는 현관문 앞에서 멈춘다.
어쩔 수 없다 싶은 남신3, 계단 쪽으로 가다가 열린 소봉의 방문을 본다.
그쪽으로 가서 방문을 닫아주려던 남신3, 방 안에서 뭔가를 봤다.

S#42. 건호의 저택 / 소봉의 방 (밤)

방으로 들어와 침대 위를 보는 남신3,
서둘러 벗어놓은 트레이닝 복 사이에 반짝이는 뭔가를 집어서 본다.
소봉의 펜던트다…

S#43. 건호의 저택 앞 (밤)

주위를 경계하며 나온 소봉, 한쪽에 서 있던 차에 서둘러 올라탄다.
소봉이 타자마자 곧 출발하는 차.
뒤늦게 나온 남신3, 멀어지는 차 뒤꽁무니 본다.
손에 쥔 소봉의 펜던트 보는 남신3.

S#44. 종길의 차 안 (밤)

뒷좌석에 앉은 소봉, 슬쩍 운전자 살핀다.
뒷목에 문신 있는 상국의 무표정한 얼굴.

괜히 긴장이 돼 목덜미 만져보는데 펜던트가 없다!
당황한 소봉, 주위를 둘러보는데 없다. 낭패다 싶은 소봉.

S#45. 공사장 근처 (밤)

으슥한 길로 들어서는 종길의 차.

S#46. 종길의 차 안 (밤)

잔뜩 긴장된 소봉, 차창 밖을 살피는데 분위기가 좀 이상하다.
상국의 눈치 보면서 슬쩍 문손잡이에 손을 댄 소봉,
갑자기 덜컥 닫히는 차 문 소리에 깜짝 놀란다.

상 국　　지금 문 열면 위험합니다.
소 봉　　(경계하는) 왜 이런 길로 가죠?
상 국　　다 왔습니다. 저기예요.

소봉, 상국이 가리키는 끝을 보면 불빛이 보인다. 카페.

S#47. 카페 안 (밤)

굳은 얼굴로 앉아서 휴대폰 사진 보는 중인 종길.
광고판에 나온 웨딩드레스 입은 소봉의 사진.

플래시백 : PK그룹 / 옥상 (낮)
휴대폰 사진 보는 종길의 옆에 서 있는 상국과 박 비서.

박 비서　(보고하는) 그 버스정류장 광고판, 아무래도 이상합니다.
광고대행사 전화해봤는데 그 시간에 웨딩드레스 입은
여자 사진을 전송한 적이 아예 없답니다. 오히려 원인 모를 전파
오류 때문에 광고 송출이 중단됐었다고 앓는 소리 하던데요?

종 길　그럼 이 사진을 누가 어떻게 띄운 거야?

상 국　그건 모르겠고 강소봉과 본부장 모친도 관련돼 있는 것 같습니다.
강소봉이 본부장 모친에 대해 얘기하는 걸 들었습니다.
분명 한통속으로 감추는 게 있습니다.

도로 현재. 카페 문 열리고 들어오는 소봉을 보는 종길.
인사하는 소봉에게 친절하게 웃어주는 종길.
잠시 후. 커피를 두고 마주 앉은 소봉과 종길.

소 봉　(놀라서) 본부장님 어머니를요?

종 길　그래. 그 여자 지내는 곳을 어떻게든 알아봐.
결혼 때문에 한 번은 만날 테니까 무슨 수를 써서든 찾아내.

소 봉　(머릿속 복잡해지는)

종 길　왜, 자신이 없나?

소 봉　아뇨. (슬쩍 살피는) …갑자기 왜 그러시는지 궁금해서요.

종 길　강소봉 씨가 왜 그런 질문을 하지? 하라는 일만 하면 되는 거 아닌가?

소 봉　죄송합니다. 제가 주제넘었습니다.

종 길　사실 강소봉 씨 쓰임새에 관해 고민이 많았어.
그동안 신이에 대해 제대로 물어다준 게 없잖아.
이번에도 실패하면 의도적이라고 생각할 수밖에 없어.
강소봉 씨 입장에서는 내 돈이나 그쪽 돈이나 그저 돈일 테니까.

소 봉　(태연하게) 들어보니까 의심받아도 싸네요, 제가.
이번엔 어떻게든 알아낼게요. 제 억울함은 그때 가서 풀죠.

종 길　그래야지. 배신이란 거 서로 피곤한 거잖아. 안 그래?

소 봉　피곤하죠. 그러니까 다신 저 이런 식으로 불러내지 마세요.
제가 이사님을 배신할지 그 반대일지, 아직 모르잖아요?

(인사하고 나가는)

종 길 (배짱 좋다 싶어 웃는)

S#48. 카페 앞 (밤)

문 닫고 나온 소봉, 그제야 다리에 힘이 풀린다.
저 멀리서 기분 나쁘게 웃으며 소봉을 보고 있는 상국.
시선 피하며 걸어 나오는데 휴대폰 울린다. 확인하면 〈남신 본부장〉
받으려는 순간, 배터리 때문에 꺼져버리는 휴대폰.

S#49. 건호의 저택 / 별채 2층 (밤)

대형 TV에 소봉의 GPS 위치 추적 중. 순간, 꺼져버리는 GPS신호.
휴대폰 들고 있는 남신3, 꺼졌다는 음성메시지 나온다.
제 손 안의 펜던트 보는 남신3, 전화 끊고 일어나 나가는.

S#50. 동네 일각 (밤)

어두운 동네를 걸어가는 소봉, 뒤에서 누군가 걸어오는 소리에 긴장한다.
걸음 빨리하는 소봉. 뒤쪽의 걸음 소리도 빨라진다.
공포에 찬 소봉, 막 뛰기 시작하는데, 갑자기 어깨를 붙드는 누군가!
으악! 비명 지르며 돌아보는데 조 기자다! 밀가루 잔뜩 뒤집어쓴.
서로를 보고 더 크게 비명 지르는 소봉과 조 기자.

조 기자 자기, 나야 나!

소 봉 …조 기자님?

조 기자 (주위 둘러보며) 그래. 여긴 웬일이야?

소 봉　　꿀이 그게 뭐예요?

하는데 그때 갑자기 후다닥 나타나는 수많은 여고생들.

여고생들　　저깄다! 죽여! (달려오는)
조 기자　　(소봉의 손 붙들고) 튀어! 무조건!
소 봉　　(영문도 모르고 뛰어가는)

S#51. 포장마차 (밤)

소주 한 잔 털어 넣는 조 기자. 황당하다는 표정의 소봉.

소 봉　　뭐라구요? 아이돌 기사 좀 잘못 썼다고 팬들이 집까지 찾아와요?
조 기자　　잘못 쓴 게 아니라 팩트에 근거했다니까. 지들이 믿기 싫으니까
날 양치기로 만드는 거지. 창문 깨지고, 밀가루 폭탄 맞고,
며칠째 집 앞에 죽치고 있어. 졸지에 여관잠 자게 생겼어. (마시고)
소 봉　　기자님이 잘못했네. 이 시대 최고의 권력이 아이돌 팬덤인데.
조 기자　　그런 자긴 왜 왔어? 엔간한 고민 아니면 나한테 안 오잖아.
소 봉　　(한 잔 마시고) 서 이사가 날 의심하는 것 같아요.
조 기자　　조마조마하더니 드디어. 자기가 본부장이랑 그렇게 꽁냥꽁냥 하는데
의심을 안 할 수가 있어?
소 봉　　꽁냥꽁냥은 무슨.
조 기자　　어쨌든 때려쳐. 본부장한테도 핑계 대고 당장 그만두라구.
서 이사고 본부장이고 힘 있는 사람들이야.
그 사이에 끼면 새우 등 아니라 심장이구 뇌구 다 터진다구.
그만하면 먹을 만큼 먹은 거니까 당장 나와.
소 봉　　(생각에 잠기는)

플래시백 : PK그룹 / 주차장 (낮)
PLAY7 32씬의 일부.

소 봉　널 어떻게든 지켜줄게. 난 니 경호원이니까.

도로 현재. 갈등 되는 소봉.

조 기자　자기, 진짜 이상하다? 왜 대답 안 해? 내 말대로 해!
소 봉　그게 그렇게 쉬운 줄 알아요?
신경 끄고 날 밝으면 체육관으로 가요. 내 방 비어 있어요.

또 소주 마시는 소봉을 유심히 관찰하는 조 기자.
소봉의 옆 의자에 놓인 휴대폰 본다.

조 기자　자기 그거 꺼진 거야? (주인에게) 이모, 이거 충전되죠?

S#52. 격투기 체육관 앞 (밤)

재식 앞에 펜던트를 들고 보여주는 남신3.

남신3　강소봉 씨가 떨어뜨리고 갔어요. 휴대폰도 꺼지고 연락도 안 돼요.
재 식　뭐라고? 이 기지배가 또!

하는데 남신3의 시야모니터에 GPS 위치 다시 켜진다.

남신3　어? 다시 켜졌다. 강소봉 씨 위치 확인. 이문동이에요. 가볼게요.
재 식　(붙들고) 가긴 어딜 가? 이문동이면 조 기잔가 뭔가가 사는 데니까
내버려둬. 당신! 당신이 뭔데 이 야밤에 강소봉이 위치를
확인하고 다녀? 강소봉이가 당신 경호원이지 당신이 강소봉이

경호원이야? 따라 들어와, 당장!

S#53. 격투기 체육관 (밤)

링 안에 쓰러져 있는 소주병 두세 개.

소주 또 털어 마시는 재식, 벌써 취했다. 함께 앉아 있어주는 남신3.

재 식　　내가 당신같이 사회적 위치가 빵빵한 사람하고 독대를 해본 적이 없어서 (또 마시고) 용기를 마시는 거니까, 그렇게 알고.
(술잔 탕! 내려놓고) 도대체 내 딸하고 무슨 사이야? 남녀 관계야?

남신3　　아닌데요. 남녀 관계는 인간 대 인간의 관계에만 해당돼요.

재 식　　그러니까 뭐 당신만 인간이고 우리 애는 인간이 아니다, 이건가?

남신3　　그 반대예요.

재 식　　반대? 아, 우리 애는 그저 평범한 인간이고 당신들 같은 재벌은 인간을 아예 넘어선 존재다?

남신3　　(고개 갸웃하는)

재 식　　누가 인간이고 아니건 간에, 당신 그렇게 사는 거 아냐!
강소봉이가 당신하고 엮인다고 내가 좋아할 줄 알아?
재벌가 콩고물이라도 떨어지나 기대할 줄 아냐고?
나 돈이라면 딱 질색인 사람이야! 줘도 안 받아! 싫어! (하는데)

남신3　　(손 잡아보고 눈 깜빡) 거짓말. 주면 받을 거잖아요.

재 식　　(겸연쩍은) 물론! 주면 받긴 받는데,
돈 때문에 우리 소봉이 인생이 망가졌다고!
이길 거 지고 다리에 철심 박고 선수 생명 끝장나고!
내가 당신 같은 재벌이었으면 내 딸이 그런 일은 안 당했겠지…
…지금도 링 안에서 펄펄 날아다녔겠지…
…우리 소봉이… 링에 서면 얼마나 폼 나는지 알아?

하다가 털썩 쓰러져 남신3의 다리를 베고 잠이 들어버리는 재식.

드르렁 드르렁 코를 골기 시작하는 재식을 가만히 보는 남신3.
텅 빈 체육관. 미동도 없이 그대로 있어주는 남신3.
잠시 후. 창밖에 날이 밝아오기 시작한다. 그리고 곧 아침.
여전히 그 자세로 있는 남신3, 휴대폰 울리면 깰까 봐 얼른 받는다.

남신3 (속삭이는) 여보세요?

S#54. 건호의 저택 / 남신의 방 (낮)

비어 있는 남신의 방. 출근 차림으로 통화 중인 영훈.

영 훈 도대체 어디예요? 왜 집에 없어요?
남신3(F) (속삭이는) 체육관이에요.
영 훈 체육관엔 왜 갑니까? 혹시 강소봉 씨랑 같이 있어요?
남신3(F) 아뇨. 강소봉 씨 말고 강소봉 씨 아버지랑 있어요.
영 훈 (황당한) 강소봉 씨 아버지요?
남신3(F) 지금 움직일 수 있는 상황이 아니라서. 이따 들어갈게요.
영 훈 (끊고 황당하게 보며) 진짜 신이 같다니까 점점 더. (나가는)

S#55. 건호의 저택 / 소봉의 방 (낮)

벌컥 문 열고 들어오면 텅 빈 소봉의 방.

영 훈 (난감한) 다들 왜 이래.
(울리는 휴대폰 확인해서 얼른 받고) 네, 회장님.

S#56. 건호의 차 안 (낮)

뒷좌석에 나란히 앉은 건호와 영훈. 건호의 눈치를 보는 영훈.

영 훈　본부장님께서 가벼운 몸살에 걸리셔서-

건 호　그놈은 됐어. 영훈이 너랑 출근하고 싶어서 부른 거야.

영 훈　(보는)

건 호　어제 니 말이 구구절절 맞다. 다신 널 종길이랑 같은 취급 안 하마. 할아버지라고 부르라고도 다신 안 한다. 나쁜 놈.

영 훈　(웃고) 감사합니다, 회장님.

건 호　곧 기자들한테 전화 올 거야. 그 날짜가 맞다고 해.

영 훈　네? 무슨 날짠데- (하는데 휴대폰이 울리면 받고) 네, 지영훈입니다. (건호 보며) 아, 본부장님 결혼 날짜요? 네, 그날 맞습니다.

건 호　(빙그레 웃는)

S#57. PK그룹 앞 (낮)

건호의 차 와서 서고 먼저 내려 문 열어주는 영훈과 곧이어 내리는 건호. 멀리서 그 모습 보면서 통화 중인 소봉.

소 봉　알았어요, 조 기자님. 그만두겠다고 할 테니까 얼른 체육관으로 가요. (전화 끊고 심호흡하고 들어가는)

S#58. PK그룹 / 회장실 (낮)

건호와 영훈, 함께 들어온다. 이미 기다리고 있던 종길, 일어난다.

종 길 (인사하고) 상의도 없이 결혼 날짜 발표하셨더군요.

건 호 서운했냐? 언제 해도 할 결혼, 빨리 해치워버리는 게 낫잖아.

종 길 물론 저도 좋습니다. 본부장님께서 결혼해서 안정도 찾으시고 자율주행차팀에 복귀도 하셔야 저도 일선에서 물러나 응원할 수 있지 않겠습니까? (슬쩍 눈치 보며) 그런 차원에서, 본부장님을 도와 자율주행차팀을 이끌 만한 친구가 있는데-

오로라(E) 그 자리는, 제 거 같은데요.

다들 보면 커리어 우먼 차림으로 들어오는 오로라.

오로라 자율주행차팀 저한테 맡겨준다고 하셨잖아요, 회장님.

건 호 (웃고) 거절하는 줄 알았더니 아니었냐?

오로라 (영훈 보며) 지 팀장이 집요하고 간곡하게 부탁해서요.

건 호 (영훈 대견하게 보는)

오로라 (종길 보며) 또 죄진 것도 없는데 더 이상 숨어 살 이유도 없구요.

종 길 (얼굴 일그러지는)

영훈(E) 감사합니다, 오 박사님.

S#59. PK그룹 일각 (낮)

영훈과 마주 선 오로라. 심각한 분위기.

오로라 감사하긴요. 그보다 신이가 문제네요. 도대체 어딜 간 건지.

영 훈 오 박사님이 오셨으니까 점점 나아지겠죠.

오로라 너무 걱정하지 말아요. 최후의 방법이 있으니까.

영 훈 킬 스위치 말씀이시죠? 그게 작동되면 정말 파괴되는 건가요?

오로라 …아직은 그럴 일이 없어야죠. 신이가 일어나면 어쩔 수 없겠지만 이만 가요.

영훈과 오로라가 가고 나면 한쪽에 서 있던 소봉 보인다.
믿을 수 없다는 듯 영훈과 오로라의 뒷모습을 쳐다보는 소봉.

소 봉 … 파괴? 죽이는 거나 마찬가지인 거잖아…

그때 울리는 휴대폰 진동소리에 깜짝 놀란 소봉, 확인하고 받는다.

조 기자(F) 나 체육관인데, 여기 누가 있는지 알아?

S#60. 격투기 체육관 (낮)

문을 벌컥 열고 들어온 소봉, 어이없는 광경을 마주한다.
링 안. 아직도 남신3의 무릎 베고 코 골며 자고 있는 재식.
그 모습 기막힌 듯 보고 있는 조 기자와 인태와 로보캅.

조 기자 글쎄 밤새 저러고 있었대.
인 태 (남신3의 코에 침 바르며) 형, 침 발라줄게요. 다리 정말 안 저려요?
로보캅 (역시 침 발라주며) 이 놀라운 인내심, 지구력, 참을성!
(무릎 꿇으며) 존경합니다, 형님!
남신3 저린 데 침 바르는 건 민간요법이고 실제 효과는 없어요.
조 기자 저러다 다리 마비되겠네. (소봉 보며) 도대체 누굴 위한 정성이래?
소 봉 (링에 올라가서 재식을 사정없이 흔들어 깨우는)
남신3 그냥 놔둬요. (속삭이는) 나 끄떡없는 거 알잖아요.

환하게 웃는 남신3를 바라보는 소봉.

플래시백 : PK그룹 일각 (낮)
PLAY8 59씬의 일부. 오로라와 영훈의 대화.

영 훈　킬 스위치 말씀이시죠? 그게 작동되면 정말 파괴되는 건가요?
오로라　…아직은 그럴 일이 없어야죠. 신이가 일어나면 어쩔 수 없겠지만.

도로 현재. 괜히 화가 난 소봉, 남신3에게 소리 지른다.

소 봉　너 왜 이렇게 미련해? 얼른 일어나!
남신3　조용히 좀 해요. (하고) 내가 일어나면 깨시잖아요.
소 봉　(답답한) 너 당장 안 일어나? (끌고 일어나는) 일어나라구!
조 기자　(놀라서) 너? 지금 자기 '너'라 그런 거야?
인태, 로보캅　(놀라서 보는) 누나!

어쩔 수 없이 소봉에게 끌려 일어나는 남신3.
땅에 부딪히려는 재식의 얼굴, 가까스로 손으로 받치는 조 기자.
밖으로 끌려 나가는 남신3 보고 자신의 무릎 재식에게 대준다.

조 기자　아빠, 좀 더 주무세요. 야, 니들 내 짐 좀 깡 선수 방에 풀어.
인태, 로보캅　(황당한) 네?

S#61. 격투기 체육관 앞 (낮)

남신3를 끌고 나온 소봉, 홱 뿌리친다.

소 봉　넌 세상 똑똑한 로봇이 왜 그래? 우리 아빠가 뭘 해줬다고
밤새 다릴 빌려주고 있어? 여긴 왜 와? 누구 맘대로 막 오래?
남신3　강소봉 씨 GPS가 꺼졌잖아요. 그래서 찾아다녔어요.
난 강소봉 씨를 보호하는 게 원칙이니까.
소 봉　(답답한) 그 원칙, 갖다버리라고 했지?
남신3　(소봉의 가방 뺏어서 자기가 매는)
소 봉　뭐 하는 거야?

남신3 난 강소봉 씨의 꼬봉이잖아요. 내가 들어야죠.

소 봉 (답답하고 속상한)

남신3 강소봉 씨?

소 봉 (가방 도로 뺏으며) 이젠 그런 거 하지 마.

남신3 … 왜요?

소 봉 오늘부로 넌 자유야. 내 심부름 그만해도 돼.

남신3 네?

소 봉 넌 앞으로 내 깡통도, 꼬봉도 아냐.
내 꼬봉뿐 아니라 누구의 꼬봉도 아니니까,
누구 말도 듣지 말고 니 판단대로 행동하고 결정해.

남신3 내 판단대로 하면 안 되는데. 난 인간 남신을 흉내 내야 되잖아요.

소 봉 남신은 남신이고 너는 너야! 넌 그냥 너라구!

남신3 … 강소봉 씨.

잠시 남신3를 바라보는 소봉. 답답함과 속상함이 섞인.

소 봉 (감정 추스르고) 본부장님, 저 오늘부로 본부장님 경호원 일
그만두겠습니다… 그동안, 감사했습니다.

허리 깊숙이 굽혀 인사하고 돌아서는 소봉을 보는 남신3.

남신3(N) 이제 분석됐다. 왜 저 여자에 대한 원칙이 생겼는지.

걸어가는 소봉의 뒷모습에 겹쳐지는 소봉이 남신3에게 했던 말들.

소봉(E) 서예나 대신 내가 사과할게.
같은 인간 입장에서 진심 미안하다, 깡통.

소봉(E) 야, 깡통. 니 엄마 너무하지 않냐?
넌 이 집에 넣어놓고 개남신한테만 목매잖아.

소봉(E) 남신은 남신이고 너는 너야! 넌 그냥 너라구!

점점 멀어지는 소봉을 바라보는 남신3.

남신3(N) 저 여자는 날 그냥 나로 봐주는, 유일한, 인간이다.

뭔가에 이끌리듯 소봉의 뒤를 따라가는 남신3.
소봉의 손목을 붙들어 세우면 놀라서 돌아보는 소봉.
인간 여자를 바라보는 로봇 남자와 로봇 남자를 바라보는 인간 여자.
서로를 바라보는 두 존재의 모습에서…

PLAY 9

제17부

제18부

S#1. 건호의 저택 / 다른 날 (아침)

화사한 햇살이 내리쬐는 저택.

S#2. 건호의 저택 / 남신의 방 (아침)

점점 여섯 시를 향해가는 시계. 정확히 6:00이 되는 순간!
침대에 눈 감고 누워 있던 남신3, 눈을 뜬다.
그와 동시에 커튼 열리고 조명 다 켜지고 공기청정기도 전원 ON.

남신3(N) AM 여섯 시. 운동 시간.

벌떡 일어나 운동복으로 갈아입는 남신3.

S#3. 건호의 저택 / 소봉의 방 앞 (아침)

운동복을 입은 남신3, 소봉의 방문을 노크한다. 답이 없다.

남신3(N) 한 번을 제대로 안 일어나는 게으른 여자.
남신3 (노크 계속하며) 강소봉 씨, 운동할 시간이에요.
안 일어나면 그냥 들어갑니다.

그래도 대답이 없자 문을 확 열어버리는 남신3.

S#4. 건호의 저택 / 소봉의 방 (아침)

문이 활짝 열리고 등장하는 남신3.

남신3 강소봉 씨!

하다가 멈칫하는 남신3. 방 안이 텅 비어 있다.

남신3(N) 맞다. 강소봉 씬 이제 여기 없지?

플래시백 : 격투기 체육관 앞 (낮)
PLAY8 61씬의 일부. 남신3와 소봉의 대화 중.

소 봉 본부장님, 저 오늘부로 본부장님 경호원 일 그만두겠습니다.
… 그동안, 감사했습니다.

허리 깊숙이 굽혀 인사하고 돌아서는 소봉을 보는 남신3.

도로 현재. 텅 빈 방을 둘러보는 남신3.

남신3(N) 아침마다 반복되는 사소한 에러.

S#5. 건호의 저택 주변 (아침)

PLAY7 17씬. 소봉과 함께 달리던 곳을 혼자 달리는 남신3.

소봉(E)　(지친) 그만 뛰자. 오늘 따라 힘들다.

슬쩍 옆을 보면 PLAY7 17씬의 모습으로 달리고 있는 소봉의 홀로그램.

소 봉　(버럭) 난 사람이라 죽는다고! 운동중독 되면 죽는 거 몰라?

남신3(N)　AM 6시 45분. 홀로그램 에러.

S#6. 건호의 저택 / 주차장 (아침)

출근하는 차림으로 나오는 남신3. 차 문 열고 기다리는 소봉 보고 멈칫.

소 봉　(밝은 미소) 본부장님, 타시죠.

눈 감았다 뜨면 사라진 소봉. 그 자리에는 영훈이 서 있다.

남신3(N)　AM 8시 12분. 에러 복구 성공.

영 훈　본부장님, 타시죠.

남신3　(말없이 올라타는)

S#7. 남신의 차 안 (아침)

운전 중인 영훈과 뒷좌석의 남신3. 바깥 풍경을 쳐다보는 남신3.

남신3(N)　그날, 강소봉 씨는 말했다.

플래시백 : 격투기 체육관 앞 (낮)
PLAY8 61씬의 연장. 소봉의 손목을 붙들어 세우는 남신3.
놀라서 돌아본 소봉, 이내 냉정해지는 눈빛.

소 봉　(싸늘한) 그만해. 나 너랑 더 엮이기 싫어.

냉정한 소봉의 말과 행동에 손을 놔준 남신3,
멀어지는 소봉을 보다가 주머니 속의 펜던트 꺼내서 보는.

도로 현재. 역시 소봉의 펜던트를 바라보고 있는 남신3.

남신3(N)　강소봉 씨는 이제, 여기 없다.

펜던트를 주머니에 넣고 창밖을 바라보는 남신3의 담담한 표정.

S#8. 격투기 체육관 전경 (낮)

조 기자(E)　뭘 그렇게 찾아?

S#9. 격투기 체육관 / 소봉의 방 (낮)

운동복과 운동 기구들만 있는 작은 방. 벽에 세워둔 조 기자의 캐리어.
제 백팩 활짝 열고 뭔가를 뒤지는 소봉.
칫솔 들고 목에 수건 두른 채 쪼그려 앉아 궁금해하는 조 기자.

조 기자　도대체 뭐가 없어졌는데?

난처한 얼굴로 말없이 백팩 안을 샅샅이 뒤지는 소봉.
문 열리고 들어와 택배 상자 내려놓는 인태와 로보캅.

인 태　누나 택배예요. 그 형님 댁에서 온 거죠?
로보캅　갑자기 왜 그만둬요? 뭘 잘못했는데 짐도 못 싸고 나와요?

소 봉　(가만히 택배 상자 보는)

소봉(E)　짐은 부쳐주세요.

S#10. 카페 / 과거 (낮)

차를 두고 마주 앉은 소봉과 영훈.

소 봉　서 이사가 의심해서 더는 안 되겠어요.
오 박사님 계신 데 못 알아내면 가만 안 놔둔다는데 진짜 겁나요.
저 이쯤에서 그만둘게요, 지 팀장님.

영 훈　갑자기 이러니까 당황스럽네요.
내가 없을 때 본부장님을 맡아줄 유일한 사람이 강소봉 씨잖아요.
지금은 나보다 강소봉 씨가 본부장님을 잘 컨트롤하는데-

소 봉　컨트롤이 문제가 아니에요. 어제 일 들으셨잖아요.
본부장님께서 절 보호하네 뭐네 하면서 또 돌발행동 하시면요?
그러다 정체까지 들켜버리면요?

영 훈　다신 그런 일이 없어야죠.
일단 강소봉 씨에 대한 원칙이 왜 생겼는지부터 알아보죠.

소 봉　(답답한) 그냥 제가 싫어서 그래요.

영 훈　(의아한) 도대체 뭐가 그렇게 싫다는 거죠?

소 봉　(잠깐 망설이다가) 미친 소리처럼 들릴 거 아는데요.
지금 본부장님 말이에요. 처음엔 저도 기계나 물건처럼 생각했어요.
근데 같이 다니다 보니까 말하고 행동하는 게 꼭 사람 같잖아요.
가끔 생각도 하는 거 같고 서 팀장한테 당하면 불쌍한 마음도 들고.
저도 이런 제가 황당하고 웃겨요.
쓸데없이 감정이입하는 게 싫다구요. 그냥 로봇일 뿐이잖아요.

영 훈　(보는)

소 봉　저렇게 볼 줄 알았어. 저만 그런 거죠? 팀장님은 그런 적 없으시죠?

영 훈　(눈빛 흔들리다가) 말 안 되는 감정인 줄 알면 알아서 조절해야죠.

소 봉　역시 이성적인 분이시네요. 암튼 전 더 엮이기 싫어요.
복잡 미묘한 감정은 딱 질색이니까.

영 훈　(한숨 쉬고) 그런 이유라면 더 붙들 수가 없군요. 그동안 고생했고,
혹시 서 이사 때문에 곤란해지면 연락해요. 최대한 도울게요.

소 봉　네. 감사합니다, 지 팀장님.

S#11. 격투기 체육관 / 소봉의 방 (낮)

가만히 생각에 잠긴 소봉의 뒤통수를 탁 치는 누군가!
소봉, 사나운 눈빛으로 보면 언제 나타났는지 재식이다.

소 봉　또 왜 때려?

재 식　짐이 왔으면 풀어야지 왜 정신줄을 놓고 있어?
뭐, 그 집에 마음이라도 놓고 온 거야?

조 기자　(소봉 눈치 보며) 아빠는. 깡 선수, 공과 사는 분명한 사람이에요.

재 식　댁도 댁으로 가시지. 빌붙을 데 빌붙어야지.

조 기자　며칠만 봐줘요. 아이돌 팬들이 집 앞에 죽치고 있다니까.

재 식　(괜히 인태와 로보캅에게) 시합 얼마 안 남았는데 운동 안 할 거야?

재식이 나가면 얼른 뒤따라 나가는 인태와 로보캅.

조 기자　근데 자기, 서 이사는 확실히 정리한 거지?

소 봉　알아서 둘러대주기로 했어요.

조 기자　뭐? 누가?

S#12. PK그룹 / 회장실 (낮)

소파에 앉아 있는 건호와 종길. 보고 중인 영훈.

영 훈　강소봉 씨는 약속했던 한 달이 다 돼서 본인 동의하에 그만두게 했습니다.

종 길　(날카롭게 영훈 보며) 일 잘하길래 계속 둘 줄 알았는데, (슬쩍) 설마 무슨 일이 있어서 그런 건 아니지?

영 훈　또 몰카를 설치했습니다. 그것도 본부장님 방에 말입니다. (슬쩍 종길 보며) 혹시 누가 뒤에 있나 싶어서 다그쳐봤는데 끝내 아니라고 하더군요.

종 길　(태연한) 꼭 누가 있어서 그랬겠어? 전처럼 돈 욕심 때문이겠지.

건 호　일개 경호원따위에 신경 끄고 재 결혼식 준비나 잘 시켜.

종 길　본부장님이 준비하실 게 있습니까? 다 예나 일들이죠.

건 호　예나도 준비할 거 없어. 둘 다 마음가짐이 중요하지. (종길 보며) 아무 갈등 없이 살려면 각자 욕심을 내려놔야 돼. 안 그런가, 사돈?

종 길　(태연한) 맞습니다, 사돈어르신.

건 호　(흐뭇하게 웃고) 신이 엄마는? 출근한 거야?

영 훈　본부장님 방에 계십니다. 모시고 회의에 들어가겠습니다.

S#13. PK그룹 / 남신의 사무실 (낮)

남신3와 함께 자율주행차팀을 내려다보는 오로라. 인사하는 영훈.

영 훈　이제 오 박사님께서 저 자리에 계시겠네요.

오로라　저기 앉아서 (남신3 보며) 많이 도와줘야죠.

남신3　강소봉 씨가 그만뒀어요. 왜 그만뒀는지 엄마는 아세요?

영 훈　본인이 더 이상 일하고 싶지 않다고 했다니까요.

오로라　(남신3 보며) 이유가 뭐든 엄만 잘됐다고 생각해. 너, 강소봉 씨 때문에 잠깐 이상해졌었잖아. 더 나쁜 영향 미치기 전에 그만둬준 거니까 고맙게 생각하고 잊자.

남신3　(오로라 보는)

영 훈　(화제 돌리는) 호텔은 편하십니까?

서 이사 쪽 잠잠해질 때까지만 고생하시죠.

오로라 그럴게요. (시계 보고) 회의 들어가야죠?

영 훈 들어가셔서 준비해오신 내용 브리핑하시면 됩니다.
서 이사가 견제해와도 긴장하지 마시고 여유 있게 대하세요.

오로라 (남신3 보고 미소 지으며) 우리 신이가 있는데 무슨 걱정이에요?

남신3 (웃어주는)

S#14. PK그룹 / 대회의실 (낮)

중앙에 앉은 건호와 남신3. 한쪽에는 종길과 예나와 차 부장,
뒤편에는 영훈과 박 비서와 자율주행차팀원들도 자리해 있다.
빔 프로젝터 스크린 앞에 서 있는 오로라 허리 굽혀 인사한다.

오로라 자율주행차팀장으로 일하게 된 오로라입니다. 잘 부탁드립니다.

다 들 (박수 치면)

건 호 오 팀장이 가세해서 아주 든든해. 브리핑한다고 해서
팀원들도 일부러 참석시켰는데 시작해봅시다.

스크린에 양자난수생성기 초소형 칩 띄우는 오로라.

오로라 최근 타사에서 양자난수생성기 초소형 칩을 개발했습니다.
해킹을 완벽히 방지할 수 있는 이 칩을 저희 자율주행차팀에서도
자체 개발하고자 합니다.

창 조 (지용에게) 자체 개발? 타사랑 계약 타진 중인데?

지 용 난 좋은데. 완전 자신 있어요.

오로라 연구개발팀은 연구를 하는 곳이지 타사 제품을 계약하는 곳이
아닙니다. 해킹 방지 칩은 핵심 기술이에요.
자율주행차뿐만 아니라 전반적인 인공지능에 사용하게 되겠죠.
다행히 해외 연구소에서 비슷한 칩을 제작한 적이 있습니다.

빠른 시간 내에 만들어낼 자신이 있어요.

건 호 (흥미롭게 보는)

종 길 먼저 개발한 회사와 독점 계약하면 될 일을 왜 번거롭게 만듭니까?
나, 이번 MOU에 목숨 걸고 뛰는 중입니다. 개당 가격을 최소
5퍼센트는 깎을 수 있게 물밑 협상 중이니까,
자율주행차팀은 그 칩을 M카에 적용할 방법만 고민하세요.

오로라 6개월이면 더 싸고 작은 칩을 만들 수 있어요.
자체 기술을 보유할 수 있는데 왜 남의 기술을 사와야 하죠?

종 길 6개월이 아니라 하루도 안 됩니다. 시장이 우릴 기다려줍니까?
쉽게 갈 수 있는데 뭐 하러 엉뚱한 데 돈을 씁니까?

오로라 돈이 없어서 개발 못 하나요? 사내보유금 얼마나 쌓아두고 계시죠?

오로라, 도와달라는 듯 남신3를 본다.
천천히 일어난 남신3를 기대에 찬 눈빛으로 보는 오로라.
다들 주목하는데 갑자기 스크린을 꺼버리는 남신3.

오로라 (당황한) 본부장님, 왜 이러세요?

영 훈 (남신3를 주의 깊게 보는)

남신3 이 사안의 핵심은 칩의 가격이 아닙니다.
시험주행 실패로 생긴 부정적 이미지가 6개월 더 유지되면,
M카는 회생불능이 될 가능성이 높습니다.
M카의 건재함을 알리기 위해서 당장 그 칩이 필요합니다.
서 이사님, 개당 가격 10퍼센트까지 낮추세요.

종 길 네? 알겠습니다, 본부장님.

예 나 (남신3 비웃는)

남신3 가격 책정되면 바로 MOU 체결하시죠. M카를 상용화해서 얻은
이익은 팀장님께서 말씀하신 싸고 작은 칩에 투자하겠습니다.

건 호 (흐뭇하게 웃고) 결론 난 거 같은데. (일어나서 남신3 쪽으로)

남신3 (건호에게 인사하는)

건 호 (귓가에) 자식, 제법이야. 적도 품을 줄 알고.

남신3의 어깨 툭툭 두들겨주고 나가는 건호. 다들 일어나 인사한다.
이번에는 웃는 얼굴로 다가오는 종길.

종 길　얼떨떨합니다, 본부장님. 그동안 감정적으로만 대해주시던 분이 갑자기 일을 맡겨주시니… 왜 갑자기 달라지신 겁니까?
남신3　(보는)

플래시백 : 격투기 체육관 앞 (낮)
PLAY8 61씬의 일부. 소봉의 대사.

소 봉　누구 말도 듣지 말고 니 판단대로 행동하고 결정해.

도로 현재. 여유 있게 종길을 보는 남신3.

남신3　왜요? 제가 변하는 게 두려우세요?
종 길　네?
남신3　농담이에요. 인간은 다 변하는 법인데 저도 변하지 말란 법 없죠.
영 훈　본부장님, 오 팀장님이 기다리십니다. 이만 가시죠. (나가는)
남신3　(따라가는)
종 길　…도대체 무슨 속셈이야.

S#15. PK그룹 / 비상계단 (낮)

심각한 얼굴로 기다리는 오로라. 영훈과 남신3, 문 열고 나온다.

오로라　너 왜 그랬어? 왜 엄마 의견 무시하고 서 이사 편든 거야?
남신3　전 누굴 무시하지도 않고 편을 들지도 않아요.
M카에 대한 빅데이터 분석 결과 소비자들에게 각인된 부정적 이미지 회복이 우선 과제로 나왔어요. 사업적 판단이죠.

오로라　그 판단을 엄마한테 맡겨야지 니가 해?
앞으로도 서 이사 의견이 옳으면 서 이사 손을 들어주겠다는 거야?

남신3　그러면 안 되나요?

오로라　뭐?

영 훈　(남신3에게) 서 팀장과 모임 참석하셔야 되니까 먼저 내려가 계시죠.

남신3　(말없이 문 열고 나가는)

오로라　지 팀장은 왜 가만있어요? 쟤가 저러면 우리 계획이 다 어그러져요.

영 훈　꼭 그렇게 생각할 일만은 아닙니다.

오로라　그게 무슨 소리죠?

영 훈　회장님께서 오늘 회의에 무척 흡족해하셨어요.
현재 본부장님이 신뢰를 얻으실수록 누워 있는 신이한테도
유리합니다. 오늘 한 일도 진짜 신이가 한 일이 될 테니까요.

오로라　(생각 복잡해지는)

S#16. 격투기 체육관 / 소봉의 방 (낮)

택배로 온 물건들을 다 뒤집어놓고 여기저기 샅샅이 뒤지는 소봉.

소 봉　도대체 어디 간 거야? 진짜 잃어버렸나?

그러다가 스마트패드가 눈에 들어오는 소봉.
전원 켜고 몰카 영상 리플레이하면 다양한 남신3의 모습들 보인다.
침대 위에서 휴대폰 보는 모습, 로봇청소기와 대화하는 모습 등.
영상 속의 남신3를 가만히 보는 소봉.

플래시백 : 격투기 체육관 앞 (낮)
PLAY9 7씬의 플래시백. 소봉의 손목을 붙들어 세우는 남신3.

소 봉　(싸늘한) 그만해. 나 너랑 더 엮이기 싫어.

남신3 (꼭 상처받은 것 같은 눈빛)

도로 현재. 떨쳐버리듯 스마트패드 확 끄고 택배 상자에 넣는 소봉, 벌떡 일어나서 구석에 놓인 워킹 배너 들고 나간다.

S#17. 격투기 체육관 (낮)

인태와 로보캅의 스파링 보던 재식, 배너 들고 나오는 소봉 본다.

재 식 너 그건 또 왜 들고 나가? 다신 다이어트 프로그램 안 한다고 했지?
소 봉 놀면 죽일 거잖아. 용돈이나 벌어야지.
인 태 누님! 이번에도 여성 회원들은 제가 책임지겠습니다.
로보캅 넌 빠져! 아줌마들 내 근육에 완전 빽 가.
조 기자 (비닐봉지 든 채 다급하게 들어오는) 자기, 얘기 들었어?
나 편의점 갔다 완전 개깜놀. 남신 다음주에 결혼한대.
인태, 로보캅 뭐? 결혼이요?
재 식 (놀라서 소봉 보는)
소 봉 (못 들은 척) 갔다 올게. (배너 들고 나가버리는)
인 태 뭐야? 설마 누님 그만둔 게 형님 결혼 땜에 가슴 아파서?
로보캅 형님, 그럴 사람 아닌데. 우리 누님한테 마음 있었다구!
재 식 (괜히 밖에다가) 야! 너 다이어트 프로그램 안 돼!
(조 기자 들으라고) 이런 쓸데없는 인간 또 들여놓을 일 있어?
조 기자 깡 선수, 다이어트 프로그램 한대? 라면 먹고 동참해야지. (들어가는)
재 식 (속상해서 바깥 쳐다보는)

S#18. 격투기 체육관 앞 (낮)

워킹 배너 들고 나오던 소봉, 멈칫한다.

박 비서가 문 열어주면 차에서 막 내리는 종길.

소봉이 인사하면 따스하게 웃어주는 종길.

S#19. 카페 (낮)

워킹 배너 옆에 두고 마주 앉은 소봉과 종길.

종 길　(워킹 배너 보고) 직종을 바꾼 모양이군. 왜 그만뒀다는 말 안 했지?

소 봉　(슬쩍 눈치 보고 거짓말) 지 팀장이 말 안 해요? 저 몰카 들킨 거?
면목도 없고, 더 연락드리면 이사님과 저, 의심받을 거 같아서요.
그동안 주신 돈, 계좌로 넣었는데 받으셨죠?

종 길　(봉투 꺼내며) 도로 넣어요. 내가 강소봉 씨한테 시킨 일,
무덤까지 가져가는 대가야. 이거 받고 혹시 남신 본부장이나
지 팀장이 찾아오더라도 끝까지 함구해.

소 봉　이 돈 받는다고 제 입이 안 열린다는 보장 있나요?
이번엔 돈 말고 제 말을 믿어주세요. 더는 아무 얘기도 안 할게요.

종 길　돈이 싫다면 딴 걸로 하지. 괜히 딸 때문에 아버님 다치게 하지 마.

소 봉　제가 따님 걸고 그런 얘기 하면 기분 좋으시겠어요?
피차 가족은 건드리지 말죠. 그동안 감사했습니다. (나가는)

종 길　(피식 웃는)

S#20. 카페 주차장 (낮)

차 옆에서 기다리고 있던 박 비서와 상국, 종길이 걸어오면 인사한다.

박 비서　(뒷문 열고) 오로라 팀장, 레지던스 호텔에 묵는 모양입니다.
비서실에서 장기 예약 했답니다.

종 길　(상국에게) 직접 따라다녀. 어딜 가고 누굴 만나는지 꼭 알아내.

상 국　그러죠.
종 길　(차에 올라타는)

S#21. 럭셔리 라운지 바 전경 (밤)

친구들(E)　축하해!

S#22. 럭셔리 라운지 바 (밤)

라운지 바 통째로 빌려서 파티 중인 재벌가 자제들.
호스트 석에 앉은 남신3와 예나, 나머지 친구들한테 둘러싸여 있다.

여친구1　예나 너 성공했네. 이십 년 넘게 짝사랑하더니 이런 날도 온다.
예 나　오빠가 이제 철들었지. 그동안 못해준 거 미안하대.
뒤늦게 사랑하게 된 만큼 평생 잘해주겠대. (남신3 보며) 맞지, 오빠?
(귓가에) 어깨에 팔 올려. 다정하게.
남신3　(시킨 대로 팔 올리고 다정하게 보는)
남친구1　와, 눈빛 완전 꿀 떨어지네.
여친구2　키스 한 번 안 해준다고 징징대더니 완전 역전됐네.
예 나　(남신3에게) 오빠. 여기. (볼 가리키며)
남신3　(가만히 보는)
예 나　(남신3의 귓가에) 빨리 해. 이 상황 끝내고 싶으면.
남신3　(뽀뽀하는)
여친구1　와, 신이 오빠 맞아? 진짜 서예나가 하란 대로 다 하네.
예 나　(기분 으쓱하는)
남친구2　그 경호원은 어떻게 됐냐? 니가 공항에서 때린 애.
집까지 들였다며? 얼굴은 반반하던데 실제로도 괜찮냐?
예 나　강소봉? 개 진짜 웃겨. 돈 많다 싶으면 무조건 들이대.

남친구2 내가 한번 꼬셔봐? 개인경호 시켜서 잠깐 데리고 놀지 뭐.
신아, 걔 전화번호 좀 내놔봐.

남신3 (언짢은 듯 보면)

남친구2 야! 좀 알자니까? (팔 툭 치려고 하면서) 야!

하는데 남친구2의 팔목 가볍게 틀어쥐는 남신3.
당황하는 예나와 친구들.
그때 밖에서 들어오던 영훈, 그 모습을 보고 멈칫한다.
남신3, 평온한 얼굴로 힘을 주면 고통에 얼굴이 벌개지는 남친구2

남친구2 아! 아파! 너 왜 이래! 이거 놔!

남신3 (여유 있게) 누구한테 이래라 저래라야. 니가 직접 알아봐, 이 새끼야.

예 나 (당황해서) 번호 내가 줄게. 갖고 놀든지 말든지 알아서 해.

그 말에 서늘하게 얼굴이 굳어버리는 남신!
테이블 위의 스마트폰들 퍽! 퍽! 퍽! 차례대로 소리 내며 배터리 폭발!
비명 지르며 놀라는 예나와 친구들. 벌떡 일어나는 영훈.

남친구1 뭐, 뭐냐?

여친구1 무서워! 어떻게 동시에 다 터져?

덜덜 떨면서 남신3를 보는 예나. 그런 예나를 싸늘하게 보는 남신3.

영 훈 (얼른 가서) 정신 차리세요, 본부장님!

남신3 (그제야 제정신 돌아온 듯 순수한 얼굴로 영훈 보는)

영 훈 (끌고 나오며) 바람 좀 쐬시죠.

S#23. 럭셔리 라운지 바 / 주차장 (밤)

남신3를 끌고 나온 영훈, 남신3를 확 놓고 화난 얼굴로 노려본다!

영 훈　도대체 왜 이래요? 로봇인 거 들키려고 작정했어요?
하지 말라는데 왜 자꾸 도를 넘습니까? 나더러 어쩌라는 거예요?

남신3　강소봉 씨에 대해 나쁜 말들을 했어요.

영 훈　또! 또 그 이름! 강소봉 씨를 입에 올리든 말든 무슨 상관입니까?
이미 그만둔 사람이에요. 여기 없다구요!

남신3　없는데 자꾸 보여요.

영 훈　(놀란) 무슨 소리죠?

남신3　강소봉 씨가 보이는 에러가 계속 발생하는데 원인은 아직 몰라요.

영 훈　(걱정스러운) 일단 지금은 신이 역할에 집중해요.
신이는 강소봉 씨와 별 사이 아니니까 예민하게 반응하면 안 되죠.

남신3　난 인간 남신과 달라요. 강소봉 씨와 훨씬 가깝죠.

영 훈　(얼굴 굳는)

남신3　강소봉 씨가 그랬어요. 난 그냥 나라고.
아무리 흉내 내도 인간 남신이 될 수 없는데,
진짜 나로 행동하면 엄마와 지영훈 씬 화를 내죠.
강소봉 씬 달라요. 나를 나로 인정해주는 유일한 사람이에요.
그래서 자꾸 강소봉 씨가 보이는 걸까요?

영 훈　(심각한) 먼저 들어가요. 난 들렀다 갈 데가 있으니까. (돌아서 가는)

남신3　(차분하게 영훈을 보는)

S#24. 호텔 룸 (밤)

편안한 차림으로 앉아서 어린 남신과 젊은 자신의 사진 보는 오로라.
사진 속에서 해맑게 웃는 어린 남신.

플래시백 : 건호의 저택 / 마당 (낮)
PLAY1 9씬의 일부. 사진 속 얼굴과 달리 발악하는 어린 남신.

남 신　아빠, 엄마 땜에 죽었어! 나 엄마랑 안 가니까 다신 오지 마!
오면 나도 죽어버릴 거야! (홱 돌아서는)

플래시백 : 오로라의 아지트 / 남신의 방 (밤)
PLAY8 35씬의 일부. 영훈과 오로라의 대화.

영 훈　훨씬 심했죠. 일부러 못되게 굴어서 아무도 못 다가오게 했죠.
오로라　(남신 보며 가슴 아픈) 잘 안 웃었겠네요, 우리 신이.

도로 현재. 해맑게 웃는 아들 얼굴을 쓰다듬어보는 오로라.

오로라　(눈물 어리는) 널 두고 가는 게 아니었는데. 엄마가 잘못했어, 신아.

노크 소리 들리면 얼른 눈물 훔치고 일어나는 오로라.

S#25. 호텔 룸 앞 (밤)

문이 열리고 영훈이 들어가고 나면 모습을 드러내는 상국.
매서운 눈빛으로 호텔 룸 살펴보는.

오로라(E)　에러라구요?

S#26. 호텔 룸 (밤)

심각한 얼굴로 마주 앉은 오로라와 영훈.

영 훈　　네. 아무래도 강소봉 씨가 원인 같습니다.

오로라　　전반적인 시스템 점검 때 신경망에 큰 변동은 없었는데…
도대체 어느 부분에서 에러가… 안 되겠어요.
무리가 되더라도 시스템에 손대는 수밖에 없어요.

영 훈　　그러다 심각한 문제라도 생기면 더 큰일입니다.
일단 강소봉 씨를 만나볼게요. 아마 강소봉 씨 말은 들을 겁니다.

오로라　　내가 만나봐야겠어요. 엄마가 부탁하는 게 더 나을 테니까.
강소봉 씨가 거절하면 바로 시스템 조정하죠.

영 훈　　… 그러시죠.

S#27. 택시 안 (밤)

뒷좌석에 앉아 창밖을 바라보는 영훈, 피곤한 손세수.

플래시백 : 럭셔리 라운지 바 / 주차장 (밤)
PLAY9 23씬의 일부.

남신3　　아무리 흉내 내도 인간 남신이 될 수 없는데,
진짜 나로 행동하면 엄마와 지영훈 씨는 화를 내죠.

도로 현재. 씁쓸하게 웃은 영훈, 뭔가 생각난 듯.

영 훈　　기사님, 목적지 좀 바꾸시죠.

S#28. 오로라의 아지트 / 남신의 방 (밤)

남신의 팔을 닦아주고 있는 현준. 그 모습 보며 멍하니 앉아 있는 영훈.

현 준　　병원 한 번 왔다가. 예약해둘 테니까 검진 한 번 받자.

영 훈　　검진은 무슨. (하고) 신이는? 변화 없었어?

현 준　　이 사람보다 니 얼굴색이 더 별로야. 니 몸이 너한테 화내기 전에
내 말 들어. 나 이 기막힌 짓거리, 너 때문에 하는 거니까.

영 훈　　알았으니까 너까지 협박하고 그러지 마라.

현 준　　그러게 이런 말도 안 되는 짓을 왜 시작해서는. 먼저 간다.

현준이 나가고 문 닫히면 자조적으로 웃는 영훈.

영 훈　　그러게. 왜 시작했을까. (하고 남신 보는)
그동안 그 로봇을 볼 때마다 널 생각했는데
오늘은 널 보니까 걔 생각이 난다.
넌 회장님과 서 이사한테 시달렸잖아.
근데 그 로봇은 니 엄마랑 나한테 시달린다.
사람한테 치이는 건 너나 걔나 똑같아.
그래서 안됐다는 생각이 드나봐. 그냥 로봇일 뿐인데.

남 신　　(말없이 누워 있는)

영 훈　　…신아, 빨리 일어나. 형 마음 더 복잡해지기 전에.

S#29. 건호의 저택 / 소봉의 방 (밤)

텅 빈 소봉의 방을 둘러보고 있는 남신3.
남신3의 발아래 와서 맴맴 도는 로봇청소기

남신3　　강소봉 씨는 이제 안 와.

청소기　　(그 말에 멈추는)

남신3　　이건 언제 주지? 나랑 더 엮이기 싫다고 했는데.

손에 들고 있던 소봉의 펜던트를 보는 남신3.

S#30. 호텔 앞 (밤)

외출 차림의 오로라, 밖으로 나와서 택시들 쪽으로 간다.
좀 떨어져 나온 상국, 한쪽에 몸을 감추고 오로라를 지켜본다.
짙게 선팅된 택시 와서 서면 거기 올라타는 오로라.
상국도 서둘러 다른 택시에 올라탄다.

S#31. 택시 안 (밤)

출발한 택시 뒷좌석에 앉은 오로라, 옆좌석을 보고 얘기한다.

오로라 (냉정한) 번거로운 방법이었을 텐데 잘 따라줬네요.

오로라의 옆에 앉아 있는 사람, 긴장한 소봉이다.

소 봉 서 이사 때문에 조심하시는 거 아니까요.
오로라 일단 가죠.

S#32. 다른 택시 안 (밤)

뒷좌석에 앉아서 앞쪽의 택시를 유심히 보고 있는 상국.
짙은 선팅 때문에 택시 안이 보이지 않는다.

상 국 무조건 저 택시 따라가세요.

S#33. 도로 (밤)

한적한 곳에 멈추는 택시. 상국이 탄 다른 택시도 좀 떨어져 멈춘다.
택시 안에서 내린 기사, 담배 꺼내 문다.

S#34. 택시 안 (밤)

멈춘 택시 안에 굳은 얼굴로 나란히 앉은 오로라와 소봉.

오로라　신이한테 뭐라고 했죠? 어떻게 했길래 그 아이가 있지도 않은 강소봉 씨를 보고 난폭한 행동까지 하죠?
소 봉　(혼란스러운) 누구 말도 듣지 말고 니 판단대로 행동하라고 했는데, 그런 일이 있는지 몰랐어요.
오로라　(기막힌) 생각보다 대책 없는 사람이네요. 우리가 어떤 상황인지 알면서 어떻게 그런 말을 할 수 있죠? 그 아이 돌려놔요. 안 그러면 나도 딴 방법을 쓸 수밖에 없어요.
소 봉　딴 방법이라뇨?
오로라　거기까진 몰라도 돼요. 그 아이가 잘못되면 누워 있는 애까지 위험해지는 거 알잖아요. 둘 다 도와주는 셈치고 그 아이 만나줘요.
소 봉　(빤히 보는)

플래시백 : PK그룹 일각 (낮)
PLAY8 59씬의 일부. 영훈과 오로라의 대화.

오로라　너무 걱정하지 말아요. 최후의 방법이 있으니까.
영 훈　킬 스위치 말씀이시죠? 그게 작동되면 정말 파괴되는 건가요?

도로 현재. 오로라가 가증스럽게 느껴지는 소봉.

소 봉　　그게 왜 둘 다 위하는 거죠? 실은 누워 있는 사람만 생각하면서. 아들이라면서 진짜 아들 대신 희생시키고 있잖아요. 절 부르신 것도 로봇인 게 들킬까 봐 그러신 거 아니에요?

오로라　　만날 생각 없으면 없다고 말해요. 주제넘은 참견하지 말고.

소 봉　　네. 이 문제에 더 관여하기 싫으니까 다신 연락하지 마세요.

오로라　　(픽 비웃고) 혹시 마음 바뀌면 연락해요. 내일 오전까지 기다리죠. (차창 내리고 고개 끄덕이는)

운전석에 올라타는 택시 기사. 바로 출발하는 차.

S#35. 다른 택시 안 (밤)

저 앞에 달리는 택시를 의아한 얼굴로 보는 상국.

기사님　　멈췄다 달렸다 목적지가 어디야? 어? 여기 출발한 호텔 쪽인데?

상 국　　(주위 살펴보는데 맞는) 도대체 뭐 하자는 거야…

S#36. 호텔 앞 (밤)

택시 멈추고 그 안에서 내리는 오로라. 다시 출발하는 택시.
이어 도착한 다른 택시에서 서둘러 내리는 상국.
호텔 안으로 들어간 오로라를 따라 들어가던 상국, 멈칫한다.
갑자기 번뜩해서 오로라가 타고 온 택시 찾는다.
점처럼 멀어지는 택시를 본 상국, 서둘러 다른 택시를 잡으려는.

S#37. 전철역 근처 (밤)

택시 와서 멈추면 그 안에서 내린 소봉, 역으로 들어가려다 멈칫하는.

오로라(E) 혹시 마음 바뀌면 연락해요. 내일 오전까지 기다리죠.

잠시 망설이는 소봉, 이런 상황이 짜증스럽다.
결심한 듯 휴대폰 꺼내 〈남신 본부장〉 전화번호 찾아 삭제하는 소봉.
역 안으로 들어가는 소봉의 뒤로 상국이 탄 택시 스쳐지나간다.

S#38. 종길의 저택 전경 / 다른 날 (낮)

S#39. 종길의 저택 / 예나의 방 (낮)

출근 준비 중. 메이크업하던 예나, 뭐가 맘대로 안 되는지 티슈로 닦는다.
신경질적으로 티슈 내던지고 생각에 잠기는 예나.

플래시백 : 럭셔리 라운지 바(밤)
PLAY9 22씬의 일부. 서늘하게 얼굴이 굳어버리는 남신!
테이블 위의 스마트폰들 퍽! 퍽! 차례대로 소리 내며 배터리 폭발!
주변의 대형 모니터 몇 개도 펑! 펑! 터져버린다!

도로 현재. 두려움이 묻어나는 예나의 표정.

예 나 (마음 다잡으며) 그런다고 내가 무서워할 줄 알아?
종 길 (들어오며) 아침 내내 심통 나 있더니 뭘 그렇게 중얼거려?
예 나 내가 뭘. 나가요. (화장하는 척) 나 준비 늦었어.
종 길 …난 지금이라도 니가 이 결혼 안 한다고 했으면 좋겠다.

예나　(지겨운) 아빠 앞길 막는 거 미안한데 난 오빠가 더 먼저야.
종길　그런 뜻이 아니야!
예나　왜 화를 내?
종길　그래, 아빠가 너한테 욕심 많이 보였지.
근데 그 욕심 다 버리고도 신이 그놈 니 짝으로 형편없어.
넌 나보다 오빠가 먼저일지 몰라도 난 나보다 니가 먼저다.
널 진짜 아껴주고 사랑해줄 놈한테 보내고 싶은 게 아빠 마음인데,
이런 내 마음조차 넌 안 믿어주겠지.
예나　(가만히 보다가) 왜 아빠만 날 위한다고 생각해?
종길　(보면)
예나　내가 결혼 안 하면 오빠 자리 끝까지 욕심낼 거잖아.
그걸 할아버지가 내버려두실 거 같아? 제발 쓸데없는 욕심 좀 버려.
(설득하는) 우리 살 만하잖아. 지금도 충분하잖아.
나 아빠가 할아버지한테 다치는 거 보기 싫어서라도 꼭 결혼할 거야.
자기 욕심에 무너지는 꼴 절대 안 볼 거라구!

가만히 예나를 보는 종길. 잠시 말없이 서로를 보는 부녀간.
울리는 휴대폰 확인한 종길, 예나의 어깨 툭툭 쳐주고 나간다.
그런 아빠의 뒷모습을 안타깝게 보는 예나.

S#40. 상국의 차 안 (낮)

운전석에 앉아 있는 상국. 보조석에 앉은 종길.

종길　뭐? 오 박사가 강소봉을 만나?
상국　네. 택시 기사 직접 만나서 사진 보여주고 확인했습니다.
차에 강소봉이 타고 있었던 게 맞습니다.
종길　(기막힌) 둘이 그런 짓까지 해가면서 몰래 만났다?
상국　아무래도 강소봉 씨가 깊이 관련돼 있는 거 같습니다.

종 길	확실히 감추는 게 있긴 있군. 어떻게든 강소봉한테 알아내야겠어.
상 국	왜 그렇게 소극적이십니까?
남신 본부장을 직접 처리해버리면 다 끝나는 거 아닙니까?
종 길	그럴 거면 체코에서 했어야지! 여긴 한국이야!
보는 눈, 듣는 귀가 얼마나 되는 줄 알아?
상 국	이십 년 전에 이사님께서 하신 일 기억 안 나십니까?
그때처럼 처리하시면 될 걸 왜 주저하시는지, (하는데)
종 길	(낮은 위협) 입 닫아. 한 번만 더 그 얘기 꺼내면 너부터 처리할 테니까. (거칠게 차에서 내리는)
상 국	(픽 웃는)

S#41. 건호의 저택 / 남신의 방 (낮)

막 문 열고 들어온 영훈, 통화 중인 남신3를 본다.

남신3	(환하게 웃는) 지금요? 알았어요, 엄마. (영훈 보며) 같이 갈게요.
(전화 끊고) 엄마가 지금 바로 오래요. 옷 갈아입고 나올게요.
영 훈	그러시죠.

옷 입으러 들어가는 남신3를 보는 영훈.

오로라(E)	무리가 되더라도 시스템에 손대는 수밖에 없어요.
강소봉 씨가 거절하면 바로 시스템 조정하죠.

S#42. 남신의 차 안 (낮)

운전 중인 영훈과 뒷좌석에서 창밖을 내다보는 남신3.

남신3 엄마도 내가 핸드폰 터뜨린 거 알고 있죠?
친절한 목소리였지만 화를 억누르고 있었어요.

영 훈 …내가 어제 말했어요. 미안해요.

남신3 지영훈 씨 때문이 아니에요. 엄만 내가 인간 남신처럼
하지 않을 때 늘 화를 내니까. 인간 남신을 만나기 전엔,
엄마가 날 왜 이렇게 만들었는지 몰랐어요.
내가 인간 아들 대신이라는 걸 그때 알았죠.

영 훈 (룸미러로 보는) 괜찮아요?

남신3 그럼요. (환하게 웃으며) 그래도 엄마가 날 만들어줬고,
엄마는 내 엄마니까.

영 훈 (안쓰럽게 보는)

S#43. 오로라의 아지트 / 거실 (낮)

소파에 앉은 오로라한테 화내는 중인 데이빗.

데이빗 수동제어모드라니? 아바타처럼 움직이는 거 싫다고 초기 세팅에서도
일부러 뺀 걸 지금 왜? 예측 못한 이상이 생길 수도 있잖아!

오로라 (가만히 보는)

데이빗 그놈이 단순한 인공지능이 아니라 초인공 지능까지 발전할 놈이란 걸
몰랐어? 예측대로 움직이지 않은 그놈 탓이 아니라 제대로 예측
못한 우리 탓인데 이제 와서 진짜 로봇 장난감을 만들자구?

오로라 그럼 어떡해요? 다시 예전처럼 착하게 돌아오기만 기다려요?
그 사이에 로봇인 걸 들키면요? 진짜 신이가 아픈 게 드러나면요?

남신3(E) 엄마.

오로라와 데이빗 놀라서 돌아보면 서 있는 남신3와 영훈.

남신3 수동제어모드. 절 외부에서 누군가가 컨트롤하는 건가요?

데이빗　말이 컨트롤이지, 팔, 다리, 얼굴, 뇌! 다 남이 움직이는 거야.

오로라　필요할 때만 전환할 거야. 딴사람 말고 엄마만 컨트롤할게.

남신3　…꼭 해야 되는 거예요?

오로라　(눈빛 흔들리다 결심한 듯) 신아, 엄마랑 들어가자.

남신3　(영훈 보면)

영 훈　… 오 박사님을 믿어보죠.

데이빗　에이, 난 못 봐. (밖으로 나가버리는)

오로라　(마음 다잡고) 필요 없어지면 엄마가 제거해줄게. 들어가자.

오로라가 남신3의 손을 잡고 들어가려는 순간 울리는 남신3의 휴대폰.
휴대폰 확인한 남신3, 엄마 손 떼어내고 얼른 전화 받는다.

남신3　강소봉 씨!

오로라, 영훈　(놀라서 보는)

소봉(F)　꼬봉, 너 어디야?

남신3　아지트예요.

소봉(F)　잘됐네. 당장 나와.

S#44. 오로라의 아지트 앞 (낮)

서둘러 나오다 우뚝 멈추는 남신3. 뒤따라 나오는 영훈과 오로라.
체육관 광고 붙은 낡은 소형차 옆에 서 있는 소봉.
소봉의 차 구경하고 있던 데이빗, 남신3를 보고 환하게 웃는다.

데이빗　구세주가 등장하셨네.

소 봉　자! 운전은 꼬봉 니가 해. (차키 남신3에게 던지는)

남신3　(차키 받고 도로 던지며) 난 강소봉 씨의 꼬봉이 아닌데요?

소 봉　(탁 받고) 어쭈? 많이 컸는데? (하고 오로라에게) 나 애 좀 빌릴게요.
(영훈에게) 쓸데없이 연락하지 말아요. 꼬봉, 타라!

소봉, 운전석에 타려는데 얼른 밀어내고 자신이 올라타는 남신3.
어쭈? 피식 웃고 보조석에 서둘러 올라타는 소봉.
소봉이 타자마자 출발하는 차에 밝은 얼굴로 손 흔들어주는 데이빗.

데이빗 잘 가. 다시 오지 마.
오로라 (데이빗 흘겨보는)
영 훈 (걱정스레 보는)

S#45. 재식의 차 안 (낮)

운전하는 남신3. 보조석에 앉은 소봉.
사람도 없는 횡단보도 앞에 차 세우는 남신3.

소 봉 또! 또! 답답하다! 사람도 없는데 그냥 가면 안 돼?
원칙 같은 거 살짝 살짝 어겨주는 게 인간적인 거라니까?
남신3 난 인간이 아니잖아요. 그리고 어떤 상황에서도 안전이 우선이에요.
(하고) 왜 왔어요? 날 잠깐 빌린다면서요?
소 봉 (남신3 가만히 보는)

플래시백 : 택시 안 (낮)
PLAY9 34씬의 일부.

오로라 그 아이 돌려놔요. 안 그러면 나도 딴 방법을 쓸 수밖에 없어요.

도로 현재. 아무렇지 않은 척하는 소봉.

소 봉 궁금해? 말해줄 게 있으니까 적당한 데 차 세워.
남신3 안 세워요.
소 봉 뭐?

남신3　　오늘은 강소봉 씨가 아니라 내 판단과 결정대로 행동할 거예요.
강소봉 씨가 나한테 그러라고 했잖아요.

소 봉　　(어이없는) 그래. 니 맘대로 해봐라. 도대체 어디 갈 건데?

S#46. 공원 (낮)

나란히 서 있는 두 대의 전기 자전거를 의아하게 보는 소봉.
갑자기 얼굴에 씌워지는 헬멧. 놀라서 돌아보면 헬멧 쓰고 있는 남신3.

남신3　　아침마다 강소봉 씨랑 같이 달렸어요.

소 봉　　(모른 척) 그랬어? 어떻게?

남신3　　에러가 발생해서 강소봉 씨를 매일 봤어요.
뛰기 싫어하는 강소봉 씨를 보면서 다시 만나면 자전거를
사줘야겠다고 판단했어요. 일부러 덜 힘든 전기자전거로 샀는데.

소 봉　　… 니 멋대로 한다는 게 자전거 사주면서 운동까지 시켜주는 거냐?

남신3　　(장난) 전 재벌 3세잖아요. 자전거 배터리 다할 때까지만 달려요.

소 봉　　(잠깐 망설이다) 그래! 할 말은 이따 하지, 뭐. 달려!

S#47. 도로 (낮)

나란히 천천히 달리는 남신3와 소봉의 자전거.
주위 둘러보며 기분 좋게 달리는 소봉, 표정이 부드러워진다.
자연스럽게 앞서나가기 시작하는 남신3의 자전거.
승부욕 발동한 소봉도 속도를 높이기 시작한다.
그런 소봉을 보고 웃으면서 일부러 늦춰주는 남신3.

소 봉　　야, 너 일부러 늦추지 마. 죽어.

남신3 속도를 높여 소봉과 나란히 달린다. 마주 보고 웃는 남신3와 소봉.

S#48. 동네 골목 (낮)

소박하고 예쁘장한 골목을 달리는 남신3와 소봉의 자전거.
속도 늦추고 한가하게 주위를 둘러보는 소봉과 남신3.
그러다가 짠 것처럼 자전거를 멈추는 남신3와 소봉.
자전거에서 내려서 보면 눈앞에 펼쳐져 있는 긴 계단.

남신3 내가 들고 올라갈게요.
소 봉 됐어. 내 자전거 정도는 책임질 수 있거든.
남신3 난 로봇이고 강소봉 씨는 사람이잖아요. 파워는 날 못 따라와요.
소 봉 널 만든 게 사람이란 생각은 안 하나 봐?
남신3 가위바위보해서 진 사람이 다 옮길까요?
소 봉 (약간 멈칫) 어? (하고) 그래! 해! 당장 하자고!
남신3 (씩 웃는)

가위바위보! 남신3가 이긴다. 얼굴 일그러지는 소봉.

남신3 이건 확률게임이에요. 강소봉 씨는 날 절대 못 이겨요.
소 봉 삼세판은 해야지! (기습적으로 내면서) 가위바위보!
남신3 (져주는)
소 봉 (이겼다!) 아싸! 확률 좋아하네. 절대 예측 안 되는 게
인간이거든! 빨리 해! 또 하자고!
남신3 일부러 져준 건데. 난 강소봉 씨 다음 수도 읽혀요. 가위죠?
소 봉 (깜짝 놀라서) 아, 아닌데?
남신3 이번엔 주먹 생각했죠?
소 봉 (흠칫 놀라서) 아, 짜증나! 됐어!
내가 다 옮기면 되잖아! (남신3의 자전거 들려는)

남신3 (자전거 쓱 뺏어들며) 그만큼 센 척했으면 됐어요.
기다려요. 내가 옮기는 게 훨씬 빠르니까.

힘든 기색 없이 재빨리 자전거를 들고 올라가는 남신3.
치! 그런 남신3를 얄밉게 보는 소봉.

잠시 후. 계단 끝에 놓인 자전거 두 대째 놓는 남신3.
삐친 얼굴로 따라 올라온 소봉, 말도 없이 자전거 타고 가버린다.
역시 자전거 타고 빠르게 소봉을 앞질러 가버리는 남신3.
골목 속으로 들어간 남신3, 점점 소봉과 멀어진다.

소 봉 (골목 속으로 들어가며) 야! 너 거기 안 서?

S#49. 동네 정상 (낮)

열심히 골목을 달려가는 소봉. 여전히 남신3는 안 보인다.

소 봉 꼬봉, 약 올리지 말고 나와라.

그러다가 마침내 골목을 다 빠져나온 소봉, 천천히 멈춘다.
갑자기 눈 아래 펼쳐진 풍경. 동네가 한눈에 내려다보인다.
마음이 탁 트여 둘러보는 소봉의 입가에 웃음이 번진다.
그러다가 갑자기 뺨에 차가운 것이 와닿아 놀라는 소봉! 엄마야!
움찔해서 보면 소봉의 뺨에 차가운 쭈쭈바를 대주고 있는 남신3.

남신3 (환하게 웃고) 시원하죠?

이번엔 이마에 쭈쭈바를 대주는 남신3. 설레는 소봉.

소 봉 (뺏으며) 내놔. 먹는 거 갖고 장난치는 거 아냐.

(포장 까면서) 넌 땀도 안 흘리고 더운 것도 몰라서 좋겠다.

남신3 맞아요. 난 땀도 못 흘리고 더운 게 뭔지도 몰라요.

근데 아무한테도 말하면 안 돼요.

소 봉 (먹으려다가 보는)

남신3 다들 나한테 뭐든 하지 말라고, 감추라고만 하잖아요.

강소봉 씨한테는 다 말해도 괜찮아요.

진짜 날 아니까 뭐든 다 보여줘도 돼요.

그래서 자꾸 강소봉 씨에 대한 에러가 발생했다는 논리적 추론.

소 봉 (괜히) 없는 나한테 위로받고 그럴 거면 돈 내. 너 재벌 3세잖아.

남신3 안 받을 거면서. 이젠 손 안 잡아봐도 알아요.

소 봉 (피식 웃고) 들켰네. 인간들도 진짜 모습 다 보이고 사는 사람 없어.

(하이파이브 하자고 손바닥 내밀며) 기운 내라, 꼬봉.

남신3가 하이파이브 하면 환하게 웃어주고 손 떼려는 소봉.

그런데 남신3가 오히려 손깍지를 껴버리면 당황하는 소봉.

소 봉 왜 이래, 너?

남신3 이제 말해봐요, 나한테 할 얘기. 아까부터 망설였잖아요.

소 봉 뭐?

남신3 괜찮으니까 말해요. 난 감정이 없잖아요.

상처도 안 받고 화도 안 내니까 무슨 말이든 해도 돼요.

소 봉 (시선 피하며 손 빼는)

남신3 강소봉 씨?

소 봉 (딴청 하는) 아, 이 쭈쭈바 별루다. 나 목말라, 꼬봉.

남신3 (보는)

S#50. 편의점 (낮)

냉장고에서 주스 꺼낸 남신3, 주머니에서 펜던트를 꺼내본다.
웃으며 도로 넣고 주스 가지고 나가는 남신3.

S#51. 횡단보도 (낮)

편의점에서 나온 남신3, 신호등 빨간불인 횡단보도 앞에 선다.
기다리는데 울리는 휴대폰. 전화 받는데 파란불로 바뀌는 신호등.

남신3 파란불이다. 지금 가요, 강소봉 씨. (가려는데)
소봉(F) 오지 마.

멈칫한 남신3 보면 건너편 횡단보도에 와서 서는 소봉.

S#52. 횡단보도 건너편 (낮)

멀리서 남신3를 보고 있는 소봉.

소 봉 얼굴 보고 얘기할 자신 없으니까 그냥 거기 있어.
니 판단대로 행동하고 결정하라는 말 취소할게.
니 옆에 남아 있지도 않을 거면서,
무책임하고 비겁하고 주제넘은 행동이었어.
(길 건너편 남신3 한 번 보고 결심한 듯)
꼬봉, 너 다시 꼬봉 돼라. 니 멋대로 행동하지 말고,
지 팀장님이랑 오 박사님이 시키는 대로만 해.
그게 너한테도 좋고 나한테도 좋아.

S#53. 횡단보도 (낮)

소봉을 바라보면서 통화 중인 남신3.

남신3 …뭐가 좋아요?

소봉(F) 나한테 왜 갔냐고 물었지? 나 서 이사한테 협박당했어.
만일 니가 계속 그렇게 굴면 나까지 위험해져.
난 이기적인 인간이라 내가 더 중요하거든.

빨간불로 바뀌는 신호등을 바라보는 남신3.

소봉(F) 오늘 재밌었어. 다신 만나지 말자, 우리.

전화 툭 끊긴다. 가만히 남신3를 보던 소봉, 천천히 자리를 뜬다.
그 모습을 보던 남신3, 갑자기 횡단보도에 불쑥 내려선다.

S#54. 횡단보도 건너편 (낮)

제 갈 길 가던 소봉, 차들의 연이은 경적소리에 돌아보고 놀란다!
지나가는 차들을 아랑곳하지 않고 성큼성큼 건너오는 남신3!
놀라서 횡단보도로 달려간 소봉, 어쩔 줄 모른다.
남신3 때문에 차가 끼익! 서면 순간적으로 눈 감아버리는 소봉.
눈 뜨면 꿋꿋이 걸어오는 남신3, 어느새 소봉의 앞까지 왔다.

소 봉 너 미쳤어? 신호등 빨간불인 거 안 보여?

말없이 소봉을 안으려는 것처럼 확 다가오는 남신3.
순간적으로 흠칫한 소봉의 목 뒤에 펜던트 채워주는 남신3.
가까이 있는 남신3 때문에 심장이 두근두근하는 소봉.

남신3　　… 다시 꼬봉으로 돌아갈게요.
소 봉　　(보면)
남신3　　… 진짜 잘 있어요. 강소봉 씨.

가만히 보다가 가버리는 남신3. 멍하니 가만히 서 있는 소봉.
습관적으로 목을 더듬어보고 펜던트를 확인한 소봉,
그제야 돌아서서 남신3를 찾지만 이미 사라져버린 남신3.

S#55. 오로라의 아지트 / 거실 (밤)

차분한 표정으로 서 있는 남신3를 보는 오로라와 영훈과 데이빗.

남신3　　엄마, 저 수동제어모드 세팅해주세요. 엄마 뜻대로 움직일게요.
오로라　　(감격해서 안아주며) 그래, 신아. 이제야 진짜 내 아들 같네.

무표정하게 안겨 있는 남신3를 안쓰럽게 보는 영훈과 데이빗. 암전.

S#56. 격투기 체육관 전경 / 다른 날 (아침)

S#57. 격투기 체육관 / 소봉의 방 (아침)

이부자리에 누운 소봉, 눈 뜬 채 멍하니 생각에 잠겨 있다.

플래시백 : 횡단보도 건너편 (낮)
PLAY9 54씬의 일부.

남신3　　… 다시 꼬봉으로 돌아갈게요.… 진짜 잘 있어요. 강소봉 씨.

도로 현재. 마음이 불편해서 돌아눕는 소봉.
그때 문 벌컥 열고 나타난 조 기자.

조 기자 어? 자기 벌써 일어났어? 체육관에 이상한 물건이 왔어.
소 봉 (조 기자 보는)

S#58. 격투기 체육관 (아침)

재식과 인태와 로보캅 뭔가를 의아한 듯 쳐다보는 중.
조 기자의 뒤를 따라 나오던 소봉, 우뚝 멈춘다.
체육관 한가운데 남신3와 함께 탔던 자전거 놓여 있다.

재 식 보낸 사람, 받는 사람 이름도 없고. 누가 보낸 건지 진짜 몰라?
인 태 무지 비싼 자전거에 여성용인데. 혹시 형님 선물 아닐까요?
로보캅 선물은 무슨. 결혼식 날 보내는 이별 선물이냐?
우리 누나 두고 결혼하는 자식한테 형님이라는 말이 나와?
(소봉에게) 누나 얼굴이 왜 그래요? 설마 질질 짰어요?
소 봉 (로보캅 째려보는)
조 기자 (재식 눈치 보며) 질질 짜긴 왜 짜? 깡 선수랑 별 상관없는 결혼인데.
재 식 패고 싶은 놈 못 패니까 니들이 희생해라.
(인태와 로보캅 뒤통수 사정없이 팍팍 갈기고 들어가 버리는)
인태, 로보캅 아악! (하고 따라 들어가며) 관장님!
조 기자 저 자전거 진짜 자기랑 상관없어?
소 봉 (잠깐 눈빛 흔들리다가) 없어요. 맘에 들면 조 기자님이 가지세요.
조 기자 그럴까? (다가가서 이모저모 살피는)
소 봉 (가만히 자전거 보는)

S#59. 건호의 저택 전경 (낮)

S#60. 건호의 저택 / 정원 (낮)

결혼식 하객 테이블 세팅에 한창인 메이드들과 직원들.
종길이 들어서면 저쪽에 걸어가는 오로라 보인다.

종 길 (다가가서) 정식으로 사돈이 되는 날이군요.
자식들을 위해서라도 앞으로는 저한테 곁을 내주시죠.

오로라 결혼 정도로 서 이사와 내가 달라질 수 있을까요?

종 길 …무슨 말씀이신지…

오로라 아직도 우리 신이 어떻게 하고 싶죠? 애 아빠한테 그랬던 것처럼
남의 건 무조건 뺏고 싶어 하는 분이시잖아요.

종 길 (여유 있게 웃고)

오로라 우리 신이한테 무슨 짓을 할지 눈 뜨고 다 지켜볼 거예요.
애 아빠한테고 신이한테고, 나 몰래 저지른 짓까지 다 밝혀낼 거예요.

종 길 살아남은 건 나지 정우가 아닙니다.

오로라 뭐라구요?

종 길 신이와 나 사이는 달라야죠. 중간에 제 딸이 있으니까 말입니다.

오로라 당신이 내 아들 건드리면 나도 당신 딸 가만 안 둬.
결혼을 했든 말든 우리 신이한테서 꼭 떨어뜨려 놓을 테니까.

종 길 무서운 시어머니가 되시겠군요.

종길을 매섭게 노려보고 돌아서는 오로라.
어느새 종길의 곁에 나타나 인사하는 박 비서.

종 길 계획한 대로 실행해. 오늘 안에 어떻게든 강소봉 입을 열어야 돼.

박 비서 네, 이사님. 결혼식 끝나기 전에 처리하겠습니다.

종 길 (오로라의 뒷모습 싸늘하게 보는)

S#61. 건호의 저택 / 별채 수영장 (낮)

택시도 입은 채 전기 자전거 타고 있는 남신3, 수영장 주변 맴맴 돈다.
손목에 차고 있는 로보 워치, 예전과 다르게 업그레이드된.
(밴드 컬러나 디자인이 확 차별화되는)
차분한 표정의 남신3, 걸어오는 오로라 보고 자전거 멈춘다.
남신3를 보고 발길 멈춘 오로라, 말없이 미소 짓는.

S#62. 건호의 저택 / 남신의 방 (낮)

업그레이드 로보 워치 한 개 더 시계 장에 꺼내 놓는 오로라.
옆에서 그걸 보고 있는 남신3와 영훈.

오로라 교체용으로 한 개 더 만들어왔어요.
수동제어모드가 추가된 버전이라 제작이 까다롭네요.
언제라도 모드 전환해서 컨트롤할 테니까 앞으론 걱정 안 해도 돼요.

영 훈 정원으로 나가서 하객들 맞이해요. 최대한 친절하게.

남신3 (인사하고 나가는)

영 훈 강소봉 씨 만나고 온 이후에 쭉 저렇게 말을 잘 들었어요.
아무래도 수동제어모드는 쓸 일이 없겠네요.

오로라 다행이네요.

S#63. 건호의 저택 / 별채 앞 (낮)

걸어 나오는 남신3의 옆에 나타난 턱시도 차림의 희동.

희 동 형아, 진짜 결혼해? 그 경호원 누나는 어디 갔어?

남신3 (말없이 걸어가는)

희 동　(멈추고) 로봇 형아!

남신3　(돌아보며) 나 로봇 아니야. (가버리는)

희 동　(불만 섞인) 씨! 차가운 형아로 돌아왔어.

S#64. 건호의 저택 / 거실 (낮)

햇살 환히 비추는 거실에 앉아 신부 메이크업 받고 있는 예나.
지켜보는 호연. 눈가가 촉촉해지는 종길.

호 연　어머, 쇼킹해. 서 이사한테도 눈물이란 게 있었네요?

예 나　(놀라서 보는)

호 연　니가 들어오는 게 달갑진 않지만 부녀간에 마지막 이별까지 막진 않을게. 잘해봐. (나가는)

예 나　…뭐야? 촌스럽게.

종 길　(눈가 훔치며) 미안. 아빠 신경 쓰지 말고 계속해. (나가려는)

예 나　아빠!

종 길　(돌아보면)

예 나　(다가와서 넥타이 바로잡아주며) 비뚤어졌잖아.

종 길　그랬나? (가만히 있는)

예 나　(넥타이만 보며) …미안해, 아빠.

종 길　뭐가?

예 나　그냥 전부 다. 됐다. 나가봐요.

종 길　고맙다, 예나야. (어깨 다독여주고 나가는)

예 나　(걱정하는 눈길로 뒷모습 보는)

S#65. 건호의 저택 / 정원 (낮)

하객들로 붐비는 정원으로 나온 종길, 날카롭게 주위를 살펴본다.

앞쪽에 하객을 맞이하는 남신3와 영훈.
테이블에 말없이 함께 앉아 있는 건호와 호연.
좀 떨어진 테이블에 혼자 앉아 휴대폰 보고 있는 오로라.
뒤편에서 그 모습 유심히 지켜보고 있는 박 비서, 종길에게 끄덕한다.
종길, 한쪽에 자율주행차팀과 함께 있는 창조에게 눈짓한다.
오로라, 가방에 휴대폰 넣으면 오로라에게 다가가는 창조.

창 조 팀장님. 인사하고 싶다는 분들이 계세요. 같이 가시죠.
오로라 그러죠.

창조가 앞장서면 따라나서는 오로라. 그 모습을 계속 살피는 종길.
뒤쪽에 있던 박 비서, 테이블에 앉아 가방 속 휴대폰 슬쩍 꺼낸다.
주위 살피며 사람들 속에 숨은 박 비서, 얼른 오로라의 휴대폰 꺼낸다.
스마트패드에 얼른 연결해서 해킹하는 박 비서.
됐다! 종길 보고 씩 웃은 박 비서, 얼른 통화 목록 확인한다.
강소봉과 통화한 흔적들. 강소봉을 메신지 수신자로 설정하는 박 비서.

S#66. 격투기 체육관 앞 (낮)

신나게 자전거를 타고 있는 조 기자를 보는 소봉.

플래시백 : 도로 (낮)
PLAY9 47씬의 일부. 자전거를 탄 남신3와 소봉과 나란히 달린다.
마주 보고 웃는 남신3와 소봉.

플래시백 : 동네 정상 (낮)
PLAY9 49씬의 일부. 소봉의 뺨에 차가운 쭈쭈바를 대주는 남신3.
놀란 소봉을 향해 환하게 웃어주는 남신3.

플래시백 : 횡단보도 건너편 (낮)
PLAY9 54씬의 일부. 남신3의 마지막 말.

남신3 … 다시 꼬봉으로 돌아갈게요…. 진짜 잘 있어요. 강소봉 씨.

도로 현재. 문자 알림음 때문에 현실로 돌아온 소봉. 문자 확인하면,

오로라(E) 급하게 연락해서 미안해요. 서 이사 쪽에서 신이에 대해 눈치챘어요. 자율주행차팀 내 책상에 있는 서류봉투 좀 없애줘요.

놀란 소봉, 얼른 오로라에게 전화한다. 신호는 가는데 받지 않는 상대방. 전화 끊으면 금세 또 울리는 문자 알림음.

오로라(E) 결혼식장이라 통화 못 해요. 신이를 위해 부탁해요.
소 봉 (망설이다가 답 문자하는)

S#67. 건호의 저택 / 정원 일각 (낮)

소봉에게 온 답 문자 보는 박 비서.

소봉(E) 알았어요. 바로 갈게요.

씩 웃은 박 비서, 소봉에게 보낸 문자와 소봉의 답 문자 지운다. 잠시 후. 종길 옆을 지나가며 고개 끄덕여주는 박 비서.

종 길 (흡족한) 자, 이제 다들 자리에 앉으시죠. 곧 결혼식이 시작됩니다.

자신의 테이블로 오던 오로라, 마주 오던 남신3와 영훈을 보고 멈춘다.

영 훈　(남신3에게) 곧 입장이니까 들어가서 대기해요.

남신3　(말없이 들어가는)

S#68. PK그룹 / 로비 (낮)

사람 없는 회사. 서둘러 달려 들어온 소봉, 사원증을 대면 열리는 출입문.

S#69. PK그룹 / 엘리베이터 안 (낮)

초조한 모습으로 발을 동동 구르는 소봉.
엘리베이터 문 열리면 총알같이 달려 나간다.

S#70. PK그룹 / 자율주행차팀 (낮)

문을 왈칵 연 소봉. 아무도 없는 실내. 문 잠그고 팀장 자리로 간다.
책상 서랍마다 뒤지는데 이상하게 다 닫혀 있다.

상국(E)　이거 찾아?

놀라서 보면 서류봉투 들고 내려오는 야구모자 쓴 상국.
심상치 않은 분위기를 느낀 소봉, 주위 동선 살피며 도망갈 곳을 찾는다.

상 국　어쩌나? 이 안엔 아무것도 없는데.
이 서류는 니가 채워야지. 본부장 정체가 뭔지 써서 말이야.

순간적으로 도망가려고 뒷걸음치는 소봉에게 다가와 거칠게 붙드는 상국.

상 국 서 이사 쪽에서 신이에 대해 눈치챘어요.

너 그 말 때문에 달려왔잖아! 뭐야? 니가 아는 게 도대체 뭐냐고!

소 봉 글쎄? 내가 아는 게 있었나?

상 국 (거칠게 내팽개치는)

소 봉 (쓰러지며) 으악!

상국이 또 소봉에게 달려들려는 그때,
갑자기 자율주행차 헤드라이트가 팟! 켜진다!
놀란 상국과 소봉, 돌아보면 운전석에 사람 없는 자율주행차다!

상 국 …뭐…뭐야… 사람도 없는데…

그 사이 도망가려는 소봉을 본 상국, 소봉을 붙든다.
그때, 갑자기 시동이 걸리는 자율주행차!
상국이 당황한 틈을 타서 뿌리치고 밖으로 빠져나가는 소봉.
그 모습을 본 상국, 달려 나오는 자율주행차를 두렵게 보며 빠져나간다.

S#71. 자율주행차팀 앞 (낮)

복도로 나온 소봉, 엘리베이터를 향해 도망치는데,
곧 달려와 소봉의 머리채 붙드는 상국.
총을 꺼내 소봉의 목에 대는 상국. 거친 숨 쉬며 긴장하는 소봉.
엘리베이터 열리면 소봉을 위협해서 데리고 올라탄다!

S#72. PK그룹 / 주차장 (낮)

소봉을 끌고 온 상국, 제 차의 트렁크를 연다.
발악하는 소봉의 휴대폰을 뺏고 무릎 뒤를 팍 차서 쓰러뜨린 상국.

소봉을 트렁크에 집어넣고 닫아버린다. 발광하는 소봉의 목소리.
상국, 재빨리 운전석에 올라타면 곧이어 출발하는 차.

S#73. 상국의 차 안 (낮)

상국, 주차장 출구를 향하는데 갑자기 들려오는 차 엔진 소리!
달려와 맞은편에 멈추는 자율주행차! 운전석엔 사람이 없다!
기겁하며 필사적으로 브레이크 밟는 상국!
다시 엔진 소리와 함께 돌진해오는 자율주행차!
공포에 찬 얼굴로 서둘러 차를 후진시키는 상국!

S#74. PK그룹 / 주차장 (낮)

서둘러 차 방향 바꿔 반대로 달리는 상국의 차!
우웅! 또다시 그 앞에 나타난 자율주행차!
경악하는 상국, 다시 방향 바꿔서 도망가는데,
뒤에서 사정없이 쫓아오는 자율주행차!
교묘하게 다시 방향 바꾼 상국 때문에 벽에 부딪치는 자율주행차!
엔진 소리만 낼 뿐 움직이지 못하는 자율주행차를 보고 씩 웃는 상국.
앞에 있는 출구를 향해 여유 있게 달리는데,
갑자기 주차장의 조명 전체가 팍! 꺼진다!
끼익! 반사적으로 브레이크를 밟은 상국! 몸이 앞으로 확 쏠린다!
새까만 어둠 속 정적이 흐르는 가운데,
트렁크에서 들려오는 소봉의 목소리. "도와주세요! 살려주세요!"
그때 덜커덩! 심하게 흔들리는 상국의 차체!
두려운 상국, 떨리는 손으로 조심스레 헤드라이트를 켜본다!!
어렴풋이 보이는 불빛 속에 허공을 보고 경악하는 상국!
보닛에 올라서서 상국을 내려다보고 있는 형체, 남신3다!!

순간, 앞 유리를 사정없이 내려치는 남신3!!!
사방으로 금이 간 유리 너머로 보이는 차가운 얼굴의 남신3에서!!!

조정주 대본집

1판 1쇄 인쇄 2018년 8월 10일
1판 1쇄 발행 2018년 8월 17일

지은이 조정주

발행인 양원석
본부장 김순미
편집장 최두은
디자인 RHK 디자인팀 남미현, 김미선
해외저작권 황지현
제작 문태일
영업마케팅 최창규, 김용환, 정주호, 양정길, 이은혜, 신우섭,
유가형, 임도진, 우정아, 김양석, 정문희, 김유정

펴낸 곳 ㈜알에이치코리아
주소 서울시 금천구 가산디지털2로 53, 20층(가산동, 한라시그마밸리)
편집문의 02-6443-8844 **구입문의** 02-6443-8838
홈페이지 http://rhk.co.kr
등록 2004년 1월 15일 제2-3726호

ISBN 978-89-255-6438-8 (04810)
978-89-255-6440-1 (세트)